MINGUO TONGSU XIAOSHUO
DIANCANG WENKU

民国通俗小说典藏文库·顾明道卷

艳孀奇遇记·春宵梦

顾明道◎著

中国文史出版社

顾明道和他的小说（代序）

张赣生

在本世纪（指二十世纪）二十年代末，能与"南向北赵"并称的武侠小说作家只有顾明道。

顾明道（1897—1944），原名景程，江苏苏州人。他八岁丧父，自幼体弱，上学时膝部患骨结核（中医所谓骨痨）致残，行动依赖拄拐。他毕业于教会所办的振声中学，因学习成绩优秀，即留在该校任教，并受洗为基督教徒。1922 年，范烟桥移居苏州，范氏在辛亥革命的时候就曾与友人组织"同南社"，诗酒唱和；这时又于七夕会同赵眠云、郑逸梅、顾明道等九人组织"星社"，以文会友。顾氏由此结识了一批文友，他一生的文学活动大体未超出这个小团体的范围。顾明道因一直希望医好腿疾，所以结婚较迟，抗战爆发后，他和母亲、妻子全家移居上海，苏州的家产毁于战火，从此落入贫病交加的处境中。他一生以教书为业，战前一直在苏州振声中学执教，迁居上海后一面写作，一面仍自办补习学校，招生授课，直至肺结核把他折磨得卧床不起才停办。病重时生活无着落，全靠朋友周济，终年只有四十八岁，身后凄凉。

了解了顾明道一生的经历，有助于我们客观地认识和评价他的小说。

从顾明道一生经历来看，腿残、留校执教、参加星社，这三件事深刻影响着他一生的文学事业。民国初年的上海，盛行哀情

1

小说，即文学史上称之为"淫啼浪哭"的时期。1912年，徐枕亚的《玉梨魂》和吴双热的《孽冤镜》在《民权报》同时连载，随即又连载李定夷的《霣玉怨》，流风所被，一片哀音。顾明道就在这种风气的影响下，开始试写小说，那时他只有十七岁，尚未成年。他的处女作是短篇言情小说，发表在高剑华主编的《眉语》月刊上，这是一份以知识妇女为读者对象的刊物，脂粉气很重，在该刊的创刊号上发表了一篇阐明办刊宗旨的《宣言》，其中说："花前扑蝶宜于春；槛畔招凉宜于夏；倚帷望月宜于秋；围炉品茗宜于冬。璇闺姐妹以职业之暇，聚钗光鬓影能及时行乐者，亦解人也。然而踏青纳凉赏月话雪，寂寂相对，是亦不可以无伴。本社乃集多数才媛，辑此杂志，而以许啸天君夫人高剑华女士主笔政。锦心绣口，句香意雅，虽曰游戏文章、荒唐演述，然谲谏微讽，潜移转化于消闲之余，亦未始无感化之功也。每当月子弯时，是本杂志诞生之期，爰名之曰《眉语》，亦雅人韵士花前月下之良伴也。"看了这篇《宣言》，读者当能了解此刊物的性质。顾明道在1914年左右开始写小说时，选中这样一个刊物投稿，也就表明顾氏本人的性格难免有些多愁善感的脂粉气。

我指出顾氏性格中的脂粉气，因为这决定着他文学作品的基调，丝毫也没有嘲讽顾氏之意，每个人都在一定的环境下养成他的性格，这没有什么可嘲讽的，我们要研究的只是事实。郑逸梅在《悼顾明道兄》一文中提到两件事，其一为："明道最初的作品，刊登在许啸天所辑的《眉语》杂志上，该杂志多载女作家的文字，他就化名梅倩女史，撰着短篇小说。有一位读者，是登徒子之流，写信追求他，缠绵缠绵，大有甘伺眼波之意。明道接到了信，大笑之下，用梅倩具名答复他。那个登徒子欣喜欲狂，寄给他一帧照片，请他交换'芳影'，并约他会晤某园。明道到这时，才用真姓名自行揭破。这一段趣史，明道时常讲给人听的。"其二为："《江上流莺》稿成，我曾为他写一小序，有云：'江山摇落，风雨鸡鸣，我侪丁斯乱世，应变无方，干禄乏术，臣朔饥欲死，乃不得不乞灵于不律，红茧缫愁，绿蕉写恨，借以博稿资而活妻孥。社友顾子明道固与予相怜同病者也。'明道读了，亦为之感喟百端，不能自已。"当时正值日寇侵华，人民生活困苦，对此局面"感喟百端"也是情理中的事，我们不必咬文嚼字，过分挑剔；但达到"不能自已"的程度，就难免少些丈夫气了。以上两件事都可证明顾氏确有些多愁善感的脂粉气。

顾明道养成这样一种性格，固然与前述民初上海文坛的时尚有关，在当时一些人的心目中，唯其如此才配称为"才子"，少了贾宝玉味道就被视为粗俗；但是就顾氏本身的内因而言，腿残对他心理上的影响，恐也不容忽视。肢体的残疾不仅影响着顾明道的性格，也限制着他的行动。郑逸梅《悼顾明道兄》一文说："这时他在吴门振声中学担任教务，因不良于行，往返不便，所以他住在校中。"顾氏是一位多半生未离他那中学小天地的人，缺少广泛的社会生活经历，在这方面，他既不能与同时的"南向北赵"相比，更不能与后来的"北派四大家"同日而语。对于这样一位学生出身，生活面狭窄，又多愁善感的作家来说，写言情小说自然是最方便的，他可以坐在家里凭自己的情感体验来打动读者，只要情感诚挚，哪怕写的只是他个人的小天地，也总会有其可取之处。但自向恺然《江湖奇侠传》引起轰动之后，报刊编者和出版商均热心于武侠一途，顾明道为适应这一潮流，便也改弦易辙，于1923年至1924年在《侦探世界》杂志发表武侠小说。1929年，他由杭返苏，途经上海，与当时主编《新闻报》副刊《快活林》的星社文友严独鹤相会，恰逢《快活林》需要连载长篇武侠小说，严约顾撰写，这就促成了他一生的代表作《荒江女侠》的问世。

《荒江女侠》刊出后竟大受欢迎，同年冬，上海三星图书局向新闻报馆购买版权出版单行本，至1930年8月已翻印四版，

1934年11月更达到十四版，这在当时是很可观的销行数。可见其轰动的程度。由于此书畅销，顾氏也就续写下去，共出版了六集，并被友联公司改编为十三集连续影片，上海大舞台、更新舞台也改编为京剧连台本戏，风靡一时，大有凌驾《江湖奇侠传》之上的势头。这部小说之所以能取得如此出人意料的效果，今天的读者或许很难理解。当时最著名的武侠小说，是"南向北赵"的作品，向恺然连缀民间传说，自有其吸引人的一面，但却少了点爱情纠葛、哀感顽艳；赵焕亭的《奇侠精忠传》据说原有不少狎媟的描写，因而触犯禁例，出版时经过删削。顾明道于此际把武侠、恋爱、探险等成分捏在一起，就给读者一种新鲜感，满足了十里洋场那特定读者群追求新奇、热闹的要求，正如严独鹤在《荒江女侠序》中所说："以武侠为经，以儿女情事为纬，铁马金戈之中，时有脂香粉腻之致，能使读者时时转换眼光，而不假非僻之途，不赘芜秽之词。是以爱读者驰函交誉。"

顾明道用以吸引读者的另一个办法是写"冒险"，他在谈及自己的作品时说："余喜作武侠而兼冒险体，以壮国人之气。曾在《侦探世界》中作《秘密之国》《海盗之王》《海岛鏖兵记》诸篇，皆写我国同胞冒险海洋之事，与外人坚拒，为祖国争光者。余又著有《金龙山下》一篇，可万余言，则完全为理想之武侠小说也，刊入《联益之友》旬刊中。又曾写《黄袍国王》长篇说部，记叙郑昭王暹罗之事，曾刊《大上海报》，后该报停版，余亦中止，他日拟出单行本以飨读者矣。又新著《龙山争王记》，则方刊于《湖心》周刊中，该刊为西湖小说研究社出版者也。曩年余为《新闻报·快活林》撰《荒江女侠》初续集，尚得读者欢迎，今由三星书局出单行本，三集亦在付梓中矣；又为《小日报》撰《海上英雄》初续集，则以郑成功起义海上之事为经，以海岛英雄为纬，以上两种皆由友联公司摄制影片。又尝作《草莽奇人传》，则以台湾之割让，与庚子之乱为背景也。"（转引自郑逸梅《悼顾明道兄》）所谓"冒险体"或"理想小说"，显然是接受了西方的小说观念，是指类似斯蒂文生《宝岛》或斯威夫特《格列佛游记》的体裁，譬如他所著的《怪侠》，写一个身负绝技的革命者，失败后率党徒逃亡海外，去非洲探险，与当地土著争斗，称雄异域，即是一例。

就顾氏的为人来说，他是一个正直、爱国的书生。"一·二八"日寇进犯上海，顾氏写了《国难家仇》《为谁牺牲》等小说，表示了他作为中国人的同仇敌忾之心。顾氏一生写过五十多部小说，以武侠和言情为主，也有社会、历史、侦探等作，他临终前，春明书店出版了他的最后一部作品《江南花雨》，这本小说具有自述的性质。

目　录

艳孀奇遇记

春 宵 梦

艳孀奇遇记

郑　序

余年来一涉笔，辄为感旧伤逝之文，连篇累牍，揭载于报章杂志者夥矣！而于同社顾子明道之亡，尤悲悼不自已，一再形诸楮墨间，若有万千言不能尽者。盖沆瀣一气，不以生死隔也。

明道著述等身，善为稗官家言，所治长篇说部，写人物有类上添毫之妙。而串插映带，时出意表，腕下无所不有，才艺又足以称之。毋怪其一编问世，万户传诵焉。明道有所作，往往命序于余，余虽疲于舌耕指画，然搜索枯肠，篝镫捉笔而不辞。既成则相与商讨，此中自有足乐也。一自明道作古，余亦悄焉寡欢，深宵不寐，有子桓自念之慨，不觉清泪之潸然焉。

顷晤汤子修梅，谓明道遗稿《国色刘三秀》，曩年披露于报章者，今乃加以整辑，易名《艳媚奇遇记》，由东南出版社印行，因以弁言见委。是书根据清人笔记，渲染点缀，为明道刻意经营之作。而情节离奇，遣词绮丽，读之令人如入隋炀迷楼，万牖千门，回环四合，朱楣玉槛，壁砌生光，误蹈而终日不能出也。且是稿迭经兵戎，卒未散佚，兹犹能辑为单本，而余得以重读一过，则深为亡友忻慰。但一转念，余之同为明道说部作序，然一作于其生前，一作于其死后。作于其生前者，能博明道一粲，作于其死后者，不能起故人于地下而政之；则此序作如不作，谓之序也可，谓之无序也亦何不可哉！

民国三十七年孟冬

郑逸梅序于纸帐铜瓶室

3

第一回

池塘扑蝶燕语莺声
茅舍啖鱼别愁离恨

　　春天真是一个富于诱惑性的季节。暖和和的日儿，软绵绵的风儿，把一片枯黄的草场，嘘拂得改了旧观。青青的小草里，杂生着红的黄的白的野花朵，锦褥也似的，铺在白石桥边。两堤的垂柳，又复长得绿氄氄的临风摇曳。在那明镜也似的春波前，恰似一个丰容盛鬋的美妇人，在那里顾影自怜。还有那娇杏夭桃，也兀自妖妖娆娆，杂在葱翠的柳浪里，露着娇媚的笑靥。那一派嫩绿妍红，锦绣烂漫的景色，逗引得粉蝶儿翅膀无休歇。黄莺儿歌喉没停息，小燕儿也双双对对地掠波剪彩，穿帘傍檐，忙着替红闺中的绣女、陌巷里的书生传递春消息。在白石桥西端，踏过了一径嫩绿的柔纱，穿过了两片黄金似的菜畦，便是一所芦帘纸窗的陋屋。

　　小燕子推开了纸窗，把春光带到了屋主人的眼前心底，笔杆儿拴不牢摇曳的情绪，书本子抑不住悠然的闲思，陡然那两扇等于虚设而脱了闩的蓬门，呀然地向里一分，踱出了一个神情爽朗、态度潇洒的读书人来。虽然衣履的质料是十分窳陋，而且还缀上几片不同色素的补丁，似乎比了百结的鹑衣，也只有稍胜一筹罢了。但是总掩不了那一般秀雅而安闲的气度，却没有一丝儿穷酸味。他反笼着双袖，站在门前，把胸部挺了挺，又长长地舒

1

了口气，缓缓地踏着绿苗，领略着这醉人的春光。

恰好有一双彩蝶，忽上忽下，或前或后地在他面前飞舞。那翩跹婉转的舞姿，若即若离的意态，却引起这年青人的趣味，竟是蹑着双足，微伛着身子，效那顽童们的行径。不过他并不曾伸出巨灵之掌，想占有这一对弱小的动物，也不愿煞风景惊散这一双甜蜜的伴侣，只是借此聊遣闲情，想跟它们看一看它们的归宿。

可是不作美的小麻雀，神经过敏，见了那年青人探首蹑足的样子，怀疑他有什么不利加到自己身上，立即停止了寻食的工作，脱楞地向上一飞，刚好把两个彩蝶，惊得一个向东一个向西。便是那年青人也不禁直着腰仰起脸敨了肩，意兴方面受了一次意外的袭击。待他回复到安闲的情绪，发觉自己所站的地方，离开一泓澄波，还不到三寸。要不亏麻雀儿的扫兴，只自己觑着双蝶，任着脚前行，还会变作屈大夫的葬身清流哩。虽然他也生在这世乱时艰的时代，怀着一腔忧时愤世的牢骚，但是他不愿效屈原的消极行为，留得有用之身，还待建不世的功业，挽回既倒的狂澜。假如今天为了一时的童心，断送了有用的此身，埋没了伟大的企图，那真是太不值得了。而况还有一个刻骨铭心的眷侣、生死不渝的腻友，却教伊如何忍受这重大的痛苦呢？

他想到这里，眼前似乎浮起一个比花还娇艳的面影，微露着瓠犀，在清明的波纹里，忽隐忽现，做着娇笑。那两道蕴蓄着无限深情蜜意的眼皮，正对自己做着媚眼，不知是在笑着自己傻呢，还是笑自己痴？他凝视着水中的笑魇，不觉忘情地也笑视着。

伊蓦地从身后抛来一块小石，扑通一声，恰好击中那如花娇颜，霎时间像罡风摧红英般乱纷纷地溅向四面。水面上起了无数大小不等的圈状波纹，就在那无数的漩涡中，失去了他密藏心底的倩影，却招回了他出了窍的心神。

急忙回过头来，并没有一个人影，只有一阵比莺声还要清脆的余韵，荡漾在柔和的春风里。在他听的感觉上，并且是十分熟悉的，意识告诉他是什么人在和他开玩笑，不禁一阵喜意，袭上了眉梢，就放射那两道英锐的目光，像猎人探索兽踪般，向四围搜索，瞥见一幅水绿色的裙角，在右边一丛紫荆的缝隙里一闪。他迈着轻捷的步伐，半奔式地向那丛紫荆走去，当他弯腰伸手向那幅水绿色的裙角移去时，轻声笑道："看你再往哪里躲。"可是那水绿色的罗裙，比他按下的手更快，在他手掌下滑过，手背上似乎闪过一丝轻微的柔腻的感觉，而手心里却扎了一手的泥。

那树根下的泥，原还带着隔夜的春雨的余润。在一阵憨媚的笑声里，一个苗条的身影，出现在紫荆树的对面，一种有备无患，严阵以待的神情，正表示对于这袭击者的藐视，而显得她是多么的慧黠、多么的娇憨。

他扎着泥手，刚待继续这不含恶意的突击时，一阵天白天白的呼声，又使他缩回了身子。转身一看，一条伟岸的人影，正向他这面走来，原是他的好友朱慕家，看他所循的途径，似乎已访问过他的陋屋，再跟踪着来的。那么，一定有什么缘故？不由得移动脚步，迎上前去问道："慕家兄到过舍下了吗，这几天怎么老不见兄来，以为兄又不知往哪里找名师习武去了呢。哈哈！"

原来朱慕家为人，任侠好义，很有些膂力，醉心武艺，听哪有好武艺的教师，便不辞涉水登山，不惜卑辞厚币，愿投贽门下。那些徒具虚名的庸教师，倒着实沾些利润，因此他的家资耗去了大半，而武艺却并没有丝毫进境，也就不再上那些念秧者流的当了。可是在友朋中间却流传了话柄，时常把这句话来打趣他。

慕家听了先是跟着打个哈哈，接着却把脸色一正道："这几天弟正摒挡一些要事，虽然不是去找名师，但将有远行却是事实，今晚有人为弟饯行，特来邀兄做陪客，借此畅谈一下。虽知上庙不见土地，我看见门没有上键，谅你不会走远，站在门前瞭望了好些时，才发现你正痴立在河边，怎么现在又踅到那紫荆树跟前去了呢？扎了这一手的泥，又是什么玩意儿呀？"天白看看慕家含笑的脸，似乎在说你的事我全明白，便也一笑，且不答话，却回过头去，紫荆树畔已没有了伊人的芳踪。

他便移转视线，向河南桥东那株古槐边的白墙门望去，却是双扉紧闭，也没有美人儿的踪影。心想她难道走得这么快，已经上了楼了吗？抬头对那间屋的侧面一看，果然美人的娇靥，半露床前。他扬起那只泥手，远远地向她一笑。他满心想她也报以一笑，谁知她却突然把身子往里一退，很快地关上了窗，又下了帷。看她的动作，那股子使劲的样儿，很像着恼，这未免让他狐疑起来。她算是生的哪一门的气呢？难道怪他撇下了她而和慕家酬答吗？她素来很识大体，绝不至于如此。他尽着猜想她生气的理由，忘却了身边的朱慕家，而呆住在道旁。

慕家看了不觉好笑起来，拍了他一下肩膀道："喂！夕阳衔山，倦鸟归巢，已近黄昏时候，人家自然也像鸟儿般地该归巢了，你还呆看些什么？你那只泥扎的手，也应该去洗干净了，快跟我喝酒去吧，人家正炖了大鳜鱼等着我们哩。"天白给慕家提醒了，脸上一阵微热，便乘势走向河滨，蹲下去洗手，也就把那一分不好意思，遮掩过去了。

洗过了手，站起来还想望一下那楼窗时，却先看见了那个肥猪也似的黄亮功，摇摇摆摆地在她家门前走，不知又从哪一个佃户或是债务人那里榨取了膏血来？看他那脸上的一种得色，就可以测知。那一双深陷在肉里的像线样细的眼睛，也时时斜睨着那两扉紧掩着的纱窗。天白心里顿觉恍然，就消释了刚才的猜疑。回身随慕家同走，鼻子里却不由得飘出一声冷笑。

慕家问他笑什么，他道："你看看河那边，就知道了。"慕家真的回头向对河看去，见了那癞蛤蟆的丑态，他觉得不屑注意，拉了天白一把，催他快走道："我们须安排着好胃肠去消受美酒佳肴，可别看他那令人作呕的怪相，免得辜负了口腹。本来他居奇囤积，敲剥平民，把自己养肥了，又该进一步来设法蹂躏女性，不过他要看上了她，却是总有黄金千斤，也买不动美人心。无论她还有着一位守正不阿、疾恶如仇的长兄，会替她做主哩，你真不必为此担心。"

慕家说到此处，昂首叹了口气，又接着说道："其实呢，方今天下纷扰，内忧外患交迫，大丈夫七尺之躯，正宜为国效劳，又何必把那些儿女柔情放在心上呢?"天白对慕家看着，嘴唇微张，似乎将有所申说，然而只是轻轻地叹息了一声，又默然向前走了。

这时夕阳已被地面吞没了一半，胭脂似的余晖，还把西边的半天染得通红。一群群的归鸦，都纷纷地忙着回巢。在青天红霞间，再点缀了纵横参差、疏密不等的几片黑云，自是教人对于这暮景，格外感觉得留恋。

天白走过自己的家门，随把门窗带上。二人欣赏着这晦明交替时的田野，边说边走，不多时到了镇的尽头，再转了两个湾，渡过了一架板桥，就到了赵家浜。

赵家浜是一个小村，全村不满二十户人家，多数是捕鱼为业的，务农的只不多几家。今天朱慕家所要访问的，也是赵家浜里的渔夫，名叫余百庆。是朱家佃户赵金虎的表兄。至于余百庆怎么会和朱慕家有了往来，这其间也有着一段故事。

原来余百庆家道贫穷，守着一条渔船，一家三口仅能糊口，如果谁有了疾病或是别的意外的支出，那就得举债。那一年他死了老妻，自己又害了一场大病，向邻村的郝老三借了一笔债，那郝老三原是出名放重利的土棍，利上盘利，不到三个月，余百庆把三间草屋抵给他还嫌不够，他一定要余百庆连渔船一起抵，余百庆没有了家，父女俩还可以住在船上，况且他恃此以生，怎么

5

能够答应这苛刻的要求呢？但是郝老三手下爪牙众多，余百庆终于失去了财物，还挨了一顿拳棒，受了重伤，一时没处安身，父女俩就投奔到表弟赵金虎家去，疗治了几个月，总算伤痕平复。可是金虎却被拖累得缴不出朱家的田租，经慕家询明了缘由，不但免了金虎的田租，又代余百庆把草屋渔船赎回。并且百庆为人慷爽，粗读诗书，略谙拳棒，慕家跟他倒也很谈得来。慕家喜欢喝酒，余老儿也有些酒量，时常烹煮些鲜鱼，沽几斤村酿，请慕家喝上几杯。

他的女儿鸣凤，也很有父风，豪爽健谈，脱尽女子忸怩羞态。她对于慕家，起先是感激，渐渐相习，窥得了他的志行，更加钦佩，等到日子一久，常相宴谈，不知不觉，把朱慕家三字迎入了心扉以内。凭伊余鸣凤怎样慷爽洒脱，却也跳不出一般女儿家的常态，那一缕柔韧的情丝，竟是系在朱慕家的身上了。在慕家的感觉上呢，也未尝不发生反应。不过他不像天白那样缠绵沉溺，比较能够摆脱。

这天因为他们知道慕家将于日内远行，又深知他喜欢吃清炖的大鳜鱼，本来这正是"桃花流水鳜鱼肥"的时候，就拣肥大的鳜鱼留下，请慕家去喝三杯，算是祖饯。

百庆沽了酒回来，看看女儿鸣凤已把下酒的碟子端整舒齐，太阳已经下山，村里暮烟四合，将近黄昏时了，怎么等等还不见客人到来？便到门口去张望，却远远看见慕家和天白过桥来了，连忙迎上去道："二位少爷怎么来得这迟，我家阿凤直急得在灶下打转，还以为朱少爷忘怀了呢。"

三人走到门口，余老儿抢前嚷着进门："阿凤！阿凤！朱少爷、何秀才来了，赶快烫酒，把菜碟子拾掇出来。"一边就忙着抹桌移凳，安杯箸让座，忙着很高兴的样子。旁边厨房里鸣凤也捧着一只方盘出来了，盘里是四个碟子，慕家举目看时，是一碟油爆虾，一碟熏鲫鱼，一碟熏蛋，和一碟凉拌笋片。鸣凤把碟子才放在桌上，余老儿已是把烫的酒拿出来。

大家坐定，天白只不见鸣凤来坐，便问："凤姑娘呢，怎么不来？"百庆道："她在厨下还有一会儿工夫呢，我们不必管她，二位少爷请吧。"说着便让二人喝酒吃菜，他们喝着谈着，不觉把一壶酒喝干。不但四个碟子吃空，连鸣凤又添出来的一大碗炒田螺，一盘子韭芽炒蛋，也都吃完。

当鸣凤端着一碗清炖大鳜鱼出来时，他们已自稼穑赋税谈到了寇祸边患。慕家正要说出此次远行的原因和目的，也是天白和余家的人所急欲知道的。因为他先只说远行，却并没说明到什么地方，做什么工作，这时看见了他所爱吃的鳜鱼，便停止了说的工作，赶着要进行吃的工作，举起了筷子，向鸣凤点点："凤姑娘辛苦了！来来来，快坐下喝一杯吧！"就站起把余老儿添来的酒，替鸣凤斟了一杯。

她果然就坐下，看见慕家吃着鱼，不住地称赞鲜嫩，她也嫣然微笑。天白见她，含笑不语，只看着慕家，还时时提醒他父亲让酒让菜，自是一种深情的流露。不过和以前活泼不羁的态度，却有了些改变。虽然那微红的圆脸上，露着一丝笑意，但是眉梢眼角间，却蕴蓄着无限黯然的神情。就是慕家对她也减少了刚才的豪兴，当然是受了她的感应。天白冷眼旁观，想起他在河边讽自己的言语，不禁暗笑他责人则明，律己则昧了。

然而当大家的谈锋，由吃而转到民生问题时，他又恢复先时慷慨激昂的态度而高谈阔论起来。他把酒杯重重地向桌上一放："利用荒年物少的机会，囤积抬价，剥削平民，以饱囊橐。倚仗几个臭钱，更是无恶不作，穷奢极欲，淫乐自奉，性之所好，一掷千金无吝色。如果为了充实国库，救济饥民，或是助饷以弭寇患固边防等，却又一毛不肯拔。但求天下人皆瘦，而唯己独肥。上自公卿，下至士民，莫不怀着这种思想，朝夕孜孜营利，置国计民生于脑后。稍具天良的安分小民，又哪能从虎口里去分得余沥呢!"

天白也接嘴道:"唉,照这样下去,真是肥者日肥,瘦者益瘦,欲弭寇患,却不绝制造寇患。我们这些人,将来真不知死所哩!"慕家这时正举杯待喝,听天白说到这里,且不喝酒,却接嘴问道:"那么你还是愿意坐以待毙呢,还是要在死中求活?"

余百庆接道:"哪一个人不想活,谁会肯坐着等死呢。"天白道:"我不但想自己活,而且还以救天下苍生为己任哩。"他也把一支筷子击了一下桌子,一脸的激厉颜色,一反他平素那副闲雅的态度。

慕家听了,倒是哧的一声笑了起来。天白讶道:"什么好笑,难道我还说假话吗?"慕家正色道:"谁说你是假话,你的志行,一向钦佩,只是有些英雄气短,儿女情长罢了。"天白脸上加了一阵酒晕,而且微有汗意,但是不甘默尔而息,笑道:"人非草木,孰能无情,叱咤风云,气概盖世,勇如楚项,犹不免有虞兮之歌。何况你我呢?就是你今日又何尝不销魂黯然,别泪恐怕是和酒一起吞下了。"

慕家微摇着头道:"我没有这种感觉。"又把两支筷子,轻轻敲着酒杯,口哼道:"风萧萧兮易水寒,壮士一去兮不复还。"哼到后来几个字,虽说不上哽不成声,却也细得不易听清了。

鸣凤把他的酒杯移开了:"朱少爷醉了,吃饭吧,我去盛饭来。"慕家却嚷着还要喝酒:"你们今天既是请我喝,当要尽情。来来来,天白兄、余老,凤姑娘别忙饭,也请坐下,我们再来几杯,定要把酒壶里的酒喝得一滴不剩。以后再要像今晚上这样聚饮,是难得的了!"说着举杯向众人让着。他的酒杯才一沾唇,一杯酒已是咕嘟咽下。

天白心中,也自有种难宣的苦闷,所谓借他人酒杯,浇自己块垒,也便陪着他狂饮。余百庆原也豪于饮的,于是三人把二次添来的酒,也都喝干。

鸣凤平时也能饮几杯的，可是这时她总觉得酒液里似乎掺着铁屑石子，竟是咽不下去。慕家让她时，她托辞盛饭，往厨下去了。直等她父亲嚷着："阿凤盛饭来。"她方始搬了热饭，和下饭菜出来。

　　三人的眼光都曾在她的脸上掠过。余百庆心里想，我这女儿，向来和男子一般，不易垂泪，生平只有母死父伤，哭过两回，这一次算是第三回了。当然他是知道自己女儿的心事的，十分怜惜她，却不敢明言，怕格外勾起她的伤痛。

　　天白看了她，未免想起自己的意中人来。如果自己也决定实行已定的志愿时，不知她将伤心得怎么样？她没有鸣凤这样洒脱，自己对她也是一往情深，不像慕家热中疏外的样子。况且慕家有恩于她，她感恩图报，即暂别三五年，不致有何变故，自己和对方，贫穷悬殊，她的家庭，主张不一，自己的希望，不过有小半实现的可能，假使一旦离别，那么连那小半的希望都会落空。她那贪婪的哥哥，哪得不设法使她弃己？自己得不到她，心版上留下不可磨灭的创伤，此生也就了无意趣。为国家为自己的责任，应该立刻离此。但是为了她，为了将来的生趣，却不得不暂留。

　　这时天白的心中，情和理交哄着，望着两碗饭菜的热气，竟呆住了。虽然那香味一阵阵扑上他的鼻管，这种美味又是他几乎一年没有尝到过的，却引不起他的食欲。

　　慕家为鸣凤的柔情所感，自进门就使着克制的压力，不让情感有所活跃，到此也渐渐不能支持，却强自忍着，只顾低头吃菜。但是那箸上夹着的一块菜，吃了半天还是那么大小。

　　鸣凤呢，只是把一双筷尽在饭碗面上拨来拨去，一粒也没有下咽。

　　余百庆向着三人一看，忙举箸让众人吃菜道："二位少爷，快趁热吃呀，这是我家阿凤的妆奁哩。二位不吃，岂不辜负了她一片待客的诚心吗?"他这么一说,果然打破了沉默的局面。

鸣凤更显得莫名其妙地望着她的父亲,听他怎样回朱何二人的问话。"从前有人养了一只鸡,让它生蛋,卖了钱积起来买小猪,猪养大了,卖了钱买小牛,牛养大了卖了钱,就可以娶一个老婆了,这是穷人的好算计。我家阿凤,生在我这户贫穷人家,每天所入,只够温饱,却没有余钱可以积储,她将来出阁的时候,把什么来办妆奁呢?所以我也学古人的方法,养只鸡,将来像他那样地买卖,卖了牛替她办妆奁。今天却把来杀了做菜,不是把她的妆奁也吃掉了吗?"

经他这样一说,大家都笑了起来。鸣凤也似愠似笑地道:"爸怎么想得起来的。"百庆道:"不说说笑笑,吃的酒菜又怎么会消呢。"

这一顿饭,就在几句笑话中结束了,虽然这一餐的酒菜,比前任何一回丰盛,聚饮的时间也较久,可是两人的心里比任何一次都不高兴;朱何二人都有了醉意,天白酒量较差,又牵动了心事,醉得较深。出门时脚步踉跄,百庆不放心,伴送他回去。

慕家先时也觉得燥热,走在田野中,经晚风一吹,却是清醒得多。过了板桥几十步,慕家和他们分路,才走了几步,又回过头来叫着天白道:"今晚上你回去想一想,如何行止,我明天还有一天勾留,准于后天黎明起行。我看你还是跟我一起出关吧?这样沉溺下去,于你的精神事业,都有害无益,快些运用你的智慧,做一个有力的决定,我明天在家,等你的回音。"

这声音在夜风里震荡着,竟像钟鼓一样地振发人的心弦;天白的酒意也给冲淡了一半,却是含糊着没有响应。于是他的脑里耳边,一直嗡嗡地响着。慕家的话,他那被醉意笼罩着的理智,这时又由静止回复到活跃。然而情感的活动,也不落后,他的头脑比了酒醉时更觉模糊昏晕。

在星月的微光下,欹斜着脚步,突然脚下汪的一声,一条黑影直蹿起来，几乎和他一般高。他脚下一蹶，又被那声影一吓，不觉大叫起来，身子一倾。要不亏余百庆扶得快，就要跌下去了。他经这一惊，两腿软软的，竟不能离了百庆独走。

春夜的风，寒意很重，他的身体素弱，衣裳又单薄，又惊出了一身冷汗，在夜风里走着，身上只觉得寒凛凛的肌肤栗起，幸得离家不多远，不消一盏茶时，他已到了那间陋屋中。

百庆替他带上了门，他纳头便睡，抖颤的四肢，慢慢地温暖起来。再过一会儿，却燥热得像火烧一般，头痛得似刀割一般，胸口又像压了大石般，闷得透不得气来。口舌眼鼻都似乎在冒着火，周身的骨节酸楚难受。他意识到这是病魔在施展威力了。

这一夜昏昏沉沉的没有好生睡得，眼前只是闪耀着水绿的罗裙，紫荆花边的笑颜。虽然他阖上了眼皮，总没法推开这些幻影。悠悠忽忽，耳边隐隐听得呼唤声，勉强睁眼一看，却是慕家站在他的床前，用手推动着他。

窗前映着一片黄光，不知是晨曦还是夕阳，他却辨不清楚了。想坐起来，才一昂起头，只觉眼前金光乱晃，两耳鸣鸣响着，不由自主地仍复倒了下去。慕家看了这样子，不胜唏嘘道："昨晚好好的怎么就病了，今天我等你不来，乘到余家去的便，来看你一次，你究竟作何打算？"

这时天白的头脑似乎减少了昏晕，眼前也清白了许多，不过说话并不响亮，问慕家道："到余家去看谁，余老呢，还是鸣凤？"慕家笑笑。天白还不肯放松，继续打趣道："英雄难逃美人关，自是千古不易的确论啊！"

慕家淡淡地笑道："嗯，这也许是夫子自道吧？我若是不能摆脱，也不决定走了，谁像你因为我劝你走，而赖着装病哩。"

这句话激得天白急了起来："昨晚上伤了酒，又吹了风，黑暗中又受那畜生一吓，才凑合成这一回病。方今天下大乱，正是大丈夫有所表见的时机，我是国民的一分子，自有一份应尽的责任，赖病卸责，懦夫的行为，又岂是我所肯做的。"慕家正容答道："你的志高行洁，原是我素来钦佩的，你我二人的见解，一向又是相同，应该投笔从戎，为国出力，如果你有这个志愿，我不妨再等你几天。"

慕家听他回答什么话，可是天白还没有发生声音，门上却起了剥啄。慕家走出开门，看见了门口站着的那一个人，他敏捷地感到天白不会再给他满意的答复。他回过脸去，向天白探视了一瞬，便默默地走出了何家的两扇蓬门。

第二回

淑女有贤声持家多智
财奴抬怨诅为富不仁

刘庚虞是常熟任阳著名的君子人，守正不阿疾恶如仇，最敬重的是敦品笃学的儒子，最嫌恶的是贪婪狡狯的市侩。他所交结的无一不是守礼君子，那些胁肩谄笑的骛利之徒，便休想得他正眼一瞧，因此很得当地士绅的敬仰。

父母早亡，有一弟一妹，弟名肇周，妹名三秀，肇周的为人，唯利是图，刚好和阿兄相反，择交不问品学的良瘔，只要是财主便欢迎。弟兄俩都已娶了妻室，唯有妹子三秀，还在闺中待字。

提到刘氏三秀，更是任阳无人不誉为国色的美人，貌比春花还要娇艳，眼比秋水还要澄清。肤色莹然，胜过洁白的玉。喉音圆润，媲美出谷的莺。不但容颜超群绝伦，而且才智敏捷过人。她六岁丧母，就自己梳头裹足，每天妆饰得清清楚楚。父亲教她读书，过目成诵。写得一手秀雅可爱的字，所作书翰，斐然成章，她父亲十分宠爱。后来在十岁时候，父亲死了，就倚靠两个哥哥，帮助两嫂治理家事，精明果断；无论什么难事，一经伊办理，立即解决，有老吏断狱般的风度。

有一次，她的二嫂，忽然失去一枚金簪，道是领庚虞的孩子的乳佣张媪偷的。张媪矢口否认，要投井明志。她的二嫂，因为

13

肇周赋性吝啬，虽然是一些细微的损失，就要呵斥毒詈，何况是一根金簪，难免凶殴，也直急得要寻死觅活。那时庚虞兄弟，恰好都有事下乡，家里闹得沸翻。她的大嫂只是搓着双手，皱眉叹气。

三秀知道了，先请她的大嫂去劝慰二嫂，一面自把张媪叫来问道："你几时到二娘房里去的？"张媪道："是今天早上带着小官官一起去的。"三秀又问："你看见二娘的金簪没有？"张媪呜咽着说："看是看见的，二娘因为小官官要吃她盘子里的糖糯粉圆，就把头上的金簪拔下，串了三个小的给官官，还没有吃呢，丫头阿珠来叫二娘出去有事，二娘走后，小官官也闹着要走，就把金簪丢在桌上。婢子搀了小官官出来，我们两人都是空手，小丫头阿珠该看到的，怎说金簪是我偷的呢！婢子虽穷，但出身清白，鼠窃狗偷等事，绝不肯做的，与其蒙污名，还不如一死的好。"说到这里，张媪竟是哭了出来。

三秀止住她道："你且莫哭！再说你出来的时候，小丫头阿珠是否跟你同走，是你在前面，还是她在前面，小官官把金簪丢在桌上，她有否看见？"张媪拭泪道："她随在我们身后，一同出来的。小官官吃糖圆时，她原站在桌边，还逗着他玩笑呢。后来小官官把金簪一丢，桌面上还发出一声当啷的声音，她即使不看见，也应该听见。"

三秀道："那么阿珠对二娘怎么说呢？"张媪道："那小鬼头偏咬定说没有看见，存心冤赖婢子，二娘又帮着她，不容申辩，因此婢子冤得只有一死。"三秀道："事情没有弄清楚，为什么轻于言死，死又岂可了事的！你快去把阿珠叫来，待我细细问她。"

张媪把阿珠叫来，三秀和颜悦色地问她："二娘遗失金簪，究竟是怎样一回事？小官官把金簪丢在桌上，你到底看见吗？你详详细细地告诉我，不要怕，我不会打你的。你说了实话，我把你前天绣成的那方罗帕赏给你，那上面八只彩蝶，你不是最喜的吗？快些乖乖儿地说。”

阿珠对她脸上看看，才低下头嗫嚅着说：“小婢看见小官官把金簪丢在桌上的。”三秀道：“那么你为什么跟二娘说没有看见？”阿珠抬起头，两颗泪珠在眼角里藏着，说道：“小婢见二娘手里扬着藤鞭，心想说了看见，她一定要怀疑小婢偷的，因为二娘发现金簪遗失之前，并没有别人进去过。她要疑了小婢，岂不要把小婢打死！所以小婢只得推说没有看见，虽然心知张媪冤枉的，但为了避祸起见，不得不硬着心肠一口咬定。可是这金簪不在倒也奇怪，究竟是哪一个拿去了呢？”

三秀想了一想道：“簪子上所串的粉圆，小官官有没有吃完？”这话可算是问张媪阿珠两人的，所以两人同声答道：“只吃了一个，还有二个在簪子上。”三秀又问：“二娘房里有无鼠患？”那只是阿珠知道说：“有的，不过并不厉害。”三秀站起身道：“你们随我来。”二人看她似乎有所得的样子，却想不出是什么道理来，只茫然地跟着她走。

到了二娘房里，只见二娘倚在床栏上，满面泪痕。一见张媪进来，直起身子，双目一瞪，就要咆哮的样子。三秀连忙摇手止住。大娘坐在床边，双眉紧锁，显然是一筹莫展的神情。见三秀引着二人进来，知道总有了端倪，不禁展颜相询。

三秀且不理她，问张媪道：“金簪丢在哪一只桌子？”张媪指指南面靠窗的一只桌子。三秀走到桌前细看桌面上依稀有斑斑驳驳的糯粉痕粘着。这痕迹是由桌子的正中蔓延向西；桌子的西边是一只靠椅，再西是一个柜子，柜子的里边紧倚着墙壁。

三秀问：“地下都找遍了吗？”二娘道：“只差把屋子翻过来，什么地方都找过了！”三秀指着柜子道：“这底下呢？”二娘道：“也已寻过。”三秀不厌求详地又问：“曾否把柜子掇开了寻？”二娘却被问得好笑起来：“我们点了烛火，在柜下仔细照过，清清楚楚的，一些儿东西也没有，一根黄澄澄的金簪儿，还有看不见

15

的道理吗？那一定是偷了去了。"三秀微笑道："姑且把柜子搬开，再找找看。"

说着不待二娘同意，就领着张媪阿珠，动手搬柜。大娘因为张媪是她的用人，也很愿早些有个水落石出，免得自己脸上难为情，看看柜重，也上前相助。只有二娘端坐床沿，袖手旁观，觉得她们是多此一举，徒耗气力罢了。

四人先把柜些微拖离了墙角，然后阿珠挤进去，每人掇一角，打算把柜搬出来。可是阿珠挤进墙壁，偶一低头，竟嚷了起来道："咦！这里不是金簪吗！"大家听了，都有喜色，忙问她"金簪在什么地方"？连那端坐床沿，现着一百廿分冷淡神情的二娘，也赶过来了。

她们把柜子又移开了些，阿珠退出来让三秀过去道："就在那墙角里！"那黄光闪耀的金簪，正静静地躺在墙角下，上面还遗留着小半个残余的粉圆，在离地三寸余的墙角里，有着一条约一寸长半寸宽的裂缝。她笑指着那墙缝道："偷簪贼就是从这里面出来的。"

二娘诧异道："这是怎么说？我不信。"大娘在旁却恍然道："嗯！原来是老鼠衔的，但是方才你们用烛火照，怎么没有看见呢？"二娘的脸上，表现同样的疑问，看看阿珠张媪，又回头看看三秀。

三秀道："这是被柜子足遮住了，很容易明白的。刚才我细问她们，知道二娘房中原有鼠患，簪上又留有食物，我就确定是被老鼠衔去。我记得在前人的笔记中见过一则：有一个穷秀才，缺乏膏火之资，想向他的舅母去告贷一二。那时候，正是五月端午相近，他家舅母，已裹了许多粽子，他去时舅母正吃着粽子，她心里虽是嫌恶着外甥，表面上却不得不假殷勤，让他吃粽子而不给他筷子，把一根金的耳挖子往粽子里一插，就走开了。她估量着穷亲戚上门，决没好事，还是避开为妙。那么细的耳挖子，

16

怎挑得起偌大的粽子？外甥明知舅母是不诚意的，告贷的事，当然也免开尊口，一气就走了，粽子也没吃。后来舅母下来，粽子没有了，金耳挖也没有，舅母就使人讽外甥，说他吃粽子连金耳挖都吃下肚。那外甥又羞又愤，一口怨气就缢死在舅母的门上。当然人命关天，舅母家着实用去了些银子。事后为袚除不祥把外甥那天来过的屋子，大加扫除，谁知就在那天外甥坐的靠椅后面墙缝里，发见了那根金耳挖。多天因为被椅背所掩，没有看见。这时舅母方才知道冤诬了外甥，白送了一条人命，良心方面受了谴责，时常如像外甥向她索命，得了怔忡病，不多几时也就一命呜呼了。今天我们家的事，详情度理，和那笔记所载的如出一辙，所以我断为老鼠作祟。二嫂，如果一定固执你的成见，岂不也要犯人命吗？如今东西既已找到，事情已成过去，也不必谈了。可是以后凡是值钱的东西，不要随便给孩子。照顾孩子的人，应该留心，孩子手里的物件，妥为保存，交还原人或放在原处，切不可随随便便东置西放。这回张媪的疏忽，也难辞咎，假如你把金簪交还二娘，或是交给阿珠，不是就没有这一场是非了吗？这真是给你一个教训，下次须得留心一些。现在好了，没有你们的事，替二娘把柜搬好了，自管做你们的事去吧。"

张媪既洗了贼名，留得了性命，自是十分感谢这位大姐。二娘得以免去丈夫的殴辱，心里也自佩服这位小姑。从此婢仆都因她细心能干，赏罚有则，而愿意服从她的指挥。她比二位嫂嫂多识字，持筹握算，也较敏捷精确，所以两嫂倚之如左右手，乡里之间，不但以艳称，也以贤著。

服阕后，问字者络绎于门，户限为穿。她的两个哥哥，因为她是父亲最钟爱的，必要替她选一个乘龙快婿，方才对得起死去的父母。大哥庚虞选婿的目标，必要门第清高、年貌相若、丰才笃学、敦品达礼的君子，财产多少倒不在乎。可是二哥肇周的主见，是在财势，什么品学年貌，都不讲究，只要能有捧金银为

17

聘，自己时常可以沾些油水，哪怕他貌如鬼魅，年逾耳顺，他也愿把妹子嫁给他。只因兄弟俩的主见不一，来说媒的，莫不抱了热望而来，失望而去。

三秀那年已十四岁了，还没有出嫁。而三秀的芳心里，却早已蕴藏着可人的影子，自誓画眉伴侣，非此莫属。她所属意的人，是乃兄庚虞的好朋友，年纪比她长八九岁，生得眉目英秀，气度潇洒，学无所不涉，艺无所不精，而且少有大志，感慨国势的日削，边患日深，常常掷笔叹息，愿效班将军的立功异域。父母早亡，留有些薄产，又为族中无赖所侵，家境实是寒素得很。他的性情又是十分狷介，有时瓮飧不继，也不肯随便向人借贷，宁静处陋室，喝几口清水，翻几本古书。陶靖节所说的："短褐穿结，箪瓢屡空，晏如也。"倒可以移赠于他。他和庚虞、朱慕家是最好的朋友，情同手足。二人常赠以银米，借助膏火。他对于二人所济，是不常拒绝的。他和庚虞，时相动从。因此三秀幼时，和他相习如家人。后来三秀父死，庚虞事忙，肇周孜孜于利，所以她遇有书中疑问，往往就正于他，未免日久情生，虽未明结丝萝，然已两心暗许早证鸥盟了。

那么他究竟是谁呢？就是前一回中，在紫荆树下扎了一手泥的少年何天白。那天三秀午后无事，想料理一些绣件，可是窗外的鸟语，帘前的花香，惹得她时常倒拈了绣线，刺破了指尖，就抛却待绣的鸳鸯，且下楼闲散。信步走来，不觉走过了石桥，到了紫荆树前，瞥见那边河畔有一个熟悉的背影，痴痴地呆视着河心里，不知在想什么，就在脚边拈起一块小石，用力向那背影的前边掷去，赶快往旁一躲，有意逗着玩笑，后来听得人喊着天白，她就急忙转身回家，上了楼。

原是遥嘱着河这边的可人，露着娇笑。谁知一阵老鸭般的笑声，从楼下传来，她转脸往下一望，只见一张酒糟橘皮脸，嘻开了大嘴，眯细了一双肉里眼，正对楼上看着。三秀几乎把晌午吃的饭都呕出来。急忙把脸一沉，砰的一声，关上了窗，还怄气把窗帷也放了下来。

过一会儿，又些微掀起帷角，向外偷觑，那一双背影，已消失在夕阳影里。那个惹嫌的肥猪，却还在那里摇来摆去。她一气把帷重重一放，几乎把窗帷拉了下来。

这一晚三秀老觉得什么都不如意，寝不寐，食无味，一直到天明还是懒懒的没精打采的样子。上午帮着两位嫂子，料理了一些家事，饭后有事去问她大哥，就独自走向庚虞的书房里去。

那书房的窗外，植着一株玉兰，这两天正开得茂盛，似砌玉堆雪一般，洁白而可爱。一种悠闲雅淡的香气，混在软驰的暖风里，缓缓地冲向人的鼻管，又像一根丝绳，把人的脚绕住了，徘徊不忍离去。三秀只顾把玩那株清芬可爱的玉兰，竟忘了去找大哥庚虞。

她正自出神时，蓦然从书房里的窗里，传出了大哥的呵斥声。她想大哥为人耿直，喜欢面斥人过，这脾气是很容易招惹的，此刻不知又是谁来做不合理义的干求，惹动他的性子？就轻轻地走到贴窗细听。

这时她却听得二哥肇周带着笑声温和地说："你恐怕是听错了，这一回郁老伯来说的亲事，是常熟最有名的富翁，真是仓廪如山，屋宇连云，为前几次来说亲的所未有的。况且父母最爱妹子，临终时都谆谆嘱咐，要我们给她嫁一个丰衣足食的大家。这头亲事成了，你我总算不负父母的遗命，也对得起妹子了。"

三秀听得又是为了她的婚姻，这是最使她头痛的，便想移步离去，可是结果如何，又是她所亟欲知道的，不觉把才举起的绣鞋，又踏了下来，听她大哥如何作答。

果然是庚虞开口道："凭他富埒王侯，这黄家的亲事，无论如何不可应允。他家凭仗祖父遗资，趁此荒年物稀，囤积居奇，剥削小民，不但大桥镇上，怨声载道，就是常熟县中，也无不切齿。这样为富不仁，心无善果，怎能把妹子嫁他!"三秀听着，不禁连连点头。

又听得肇周说道："妹子为人，心高气傲，不能俯仰随人，何况黄家没有翁姑，妹子入门就是掌家主妇。黄某虽是续弦，但并没有子女，妹子将来有了儿子，偌大家的财岂不全是妹妹的吗!大哥你别再固执了，错过了是很可惜的，下次哪里再去找这样大财主。"三秀这时气得花容失色，把牙齿嚼着下唇，仍复沉住了气往下听。

庚虞似乎不耐烦了，大声道："不可!不可!不可!无论他有多大家财，这么大的年纪，和妹子相去太远，且又生得肥丑，和妹子也绝不相配，何况又有着不仁不德的口碑，我绝不和这种人结亲戚。请你不要再说了吧!"三秀听了她大哥这样坚决拒绝的口气，心里一宽。

她站在窗口，只顾听他们的话，却让春阳照着娇颜，香汗微渗，她也不想听下去了，也不愿再进书房，径自回楼，身后似乎还响着她二哥嗡嗡的语音。她一面心里估猜着那黄某是甚等样人，老丑，痴肥，为富不仁，即使不是像大哥所说的不堪，她也是不愿的。

现在且不管三秀上楼后芳心如何惙惙，却来把这黄某的身世，以及他的为人，来述说一下。

黄氏住在常熟任阳的大桥镇，已有三世，都是单传，所以这个黄亮功既无伯叔，也无兄弟，连远的姊妹也一个没有。即有几房亲戚，也都和他不通庆吊，乡党邻里之间，从没有一人和他来往，除非是趋炎附势的鹜利之徒，以及受经济威胁而没处通融，不得不出了重利去借贷的债务人。

他家世代刻薄，传至亮功，刻薄尤甚。他自幼不喜读书，却乐于亲近算筹，将怎样可以积少成多，怎样可以增多利润，怎样让人吃亏，怎样使自己便宜，都有圆熟的计划和手段。所以到他

20

手里，家业较诸上二代格外隆盛，居然富甲一郡。

他的所以能致巨富，一方面固然是借了父祖的余荫，一方面却是靠了年荒乱世的机会，凭借他雄厚的资本，仓廪中堆满了民以天为的食粮，仓库中藏足了人民生活必需的用品；运用他的狠心辣手，操纵居奇，物价因此天天高涨，他的田地房产、金银财货，也随着增多。

只有一般平民，受了他敲骨吸髓的酷刑，日趋羸瘠，所以咒诅毒詈之声，却也逾他的家产了。任阳人提起他时，总在他的姓名上冠以绝子孙三字，就是他的岳母妻子，也时常在他背后咒诅他。

原来他重视金钱，逾于性命，无论亲党朋好，也是锱铢必较。即亲如妻室，他也要跟市井贩卒的对顾客一般斤斤计较，真有包拯持法般铁面无私的精神。

有一回他的岳家，突来了一批自西北避贼乱来的远戚。那时，正是青黄不接，新谷还没有上场。他的岳家，并不十分富有。且在这一年连出了几件大事，家里的积谷，都已变换了银钱，所余的剩粮，仅敷一家子人的吃，突然添了十几个吃口，当然剩粮不够，打算向黄亮功暂借几担米，等新谷上了场还他。谁知黄亮功不但不肯借，且要照市价才愿转让。他岳家的人一气，在别处借了几石谷，从此和他断绝来往，黄亮功也来得正好，认为这种穷亲戚，还是不认为妙，免得自己家中有所走漏。

更有一次，一个贩布客人因为借了他的钱做资本，恰值时会巧遇，获了一笔厚利，除了还他本利之外，又加送了他一匹夏布。黄亮功得了这意外的赠予，不知怎样也强盗发善心，想替他妻陈氏做件衣服。那时夏天已过，天气凉爽，他妻子陈氏，就说留到明年再做。谁知道到了明年，夏布大俏，陈氏要讨那匹夏布做衣服时，黄亮功却不肯了，要卖给人家，除非陈氏也照市价向他买。陈氏一想，她尽全年的月费，也买不起那一件夏布衫子，也就赌气不要，却不免哭了二场。黄亮功看了妻子红肿的眼泡，心中也觉得有些抱歉，就在那天饭桌上，添了一碗油煎豆腐，算是替妻子消气的。可是陈氏对那碗油煎豆腐，也只望了一眼，并没有把筷子去触它，虽然她嫁了黄亮功十年，连这一次共不过见过三回油煎豆腐的面。

原来黄亮功虽然号称首富，家里的吃用，却是苦得比穷人家还要胜三分。每天吃饭，只得一样素菜，还舍不得放油盐，他家起油锅时只不过在锅底看见一阵油光，沾着一味儿油罢了。至于鸡鸭鱼肉，更是从不进门，即偶然有人送他一二，他还要作价卖给人家呢。所以油煎豆腐在他家，竟和鱼翅海参一般珍贵哩。

黄亮功识字有限，仅能举几个债务人和佃户们的名字，年月日时，度量数码等也能认识，还有柴米油盐和日常服的用物品，和他的生活有着密切关系的，都能识得。写起字来，却握笔重逾千斤，皱眉瞪目，简直痛苦得很。

可是他偏不信任别人，什么账都要自己登记，而且什么东西都要记账。他所积贮货物固然有账，但是一天用去了几许柴，吃了几升米、几粒盐、几滴油也都要亲自记账。他家的人，莫不见了他感到头痛。可是他不管，凡是有关经济的事，他都件件躬亲，每天抽柴量米撒盐滴油，都要在他的监视下施行，还要每天随时和存账校核，如果稍为有些儿错误，便教经人赔贴。

黄亮功持家俭刻到这地步，对外更不必说。不过他虽和一般恶霸土棍同样地能令人倾家荡产，甚至妻离子散，却不露穷凶极恶的面目。即使他要榨取人的性命时，也是一派哈哈嘻嘻的笑声。凡是欠他债或租的，只要一听笑声进门，便不由得毛骨悚然，两腿发颤，再也使不出方法来避免他的榨压。他用着一把笑里刀，杀人不见血，虽会替阴曹地府平添了许多冤魂，而阳世的法纲，却兜不上他的身。

他吃得这样粗粝，当然谈不上营养，可是他身体十分胖，一来他幼时，父母宝爱他，十分注意他的起居饮食，尽拣好的补的给他吃，有如一家店里，资本雄厚，虽然历年没盈余，一时也还不致倒闭，并且外场面也能撑得很不错哩。还有一个致肥原因，也许是他眼看着自己理财的手腕，强爷胜祖，家产一天天增多起来，心里一乐，自然脑满肠肥，面团团腹便便成富家翁型了。

只是美中不足，娶了陈氏，三年流产了两次。至于流产原因，说来很可笑，却是为了在黑暗里倾跌了一跤。原来黄家偌大的房屋，每晚只点一盏灯，自灶上移至厅堂，再由厅堂移至卧房，而且限定每夜只许点一根灯草。有一晚，陈氏因为晚餐时多喝了一碗薄粥，半夜里忽然内急，起身解溲时，黑暗中给小凳绊了一跤，就把一个已成形的男胎给掉下来。黄亮功有了偌大的家财，唯恐承继无人，很盼望早些生个儿子，谁知陈氏贪嘴，多喝了粥，忽然夜半起床，牺牲了一个儿子，不禁又悲又恨，把陈氏狠狠地骂了一顿。

第二次怀孕，黄亮功恐蹈覆辙，晚上多添半根灯草以备夜半万一之用。谁知陈氏又因想喝鲫鱼汤，亮功不许，两口子淘了气，陈氏哭了一场，闪动胎气，又把一个男胎滑了。从此以后，因为陈氏产后缺乏营养，再也没有喜讯了。

在亮功三十九岁那年，陈氏一病身亡，并无留下儿女，想要续弦，可是任阳地方，没有一个肯把女儿嫁他。他一问听说刘家的三秀，娇艳动人，而且知书识算，谁家娶得了这位姑娘，真是娇福不浅。

黄亮功自知胸无点墨，笔底不活，如能娶得三秀为妻，可以帮助自己不少，何况又是那么年轻美丽的女子。虽然他是这样地渴慕着三秀，可也自知是梦想。

三秀大哥庚虞的疾恶如仇，瞧不起市井弩利之徒，就是托有随贾般口才的人去作伐，也难望这头亲事成功的。后来又探得刘绅肇周，却是可以利勤的，只要许以重金，就会有成功的希望。

23

黄亮功谋娶三秀的心果然切，但要他舍重金又觉得心疼，就这样地迟延下来。

不觉到了明年，亮功已是四十岁了。春天本是万物活跃的时候，什么东西都有一种蓬勃的现象，亮功虽悭吝，但也是一个人，他的续娶和望子的心，又热烈起来。

那一天是到前村李家去要债的，总算不曾枉费了脚步，本利一齐要回，喜滋滋地踱回家去，无意中走过刘家墙门，下意识地抬头向楼窗上一望，徒见眼前一阵发亮，真的，这么明艳娇媚的容颜，他的目中从来也没有映进过。他仰着短颈，眯细着双眼，只顾端详。看见她露着一排编贝也似的玉齿，侧转了半边香肩，斜倚窗栏，一双滢然的眼波，看着楼下，嫣然娇笑。以为是对着自己笑呢！不自禁也掀开大嘴，露出一口黄牙，哈哈哈地笑了出来。他自觉这一阵笑意是有别于对着一般被压榨者的，可是那楼上的美人，不领会他的温情蜜意，却砰然地关上了窗。他蓦不防地吓了一跳，心里老大觉得没趣。踱过来时，瞥见对河站着一双少年，正呆觑着河这边哩，心想砰然之声，也许是为了这对河的家伙而发？他做了这么一个推想，两条腿不由自主地尽在刘家墙门外摇来摆去，心里又有了一个盘算。

第三回

求偶倩冰人伧夫急色
分金逢好友名士伤神

黄亮功自在楼头窥见了三秀的颜色，竟把终日汲汲于利的心思换了，一味地只是筹谋如何去娶得这位国色佳人，如何去应付她的两位兄长。一个是诡诡然拒人于千里之外的，一个则是孜孜然逐利不甘落后的。他终究想起了一个办法，就趁夜去访问那位平时和自己有些财货上的交谊的郁乡绅，他是刘氏的父执，也许刘庚虞不好意思十分拂他的面子。至于对付刘二的方法，只要许以重金为聘，便毫无问题了。愿出重金这句话，在这位向来一钱如命的黄亮功唇边滑出，真是旷古未有的奇事。

郁乡绅深切明了黄亮功的心事，明知这桩差使，不易讨好，可是为了自己不时要向他通融一二，不得不去试说。

第二天，黄亮功在家等郁乡绅的回音，从日出直候到日中，从中堂跑到大门外，来回不下几十回，却总望不见那位郁乡绅的影儿，累得他饭也少吃了二碗。没精打采地放下了饭碗，怀着一颗忽上忽下的心，在堂前踱了几十步，心想即使刘家留他吃饭，这时也该吃完了。吃了饭该立刻来会我，他是知道我何等地热望着。

他心里这样想着，两条腿不知不觉地又慢慢搬向大门外去，伸长了脖子，睁大了眼睛，尽对大路上瞅着，瞅得不耐烦时，又回到堂上，竟是坐立不宁，连账都不去要了，只是眼巴巴地望着，看看太阳已经向西了，那郁乡绅还是毫无踪影，黄亮功急得心都几乎要炸裂了。

好容易当他第三十二次跑到门外眺望时，才看到郁乡绅满面红光，远远地走来，似乎很兴奋。他心里估量着消息一定不坏，脸上不由先现出几分喜意，后来迎面一股酒气进他的鼻管，觉得"成"字有十分把握，看看来人笑嘻的样子，他的大嘴也不自主地嘻开了，迸出一阵哈哈的笑声。那动荡了一整天的心，也随着笑声找到了安置的处所了。

显着从来不会有过的亲热，赶上前拉着郁乡绅的双手，笑嘻嘻地望着他道："怎么到这时候才来！好消息也该早些儿着个人来通知一声，累得人几乎急死！慢慢儿喜酒有的喝呢！又何必忙在一起，却教人等得颈酸眼穿！"

显然他是误会，郁乡绅有些不忍兜头给他一杓冷水，虽然他为他还抹了一鼻子灰。匆匆地跟着进了中堂，坐下喝了一道茶，那种慢条斯理的模样儿，黄亮功看着心不觉痒痒的，却又不便十分催促他；谁知郁乡绅端着茶碗，正不知如何安慰这个热望者的失望哩。

郁乡绅放下茶碗，不得不报告他到刘家说亲的经过，却绕了一个圈子，先从他本身说起："不然我早就来了，在刘家出来，还未晌午呢！谁知走不了几步路，遇见了旧日的同窗好友，倒有十余年没见面了，新从江西回来，省视卢墓，不多勾留，仍要去的。因拉着到他家小饮。我那朋友不但是个酒葫芦，而且还是话匣子，三杯下肚，他的话就像黄河决了口，滔滔汨汨说个不休。自从他那年起程坐的什么船，同行的什么人，带的什么行李说起，中间经过些什么地方，有些什么名胜，历年游慕，遇到些什么人，又讲到那些大僚的家庭闺阃中的艳事秘闻，一直讲到三年前到江西佐幕以及现在回里扫墓。这些话，你想讲来要费多少时

26

候？我心里惦着你急于等我的。他又像说评话似的，惯会卖关子不把我的好机缘讲出来，又一会儿添酒，一会儿热菜，直到这时候才算散。"

他说到这儿黄亮功真正耐不住了，那一只蒲扇似的大手，不住地向他摇晃，叫他别再绕大弯儿了，连连催着："少讲闲话，究竟我拜托你的事，结果如何？"

可是郁乡绅仍保持着他乡绅的架子，端起茶来先喝几口，又抬眼向黄亮功看了一眼，还是那么闲闲地说道："你别心急！我自会说给你听的。我那朋友的居停，有一位老表，新任江宁巡抚，托我的朋友，代为物色一个助理案牍的人，朋友见了我，就劝我一往，总强似株守家园，这在我原可算一好机缘。还有一件喜事，却是小女的姻事，就在方才席上面允定与我那朋友为媳。我今天原是替人说媒的，谁知为人谋不成，反在无意中自己了却一桩心事，你道我一日逢二喜，岂不要多喝几杯，只是代你出力未成，很觉得抱歉！"

黄亮功屏息静气，听明白了郁乡绅的话，把一张胖脸，不由涨得像猪肺一般。要不是他顾虑到偌大家财，无人继承，竟是会一怒而绝哩。

郁乡绅告别时，连连作揖告罪，黄亮功送他只觉得两条腿有千斤重，有些寸步难移的样子，没送出二门，就止步了，懒懒的再也没有刚才看见他的兴奋。

这一次，黄亮功连晚饭也没好生吃得，心里闷闷的，算账老是算不准，把债券账簿，使劲地往橱里一掷，执了那盏油灯，打算回房去睡。只听得砰砰砰一阵打门声，不禁停住了脚步。过一会儿，长工阿六从黑暗中跌跌撞撞地进来，交给他一张小小的字条，就是郁乡绅家小厮送来的。

黄亮功凑着油灯，看了好些时候，似乎头里轻了很多，精神又顿时振足起来，仍复把灯放在桌上，开了橱门，取出那捆簿册，细细核算，笑微微的一些儿没有倦容，那晚上竟还破例多添了一根灯草。

这时候病卧在陋屋中的何天白，也是倚枕拥衾，望着那盏孤灯出神，他的眼前只是闪映着慕家和三秀的影子，耳边绕着的也是这二人的语声，心里只是权衡着二人的言语。

慕家对他说的，他觉得没一句有驳回的可能。依了慕家的话做去，方不负堂堂七尺之躯，寒窗十年之功，以行匡世救时之志。偏偏地身体不争气，中了酒也会病起来，不知慕家所说的等他几天，是否真的。可惜三秀来了，慕家就匆匆别去，也不曾给他最后决定的机会。

一想到三秀，他的思绪又没有先前清楚了，本来斜靠着枕头的身体，不自觉地泻了下去。慕家的劝告，自己的决定，都让这温馨、忆念的氤氲给笼罩住了。他觉得如果鱼没有了水，便不能生活的，那么他就是鱼，三秀就是水，蚕认为作茧是它的最合宜的归宿，那么三秀就是那万千缕织茧的丝柔，他就是甘处桎梏的春蚕，委实无法摆脱，他也不想摆脱。

今天三秀告诉他，听得二个哥哥为了她的亲事争论的话，他格外不想离开她，他觉得紧紧地直随着她，护持着她，可以减少她一些忧惧，自己也不会堕入绝望的深渊。

他反复地思虑，总是留的一念，占了优势。他为了不能失去三秀，慕家的好意，他只得无可奈何地辜负了。他的去留，有了定论，他的心头一舒，便安然入睡。

明天起来，身体已轻松了许多。午时啜了两碗粥，在庭中闲踱了些时，很有倦意，便又倒在床上午睡。春天原是困人的天气，何况他又在病后，这一睡竟比前两晚还要甜酣，直到傍晚余家父女来唤他才醒。

他揉了揉眼睛，起来让他父女俩坐下，这时他的身体就和没病一般了。他向余家父女探问慕家走了没有，百庆答道："走了，今天黎明时分走的，我和阿凤还去送了他一程！"

天白听他提起阿凤，心里原在纳罕，如何不曾听得鸣凤说过话，不禁偷眼向她一瞧，只见她穿着一身月白布的衣裙，头上包了一块也是淡蓝的布帕，竟是素雅得很。长眉深锁，两眼红红的，似乎很哭过一回哩。一手撑着下颌，一手抚摩着桌上的提盒，是她刚才带来的，静静地听她父亲说话，一反从前活泼不羁的常态。

百庆的话头却仍是连续着道："朱家少爷又说，何少爷贵体欠安，不能和他同走，他也不及来辞行，命我们代说一声。"天白听着，心里发生一种难辨的情绪，不知是惆怅呢，还是彷徨，只是怔怔地坐着不开口。

鸣凤见他两眼呆视着提盒，就盈盈地站起，把盒盖揭开来道："朱少爷因为何少爷病着，盼咐我们做些菜粥来给何少爷吃，我又煮了一罐香粳粥在这里。本来我们早来了，就因为炖粥才迟到这会儿，此刻粥还滚热的呢，何少爷不妨就用吧！等明天能吃荤时，我们再给你做些鲜鱼汤来喝喝。"说着把提盒里的酱瓜啦，乳腐啦，熏蛋啦，一样样地搬出来放在桌上，还有一罐热腾腾的香粳粥。

天白中午只吃了两碗薄粥，这时原也饿了，何况那粥的香味，一阵阵地引得人食欲大振。天白就邀他父女同吃，谁知他们已经吃过。好在天白和他们也熟不拘礼，就自管自凑着粥菜，一气吃了三碗粥。要不是余百庆劝他病后不宜吃得太多，他还要添哩。天白吃过，鸣凤替他收拾菜碗桌子，又去厨下替他洗碗。

这里天白上了灯，余老头儿在腰里解下一包银子，递给天白，一手敲着自己的头道："我这老头儿真是昏了，几乎把这个紧要东西忘了！朱少爷昨晚因不及给你送来，就留在我们那里，嘱咐我们今天送来的。这里是五十两银子，还有一袋米。"说着俯下身去，在桌上拖出一个装米的口袋，因为室中黑暗，所以天白先前竟没看见。"还有一担柴，现在庭中，朱少爷还吩咐小老儿代说，这银子请何少爷留着，如果想追上朱少爷去，就拿作盘费。至于缺少柴米的话，尽管告诉小老儿，自会到赵金虎那里去取来，这也是朱少爷吩咐过了的。"

天白对于这位解衣推食的朋友，自是感激得很。听到叫他拿银子做追随他的川资时，不觉心里一阵内愧，脸也红了起来。

这时鸣凤已收拾清楚，向着她父亲道："时候不早了，我们该走了吧。"拿了空提盒，转身又对天白微笑道："何少爷，我们走了，想吃什么鱼鲜，尽管告诉我爸爸，不必客气，我们替你做来好了。有便时仍请常来舍下走走，和朱少爷在时一般才好。"说到末一句，那声调已经失去了自然。

急忙背转身去，跟着她父亲走出后，天白可以想到她的笑容顿敛，眼睫毛上挂着晶莹的泪珠儿了，心里也是替她难受。执着烛送他们父女出门，百庆把灯笼里的小烛，就着天白手里的烛火点了，向天白点头告辞，父女俩相扶而去。

天白把右掌挡着烛，立在门外，看那一点灯笼火，渐渐地消失在春的夜雾里。心里却在暗忖，如果自己今天竟跟慕家走了，不知三秀是什么态度？她也许比鸣凤还要憔悴，不胜别恨离愁的折磨吧。想到这儿，他把手里的烛火抬高了一些，远远地望到河那边去，可惜天黑无月，微弱的烛光，不能照远，只能看见黑魖魖的树影而已。

夜风吹来，烛光纵有手挡着，也自摇摇欲灭。他刚想回身进去，忽然背后有人把他的袖子一拉道："客人已去了，这么些时候，送客的还尽着痴立在门外做什么？"他听得出这是三秀的声音，忙转身把烛火照着她进屋，一边问她道："这个时候了，你怎么还来？"三秀听问，把脸正对着天白说道："怎么，来错了吗？人家因为惦记着你的病体，白天事忙走不开，晚上有空特地来看你，你送客时，我躲在一边，不来惊扰你，我自问是十分识

30

趣了，不料还是讨你的憎厌。嗯！我知道了，不该打断你甜蜜的幻想，是不是？我走了，免得惹人嫌！"

说着就向门外走去，她惯会故作娇嗔，让天白着急。天白果然连忙拦住了她，向她解释，请她不要误会，求她原谅，急得脸都红了。三秀禁不住扑哧笑了出来："书呆子，不用急，我是逗着你玩的。那何必连脸都红起来呢？那一老一少，我一见就料是你常提起的余家父女，可惜我来迟了一步！否则，你给我引见引见，也让我多得一个闺侣。"

说着说着，二人已来到天白房里。天白把烛台放在桌上，随对三秀看了一眼道："你要见她，只要说定一个日子，我去请她来，那真不费什么事。"三秀似乎想着一件什么事"哦"了一声道："我大哥日内将作远行。"天白不等三秀说下，抢着问道："你大哥要出门，往哪里去？干什么？"三秀道："是他从前的业师，举他往山左辅佐某公，大哥并不十分愿意去帮那位督抚，但为了老师的面子，不得不勉为一行。日来正料理一些家事，稍停二三日，就要起程。我们后日举行家宴，作为祖饯，明天请你关照余家父女，后天给我挑一担肥大的鲜鱼送一篮来，就教鸣凤直接来找我，不是就可以认识了吗？"

天白叹道："你大哥一走，我又少一个可谈的人了，你们家里，我可没有机会来。你那二哥，我可见了他头疼，和他简直一句话也谈不上。"三秀接嘴道："可不是吗？我的事也格外忙了，出门的机会，当然减少，所以我想认识鸣凤姑娘，以后也许可以帮助我做些什么。你不是说那鸣凤姑娘是很热情很豪爽的吗？"

天白心里只是默默地想着：他们一个个都走了，自己却两条腿像有什么绊住了。现在庚虞一走，如果自己也离开，那么现在和自己相对的腻友，再也不会有属于自己的希望；这样一来，自己是更不得走了。他静静地注视着三秀，却忘了答她的话。她以为他病体初痊，精神疲倦，就让他早些睡，她也就回去了。

天白送走了三秀，明天果然依了三秀的话，午后到余家去，告诉他们给刘家送鱼去。鸣凤的耳中本也熟听三秀的芳名，苦于没有识荆的机会，现在听说叫她直接去看，哪有不高兴之理。

　　那天父女俩格外起得早，略一拾掇，就摇着渔船儿出去网鱼。不过辰牌时分，鸣凤果然挑了几个最大的鳜鱼、鲫鱼，和一个大团鱼，几斤鲜活的大虾，装了一篮，直到刘家后门。刘家的厨媪，早经三秀嘱咐过，一见鸣凤，连忙把鱼篮接过，叫小丫头引鸣凤直到小姐房里去。

　　二人早已互耳芳名，一旦觌面，颇有相见恨晚之慨，居然和素识的一般，谈得非常投机。要不是三秀忙着为她大哥摒挡行装，简直想留住鸣凤谈上几天几夜。鸣凤如果不是惦念着老父鱼市独忙，她也还依恋不忍遽舍咧。两个都是未出阁的闺女，倒各捅着一副家政的重担。莫奈何，三秀送鸣凤下楼，殷勤约了后会才别。

　　三秀忙着去帮她大嫂料理庚虞的行箧，凡是客中应用，而她大嫂一时想不到的，都是三秀一项项地替她放好。一会儿又赶到厨下，督促厨媪洗宰，指导她们烹调。一会儿又奔到前厅，和她二个哥哥，商酌大哥走后，家务如何支配。她一会儿奔东，一会儿奔西，似乎忙得很高兴；可是稍一歇息时，心里就好像空落落的，觉得一个人不知该如何处置才好，简直坐立都无一是处。

　　家宴的时候，庚虞少不了要叮嘱家人们几句，家人们也都安慰着，叫他放心；又未免要嘱他客中保重，行旅小心，以及祝他一路平安等。琐琐屑屑，一餐饭很费了些时候。

　　三秀平时因为父兄宠爱，谈笑放纵不受拘束，家人叙餐时，常有着一片春莺似的语声，在席上娇啭。可是这一晚，她竟是沉静得很，别人讲话，她只是用着漾漾的眼皮，望望这个，望望那个，喉头好像有一条东西，一直似心底冲出来，塞住了咽喉，把一肚子要说的话，都给挡住了出路。一颗心悬空着，好像孤立在峻岭峭壁之上，深渊激湍之缘，只是惴惴地似乎有什么危险，就要发生一般。

大家只顾和庚虞讲话，也就没注意到她。后来庚虞却发觉了他的妹子异常的神态，陡然想起了一件心事，当着三秀的面，却不曾说得。这一顿饭，大家就在带着黯然的神情中散了。

天明，庚虞启行，三秀和二个嫂嫂，都送到中门口，肇周自是该送到镇外。庚虞临别时，又谆嘱兄弟道："我此去如不合意，就要归来的，家中诸事，内外分任，你也已明了，我也不必所说，只是妹子婚事，千万不可随便，如有人求婚，必须将门第德誉，品学年貌，详细告我知道，候我回音，然后定夺，万勿轻率从事，致误妹子终身，使二老抱恨泉下，切记！切记！"

肇周唯唯，心里却暗自笑他哥哥太迂。回家时一路打算，上回既是答应了人家俟机玉成，目前这位不近人情的哥哥虽然出门，可是他丢下了这句留言，倒也棘手，自己怎样可以达到目的呢？真有些不容易，除非三秀自己愿意，过几天且叫妻子去探探妹子的意向再说。

晚上，肇周就和妻子说了，叫她几时乘隙探问妹子的口气，对她自己的婚姻，究竟有什么意见。二娘和肇周，正是天设的一对好夫妻，她也巴不得三秀嫁一个有钱的丈夫，即使不想沾她光，至少可免将来啃啮母家。

有一天午后无事，二娘就到三秀房里来坐谈。那时三秀正在绣着一双枕头，绣的花样是一只白头翁和一丛芦苇几枝芙蓉花，意思就是一路荣华到白头，绣得很是精巧。二娘见了，赞不绝口："三妹真聪明，这枕片儿绣得好极了！绣工是这么细致，颜色又配得这么调和，将来不知哪一位有福郎君得枕上这对枕头。枕了这对枕头，睡也睡得甜适些咧！"

三秀放了针线，在花上盖了一方白布，站起来把她二嫂的手轻轻拍了一下，半笑半嗔道："我这粗手可做不出什么好活计来，你别挖苦人，说绣工归绣工，又拉扯上这些废话，算是什么意思？"

二娘笑辩道："啊！阿弥陀佛，神明在上，我的话有一句假的，就甘受神谴，真正的我是佩服你艳羡你的呢！"说着，又走到绣架前，把白布掀起来，指着花样儿笑问道："三妹！你倒说说看，这花样含蓄着什么意思，是不是一句吉话？这样的枕头，你总不是绣来家常用的吧？"

三秀反问道："怎么，家常不好用的吗？我却没有注意什么吉利不吉利，因为爱它配起色来好看，既然自己不能用，就送人好了！"二娘又道："送人？何必！留着自己妆奁里用才出色咧！这你又要说我是废话了。其实，女孩子难免不了出嫁，早些预备嫁妆，又有什么不应该呢！"

三秀把头一扭道："不跟你说这些！"说着，就走到床前，在床边上一坐。二娘也走过去坐在她旁边，拉了她一只手，脸对着她说："真的，我们反正闲着，房里又没有人，不妨随便谈谈。我们从前未出阁时也和女伴们谈着玩的，到底你愿意嫁哪一种人？"

二娘一手去扳三秀侧转着的脸，三秀把她的手一推，笑着说："我不嫁！"二娘又道："谎话！依我看来，你必得嫁一个家资巨万的富家郎，食珍馐，衣锦绣，才不负了你这副月貌花容，你道为嫂的话可对？准教你二哥留意，替你找一门好亲事。"

三秀听了二娘的话，不禁抬头向她看了一眼，眼珠一转，正色说道："一个人贫富在命强求不来，我如果是天生穷命，倒也自甘藜藿，并不艳羡富贵。"二娘窥见三秀的颜色，自知不便说下去了，就谈些别的事，搭讪着坐了一会儿自回房去。

三秀想起前回在书房外听二哥的言语，明白二娘今天竟是有所为而来，让她碰一鼻子灰回去，也许可以死心。只是大哥不在，大嫂柔懦，不足恃而已庇。她对于自己的终身大事，未免悲观起来。

　　天白自庚虞走后，因和肇周谈不来，简直不上刘家来了。三秀因为庚虞出门，事情较忙，她也知道和天白亲近，仅大哥谅解，大哥不在，她也为避闲言，难得出外，和天白竟少见面了。幸得鸣凤时来访她，清谈娓娓，为她解去不少寂寞。一晃间，庚虞出门，已有月余，还不会有书信到来，三秀和她嫂嫂，正是盼念。忽然她二哥肇周，匆匆自门外进来，说是大哥有书信寄回，并且说他在外面听见一个惊人的消息。

第四回

相思两处隔好事多磨
大错一朝成阴谋得逞

　　肇周显着一脸紧张的神色，报告他在前镇听来的消息道："今天我被人约着做房产买卖的中保，并且代署契券，因此一早就到镇上的茶馆里，有一个自县里来的茶客，在谈论着一个叫人惊心的消息。他说：'现在朝廷派遣中使，挑选江浙一带的民女入宫，目今正在镇扬一带，不久就要到苏常来了，所以县城里有女之家，那几天无不提心吊胆，只恐中使旦夕便到，把他们的爱女选入宫中，从此长门深锁，永无相见之日。因此都急不择婿，草草遣嫁，以为无论如何，总较胜于被选入宫啊。可怜四乡居民，消息不灵，竟还懵然不觉。若不及早筹谋，行见最悲惨的故事，都要在这里演出了。'听的人对于他那种郑重其事的讲演，都透着半信半疑，我也断为讹言。今上是个求治之主，绝不会无端扰民，哪知适间在回家的途上遇着为大哥捎家信的人，那个家伙，真是混蛋！他把人家托带的信，都给遗失了！不过，他知道大哥信中的话，因为大哥曾对他说过的。"

　　这时大家的目光，都集注在他的口唇，显着急于欲知下文的神气。他呢？假戏真做，适逢那天天气燠暖，居然额上渗出了汗珠，似乎是急出来的一般，他少不得要举起袖来拂拭一下，把眼珠在众人脸上一扫，最后却停住在三秀的脸上，也继续说道：

"大哥信里所说的，也就是关于中使选女的事。他路过扬州，见民众纷纷嫁女，日以百计，所以写信回来，叫我们赶快替妹子找一适当的夫家，千万不要耽延误事等话。"

三秀一听到讨论她的婚姻，似乎不便老坐着听下文，就翩然起立，移步走回自己房里去。可是，她的背后，还飘着肇周的语声道："听了那捎书人的话，那么那个茶客的话也无所用其怀疑了。以前人家来为媒的，都让我们一次次地谢绝，现在我却急于要托人家为媒了，并且我还得出去打探消息。"

肇周说罢挥洒着一双大袖，转身向外走了，脸上却换了一片狡黠的笑意。他走到书房，把庚虞的来信，从怀里掏出，又看了一遍，倚着椅背，向天皱了一会儿眉，便把那一纸来书，哧哧地撕成许多碎片，和书箱里检出来的破书烂纸，糅杂在一起，叫个童儿进来，拿去作一把火烧了。他坐下慢慢地舒了口气，觉得该去透个风声给郁乡绅家，已经替那人造成了机会，才显得自己是个言而有信的君子人。

此举成功，不但可以取得一副丰厚的聘礼，而乘此匆促之时，还可以少办些奁具，却攀附得大富翁做了姻亲，将来不无好处，真是一举而三得。他想到这儿，便带着一脸自心底发出来的贪婪的笑容，去访问郁乡绅的儿子了。

三秀自听这个消息，芳心自是不得宁静，一会儿忧，一会儿疑，一会儿惧，一会儿喜，闹得她忽而对镜蹙眉，泪珠凝睫，端相着镜里的娇靥，自觉蛾眉蟓首，必然合选，那么幽闭深宫，骨肉乖离，而素心人，天涯睽隔，把晤无期，更是令人难堪。到那时，纵有御沟红叶传诗，也安知有否恩赦希望。若是待得青鬓添霜，红颜褪妍，即遇赦出宫，又安知少时情侣，是否仍在人间，是否情无别系？她婉转思维，想到伤心之处，不禁泪珠盈袖，忽而又倚窗凝思，仰望晴空，流云幻影，思绪又顿变，以为讹言不足信。但思及适间肇周言貌，又觉或是事实。

信疑参半，思潮不定，肇周所说的"……赶快找一夫家，以前人家来说媒的，都让我们一次次地谢绝，现在，我却急于要去托人家为媒了"。那些话，又在她的耳根旁响了起来。还有书房里肇周怂恿大哥的话，还有，还有，那老鸭般的笑声，橘皮似的面孔，都在追逼着她，恐吓她，使她再不敢站在窗前向外望，急急把窗子关上，甚至把双袖掩护耳目，往床上一躺，不敢看，也不敢听，好像房里就有鬼魅一群，要俟机攫噬她一般。

渐渐地那恐惧的情绪，逐步松弛，静静地宁一宁神，她的灵机一转，忽地又喜滋滋地坐起身来，似乎周围顿时光明了许多。便起来整一整云鬓，匀一匀粉脸，打算把心里的盘算，去和素心人商略。可是，又怕这时候，当地的保正，也许正在忙着查询人家少女的年貌，走出去撞个着，倒是讨麻烦了。这样一想，转又莲步趑趄，欲行又止了。

恰好在她犹豫不决的时候，来了个乐为传简的红娘，那就是鸣凤。可是蓦然一看，三秀却认不出是她。若不是她先开口叫三秀时，简直很茫然的。原来鸣凤头上包了一块青帕，几乎把眉毛都掩去，粉颊上涂了厚厚的一大块不知黑的什么，像一粒大黑痣般。三秀是何等聪明人，见了鸣凤这时装扮，知道自己二哥所说的没半句谎话，果然此时此地已是满城风雨了。

鸣凤见了三秀，一双俊目，在她脸上身上一转，便笑问道："刘小姐似乎有些什么心事，可能讲给我听听吗？并且我冒昧地问一声，在这种不利于我们女孩儿家的局势下，你究竟作何打算呢？"三秀听了，且不答她的问话，却自反问她道："真的，凤姑娘，你也听到了这个传说了吗？那么，你可预备怎么样呢！像你这个俊俏的脸庞，也自难逃那些保正们的法眼吧？"

鸣凤道："我们也是今儿下午才听得这个消息，不知是真是假，爸爸和我已计议停当，宁信其真，早想办法，若待祸到临头，再打算避祸，已是来不及。所以我们决计追踪朱爷去了。"

鸣凤很爽利坦直地诉说她的主见。

三秀道:"您就是装作这个模样儿吗?"鸣凤摇头:"不,爸爸叫我扮作男子,行路比较方便些。"三秀把当前的难题搁起,对于这事却感起兴味来了,笑道:"那么你怎么这时候不扮来给我看看,倒怪有趣的。"

鸣凤也笑道:"我扮了男子,府上的姐姐们,肯让我直闯小姐的绣房吗?也还是轮不到您看见呀!"她说笑着拍拍三秀的香肩,一忽儿又把脸色一正道:"小姐!您到底打定了主意没有?我看您应该通个信给何少爷,爽快就要他挽个媒来求婚,在这个局面下,府上的二少爷,决计不会留难,这真是造成你们一对的好机会咧!"三秀还不曾作声,她又笑道:"那么我还要等着喝了您们的喜酒才走呢!"

三秀举起织手,轻轻地打了她一下,妙目一盼,似羞似嗔地啐了她一声。随后却又收敛起羞涩的笑容,双蛾微蹙,轻轻地叹了一口气。又摇摇头,低低地说了一个"难"字。她想起二哥的唯利是图,大哥又远出,不及为自己做主,自己又为礼仪所束,对于婚姻不便怎样明白表示。她拉着鸣凤的手,并坐着椅上,就把半日来的思虑,详细诉说给她听。

鸣凤就道:"事在人为,姑且让天白来,试一试,也许时机迫促,急切间并没有相当人家可许,说不定二爷就允了呢!"她说完,看看三秀,三秀默然。鸣凤又道:"可是此刻我去跟何少爷说一声,催他明天就挽媒来说?后天黄昏时,我再来听信。我的行期,总要等你们的事有了眉目后再决定。"鸣凤见三秀点了点头,知道她心里烦乱得很,就站起身来告辞:"时候不早,我去了!您且宽心,静待好音,我祝你们有情人成眷属。"

三秀送她下楼,回至楼上推开窗来眺望,只看见一个苗条的背影,在苍茫的暮色里,灵活地移动着,她想起刚才那句"我们决计追踪朱爷去了",不禁对那由模糊而至消失的美妙的黑影,深深地露着欣羡的神色。

鸣凤到了天白那里，就把三秀的意思告诉他，催他明天就办。天白闭户读书，对于这个传说，却无所闻。鸣凤说的，似乎十分确凿，他也不得不信，觉得这个时机，也许可以使他的希望有些把握。

他一晚上也没有好生睡得，只是在他所熟识的人中，想不出一个最适当于任月老的。后来他想起了他的表叔郑崇德，和肇周很得来，这事托他去办，大致不会碰钉子。天刚有一些亮，天白就赶紧起身梳洗，拾掇停当，连早饭都不及吃，就往住在十五里外的表叔家里奔。

一路果然听得纷纷谈论中使选女的事，还遇见不少愁容满面的人，匆匆地在街上来去，大约都是家里有着待字闺女的缘故。他看到这副景象，倒格外兴奋了些，似乎他所期望的成功，又增多了一分。虽然腹中空虚，两腿的气力却倍增，脚下快度加快，不到响午时分就到郑家。

和表叔一说，竟是欣然愿任，他还和表叔商议，婚事成功，婚礼自然草草，在这种时会，那么需费当然很省，也有慕家给的五十两银子，应付这件大事，所差也很有限，若有不足，他要求表叔济助他一二。表叔居然也一诺无辞，毫无吝色。这自然是看在天白从来不会有过的屈恭的分上。

天白在表叔家里吃了午饭，打算请表叔立即动身，谁知天不作美，突然下起雨来，初时不过当空有几块灰色的云絮，总以为不多时雨就要停止的。谁知暴风雨起于天末，阴霾霎时满布空际，雨却越下越密，一时不会放晴。郑崇德就留住天白道："今晚就宿在舍下，明天一早，我们就雇轿去好了。"天白皱眉看看天色，只得在表叔家住下。幸得天明雨霁，郑崇德叫家人去雇两肩轿子。天白忙辞谢了步行回家，约着午后在家听回音。

天白向着朝霞绚丽，晨曦明朗的天空，怀着从来未曾有过的欢愉的心情，他觉得这天气正是一个很好的象征。他到了家里，把房里的家具拂拭了一遍，书籍床褥，也都整理一番，静静地坐待好消息。

不多一会儿，郑崇德来，劈头就对他拱手道："抱歉得很！我来迟了一天，他们小姐，已于昨天说定，许与本邑首富黄亮功为继室了。姻缘大都前定，也许刘小姐和贤侄无缘吧。然而大丈夫何患乎无妻，待愚叔慢慢地留意，必替你找一个远胜于刘小姐十倍的淑女。"说罢后，两人相对默然。

郑崇德看见天白的脸色，陡然变作惨白，他很能体味到他心中的难受，就随口安慰他几句。略坐片刻，看见天白精神恍惚无心招待，他也就告辞，仍乘了雇来的轿子回去。

那边三秀和鸣凤别过，也复梦魂颠倒，坐立不定，治理家事，也常发生不应该有的错误，记三讹五，握两寻双。家里的人，都看得出她形神不属，似乎怀着重大的心事，还以为她是忧虑中使选女，深怕被选中入宫的缘故咧。

这一天，她老不见肇周的面，心里惦念着天白，不知有没有挽媒人来过，二哥不知肯否允婚。二位嫂嫂，对于这事都一字不提，自己又不好意思问得，心里不禁十分纳闷。下午偏偏天又下雨，淅淅沥沥，到晚还是不停。心绪不宁的她，在这种天气，就格外增添了烦恼。因此饭都不曾吃，她的大嫂来瞧她时，她却已拥着香衾，斜倚床栏，正预备睡下了。

刘大娘素来是个好好先生，对于这位小姑，倒也和慈母爱女差不多。那晚因见三秀没吃晚饭，放心不下，就带着张媪来瞧瞧。张媪自从那天三秀为她洗刷贼名后，对于三秀十分殷勤小心，在大娘面前，不时称誉小姐的贤德能干，也未免促进几分大娘待三秀的敬意。

大娘问问三秀，知道她没有什么病，不过是心里烦，所以懒懒的连饭也懒得吃了。大娘坐在她的床沿上，和她有一搭没一搭地闲谈。她们谈着庚虞的旅程，不知到了什么地方，路上情形如何，讲着关于庚虞的一切，不觉牵扯到他的朋友，而话锋很自然地转到了何天白的身上。

大娘道："庚虞走了，似乎天白没有来过，这个人倒是挺好的，可惜太穷了些，志气却是很高，将来必有出息，只是眼前境况难堪些。这么大的人了，也还没有成家！现在这个谣言一兴，也许他倒侥幸可以不费什么，娶得一个娇妻呢！"三秀听她大嫂这么说，以为意有所指，不觉双眉一轩，露出一丝微羞意的笑容。

这时，张媪已从厨房端了一碗稀饭，和几味爽口的粥菜上来，劝三秀吃。她本来摇头示意不要吃，听得大娘这么一说，不禁又伸出纤手，端起那碗喷香雪白的稀饭吃起来了，而且吃得很有味的样子，倒把大娘和张媪看得莫名其妙。

张媪一面伺候三秀吃粥，一面却探究大娘所说的原因道："大娘！您说何少爷的话是怎么的？我不懂。"大娘道："有些小户人家，不愿自己爱女入宫的，急切不能配得年貌相当的夫家，送与穷秀才为妻，将来说不定还有诰命夫人的福分。那么，何少爷不是可以不费一钱，娶一位娇妻了吗？这原是说笑话的，哪里去找这个傻子来嫁他呢？亏你还寻根究底追问起来，岂不可笑！"

三秀这才明白自己的误会，眉梢眼角，隐含微愠，把粥碗授给张媪。张媪看见还剩有小半碗，待再劝她时，三秀只是向她挥手，一边却替天白辩护道："大嫂的话也说得太过了，像天白这样志大才高的人，岂是贫困一世的？况且青年隽貌，谈言举止，都闲雅有礼，富室子弟中，哪里再找得他这样文采斐然的人来？那不肯嫁他的人，才是大傻子咧。"她一时忘情，竟毫不顾忌地和大娘争辩起来。

大娘一向也从庚虞那里听得三秀和天白的感情，见三秀这么说，就乘着玩笑，探探她道："你说不肯嫁天白的傻子，可是，如果将你嫁给他，也许你还是愿意做傻子了？"三秀却毫不掩饰地笑道："谁说的？"

大娘看了三秀的脸色，可算完全明了她的心事。正想开口说什么时，忽然房门口扬进了一阵话声："谁说把我们的妹子配给那穷小子！"大娘三秀一听，原来是二娘来了。

二娘已经在肇周那里知道了允婚黄家的事，她听说大娘在三秀房里，便也忙着赶来。她觉得在这位小姑面前，从此格外该献些殷勤才是。走到门口，听得姑嫂俩正在打趣，她是最嫌穷人的，听了竟来不及地岔嘴。

三秀见她进来，挂了一脸诡秘的笑容，先是有些不悦意，却又不得不招呼她坐下。只见大娘笑着对二娘道："三妹说，不肯嫁何天白的是大傻子，所以我问她愿不愿意做傻子咧！"

二娘举起手来做着一推的样子，把脸对着三秀道："这全是废话，我们三妹是何等聪明人，怎么会瞧得起他？她不过是说着玩罢了！何天白一副寒酸相，她家二哥怎肯让他仅有的妹子，去跟那穷小子受罪呢！妹妹，你说是吗？"她还笑嘻嘻地问着三秀。

三秀听了，芳心自是十分愤怒，却又不便和她明白争辩。因为二娘说着含有十分郑重的意味，不像刚才大娘完全出于玩笑。三秀的情绪，至此不觉一变，沉着脸只从鼻子里回答了一声冷笑。

二娘本要想把黄家的婚期，告与大娘知道，一看三秀脸色，就不愿当着她面说了，说出来难免那位骄纵惯了的小姑发起脾气来，自讨没趣。得罪她固然不便，受她的排揎，却也情有不甘，便夹七夹八地和大娘谈了一套家常，又敷衍了三秀一阵，就和大娘一阵回房去了。

三秀细味二娘语意，觉得天白今天如果挽媒来说过，也必不获如愿，二兄肇周是和自己做定了对头了，她却还想不到肇周已是将她许给黄亮功为妻呢。三秀睡在床，想起自己的终身，顿觉

43

眼前一片黑暗。兄嫂不能体贴她的心事，如果慈母健在，那么自己也许已和天白赋关雎之好，用不着这样刻骨相思，总成梦幻。她想到凄恻处，禁不住热泪横流，枕衾尽湿。

又想天白谋婚不成，今晚上也不知道怎么地难受。他这一阵身体不很壮健，遭遇如此大不如意事，不知是否要影响到他的健康，会不会一怒自尽。她这样一想，一颗心再也不肯安静地守在腔内，只是卜卜地想跳出来，雨打着纸窗，还发出飒飒的声响。心里一着急，那泪珠儿更是像泉水一般地涌出。真的枕前泪共阶前雨，隔个窗儿滴到明了。

她衷怀悱恻，卧不成寝，盼望天快一些亮，无论如何，必亲往天白处一视，问问他究竟请人来过没有。她睁着眼睛，尽向纸窗望着。可恨那天是一片黑暗，不肯透一丝儿光亮。后来好容易听得鸡声远唱，窗纸上微微透露一些白漫漫的样子，雨似乎早已停止。她心里一振，打算等天全亮了，立即起来。谁知两眼流泪过多，又尽睁不息，这时候却眼皮沉甸甸地再也张不开。

她想合着眼歇歇，竟迷迷糊糊地睡着了，直等到张媪来看她时方醒。她惺忪着睡眼问张媪："天晴了吗？"张媪道："太阳也出得高高的了。"三秀惊晤道："是什么时候了？"张媪回答："已是巳时了，大娘因见小姐这时还不下楼，是从来不曾有过的，不放心，叫婢子来探望的。"张媪走近床边，把手在衣襟上擦擦，按着三秀的额头上道："小姐觉得怎么样，可有不舒服？哦！头上滚热的。小姐，您今儿就躺着歇歇吧！"

三秀问张媪道："怎么？发热了吗？"说着也伸出纤手向额上一摸道："不妨事，只有些微儿热，躺着怪闷的，我还是起来散散心的好。"随说，随坐起来。可是，她昨天思虑过度，晚上没好生吃，又没好睡，肝肠上升，坐起时又太急促，是以眼前一阵发黑，竟是向后便倒，要不是张媪扶持得快，她的头颅还要给床栏撞痛咧。

张媪忙给她把被盖严了道："可不是？我说你该躺着歇歇，要不下地来栽倒了可怎么好。"三秀嘴里还说着："不妨事，起来了一会儿就好的，我不爱躺。"

可是，她的两太阳穴和心房，却是互相呼应着跳过不停，眼皮也重重地抬不起。嘴里虽嚷着要起来，身子却并没有起来。她不能不去看天白，心里兀自焦急，头里也自格外显得沉重。没奈何，只得耐心躺着，盼望鸣凤来告诉自己一些信息，关于天白的。

二个嫂嫂，因为她不下楼治事，未免忙了些，上下午都只各来探问了一次。幸得张媪在旁，一会儿递茶，一会儿递水，一会儿问她饿吗，一会儿问她冷吗，很小心伺候着。

小官官睡着时，张媪讲些乡间的故事给她听。起先讲些狐狸鬼怪，她虽觉得荒诞不经，但是讲得离奇曲折，听着到也怪有趣的。后来却牵涉着男女相悦，因为黄金作祟，良缘难成，男的一气，投河自尽，终为厉鬼，把那饶舌的媒婆、势利的丈人，一齐活活地捉去。

三秀听了，嗤为妄言。不过这故事逗动了她的心事，又烦厌起来，挥挥手，叫张媪出去。这时夕阳衔山，晚鸦归巢，她惦着鸣凤将来，不愿张媪在此，所以支使她出去，只说要静静休养一会儿。她合上了眼皮，假装睡着，静待张媪一出去，就把眼睛张开，隔着帐子，也不时紧对着房门注视。

看看天色渐渐暗下去，却不见鸣凤的影子，她眼睛睁酸了，便闭上了眼，用耳朵仔细听着，似乎听得板上有咯咯的脚声。忙张眼问是谁，可是不闻回音，也不见人。再凝神一听，原来是两个耗子在追逐。望望窗上的暗雾，却又加浓了些。过一会儿，又似乎听得一阵窸窣的声响，忙问道："是不是凤姑娘？"可是又没有回音。

撑起半身来，撩帐一看，也看不出什么，天色却格外黑了，深色的东西，已不是目力所能辨了。窸窣窸窣的声音，却仍在断续地发生。她觉得很奇怪，想到刚才说的厉鬼，不觉毛骨悚然，但又偏要看一看究竟。

只见床那端的脚下，有一团漫漫的东西在闪动着，窸窣窸窣的声音，也是那白的东西发出来的。她格外吓了，但是还颤着声音"哦"了一下。谁知那团白的东西，忽地伸长，似乎旋了过来，向她"妙乎""妙乎"很柔婉地叫了起来。原来是只白猫，蹲在那里用爪搔头，所以发出窸窣之声。三秀暗中看不清，倒给那畜生吓了一下，自己也暗觉好笑。

不一会儿，房门外真的有人来了，还有灯光透露进来。三秀又不禁高声问道："谁?"外边应道："小姐，是我。"三秀听出是张妪的口音，又问道："是你一个人吗?"张妪道："是的，婢子给你掌灯来了，小姐要做什么，我给你叫人去。"张妪替三秀点上了灯，站到她的床前。

三秀这时可算不再指望鸣凤来了，因见张妪站在床前候她的话，懒懒地说道："我不要做什么，凤姑娘今儿不会来吗?"张妪道："不曾，小姐惦念她，明天着个人去请她，来伴您谈谈，病中好解个闷儿。"三秀道："要来，她自会来的，不必去请。"鸣凤不来，三秀心里怙惆，自是难释。晚饭后，二个嫂嫂又来和她谈了一会儿，却绝不提及她的婚事。

那一天，她当然又反复思虑，不能成寐。一连几天，三秀眠食失常，神思恍惚。虽没有什么大病，却恹恹地打不起精神，也就懒得下楼。三秀似病非病，恹恹十余日，除了张妪常常来陪伴她外，两个嫂嫂竟是一天难得一面，不知忙些什么。见了她时，还总是笑嘻嘻的。她满腹狐疑，解不透她们葫芦里卖的什么药，鸣凤也竟一直没有来过，她委实放心不下。

有一天晚上，就吩咐张妪，明天去请凤姑娘来。到了明天，三秀早起，觉得精神似乎好些，连日寂居小楼，委实闷得难受，她梳理梳理，打算下楼，而且想乘便去看看天白。才走出房门，却见张媪抱着小官官上来，拦住伊道："小姐的玉体，还不曾大好，不要下楼。"

三秀道："实在我闷得极了，今日精神很好，必须下楼去舒散一下。这几天，我偷懒，二位大娘忙得够了，我也该下楼替她们。"张媪又说："二爷说的……"话没有说完，只听得厨媪在房外叫张媪道："请你回小姐的话，凤姑娘爷儿俩已经走了几天了，他家的门也锁着，这话是他们村里人说的。"

三秀在里面听得清楚，心里不胜疑惑，鸣凤明明对自己说"我的行期要等你们的事有了眉目后再定"，还有"我后天黄昏时来听信"，谁知竟和黄鹤一般，去而不返，里面必定有什么缘故，自己委实推测不出，去问问天白，不知也晓得么？

她又想举步，瞥见张媪进来，又站在她面前嘴一翕一张的，若欲有所陈说。想起她刚才没说完的话，就问道："你说二爷说什么？"张媪道："二爷说这两天该让小姐休息休息了，不必再下楼理事了。"

三秀看张媪那种嘻嘻的样子，诧异道："这算什么意思？"张媪笑嘻嘻地把小官官往三秀抱着侄儿，听见这话，颜色陡变。可是张媪不知她的心事，还唠唠叨叨地告诉她，新姑爷姓什么，叫什么，有多少财产，送来多少聘礼，二位大娘，这几天为什么忙。并且还告诉她，二爷和二位大娘商议，因为嫁期匆促，不及备办妆奁，衣服什物，也只好少备些，拨三十亩田，作为补偿等话。

三秀听到后来，眼前只见金星乱射，耳边嘤嘤嗡嗡的，也没听清张媪说些什么，心里一阵酸痛，不觉抱着侄儿大哭起来。

47

第五回

鸦凤非姻缘含愁不嫁
薰莸异气味抱恨绝裾

炎热的晓空，呈露着一片净匀的淡蓝色，隐约有几颗寥落的晨星，和一颗失去了光辉的残月点缀着。太阳虽还没有在大地上露面，可是那惯会给炎威张势的鸣蝉，却已高踞在绿槐枝上，碧梧叶底，嘒嘒地噪个不停，闹得那掩在珠帘里的一排纱窗，再也关不住了。

这时候，骄阳还没有上，侵晓的凉风犹爽，绿纱窗里便伸出凝脂般的纤手，缓缓地卷起珠帘，现在一个花娇柳媚似的美人，云鬟半鬆，星眸微慵，坐看那没有一丝儿云絮的晴空。看了看掩藏着高唱着的蝉儿的梧桐树，噘起了樱口，鼓着杏腮，紧锁双眉。本带着几分宵来的宿愠，这时更增加了几许烦恼，睁着一双凤目，远觑着天的尽头，思绪正和春蚕吐丝般绵绵不尽。恨着那眼前的一排排茂密的树荫，远处的一抹淡淡的山影，遮断了她的视线，使她瞧不见肠断天涯的素心人。

她的樱唇微微地颤动，去她的心底深处，正暗暗地唤着"天白"的名字。究竟他是活着呢，还是已死？他到了什么地方去，他为什么要走？为什么走的时候不来通知自己？他是恨着自己，他以为自己是个崇拜金钱、贪慕荣利的女子而瞧不起自己？她想到这里，一腔幽怨再也无法抑止。半敞着的酥胸，显着剧烈的起伏形状。漾漾清泪，也忍不住由眼腔里涌上了那长长的睫毛。因为睫毛的颤动，泪珠儿便有一滴没一滴地，由粉颊上流湿了罗襦。

她不去拂拭颊上劲前的泪痕，却兀自在泪花幻成的薄雾中，抬起了头，痴痴地望着，在那振荡不定的心波中，格外响起了她向天白的哀诉道："天白！天白！如果你对我做这样的想象，未免太冤了我了！我为了你，寝不安席，食不甘味，风雨鸡鸣，积思成痾。眉际的颦痕，为你加深。颊边的笑意，为你永隐。向以悭吝著名的彼伦，曾为了我置备许多他心目中所从不敢想的器物、衣饰。为了我居然破他家的向例，飨我以珍馐，而不以藜藿，可是我从不会假以辞色。彼伦把所有的家产，全叫我掌管，要向借此博我的欢心。为了图我的舒适，居然多添婢仆，增加他家的食口，这在大桥镇上的人，是无不引为奇迹的。可是在我的感觉上，并没有丝毫波动。任他用尽心计，总难使我开颜。因为我那欢乐的心扉，早已在知道你走时紧闭了。如今我的心，每天都是虚飘飘的，找不到一个着落处。天白！天白！假使你再不给我消息时，我的心将永远似游思般地飘忽，而不免有中裂的一天了。"她痴望着无尽的碧空，将那无尽的愁思，一齐随着两行泪珠，簌簌地滚下。那斜弹着的香肩，也禁不住微微耸动。

这时，她的背后蹩来了一个满脸浊气，便便大腹的中年男子，穿了一件粗夏布的短袖衬衣，露出一双肥大的臂膀，一手捏了把蒲扇，一手却搭在那美人的香肩，把个满是黄油的肥脸，自她的颈边，腻向前来。又乜细了眼，把嘴唇几乎贴着她的粉颊，笑嘻嘻地问道："大清早起来，好端端的伤什么心，快来歇歇吧。站了这半天，岂不要腿酸！"边说边用那只搭在她肩上的手，去钩她的胳膊。

那美人把香躯一扭，并且使劲地把那腻上来的肥脸一推。那个胖汉冷不防，往旁边一歪，撞在窗格上，右额角顿时坟起一个红疙瘩，像出了角一般。可是他还是那么笑嘻嘻的，抚摸着那块疙瘩道："为什么生这个大的气呢！闪痛了手腕，可怎么办？让我看，可曾闪痛没有？"说着又想去拉那美人的手腕。

那美人把脸一沉，一扭身赌气走向妆台边旁去了。那肥人打着哈哈道："这才对了！天气这样热，站在窗口给暑气熏了，可不要把我活活急死。"

这时候东方一片殷红，火一般的赤日，还只伸出半个头来呢；高枝上的蝉儿，却是唱得更起劲了。肥人就把那一卷珠帘放下，将那惯会惹起美人愁思的云天撩在帘外，又去妆台畔，做美人的奴隶了。

这个帘里美人究竟是谁呢？自然是何天白的恋人刘三秀。那个肥人就是瘠人肥己，好资财，盘重利的黄亮功。他幸亏不知道谁何造了一句谣言，说什么朝廷派遣中使，挑选江浙民女，刘庚虞戒他兄弟勿轻信讹言的一封信，反促成了他的姻缘。肇周贪他聘礼丰厚，竟在半个月间，把妹妹草草嫁给了他。并且还让大桥镇上的少女，芳心忐忑，上了他一个大当咧。

黄亮功娶得这样一个绝色美人为妻，如何不乐。他待三秀，真个敬若天神，爱逾拱璧。又因为三秀知书善算就把家产一股脑儿全交她掌管，簿书契券，钱柜银箱，全都归她执掌。

三秀自来黄家，一直悒悒不乐，任他黄亮功百般体贴温存，从未博得她展颜一笑过。连温和的言语，都没有和他讲过一句。除了偶然和张媪谈谈往事以外，她常寂寞寡欢，默默无语。

起初，亮功把簿书交她管时，她连正眼也不瞧，顺手一推却飞了满地。可是她转眼一想，自己的精神，无所寄托，闲着百无聊赖，也不过浸沉在痛苦的回忆里，借此解个闷儿也就罢了。所以，当亮功在地下拾起了这些纸册，气喘吁吁笑嘻嘻地再捧到她面前时，她也就任着张媪接来放在桌上，没有作声，也没有动手。

她管理偌大一个家，却井井有条。况且，她书又敏捷，算又精确，胜过亮功十倍，亮功自是格外敬爱了。亮功除了奔走债户之门，持券责债，巡视田塍埘栅，督察勤惰之外，余下的时间，总是腻在三秀身边。虽然三秀是如此憎厌他。

　　所以，三秀晨妆时，他替她调脂匀粉，掇盆奉镜。一会儿给她握发，一会儿又替她拾梳。三秀洗足，他替她修剪指甲。甚至三秀洗浴，他也赖在旁边给她擦背拭身。伴房的张媪，反是闲无所事，一些儿不用伺候。

　　三秀晨起，他忙跪在床上替她披衣。三秀夜眠，他就蹲在床前替她脱鞋。三秀治事稍劳，他就连忙替她摩背捶腰。他身躯肥重，行动不灵，伺候三秀，一会儿立，一会儿蹲，往往累得气喘如牛。而三秀一不如意，还要扯他的耳朵，刷他的耳刮子。他也不以忤，总是笑嘻嘻地忍受，还左一揖右一揖地求她不要生气，有损娇躯。

　　可是三秀心里，总是恨他阻挠了自己和天白的良缘。而且，天白一气出走，存亡莫卜，一腔怨气，就全发泄在亮功的身上。凭他如何温存，也总难挽回其芳心。

　　三秀那天叫人找鸣凤不着，想去看天白，又被人伴侍着，没法脱身，那两天就是那样悠悠忽忽，模模糊糊给人搬弄着扮新娘，拜天地，在迷茫中做了黄亮功的妻子。

　　她的大嫂就叫张媪伴送了过来。张媪在刘家，本来感激三秀为她洗冤，待她十分殷勤。现在伴嫁过来，算是三秀的人了，自是格外贴心。三秀嫁到黄家举目无亲，那个黄亮功虽则待她情意很殷，可是她却当他陌生人一般。只有张媪在她眼里，竟和亲人一样了。无人时就把自己的心事，悄悄地讲给张媪听，要她抽空去探视天白，把自己的苦衷讲给他知道，求他原谅，劝他不要为她哀伤，努力上进，另赋好逑，她定在经济方面，竭力帮助他，玉成良缘。

张媪替她带着一片诚意，去到那所天白住的小屋前时，一看却是铁将军把门。向邻居们打听一过，知道他已走了好几天。据邻舍们说，他是在刘家小姐于归那天，黎明时走的，似乎有二三个同行咧。

　　张媪回来，告诉了三秀。三秀是知道天白平时待她的情愫的，他在她的嫁日出走，自是不忍眼见自己的心坎中人为人劫夺。他的哀怨愤怒，不难想象。这时天下纷乱，道途荆棘，天白一介文人，路上不知能否平安？他一怒而去会不会轻生殉情？三秀自知天白出走，那些疑问，无时不在脑际与心上盘旋着。为此柔肠百结，思绪万端，刻骨相思，销魂蚀魄，花颜竟没有嫁前丰腴了。

　　三秀嫁了黄亮功，不知不觉，瞬逾半载，这时她已怀孕数月，黄亮功望子心切，待她自然格外百依百顺，衣食供奉，也更不敢像以前待陈氏般啬刻。所以心境虽劣，享用却很逸适。

　　那天正是冬至的前日，三秀正督促婢媪们淘米磨粉，预备明天做圆子过节的。忽然母家的童儿来接她归宁，说是大爷回来了，要她回去叙叙。三秀听了自是十分喜悦，连忙上楼更衣，又吩咐了婢仆几句，就带着张媪，跟了童儿回母家去。

　　但是，刘庚虞幕游山左，如何这么快，就回来了呢？本来，他去的时候，为了老师面情难却，勉强一行。那位主人翁，原不是他所景仰的人物。他的性子刚正，得有些非君子不伍的脾气。到得那里，初时尚能相安，因为那位大僚，震于庚虞的贤名，相当敬礼，要博得一个礼贤下士的美名，有些事也常和庚虞商酌，很能尊重他的意见。

　　庚虞在空闲的时候，便寄情山水，游览名胜。什么泰山的日观峰，曲阜的圣林，以及济南的珍珠泉趵突泉诸胜迹，无不一一赏览无遗。因为他时常出游，和民间接触较多，对于民情时俗，却较深居衙门里的大僚们，要熟悉得多了。

山左民风强悍，不像江南人的柔弱，动不动就行械斗。那时方当有明末叶，魏忠贤的余恶，尚留传人间。人民官吏，都觉得唯势力强盛者可以生存。民风吏治，都习于骄横贪狠。柔懦些的又是苟且偷安，唯图近利。

　　毅宗即位后，虽刻意求治，可惜志大才庸，治理颇多失当，任命疆吏，也未能精辨好坏，所以四境之内，扰攘不安的情形，没有较好于其接位之前，甚至有增无已，正酝酿着极大的祸乱咧！

　　有一天，庚虞偶然闲步城外，信步所之，到了座不知名的村庄，垂柳拂地，清波浴禽，很有些像他故乡的风物。不觉流连徘徊，不忍遽离，蹀躞在那溪边桥头。忽然从风尾中卷来一阵喧哗的声音，而且在那余韵中似乎里着一股杀气。他不禁惊起来，极目四眺，看见西边远山脚下，黑魆魆地围着一大堆人，呼喊的声音，就是从那里发出。他为好奇心所冲动，忍不住两条腿也向那一堆黑魆魆的地方搬去。但是当他还离着那一大堆人有几百步路时，那黑魆魆的一团人却分散了，并且乱纷纷地有很多人对着他这边走来。嘈杂的人声中，有痛苦的呻吟，悲哀的哭泣，和愤激的议论。

　　待那一群人冲向他面前时，他忙闪在旁边，定睛细瞧，只见许多壮汉，持着铁制的农具和木棍铁尺等，还夹着几个倒荷扫帚的娘子军。有的扶着伤者，有的抬了死人，殷红的鲜血，一路点滴着。映着将没的秋阳，显得异样的惨厉可怖。看神情似乎是失利的一群。可是，他们的面目间，隐蓄着不可磨灭的怒恨，绝没有悔祸与沮丧的神色。后面还跟着一阵妇人孺子，也都显着很兴奋的样子。

　　庚虞知道这是此地常有的械斗后的一幕，但不知他们究为了什么深仇宿怨，不惜以生命相搏，就拉着走在最后一个约莫十五六岁的孩子问道："请问小哥儿，他们是怎么一回事啊？"那孩子把手一洒，本待不理。一看到庚虞彬彬有礼，堆着一脸的笑，很和蔼地等着他的回答，似乎又不好意思拒人太甚，只得停住脚步告诉他道："我们这里叫张家集，和李家坝是毗邻，这一条小河是和李家坝通的。"

他伸手向着刚才庚虞留恋不忍舍的那条河，远远地一指，接着又道："我们集里有几家养着鸭子，都放在这条河里，昨天偶然有二三只鸭子，游到了李家坝那面，坝里的人就捉来杀了吃掉。我们集里的人，当然要去和他们理论，他们却说这鸭子是吃了他们河里的鱼虫养肥了的，应该由他们享用。你想这话多横蛮无理？我们去的人不服，又被他们打伤。因此，我们今天召集了有力的人和他们决斗。"

庚虞道："他们无故伤人，是他们理屈，你们应该诉诸地方官，求国法来裁判，怎可以私相械斗，死伤了人命还触犯了国法，本是理直的反为曲了，正是不智之至。"

那孩子听了，把头一扭，表示不屑的神气道："地方官吗？他正管不了这些小事，惊动了他，只知伸手要钱。官司理不直，弄得倾家荡产倒有份，还不如凭自己的力量去报复的好而痛快。"

庚虞道："那么，你们为几只鸭子，损失了这些人命，又岂值得？"那孩子却挺了胸悍然道："这没关系，下一次我们再可以和他们决斗，这口气总有日子泄的！"说完，不待庚虞开口，很兴奋地跟着前面大群的人去了。

庚虞望着那孩子的背影，细味他刚才对于地方官的批判，不禁暗暗叹息了数声。他在回去的路上，决定去对那位大僚，贡献一点移民俗澄吏治的意见。

回寓吃过晚饭，整理了一会儿笔札，就上床安息，白天所见的血肉模糊的死尸，那悍然不可理喻的孩子的面形，时时闪上他脑膜，使他不能宁静地入梦。他觉得睚眦之怨，即不惜以白刃相见，以致死亡枕藉，好勇斗狠，连孩提也染了这种习气。此风一长，岂不大伤了国家的元气？民为邦本，怎可以坐视他们做着愚昧而无谓的牺牲呢？他转侧了半夜，预备了一大篇话，料那食着国家厚禄，负治民之责的，必不会轻看了这个献议。第二天，他把宵来所思筹的，向那大僚提出建议，却得了一个出于意外的答复。

原来，那位大僚的性格，是属于苟安一类的。他以为民事烦琐，百姓不来找他，他就乐得安逸清闲，如何反去找麻烦呢？况且中国地广民众，负治安之责的也不独他一个，单是他这一隅治好了又何裨于众？反之，如果只是他这一隅的民风枭悍，又何害于众呢？他不但拒绝采纳庚虞的意见，而且在语气之间，很有些讥他为腐儒之见，失之太迂的意思。

庚虞听了，自是憋了一肚子的气。加之他那亲贤疾恶的性子，也不顾什么老师的面子了，竟立即拂袖求去。那位大僚，因为他并不能助自己策划怎样增荣利，扩权势，只道一派的王道主义，叫人见了他头痛。既然他自己求去，便也不加挽留，差人送了一百两程仪去。庚虞却原封退还，一两也不受他的。

返时已在仲秋之末，气候凉爽，正好赶路。他接到过肇周报告三秀嫁给黄家的信，他很为不满，急于想回家看看妹子。他知道妹子对于这婚姻，不至于无怨。

晓行夜宿，那一天到了京口地方，在旅店里遇到一个少年，谈吐隽爽，举止豪放，攀说之下，却是朱慕家的表兄周振宇，也是最喜欢技击，好行侠义，和慕家一般的性格。庚虞似乎也曾听得慕家提过，说他有一个表兄世居句容，家资巨万，曾中过武举。

当下，振宇自言他到这里来，是为一个远亲料理官司的，现在讼事已了，打算游览一会儿金焦诸胜，随后回乡。他说遇见庚虞，深喜得了一位游侣。于是两人雇了一艘船，浮着半红半黄色的江涛，登遍江中诸山。

焦山不但风景幽美，丛林叠翠，寺宇深幽，而水阁临江，凭栏遥瞩，云天辽阔，亦足令人起一种奋发的遐想。况且山下江流湍激，还有象山对峙江流中，竟像一对擎天柱，形势上居然十分险要咧！

在焦山用了午膳，寺僧因见振宇用钱慷慨，便又泡了香茗，装了茶盆，还拿出什么东坡的玉带，凤凰生的蛋来给他们赏鉴。但也看不出什么真伪，每一古物奇品，看了无非要游客再多挖腰包就是了。

寺院的境地清幽，可惜寺僧多俗，周刘二人殊不愿和他多周旋。赏了他一些茶金，匆匆又往北固山，登甘露寺，凭吊孙夫人的所谓梳妆楼。还有寺后山下的试剑石等，那也无非是后人的一种附会罢了。他们站在山麓，夕阳映着江波，好似万条金蛇踊跃江中，景色真是奇丽。

那天，二人游览得很觉畅快，第二天又到金山。金山寺的建筑又和焦山不同，却是峨巍壮丽，不如焦山的幽邃曲叠。山巅一塔凌云，二人盘旋登最高层，只觉长江如练，诸山如土丘，城郭庄田，也都纤细靡遗，尽收眼底，胸襟为之大拓。风急天高，銮铃狂击玲玲凉凉，自成音节，也自悦耳。

振宇年少兴豪，他振吭长啸，古柏上栖息着一头黑鹰，也被他惊得扑翅飞去。振宇大笑道："平日里凶猛阴狠，惯会欺侮弱小，使良禽无噍类的你，竟也这样不禁吓吗？哈哈！"后来匆匆下山，归途又便道一观天下第一泉，尝了泉水所烹的香茗，果然清冽醇厚，迥异常品。

在京口又接连游览了几天，庚虞便要回家。振宇硬邀他到家乡去盘桓一阵，乘便先游茅山。庚虞情不可却，反正回去也是无事，也就首肯了。

周家在茅山脚下，置了不少庄田，振宇和庚虞，就住在一个较富的佃户李小毛家，雾晨月夕，早晚登临，茅山诸峰之胜，都让他们饱览无遗，不觉流连月余，随后又到周振宇的家里。

第宅连云，院落宏深，竟是大家气派。振宇椿萱并萎，只有重闱在堂，又没有兄弟姊妹，和庚虞交游，很是融洽，有时谈谈文学，有时演习骑射，简直不想放庚虞走了。可是庚虞情牵手足，归心如箭，看看到了十月中旬，已是霜寒露冷的季节，庚虞无论如何，定要回家了。振宇挽留不住，办了许多程仪，还亲自送他十里，坚约后会而别。

振宇直等看不见庚虞的背影时，黯然缓步回庄。才走到庄前，从横里跑出一个人来，拦住了请安。他一看原来是县立递送公文的急足，说是朱慕家有书附在公文里寄来，振宇拆开一看，连说："可惜！可惜！这信早来一天，庚虞看到了，一定悼惋不止。他不是时常提起他的吗？"连口叹惜之余，即忙到家修书，把信不幸的消息，带给庚虞去。

第六回

情丝初断奋袂为国殇
手足重逢痛心谈往事

那一天，鸣凤在刘家，本是和三秀约好了的，怎么教三秀等了个空呢？原来那天傍晚，鸣凤依然装扮了丑妇模样，去三秀香闺探信，顺道先到了天白那里。一进门，只见天白背着双手，昂头呆望着天，一会儿又在院子里慢慢地来回踱着，那脚步又显着非常踌躇，看见人来也不顾得招呼。

聪明的鸣凤，知道他的企图，一定成立幻梦，但又忍不住询问一下。虽然她知道这于双方感觉上，会留下一个不舒适的影象。便拦着天白一站道："何少爷！你的事办了没有，结果如何？"

鸣凤为了要移转他的注意点，话声是相当高的。天白这才如梦初醒，抬着一双迷惘的眼睛，瞧着鸣凤。但只经一瞬，那迷惘的眼睛就变成了两道英锐的光，钢铁般的声音，从他齿缝中迸出道："凤姑娘，我跟你一起走！"

当鸣凤诧异他的答非所问而注视他时，他又低着头踱进屋里去了。鸣凤跟着也走进了屋里，看着天白黯然的神色，她也便默默地坐着。天白将他的情绪，似乎整理了一下，便把两天来的经过详细地告诉了鸣凤。她听到三秀已许黄亮功为妻，竟讶异得从椅子上直立起来，连连摇头道："我不信，不会这样快，怎么她前天一些儿没有消息呢？让我此刻去问她！"鸣凤说着就想转身。

天白却是确信无疑，拦着她道："事已至此，问她也是徒增烦恼，算了吧！我决计和你们同行，也不必让三秀知道。"鸣凤道："也许这是肇周的鬼话，她并没知道呢？如果未成事实，那么你的事，还有挽回的希望，只要她有决心。"

天白道："这事很少成功的可能，以前三秀告诉过我，那黄某早去求过亲，若不是庚虞不肯，依肇周的主张早就许定了。这回庚虞不在家，又有这个中使选女的传言，肇周自然乘机攀这门财主亲戚！我主意已定，再要留恋，就太对不起朱慕家，我看你也不要再去她家了，即使有甚言语，也是徒乱人意。还是快些把府上的事情理楚，拣个日子走吧。你跑来跑去，在外面也很担心的。"

天白说到这里，恍然若有所悟，把桌子一击道："哦！说不定那中使选女的谣言，竟是肇周造出来的哩！如何这几天，并不见保正调查人家儿女的年貌呢？"

鸣凤不见三秀，她的心不死，不顾天白的拦阻，径自向刘家后门走去。

这时已届黄昏，正是忙晚饭的时候，鸣凤在门上轻轻敲了几下，厨房里这时只有厨媪一人，在忙着煮饭烧菜，她因为刚才没有替小姐炖香稻粥，受了张媪的埋怨，正没好气，听得打门，就在门里直着声音问道："谁？"

鸣凤道："是我！妈妈，谢谢你开一开！"

那老婆子一边走去开门，一边嘴里叽咕道："人家忙得要命，是谁鸡呀鹅呀的，这么不知趣！"她把门帘掀开一条缝，向外一张，那时天色渐暗，只看见一个穿得很褴褛的妇人。她正在气愤的时候，也没去辨别这口音的生熟，只当是个要饭的丐婆呢，又把门砰的一声关上，恨恨道："这儿少爷要酒，小姐要粥，正忙得要死咧，谁有工夫来找冷饭剩菜给你，况且时候尚早，上头也没吃完呢！"

鸣凤见她开了门又关起来，并且口口声声，当她是个讨饭的花子，她不禁气起来，把门又重重地打了两下道："你别瞎扯，我是来找你们小姐的，快快把门开开！"

那老婆子手里拿着锅铲，站在灶前，一步也不移，回头来向后门冷笑道："找小姐，不错！我们小姐是喜欢行好事的，所以她修得个大财主姑爷，不多几天，就是百万家财的阔太太了！请你到她们门上去多要些吧！这几天，她正睡在楼上装娇呢，你是没法见到她的。"说罢又连连冷笑了几声，自顾自烧菜，把上下唇用力地一禽，表示以后绝不再理她了。

鸣凤在门外气得脸都白了，对着刘家后门呆视了一会儿，还待向门里的婆子解释，自己就是常来的余家姑娘。可是转念一想，自己是常来的，她们岂有听不出口音的道理，也许那婆子是故意的。她这么一想，觉得见到三秀，也是无味，除非天白有更多的财产。

便又匆匆回到天白屋里，天白问她见到三秀怎么说，她便把自己不得进门的情形讲给他听。天白笑道："如何？我原劝你这趟脚步可省。还是快些回府料理行装吧！"

鸣凤站起身来长叹一声，对天白道："我原想喝了你们的喜酒才走咧，谁知今天……"底下她顿住了，露着不胜惋惜的样子。天白转似毫不在乎地笑道："如今快些赶到慕家那里喝你们的喜酒，不是一样吗？"鸣凤啐他道："人家替你惋惜，你倒还有心肠打趣人！"

天白把双手一摊道："事已如此，没心肠又待怎样？总不能为了一个女子去死啊！你该知道，我还有更重大的责任咧！"天白说到这里，仰起了头长啸起来。那一腔的抑郁便也随着啸声，散荡在初夏的晚风中了。

鸣凤别过了天白，回家把这事告诉她父亲余百庆，便是百庆也为天白叹息不止。父女俩商量了好一会儿，就把家里的什物，整理了一下，除了随身携带者外，有些东西，就送给四面的邻居，托他们照管房屋。有些东西，可以久存的，就寄到赵金虎家去。父女俩收拾了两天，什么都停留了，便锁上屋门，向几家邻舍，告别远行。其实，那时他们是先到赵家去住几天的。

天白那天和鸣凤别后，又病倒了。同时他的衣服行囊，都须洗缀添换，这些都是余家父女代他经心。可是余家的邻居，却不知道这些。所以，三秀差人找鸣凤，自然找不到了。后来他们又耽搁了数日，到三秀出阁的一天，天白的身子还未十分健康。但他再也不愿耽下去，宁可离开了任阳再休息十天半月的。

这时正在四月下浣，开尽荼蘼，花事阑珊，已是绿肥红瘦的季候。一路绿荫如盖，赶路时倒也并不觉得热。鸣凤扮作了男子，她原是很活泼的，改了装行路时可以减了许多顾忌。三人沿路谈谈说说，颇不寂寞，而且行程也似乎缩短了些。有时谈起了三秀，天白未能忘情，总不免黯然神伤。讲到慕家的近况，那么三人各有兴奋的缘由，都巴不得早些赶到。

到了那里，慕家却经人引荐，在袁崇焕麾下为偏将，已经出关去了。三人又赶到关外，探慕家寓址，径去投见。晤叙之下，惊喜相兼。慕家厕身戎行，冒风路，勤射骑，容肤非旧，却是壮健了许多。居然英姿飒爽，有纠纠干城之态。

三人仆仆风尘，面目自亦改色，鸣凤又改了男装。慕家初见，还以为天白招来的伙伴，却不知是自己朝夕萦想的意中人，还指着她要天白介绍呢！天白还不曾开口，鸣凤走前作揖道："朱爷不认得小的，小的却是久已拜识金颜，小的贱名余鸣凤，朱爷听来，该不生疏吧！"说着，随把帽子向后一推。

百庆天白见鸣凤这般做作，早已忍不住大笑。慕家先是露着一脸诧异的神气，望着他们，不知二人为什么笑，等到听出鸣凤的声音，方恍然大悟。又见她推去了帽子，露出一头堆鸦似的云发，站在那里，不男不女，也禁不住拍手大笑起来。笑停了以后，大家少不了谈些别后的情况。

讲起三秀嫁给黄亮功的事，慕家为三秀扼腕不止。以这样一个聪明绝世的国色佳人，配这么一个伧夫俗人，月下老人真太糊涂了。对于天白的失意，自也不免劝慰一番。

当晚，慕家在寓所摆了酒席，为三人洗尘，这时鸣凤又复易弁而钗，回复本来面目，雾鬓云鬟，丰神似昔，只是肤色略黑些罢了。慕家虽和天白百庆很起劲地谈着边事，一双俊目，却时时流眄到鸣凤。鸣凤也自蛾眉蕴翠，梨窝微晕，脉脉含情，凝睇似笑，情景自有异于茅舍临歧啖鳜鱼时了。

三人就暂时住下，慕家一面竭力托人为天白谋一位置，不多几天，就在总兵满桂手下，主掌文书，百庆略谙拳棒，慕家也替他在营中谋一微职。他们二人，既已安顿妥当，然后就是慕家和鸣凤的婚事，由天白做了现成大媒，成就了有情眷属。

天白还是和慕家住在一起，慕家待他情逾骨肉，鸣凤也是很体贴他，天白似乎宽慰不少。但是花晨月夕，萦回往事，望美人兮天一方，总不免客馆凄凉之感！日月易逝，天白在满总兵处，忽忽也已月余，笔墨之暇，有时也和总兵纵谈天下大势，以及治疗之策，多中肯綮。总兵对于他，也相当敬仰。其时满兵来攻，杀至遵化，明廷飞檄山海关调兵入援，袁崇焕奉檄出师，满桂随军勤主，天白也是同行，慕家却自留守关外，不曾跟从袁公一起入关。

那时满兵势大，明廷诸将，大都庸懦，兵士见了满兵，多畏缩不前，甚至有半途溃散的。所以遵化失守后，接连蓟州三河顺义等相继失陷，满兵直薄明京。亏得满桂领军赶到，就和满洲兵交锋起来，战了半日，胜负不分。

城上守将，见援军到来大喜，便命守卒发炮助威。谁知炮手技术欠佳，满洲兵霎时驰退，并没多大损失。满桂部下的兵士，反被轰死不少，满桂自己亦被弹片所伤。天白不幸在这一役中，竟赍志以殁。噩耗传到慕家那里，伉俪二人都悲悼不止。

慕家因知振宇和天白虽未谋面，却是神交已久，故于致振宇书中，提起天白死难的事。而且为了袁公被谗下狱，不免有一腔牢骚，并言他亦将另作他图，有便或者来振宇处，以便安顿眷属等语。

振宇看了书信，他这许多日子和庚虞相处，深知他和天白的交情，这不幸的消息，有告知他的必要，虽然明知这消息会使庚虞的心灵受到打击。他立刻修书一封，并把慕家的信附在里面，差人寄去。

且说庚虞到家，进门不及寒暄，就对肇周连连顿足道："我书中是如何地谆嘱，不要轻信讹言，把妹子草率许人，误她终身，你怎么还会把妹子许给这个贪利昧义、满身俗气的市侩？我简直连这门亲都不愿意认！"

肇周遭他哥哥埋怨，心里不免连声冷笑，脸上却不得不现出无可奈何的样子，皱眉搓手道："妹子的终身，我又何尝敢轻率，只是你的信来之前，这里已闹着中使选女的讹言了。地方官已经把妹子年貌登录花名册，你想叫人怎不着急！匆促间又没有相当配偶，黄家闻讯，又来求亲。我觉得他一再相就，十分诚意，妹子到了他家，必可琴瑟调和。况且他富甲一乡，妹子终身衣食不愁，你我也可放心了！"庚虞听他这话，真是又气又好笑。大错已成，没法如何，只索罢休，也便谈些别的家常。

午饭后，就差童儿去接三秀归宁。不过一会儿，三秀到了母家，只见哥嫂都在堂前座谈，大哥坐在上首，似乎黑瘦了些，精神倒还十分健旺的样子。兄妹相见后，二人同声说道："你回来了吗？"三秀的语气里，自是含着无限的怨意，她心里暗忖，你不过去了短短几月，自己的终身幸福已被断送了。因此，只说了一句，便喉头哽住，眼波滢滢泪珠儿已盈盈欲滴。

庚虞的语意，却是蕴着十分怜惜之意。他在三秀进门时，便留心注视她，虽然衣饰都丽，却掩不住眉梢眼角的愁痕，比以前清瘦了许多，腰肢又似乎减少了苗条。庚虞心里有数，见她哽咽难言，滢然欲涕，知道她有一腔难言的幽怨。便绝对不和她提黄家的言语，只谈些他在山左的见闻，民俗的剽悍，地方官的颟顸，以及大江南北风物的异点。又讲起畅游金焦，遇见慕家的表兄周振宇。

正谈着振宇为人如何豪爽时，童儿进来报道："句容周府有书信差人送来。"庚虞奇怪道："我到家也只半日，如何他有信来，难道出了什么急事了吗？"他十分惊疑，忙叫下书人进来，拆书一看，连连叹息，大家见他容色悲切，以为周振宇遭了什么意外。又看下书的家人，却神色自若，并不像为了什么急事。四五双眼睛，望望庚虞又望望下书人，都觉得莫名其妙。

肇周再也耐不住了，便凑去同看，不禁失声喊道："啊呀！天白死了！这样个文弱书生，也去干戎马生涯，不死他又死谁！正是活得不耐烦了，去讨死！"庚虞连忙以目示意，不要他说时，他已说出来了。

三秀听了，头里像被一个霹雳一震，顿时嗡嗡嗡地昏眩起来，心里一阵绞痛，鼻子一酸，眼泪恨不得要像水一样地奔出来。可是她知道当着这些人，她不能这样，竭力忍住了眼泪不让它们滚出来，可是她没法制住她头内的昏眩、心里的酸痛，瞪着一双眼泪，一手撑着桌子，竟是摇摇欲倒的样子。

第七回

掌上得珍珠聊因快意
堂前求螟蛉别有用心

一间向南的小轩，位在花厅的东偏，帘幕沉沉，炉烟袅袅，除了兰麝的幽香一阵阵从帘内透出外，静悄悄的没有些儿声息。一个垂髫小鬟，站在帘外，很无聊地向着院子里的花木盆架，投着厌倦的眼光。偶尔听得帘里有一半声轻微的欬吐或是簿册翻弄时发出一些嚓嚓的微响，她就屏息静气地掀帘向里面窥视，只见她的主母，也正凝神壹志地俯着蟒首，在那里检核账目，并没有需要使唤她做什么的现象。她又背对着帘，游目庭院，很盼有些新奇的发见，以解出她的枯寂。

忽然，一个又大又圆黄澄澄的香橼，在西面的月亮门里滚出来，骨溜溜一直滚到花厅对面的盆景架子的脚下，香橼似一个金球般骨溜溜地滚着，那小鬟的一双眼睛也跟着它骨溜溜地转着，一直到它停住在盆架下，她的眼睛也便停住在盆架下。

这时她并不是先时那种闲得无聊的样子了，侧着耳听听帘里没有什么声息，便施展着轻捷的步伐，连蹿带跳地到了盆景架子旁，一弯腰就把那个大香橼捧在手里，才要凑上鼻子去闻，却听得"嗯！嗯！"的几声，她熟悉这是禁止她这样做的命令，抬头一看，果然是珍从月亮门里过来了。

虽然乳媪抱在手里，可是她的小身体直向前冲，张开了两只小手，连连上下扑着，表示不许小鬟动她的香橼。乳媪一面用劲把右臂擎住珍，还用左臂围着她的腰间，唯恐她倾跌，一面高声喊着小鬟的名字道："小菊！不要动，别惹她闹！"说着，很快地移动着双脚，向这边走来。因为珍在她的臂弯里颠动，抱着未免格外费劲，既怕她跌，又怕她哭了遭责，心里着急，脚下又走得快，累得脸都红了。小菊也怕珍闹起来，惊动了帘里的主母，疾忙捧着香橼迎上去献给她。

珍伸出玉雪也似的小手，捧住了金黄色的香橼，腕上系了一个碧玉蟾蜍，在彩色的丝穗上，摇曳荡漾，衬着水红色的衣袖，白的黄的红的绿的，互相衬映着竟是十分鲜艳，还加上一个粉嫩的苹果似的小脸儿，格外教人怜爱，把个小菊竟看呆了，心里还私忖，这么可爱的孩子，别怪主母当作心肝珍宝一般地看待哩！

珍捧了香橼，却不肯安分让乳媪抱着，扭动着身子，搓着小足，要下地来。乳媪只得放她下地，伛偻了腰，双手扶着她的胁。珍不但长得面目娇好，而且十分聪明，生有宿慧，也许是像她母亲三秀吧。

这时，虽尚不会说话，却什么都懂，用她的小眼和双手，以及嗯嗯嗯的言语，来传达她的意志。她两足着了地，便把捧着的香橼往地下一抛，香橼在地下滚动，她的一双小足便也毫无规律地乱踏，意思是要追逐那香橼，等到它为阶石阻住了而停止滚到时，她也便立停了，把手点着阶边的香橼，对着小菊嗯嗯嗯地看着。

小菊便忙过去把它拾起来，要来递给她，可是她挥着小手，还是嗯嗯嗯地说着她特创的言语，又把手指着地下。小菊问她道："是不是放在地下？"小菊把香橼仍放在地下，她才嘻着嘴一笑举起右手挥挥，似乎说是对了。

又对着小菊嗯嗯嗯地指指地下的香橼，自己也俯下身体，把两手做着虚捧的样子。和她玩惯了的小菊，知道叫她把香橼从地下滚过去，待香橼滚到面前时，乳媪忙握了她的小手接住，她便嘻嘻哈哈地快乐得连身体都颠动起来。

接着嘻开了小嘴，又把香橼向小菊那边抛去，可是力小捉摸不定，香橼却斜滚过去了。小菊忙奔过去接住，仍复滚过来，这样往复循环地滚着，直逗得珍笑声不停，把个乳媪蹲得腿也麻了，两臂悬空扶着珍，忍得酸楚不已。小菊因贪着珍的笑态可爱，便一直逗着她玩，竟把伺候三秀使唤的事丢在脑后了。

院子里嬉笑的声音，从帘隙钻进了轩内，乳莺雏凤般的笑声，虽然和游丝一般的细，可是有着强韧的力，竟把那个黏注在账册上的心，旋扭了转来，再也坐不住，掀起帘子，也到院子里来了。轻轻拍着手，柔声唤道："珍！来！妈妈抱！"珍见妈的唤声，把那原已滚烂了的香橼，往地下一投掷，便跳呀扑啊，要妈妈抱了。

小菊初时蓦见三秀，心里不由一吓，后来见她抱珍了，她又放心了。她深深地知道，伴着珍玩，即使闯了大祸，只要逗得珍欢喜，都不会受到谴责的。

珍到了妈妈怀里，举起小手，抱着三秀的颈项，把脸儿靠着妈妈的粉颊，显着异常亲热的样儿。三秀吻着爱女的嫩颊，她心底的愉悦，是没有方法形容的。她自嫁亮功，天白走后，一颗心一直飘忽无定，自从产了珍，她的一颗蕴着无限热爱的心，才算有了着落。她所以给她爱女题名叫珍，就是说她女儿和掌上珍一般地可宝爱。

黄亮功年逾四十，很盼望三秀为他育个麟儿，当稳婆报告她是一位千金时，心里很感失望，幸喜三秀产后平安，又想先花后果，未始不是明年再产得男的吉兆，况且他膝下犹虚，添个孩子热闹热闹，也是好的。在堂前灶下焚香敬神以后，就连忙进房去看慰三秀，又看看孩子，目秀眉妍，竟和三秀一个样儿，用手指轻轻把她的脸儿一碰，也知道睁开小眼，转动着点漆似的双瞳，尽看着他。他看看三秀产后失血的脸庞，和不胜柔弱的模样儿，不觉对她母女十分爱怜。

后来三秀玉体复原，治家之外，就一心抚育爱女，本来她到了黄家，黄亮功就没有见过三秀颊上的梨窝深浅如何，也从没有见她的眉心有舒展过的一日。自从得了珍，只要她一见了珍的面，颦痕顿泯，梨窝立晕，一向为亮功憧憬着的楼头倩笑，便时时涌现在他的眼前，因此他常常抱着珍来取媚三秀。

三秀虽然不惬于他，有时还要骂他为老牛，但有珍在，便对他辞色稍和。亮功便恃珍为博取温存之阶，他的视珍，也就不啻珍宝了。奴仆们有了过失，只要暗恳乳媪，在三秀诘问时，把珍抱来，获罪的婢仆，便可免责。所以出世不过数月的珍，在亮功夫妇间她是个和事佬，在许多婢仆间，她是个消灭星，在三秀看来，她更是棵忘忧草。她不但是三秀心目中的珍宝，便是这几十间屋宇中的人，无一不看她为珍宝哩！

有一次珍发疹子，回得不透，症状很是危险，三秀日夜看护，不食不眠，不到三天，双目尽赤，形容憔悴，肝火却是特别旺，一会儿嗔，一会儿怒，把个黄亮功折磨得搔头抹耳，不知所可。只得大破悭囊，不惜重金，罗致县立的名医为珍治疗。后来总算由常熟请来的一位儒医挽回，三秀的两眉解了结，黄亮功的肩头顿觉一轻，全宅的男女仆人，工作也觉有了劲。为了珍的安危，可以转移三秀的喜怒，全宅的人莫不暗中为珍祈求幸福，无灾无难，让他们借此庇荫。何况她又是长得那么美丽聪明，惹人怜爱呢？

三秀对珍，寄着无限希望，有一天听得亮功来家讲起，镇上来了一位叫熊耳山人的，算命起卦，无不灵验如神。三秀听了，便对亮功道："那么何不招他来为珍儿推算八字。"

亮功觉得熊耳山人算命取费颇高，深悔自己多言，不该告诉三秀，一时应承不下，却又不敢驳回，三秀见他嗫嚅不答，知道他是舍不得命金，便对他辗然一笑道："同时，你也可以叫他算算何时可见子息。"亮功见她粉靥微红，梨窝浅晕，娇笑薄羞，已足叫他销魂，何况又说着他的事，不由连连点头道："明天，就叫他来，明天就叫他来。"

到了明天，果然黄亮功差人去把熊耳山人请来。他是个瞽者，小厮献上香茗，亮功陪着他闲谈了几句，三秀抱着珍出来，后面跟着张媪乳娘小菊，都是来听算命的，三秀先把珍的生年月日时辰，报给他听。那熊耳山人便俯下了头，抢着手指，甲乙丙丁子丑寅卯地咕哝了一会儿。他估量着这么一点儿大的孩子，肯花了大钱算命，自然是宝爱的了。于是抢着指头稍顿了些时，说这孩子富贵寿考，命中都占全了。有三十年帮夫运，丈夫还要靠着她才得富贵哩。

三秀听了喜不自胜，盛赞这先生的数理高深，便把自己的年庚报上，也请他推算一下。这位先生虽然无目，却能以耳代目，他听着一串银铃似的语声，清扬悠逸，便已猜得出她的才貌，断得定她的福泽。又听得一个重浊的男音，就是刚才陪他闲谈的人，还要许多老少不一的女音，对于她竟无不附和阿谀，那么她在这座大厦里地位可想而知了。因此他捏着指头抢算了一会儿，脸上顿现讶异之色，把身旁的桌子，重重地击了一下，这时屋子里的人已比初时多了几个，蓦然被他吓了一跳，都惊疑地望着他。只见他连连摇头道："没有的事！没有的事！你们不是诳我，便是记错了年月日时，乡村妇女，哪得会有这样好的八字！"

大家这才恍然，未免暗笑这人太会做作。亮功嘻着阔嘴问道："命中有没有儿子？"山人道："有有有，有二个儿子，而且生而即贵！"三秀问他道："先生说道八字好，究竟好到如何呢？"

那山人才待开口，亮功突然把足一蹬，山人疑是不许他说，连忙把唇一抿，接着却听得亮功大声道："啊！只顾听算命几乎误了正事，东村李大，借我五两银子，约定今天早半天来还的，

69

至今过午未来，必得我自己去跑一趟了！那些穷人，总是言而无信，真是可恶之至。"说着站起身子，摇摇摆摆地出去了。

三秀想说"这些微小数，就随他迟几天吧，何必巴巴地自己赶去"，可是话不及出口，他已走出厅门向前院去了，也只索由他，仍请山人推算。

那山人说："这个坤造，以女子而坐台垣，有执政王家气象，山人自问世以来，足迹遍东南诸省，还没有推算过这样大贵的坤造呢！不图今于乡镇中得此，所以山人有些怀疑呀！"

屋里这时除了三秀母女，便全是下人，她们听了这话，竟不约而同地把眼光全移注在三秀脸上。三秀却是露出不全可信的神气，又令他推算黄亮功的命理，那山人算了一会儿，却是摇首道："这个命！请恕我直言，和前面所算二命，有天地之别。好像一个患膈气的病人，美味满前，想吃的吃不到，纵使有百万家财，他也用不到一钱，真正是个穷命！山人照命直说，还请恕罪！"

三秀道："但请直言无妨，他的命中有无子息，何时可以得子?"山人又摇头笑道："这样的薄命，哪得还有子息！"三秀听了，不觉失声而笑，她想刚才算自己命中有二子，怎说亮功命中无子，哪得夫妇二人，一个有子一个无子的理，除了算珍的命是中的，后来所算却是妄言居多了。那些下人见三秀也笑其妄，她们原也忍不住好笑，便都哄然出声。

那山人还口口声声地说："山人完全照命理推，却不是故意胡诌。"三秀虽不全信他的话，但她以为推算的话必可靠，又想人家在此说了半天，又是个名家，命金少了拿不出手，就叫张媪封了五两银子给他，仍叫黄贵来扶了他出去。

黄亮功为了五两银子，巴巴地赶了五六里路，费了许多唇舌，到晚回家，还不过讨取得三两银子，还有二两银子，李大答应他再过半月加一两利息送还。他想来回跑了十一二里路，赚了

70

一两银子，也还抵偿得过，倒也并不觉得累。

回家就问三秀道："替我算了命没有？我可积多少财产？哪一年得子？"三秀虽不信熊耳山人所说，却也未便实告亮功，她深知亮功很盼望得子，只得随口编了几句，只说命中也有二子，总在一二年内可以见喜。亮功又问给了他多少钱，三秀告诉了他，他直心痛不已，却又不敢埋怨三秀，又一想他说自己有二个儿子，看在儿子分上，就任他吧。

从此他天天盼望熊耳山人所说的儿子出世，可是看看过了几年，珍儿已有十岁了，三秀的一捏柳腰，十年间从没有改过样子，喜信杳然，莫说儿子，两个儿子的影子也没见过。

珍这时也已长得娇艳动人，和她母亲模样儿相似，性情温婉，时常依依在她母亲的左右，三秀十分钟爱，亲自教她读书识字和女红等。珍生得聪明，无论什么，一教便能领会，三秀视珍不啻性命，十年不育，她倒并不以无子为虑，有这样一个女儿，将来招赘一婿，也未尝不可娱老。

可是亮功却没有她想得明白，时常为了无子絮聒，不时骂那算命的不灵，又东求神西拜佛，乞灵于仙方炉丹，要三秀吞服，说可望生子。三秀初时，尚还试服，可是一无效验，后来她因不胜其烦，不愿再服。亮功泥她，被她骂了一顿，亮功方才不再求什么仙方灵丹了。

三秀看他因为无子忧虑，便和他商量把庚虞的儿子过继来，伴伴热闹。亮功于三秀的言语，从来也不敢驳回，她说怎么办当然照办。三秀第二天就回母家，把自己的意思和大哥说了，谁知那位大哥，因为瞧不起这个妹夫，不愿意把儿子承嗣他，一口拒绝，把个头直摇。三秀深知他的脾气，不可勉强，就只得罢了，谈些别的事，就告别回家。

又过了一天，三秀正看珍在写字，忽报二娘带着侄少爷来了。三秀心里怙惚，前天回家，她也没说要来，怎么突然来了，

71

不知有何事故。二娘见了三秀，寒暄了几句，珍也出来相见，叫了声二舅母，便倚在她母亲身旁。二娘把她的儿子阿七，拉到面前，推他到三秀那面去道："痴孩子，你见了姑母怎么又不作声了？在家里嘴呱呱地说得多好听，现在你倒是亲口说给你姑母听啊，让你姑母听了也喜欢喜欢！"

那阿七是肇周的儿子，比珍长得一岁，体格壮健，口舌伶俐，狡黠善伺人意，三秀原也很欢喜他。这时见他被母亲推了，僵立在半中间，嘻嘻地笑着，却是不说，两个眼珠只不停地在三秀和珍的面上打转。

三秀也笑着招他道："阿七过来，什么好话儿，快告诉姑母听。姑母听了欢喜，便留你在这里住几天，和珍妹一块儿玩。珍妹原也很寂寞，时常盼你们兄弟姊妹来跟她一阵子玩。"

二娘听了笑着道："好吧！这就对了劲了。阿七在家时常说，姑父姑母为人真好，就和自己的父母一样慈爱，珍妹也是和姑父母一般的是最和善不过的，家里的兄弟姊妹们谁也比不上她，他简直不想离开你们，最好永远跟你们在一起，他还常常自叹没有福气，不得投生在姑母家，可以有这么好的一个亲妹妹。他父亲说：'他既是心向着姑父母，本来姑父母家里人少，就让他来姑母家伴个热闹吧。'前天你来家，他跟着他父亲舅舅家去了，没有跟你请安，回来懊恼得了不得，怪他父亲不肯早些回来。他父亲赌气叫我今天送他来，说是不要他回去了。他倒一些儿不着急，说姑母疼爱他，总不会让他露宿在屋外的，姑母你偏赶他出去，看他说嘴不！"

三秀听了二娘绕着弯儿说了一大套，心下明白，可是她觉得阿七也还可喜，且不说明，留他住几时，详细观察他的品性后再议。就说道："阿七，你倒托大得紧！姑母可不留你，父亲也不要你，看你今晚怎么办？"

阿七嘻嘻地说道："姑母爱说反话，说不留，就是留定了。

72

妈，你回去吧！我在这里陪珍妹玩了。"又走到珍面前，拉着她的手道："珍妹，我和你到院里去，我教给你一个新鲜玩意儿。"他拉着珍就走，到房门口，却回过脸来，对着姑母嬉皮涎脸地道："姑母，我们走开，让她定定心心地为我安排宿所吧！"

二娘看三秀似乎很有喜色，私心不胜庆幸，从此阿七便在黄家住下。三秀为他还请了位先生来家教读，珍也附读。阿七和珍一桌吃饭，一室读书，放了学一起游玩。对于玩耍，他能想出稀奇古怪的玩意儿，逗得珍快乐，对于读书写字，他却抵不上珍，时时要叫珍替他捉刀。

珍性温顺柔和，初时倒也依他，虽然心里以为他这样是不对的，次数多了，未免为老师查出，把阿七重重地责罚了一顿。珍见了阿七被罚，自忖也犯过失芳心不无忐忑。幸得老师一向喜她聪敏好学，只看了她几眼，珍接着那眼光似乎在说："你助人作弊，也该重责。这次姑且饶你，下次再犯，必重责不贷。"她那吹弹得破的嫩脸，不禁羞得通红，再也不敢抬头。阿七虽然被责，却是行所无事，斜睨着双目，嘴里喃喃地咒骂着老师。

放了学，珍因阿七被责，就安慰他几句，又婉言劝他少嬉戏多研学，阿七却傲然地把头一摇道："理他呢！老子偏不高兴做，下次他再敢打老子，老子准得给他些苦头尝尝！"

珍看见阿七这种无礼的言动，还是第一次哩。总以为他是受罚气得如此，又劝了他一番，就和他一块儿玩了。过不了三天，阿七又泥着珍替他代做作文课，珍这回却给了他从未有过的拒绝。阿七还是涎着脸，打恭作揖，千妹妹万妹妹地央求着。珍一想起老师那天的眼睛，脸就吓红了，无论如何不允他代，只是劝他自己勉力。

阿七把脸一沉道："好，不肯就算了！老子不缴卷，看那老头儿敢把我怎样？"说完，把书用劲地往桌上一放，撇下珍，径自独个儿出去玩了。

珍见他这样无礼，气得噘起了小嘴，坐在房里垂泪。后来吃晚饭时，阿七早把方才的事忘了，又是很殷勤地妹妹长妹妹短地和她腻在一起了。珍初时不很理他，后来禁不住他的那股牛皮糖似的扭劲，就仍和他在一起玩。

　　到了明天早上，二人用过了早餐，又同往书房里去攻读。老师叫阿七背书，他背不出，叫他缴文卷，他说："没有做！"老师问他为什么不做，他昂起了头傲慢地答道："不高兴做！你待怎样？"说时竖眉瞪目，完全是一副寻是生非的态度。

　　老师见他这样不受教，非常生气，就把戒方一击书案道："既然你读书作文都不高兴，何必进书房里来！"阿七冷笑道："那是顾全你饭碗，要不然你到哪里去骗钱混饭吃呢！哼哼！"老师听他这样挺撞，简直目无师尊，气得抖抖地站起来拿戒方去责打他。

　　珍在一旁听着，也怪阿七说得不成话。见老师站起来，她便连连向他示意，叫他赔礼。阿七见了把头一歪，两手叉了腰站在桌边，瞪着一双通黑的眼睛，简直像要吃人一般。

　　珍看了阿七那一副横相，心知必要闹出事来。乘着老师颤巍巍地还没下座，便忙走到阿七身边，轻轻地拉他道："这是你的错，快向老师告个罪，即使他要打你，他年迈力衰，也不会怎样痛，你就忍受了，别和他蛮，他年纪大，闹出事来不是玩的。"阿七把臂肘推着珍大声道："不要你管！他要打我，先教他知道我的厉害！"

　　老师气极了，举起戒方走过来，还离着他有二三尺远哩，阿七伸手想去夺老师手里的戒方，存心还要弄他一跤。珍看他那种疯狂样子，便忙拉住他的手臂劝道："不能！七哥！你该尊重老师，你不能这样犯上，况且先生年纪……"阿七不等珍说完，就叱她道："去去去！小胆鬼！都是你惹出来的，你昨天答应替我做了，也不会惹他有这些屁放！"

他被她拉住了没有夺到戒方，肩上却是重重地着了一下。他的心里恨珍，就用劲把她一推，珍力小站不住，往后退了几步，就倒了下去，头撞在窗格子上，砰的一声响，房外伺候着的侍婢小菊和书童黄贵，都听见了声音进来。这时，阿七也吓呆了，见小菊喊珍不应而哭了起来，他就一溜烟地逃了出去。

第八回

顽童肇祸顿起戒心
佳客登门频施青眼

　　小菊见珍呼唤不应，心里着慌，急得哭了起来。老先生走过来一看，只见珍面色苍白，眼皮下垂，呼吸似稍见急促，知道她是跌闷了，幸亏头还没有撞破。就叫黄贵赶快进内去报告三秀，一面劝小菊不要哭。他说："你别先慌着哭，不妨事的，这是昏了过去，你先把她上半身扶起来，给她摩摩心口再叫她就会醒的。"他也帮着喊了几声，见珍的眼珠渐渐在眼皮里转动，等三秀到来时，珍已醒来，被扶着坐在椅子上。

　　三秀摸着珍脑后撞起一个大疙瘩，心里非常不舍得，一边替她轻轻揉摩，一边便问是怎么一回事。珍虽然苏来，只觉头背生疼，神志还是昏昏的不大清明。经她母亲这一问，想起刚才的事，心里一气，还没开口，泪珠便扑簌簌地掉下来。

　　老先生很知道这事的详细，便告诉了三秀，她听了不由柳眉竖起，恨恨地道："这小子这样不好学，他既溜逃了，再来也不容他进门。"她又为阿七侮慢师尊，就向老先生告个罪，扶着珍进内静息。

　　珍睡在床上三秀坐在床边，一会儿摩着珍的胸，问她吓着没有，一会儿又按着珍的额，试试有没有发热，一会儿又抚着珍的头，问她还疼不。一双慈母的眼光，带着忧郁，洒在珍的脸上，

76

观察她的神色，她的表现于面部的情绪，完全受着珍的支配。

好个聪明的珍，为了安慰她的慈母，便舒展着眉头，微露恬适的笑靥，表示她没有一些儿痛苦，其实她的后脑和背骨，正痛得麻辣辣和火灼一般的呢。她对三秀道："妈请放心！我不觉得什么，现在只想睡一会儿，你也歇着去吧！"说着把眼皮阖了阖，表示瞌睡的样子。

三秀试她身上温温的并不发烧，看她神色自然，料来没有妨碍，刚才的昏晕，谅是心里气急，头给床栏震昏才倒下的，因此她也就放心去治理别事，却教张媪在此侍候。三秀理了一会儿事，又督促厨媪杀了一只肥母鸡煨汤，预备给珍喝。

不多一会儿亮功自外回来，问三秀道："听说阿七欺侮我们的孩子，真的吗？跌坏了哪里没有？"三秀道："可不真吗！幸亏孩子没大碍，只后脑撞起了一个疙瘩，现在已平些了。"她说话时原站着的，这时走到靠窗的她常坐的椅子旁边，纤掌轻轻一击椅背道："想不到阿七这孩子的品性，竟这么个不好！"她坐了叹了一口气。

亮功本是一进来就坐下的，这时却站起来，在室中来回摇摆着他肥重的身体，有一次摆到三秀面前，他立停了，看着她说："你的哥嫂送阿七来是有意思嗣给我们的，现在他自己走了，会不会再来？如果你哥嫂送他来，留呢不留？"

三秀迟疑着"嗯……"了一声，遂又接着道："假如他们送来，当然只得暂留，只教珍儿远着他就是了。至于为嗣之说，当时我并没言定，孩子既不行，这话也就不必提及，我哥嫂也没好意思明言，我们也只装不知便得。"

亮功道："那又何必再留他！"三秀道："自己家里亲戚，他们孩子多，我们那里就多一个人吃，养他几年也是不妨。"亮功看三秀容色似乎不乐，就不敢再说下去了，心里却咕哝着："这个年头儿，米珠薪桂，还白替人家养大孩子。唉！总是自己没有

77

儿子，不然他们也没因由会送个孩子来我家住下。"他心里这样想，不由自主地"唉"了一声。

三秀问道："叹什么？我知道你舍不得米粮！"亮功不等她说下去，道："哪里哪里！我是为了没有儿子才发叹的。"三秀又道："没有儿子愁什么！将来为珍招赘一个好女婿，不是和儿子一般吗？"亮功看看三秀的脸色，便不言语，搭讪着又把他那肥躯摆过去了。

恰好这时摆上饭来，他看见张媪另外又端了一碗醇醇的清鸡汤，便问道："这是谁吃的？"张媪道："小姐喝的。"他一皱眉道："不年不节，何苦为孩子宰鸡！"三秀插嘴道："怎么，杀鸡还得拣日子吗？孩子今儿不舒服，做一碗鲜汤开开胃，能花几个大钱，又惹得你唠叨，你自己没吃福，叫人都跟着你终岁吃乳腐咸齑吗？"亮功又碰了一回钉子，不敢和她争辩，只管坐下吃饭。

看见桌上也有一碗鸡，三秀吃时，又有心把老肉和皮都吐在桌上，他看着非常心痛，一箸也不舍得下碗，只就着生咸菜吃了碗半饭，却比平时少吃了一碗。

吃完饭，亮功有事出去了，三秀便来看珍，问她吃了多少饭，鸡汤煨得好吗。珍说："睡了一会儿，什么也不觉得了！饭也吃得很香，鸡汤很鲜，泡着饭竟吃了两碗呢！"三秀听了，自是放心。

母女俩就在房里闲谈，三秀把自己幼时的故事讲给珍听，孩子们原最爱听父母小时候的生活情形，她们娘儿俩，一个正谈得起劲，一个正听得出神的，忽然下人来报肇周夫妇带着阿七来了。

三秀原料他们必来，便出外相见。肇周见了三秀，就是深深一揖道："阿七无礼，得罪了外甥小姐，愚夫妇深知珍小姐就是你的掌上明珠，比什么都尊贵，得罪了珍小姐就和得罪了姑母一般，因此我和你二嫂特地赶来向妹妹请罪。又把阿七带来，请妹妹重重责罚，再令他和珍小姐赔礼。"

三秀先让他们坐了，又令婢献上香茗，随后微笑道："些微小事，已过去了又提它作甚，他们表兄妹至亲，也无所谓得罪不得罪，只是侮慢师长，未免不合礼。他既不服从师长教训，我又事忙，无暇管他，孩子没人管束是不成的，我想他还是回家，跟着自己的父母吧！以免误了他，反使我对不起二哥和二嫂！"

肇周忙道："妹妹言重了，我和妹妹是嫡亲手足，又何分彼此，阿七就算是妹妹的儿子，也未为不可，跟着妹妹和跟着我们有什么两样呢！妹妹千万看我的薄面，不要生这个小畜生的气。"说着又喝阿七道："还不快过来替姑母叩头，求姑母饶恕，仍请姑母费神教训。待会儿再去和妹妹赔礼，老师那边也得去请罪。"

刘二娘忙走去把阿七推过来，三秀早就留神看阿七，眼圈微红，想是受责哭过的。父亲说话时，他低着头站在一边，噘嘴鼓腮，透着一团不愿意的神情。二娘推他，显着十分勉强。

三秀忙站起拦道："我原说的，过去的事别再提了，不必多此一礼。自己家里的侄儿，我岂不盼他上进，只是我的事忙，又要照顾珍儿，未免无暇及他。且我的性子又急躁，管起来不免过严厉，总觉不如由哥嫂自己教养的好。"

二娘见三秀只是推托，心里不禁着慌。阿七未曾跪下，她却几乎跪了下来了，似乎旁观不雅，只得改了深深万福，望着三秀，像要哭出来的模样道："好姑太太，你看在哥嫂的面上，就担待了他吧！我们孩子多，你哥哥整天在外忙着，也不管了许多，我呢又不大会管，谁都知道你管教起来，胜如我们，孩子能在姑母身边，就好比登天之福，如果孩子不长进，姑母尽管严刑责罚，即使打死，那是我们和孩子没福，绝不会抱怨到你的。"

二娘说着又深深地福了几福，阿七这时也早跪下叩头请罪，肇周也在一旁赔笑央告。三秀又要回二娘礼，又要拉阿七起来，也没工夫回答，肇周夫妇便算她对留养阿七的问题是默认了。

他们随后又到珍的房里，二娘拉珍的手安慰着她，骂阿七不是，又叱阿七向妹妹赔礼。阿七笑嘻嘻地作了两个揖，那样子却显着几分轻佻；在书房里肇周要他向老师请罪，他原十分不愿意，但想到刚才家里父母所嘱的话，姑母家产的数额，表妹娇艳的容貌，不得不强作柔顺，也和老师赔罪。肇周临走时叮嘱阿七道："姑父姑母都长于理财，你好好地学习，将来也可帮助姑父一二。"三秀对于这位哥哥，不由从心底里鄙夷出来。

阿七虽留育黄家，三秀却不要他住在内室里，吃饭也不和同桌，珍也不上书房和他同读，让他一人上学。读不多时，故态复萌，那位老先生不愿教他，便辞馆而去，后来虽也请过几位先生教他，却没有一个教满三个月的。三秀虽曾几次训责他，可是不改，也就任他，不再替他请师教读了。

阿七既不读书，便常溜到外面和市井无赖为伍，言语举动，更趋下流，而且好勇斗狠，时常在外招惹事端。偶然遇见珍，便嬉皮涎脸，一派的儇薄行为，珍因此格外瞧不起他，冷冷的不爱理他。

阿七在黄家，不知不觉已是数年，那时珍已届月圆年纪，出落得花容月貌，骨秀神清，艳光照人，居然又一国色。阿七时常听得父母谈论，自己留养黄家，不为嗣子，便做赘婿。在阿七之意，很愿为赘婿，可以人财两得。见珍不爱理他，他也不以为忤，心里拿稳了雀屏之选，非己莫属，自安心在外游荡，酗酒赌博，无所不为。谁知那年元宵节后，没来由来了个直塘钱时肩，粉碎了阿七黄金美人的迷梦。

钱时肩和亮功沾着一点远亲，家道虽不富有，却也无虑衣食，和黄家久不来往，因为上代欠过黄亮功父亲的钱，时肩的父亲临终时嘱将这笔旧欠还清，免得为黄氏子弟侮慢。

这次时肩服阕，将几十年来的本利一齐算清，还备了四色礼物，亲自来黄家偿债。黄亮功恰巧不在，仆人报进去，便由三秀出见。三秀自来黄家，从不曾见过这门亲戚，并听也不曾听得谈起过，可是看那钱时肩丰神俊秀，举止娴雅，而且带了巨款来偿宿欠，谅不是念秧者流，便留他住下道："亮功往邻县讨债，今天早上才去，大约有三五天回来呢，府上这笔账，我不大清楚，等他回来再算，钱少爷若不嫌舍下简慢，便屈留数天吧！"

钱时肩在此又没有别的去处，既必得等亮功回来，除了住在这里，别无办法，况且三秀说时是那么诚恳柔和，他自然接受了她的建议，把带来的礼物，先请她收下。他看三秀容貌昳丽，体态轻盈，像个二十来岁的人，心想黄亮功一定也是一个年轻的隽秀人物，否则，也配不上这么风华绝世的佳人的。

三秀既留时肩住下，亮功不在，阿七也不知溜到哪里，没人招待，却又不便把人家冷搁在一边，只有自己陪着他谈谈，问问他的家世。知道他今年十八岁，已中过秀才，却还没有完婚。父亲过世，家中只有萱堂和一弟一妹。三秀见他吐属隽雅，应对有节，和阿七的猥琐鄙俚、粗野浮滑比起来，真有天壤之别，心里先有几分欢喜。便命厨下天天备着丰盛的酒菜，款待着他。

过了几天，亮功回家，相见之下，并不认识，他不过还记得有这门亲戚。他们的借券，却和许多无法索取的废契束在一起，这差不多全是亮功祖和父手里放出来的，所以他没有把来交给三秀，她自然不会知道了。

当时亮功把旧券找出来，一算本利，和钱时肩带来的毫厘不差，亮功自是欢喜。时肩还清债款，把券撕掉了，就要告辞回家。可是三秀数天来常和他谈谈，爱他温文有礼，心里有了一个想头，便不肯放他就去，坚要留他再盘桓几时。

时肩还是婉辞道："小侄来时原和家母约定，隔一天即回，现在已隔多天，恐家母悬念。况已在府上叨扰多日，自觉万分过意不去了，容后有便，再来拜候。"

三秀仍留住他道："尊堂若不放心，只消差人送个信去就是了。既有亲戚，何必说那些客气话，日来因亮功出外，没人招待，真是十分简慢，连个接风筵都不曾办得，今晚上我已吩咐厨下，略备几味粗肴，算是替贤侄补行接风，舍下人少，说句不客气的话，我只当你是自己的子侄般看待，我很欢喜贤侄在此伴伴热闹哩！千万不要见外，再盘桓些时，而且请你不要客气，只当自己家里一样，喜欢怎么都请随意好了。"

时肩还没开口，只见三秀又问亮功说道："珍儿很爱文字，可是自从那年出了书房，也没好好读书，我又少闲，没有工夫教她。这位钱家贤侄，是个饱学的秀才，既是家里亲戚，也不必避嫌，就让珍出来相见一下，以后也好向他请教请教。"

亮功对于三秀的话，是没勇气驳回的，当下唯有唯唯称是。他心里却未免抱怨三秀，太不为他的米粮打算，无缘无故又留一个客在这里吃。可是这怨声只能在他心里默响，却丝毫不敢跃上脸来。

时肩等他们夫妇说完话，他的说话机会似乎也失去了，只得暂留，不便再行坚辞。他这几天也曾从童儿的嘴里听得他家有一位小姐，是主母唯一的爱女。现在见他们说珍，想必就是那位小姐了，他想这样的母亲，女儿一定和她差不多，他倒又很盼望天色快晚，可以在筵席上一见这位珍小姐。

不多一刻，童儿来请时肩入席。酒席就摆在花厅上，时肩进内一看，厅上华灯辉煌，明耀如昼，他自来黄家还是第一次看见这样的灯光哩！酒席已设在厅的正中，黄亮功夫妇之外，还有一个就是他已见过的刘阿七，却不见什么珍小姐的影儿。

等到大家坐定，只见三秀问道："咦！珍不是早下楼了吗？怎么不见？"张媪知道珍是怕阿七的唠唠不休，和小婢阿玲在东轩里呢。她忙着伺候他们坐席，忘了去请珍，这时见三秀问珍，忙应道："珍小姐在东轩看书呢！我去请她出来！"说着两脚已搬在东轩门口，掀帘进去。

桌上几人的目光，都不约而同地射向那边，果然帘里有灯光透出，初时大家都不曾留意。不多一会儿，又见张媪打着帘子，珍袅袅婷婷地从帘内走出，背后跟着一个年约十三四岁的小婢，时肩乘着大家的眼光都集注在珍的身上，便也乘间打量一下。只见她穿着浅绛色的衣裙，两耳戴着一副点翠的银环，倒垂着有寸把来长，衬着那玉面朱唇，柳眉杏眼，映着灯光，更显得娇艳鲜丽，灿耀夺目。她轻轻地走到桌边，用那秀媚的眼珠，向桌上一闪，就挨着她母亲坐下。

　　三秀用纤指向时肩一点，对珍道："这位是钱家哥哥，是个饱学的秀士，诚笃的君子，今日见了，以后你读书如有疑惑费解之处，也好向钱家哥哥请教请教。"

　　珍听了母亲的话，略抬娇躯，微露瓠犀，喉间似乎嘤咛了一声。时肩站起连连"不敢不敢"地谦逊着，心里却自暗忖这母女二人，简直像一双姊妹，三秀娇艳胜花，谁看得出她已有和她一般儿高的女孩儿了呢，却可惜耦了老丑蠢俗的亮功，正合上彩凤随鸦的俗语，他不禁暗为三秀惋惜，又看阿七，也是面目猥琐，谈吐鄙俚，也辱没了这位姑姑，而且一双满含邪气的眼睛却不断地停留在珍的脸上，显见得怀着一颗贪婪的野心。时肩又不免暗为珍危，如果珍再蹈她母亲的覆辙，那么天下薄命佳人，都该同声一哭了。

　　时肩正在想得出神，突然一声当啷，把他惊觉。定睛一看，却是阿七的酒杯，不知怎么掉下去了，薄薄的瓷杯，和那坚硬的方砖相碰，便立刻粉碎。

　　亮功皱着眉头连嚷："可惜！可惜！怎么这样不小心！这一套细瓷酒杯，是一个汀西客商短了我三天的利钱，给我硬扣了来的，据说这是顶窑细瓷，也值好些个钱呢！今天还是……"

　　三秀看阿七的脸色一红一白，很有恼羞成怒的样儿，况且当着时肩，亮功那些唠叨话，也很欠大方，刚好这时厨房里端出一碗神仙鸡来，她就拦住亮功道："好了！好了！别废话了，快吃鸡吧！这还是我亲手做的，你也许还是第一次尝着吧！快试试看味儿如何。"说着又举箸让时肩。

亮功给三秀一岔，便把话儿咽住，举起箸来夹菜，却看这样也不合；夹了那样又放下，拣来拣去，只夹了半块皮蛋，皱眉苦脸地细细咀嚼着。

时肩看着，还以为亮功嫌菜坏，所以无从下箸，心想他对于吃倒异常讲究，这样丰盛的酒席，他还嫌劣，可是这么一桌子的鸡鸭鱼鲜他不吃，偏又爱吃这并不名贵的皮蛋！哪里知道亮功是舍不得吃好的，只为没有乳腐咸菜，他只好拣那价钱最便宜的皮蛋吃了。

阿七面前早已换了个酒杯，他却兀自频频喝着酒，只拣大块的鸡呀鸭呀往嘴里送，他见姑母只是拣好菜让时肩，心里还老大的不乐意哩！

三秀看看阿七那种粗野蠢俗的样子，越显得时肩是如何的彬彬儒雅，心里的欢心，便又增了几分，行动上自是更加亲热了些，频频地劝酒劝菜。

珍依傍着母亲，大约因和生客同席，却是不很举箸。时肩虽对亮功、阿七缺乏好感，可是三秀的情意殷勤，珍的娇羞可爱，还加上菜的精美，他这顿晚饭可算是吃得十分满意的了。

酒阑席散，已是初更过后，时肩向亮功三秀道谢，亮功和三秀谦逊了几句，个人便怀着不同的情绪回房安息。时肩回至客房，一时却睡不着，又因为多吃了酒菜，口渴得很，便起来向茶桶里一摸，却有一壶热茶放着，倒了一杯，站在窗前，慢慢地喝着，这晚月色很好，映着窗纸，正如一片银色，他索性灭了灯，静静地坐着。

望着那窗上的月色，晚餐桌上的一幕，不禁又涌现到他的心头。他想到三秀几日来相待的优厚，诚恳的挽留，今晚又令她的爱女出见，不能说她是没有用意的吧。时肩当一回忆珍的娇羞的神态、明艳的容颜时，再也无法遏止他这样去猜度三秀。

这一夜时肩的梦魂也是离不了珍的，到第二天早上也还是如此。用过早餐，他在院子里闲步，心头又不禁重温起昨晚上的一刻，想得出了神，两足却信步蹀去，不知不觉，过了那扇月洞门，又到了隔晚设席的花厅前了，可是时肩还没发觉，仍是低着头蹀向前去，不防迎面有人匆匆奔来，和他撞了个满怀，耳边却是飞来一阵娇脆的呵叱，连忙抬头看时，那人已走出月洞门去了。

第九回

喝雉呼卢歧途狂态见
敲金戛玉绛帐艳情多

太阳像个战乏的勇士，拖着疲软的身子，倚着山脊，渐渐地滑了下去，只留下那殷红的带有微温的血汁，还渲染了半天。一群群的乌鸦，似乎不忍见那残象，纷纷发着哀悼的叹息，"哑！哑！哑！"地返归它们的窠巢。

这时刘家阿七，正垂头丧气地在路上蹀着，听着归鸦晚噪，便仰起头来叱道："哇！不知趣的瘟鸟，老子这几天走了霉运，输得精光，此刻正愁着没法筹还李屠户的赌债，你还来老子头上哑哑哑地瘟噪些什么！还要叫你老子交霉运吗？再叫，看老子不扭断你的头颈！"阿七恨眉怒目地呵斥着，可是那些乌鸦还是一阵阵地噪着飞着，却不曾理会他。

他那上脸边的青筋也只白坟起了一会儿子，在地下连吐了几口唾沫，也只得罢了，仍复低了头盘算着李屠户的赌债，他想来想去，只有去向姑母要，虽然他的月钱领了还不过半个月。

走到家里，已将上灯时分，家人们正忙着调桌排凳，预备设宴，他向下人一打听，才知道是宴请钱时肩的，姑母也正在厨下忙着督促婢媪执炊，他没有机会可以向姑母要钱，心里未免抱怨姑母，不知凭什么要这样优待这钱家小子。

后来聚饮一桌时，当着许多人他固然不便向姑母启口，而且见了表妹，他的骨头便轻了三分，乜斜着色眼，把表妹的秀色当作下酒的肴馔，自斟自饮，竟喝得醉醺醺的，早把约着李屠户明晨还债的事，置在脑后了。

一觉醒来，红日当窗，他揉了揉眼睛，头脑似乎清楚了些，猛然忆起昨日和李屠户约定的话，立刻披衣下床，匆匆梳洗了，连早饭都不吃，忙赶到里院三秀治事的里间东轩里来。

掀帘进去，看见桌旁坐着的不是姑母，却是他的表妹珍。不由嬉皮笑脸地忙上去招呼道："珍妹妹好早！"珍低声道："七表哥早。"那神情是淡漠很很。可是阿七不觉得，竟在侧边一张椅子坐下，迎着珍的脸问道："姑妈呢，怎么不见？"珍道："妈有事，要等一刻才来呢。"阿七笑道："那么表妹在此是做姑妈之代表了！珍妹真能干，目下要是就出阁的话，也不难独当一面做主妇了。"说着还向珍挤眉弄眼，扮鬼脸。

珍的脸一红，噘着嘴把身子一扭，背了过去。手腕在桌一碰，腕上套着一个包金镯儿便发出了一声响，阿七还是厚着脸去拉珍的衣袖道："咦！珍妹手上什么响，呵！原来是个金镯儿，这花式倒雕得很精巧。"珍把手一缩道："谁跟你拉拉扯扯！"阿七装着鬼相，把舌头伸了一伸，遂又涎着脸笑道："自家表兄姐亲热些儿，有什么关系！又不是外来的野杂种，表妹你说是不是？你这个金镯儿倒很好玩的，送给我了吗？"

珍把头一扭道："谁跟你说着这些废话！我的东西凭什么要送给你啊！"阿七把两肩耸耸道："干么这样小器，早晚这东西总是我的！"珍听了却又把脸旋过来问他道："笑话！难道你打算来抢和偷吗？简直是说梦话！"阿七站起来冷冷地笑道："哼，将来连你人也是我的呢，漫说一个镯儿！"

说着走到珍的面前，向她伸着手道："我看还是早些送了我吧！现在我正有急用哩！"珍也站了起来，气得连连啐他道："你这是什么话！我告诉我妈去，看你该不该这样欺我。"说着泪珠

87

留不住眼眶里，就沿着两颊滚了下来，转身就待向里走去。

　　阿七见不着三秀，没法要钱，看看耽搁的时间已经不少，愁着误了那李屠户约的时候，更不易对付，见珍手上的镯儿，还了赌债，还可以余些赌本。他知道珍柔顺可欺，也就不顾一切，向她要定了。

　　这时见她要走，就上前拦住，狞笑道："你别拿姑母吓人，我可不怕，今儿个我是要你送定了！快拿来吧。"说着，那样子简直待动手要强，珍儿吓得哭了起来，恰好这时三秀从里面出来，喝骂阿七道："畜生！你好大胆！又来欺侮妹妹，你举起手来还待打她吗？"阿七听得三秀喝骂，不由一怔，连忙把手垂下，赔着笑脸："姑母早！我是跟珍妹妹闹着玩的。"

　　珍哽咽着声音忙说道："他硬要我送镯儿给他，还说上一大堆废话。"阿七不等三秀开口，忙又赔笑道："我是想问珍妹妹借来用一用的。现在好了，姑母既已出来，就请姑母挪二十千钱给我应急吧！"三秀冷冷笑道："挪二十千钱给你应急，还是等买米，还是等买柴？你的月费倒又花完了！你倒说说看，做的什么用？你在外干的好事，当我不知道吗？钱！我这里多着呢！你跟我来取啊！"

　　三秀越说越气，走到柜子旁，把压账册的铜尺拿在手里，向着阿七道："你过来！我给你钱！不过先还得赏给你这个！"说着就扬起铜尺，望他的肩上挥过来。

　　阿七虽横，却畏惧着这位姑母，知道钱是要不成了，白挨一顿打，倒不合算，便忙一闪，躲开了三秀的铜尺，匆匆向外跑去，恰值时肩低了头蹿过来，两下相撞了一下。

　　阿七回到自己房里，心下十分懊闷，李屠户不比别的债主，一纸借票可以搪塞过去，他非现钱不可，而且孔武有力，性情横暴，一言不合，他会使出那宰猪时的狠劲，扬起屠刀，把人会当猪一般地服侍，又不像痨病鬼米二朝奉，凭自己一双老拳，可以把全部赌债赖清，还可以余找些捞本的彩钱来使使。欠了任何人的赌账都有法想，唯有李屠户的钱，任何人不敢短他一个。

他看看窗外的日影，心里焦急十分，似乎李屠户伸起满生黑毛的胳膊，扬着明晃晃的屠刀向他劈来。他连忙把衣箱打开，却都空空如也。没有再可以给他变钱的衣服，除了他身上穿的。

盖上箱子，在房里四面搜寻了一回，也找不出一件可以抵这笔赌债的东西。笨重的家具又不便拿，后来一想，前面大厅上有一个古铜的香炉，是三天前姑父从一个古董商人那里取来的，因那商人欠了三个月房钱，不如拿来暂去抵质，还了李屠户，待后翻了本再赎出来放回原处，好在大厅这一点小东西是不会有人注意的。阿七自觉这个主意不错，便走到大厅上，把香炉取了，掖在肩下，幸喜没有人看见，便悄悄地溜出大门。

这里钱时肩给阿七一撞，又听得娇声叱骂，还当是撞着了一位女眷，回头看时，虽看不清是谁，可是那背影并不像是女的，而且那娇脆的叱骂声还在耳边停留着，便又回过头向正面看去，原来是三秀，倒竖着柳眉，粉脸气得雪白，在东轩门口，指着月洞门叱骂道："从今天起，再要看见你进这个院里来，便打断你的狗腿！"手里还拿着一根白铜的压纸尺，映着日光一上一下的很是耀目。

他就赔笑迎上去道："黄大婶早！小侄本是在外院闲步，无意中却又跑到了内院来，请大婶原谅！不知大婶跟谁生气，是否怪小侄错走了进来？"三秀初时气昏了，只追着阿七叱骂，却不曾看清站在院里的是谁，还当是家里的下人哩。

这时看见时肩赔笑向她说这话，忙招呼道："啊呀！是钱家贤侄吗？恕我气糊涂了，先没有看见你。你怎生这般说法，我原请你不要见外，像在自己家里一样，随便些好了，这里是我常坐的地方，贤侄能常进来谈谈，我才喜欢哩，怎说怪你！我是在和家内那个不争气的侄儿生气呢！"三秀见了时肩，不知怎样从心底喜欢出来，刚才和阿七的气早已烟消云散，便让时肩到东轩里去坐。

时肩跟着三秀进去，瞥见珍倚在桌边，脸上泪痕纵横，也像生气的样子，他一想昨晚所见阿七的举动，以及方才三秀发怒，他便恍然知是怎么一回事，把自己险些撞倒，无疑的是阿七了。

珍见了时肩，自觉泪痕印腮，互相招呼了一声，便转身入内。三秀追上去抚着她的背道："好孩子！别生气了，以后定不许他再进院里来。你上楼一会儿就下来，妈等你帮着算账呢！"

珍向来依顺母亲的，这时也点了点头，答应等一会儿就来。珍上了楼，三秀便把刚才的事，讲给时肩听，很恨阿七的不争气。时肩听着，自忖亲疏有别，不便说什么，只婉言劝了一番。他们在这儿闲谈着，珍却已重复回来。时肩留心看她时，已是蛾眉重扫，粉颊添脂，明艳耀人，不复是方才那副楚楚可怜的样子，刚才匆匆一瞥，不曾留心她穿的是什么，此刻再仔细看她的衣服，却不是昨晚上所穿的了，却换了一身青莲色的，周身镶着彩绣的花边，更显着鲜妍可爱。

她们母女俩检核账册，支配家用，时肩自觉不便侧身其间，就向她们告退。才走出门，三秀唤住他问道："令堂那边你去信了没有？"时肩道："还没有呢！现在待去写。"三秀道："那么快去写吧！可是你得说明要在这里多耽些时。我们珍儿，很喜欢读书，那回也是为阿七淘气，先生辞馆，就停下来了。明天我叫童儿把对面那间小室收拾收拾，给你们做书房，就让她跟贤侄请业吧，离我也近，我要你们帮忙时，叫唤起来也便，不知贤侄的意思怎样？"

时肩听得三秀问他，就偷眼看了珍一下，她似乎眉目间很有意思，他当然更无不愿的了，就笑答道："小侄是大婶怎样吩咐，怎样便好。只是大婶说得太客气，叫小侄当不起！既是大婶和珍不嫌弃，小侄陪着珍小姐一起研讨研讨，也可让小侄得些切磋之益。"三秀见他这么说，知无异意，心里很欢喜，就催他快去修书回家。

吃过午饭，果真叫几个下人，把东轩对面的小室打扫清洁，又亲自指挥仆人，把陈设重新布置了一番。又吩咐家里人，从此不许阿七进来。

明天时肩进来，三秀引他去那间新布置的书室，时肩看那小室位在花厅的偏西，向南开了四扇长窗，窗外种着几株美人蕉，和一丛修篁，就在沿窗设了一张书桌，相对地放了两把椅子，书桌上陈着一方端砚，一个紫泥的水盂，一个紫泥的笔筒，里面插着三五支大小不一的笔，另外一个紫泥的盆儿，养着一盆水仙，放在靠窗的一边；幽香细细，竟陈设得十分朴雅。西边墙上也开着两扇小窗，窗下摆着一只琴桌，桌上摆了一个铜的小兽炉和两个瓷瓶，墙上挂着一张短琴和一管洞箫。里旁靠墙，放了两个书架，竟然很整齐地排着许多书。这边靠东进门的里面，排着两椅几，几上陈着棋盘，靠外面椅旁，立着一座竹制的花盆高架，上面盛着一盆白梅花，西边琴桌也有一座竹制的盆架，上面放了一盆肥大的仙人掌，这时正开着红花，一朵朵挂在细竹片扎的圆罩上，一红一白和白梅花两两相对，使这朴素的屋子生色不少。时肩再看看墙上只有东面挂了一幅时人画的松柏长春横披，书笔粗劣，设色重浊，却是替这简雅的小室着了瑕玷。

事实上黄亮功满腹金银气，倒也不爱假充风雅，名人的书画，在他家里是寻不出的，除了人家送他的一些绘着吉利语的粗劣的作品，略为点缀以外。他觉得出了重价收买书画，倒不如办些货物，置些田产，还可以生息，至于花木盆架等的点缀，全是三秀所计，什么琴砚书画等陈设，也都是三秀有的自家里取来，有的陆续买来的。可是时肩不知，几乎连三秀也看俗了。后来和珍相熟，谈起此事，才知道黄亮功的脾气。

且说当时他看了屋里的陈设，极口赞美道："素雅简静，正是读书的好地方。"三秀听时肩说好，心里高兴，就笑对时肩道："就从今天起，贤侄在这里憩坐吧，珍儿有疑问，可以随时向你请教，贤侄若嫌寂寞，则不妨琴箫遣情，砚籍齐备，也可修业，要什么时，便叫我那边的侍婢做好了，我差不多整天在对面屋子里呢。"

时肩当无不可，就在这新布置的书室里坐下，竹影当窗，幽香满室，心神十分恬适。三秀指着书架说："这一架子的书，有些是我向大哥要的，有些托他买的历代名人的诗文笔记都有，你爱看什么随意看好了，如果你要而我这里没有，也不妨说出来，我会着人去买。"

时肩觉得三秀为他设想周到，简直感激得不知说些什么才好，只是含着笑连连唯唯。三秀有事，到对面去了。过了一会儿，三秀着张媪送来一壶香茗，还有一盘干果、一盘点心，时肩随手在书架上抽了一本书，一看却是朱淑贞的断肠诗词。他想才人薄命，女子尤甚，朱淑贞也是其中之一，集中无非悲绿愁红之句，读之徒令人增慨，他却不很喜欢看，就换了一本唐人笔记，细细翻阅，对花品茗，映日读书，鸟啾于庭，麝热于鼎，很得静趣。

三秀也不时过来，和他闲谈，倒也颇不寂寞，不过到晚却始终不曾见珍来过，用过晚餐，他仍宿在外间客房里。

第二天早上，他起得很早，就蹀到大门外去闲眺，晓雾笼树，朝霞染彩，晨间的景色，也自另有一种新趣。他便信步走去，不知不觉在镇上绕了一周，就便在吃食店里进了些早点，回来已近晌午了。

一直走到院里，经过那间特辟的书室外，只见一扇窗微开着，自窗隙里望进去，似乎有人坐在桌前，俯着头看不清面貌，只是从那云鬟花钿上判断，定为女子无疑。他想准是三秀在那里做什么呢，忙紧着脚步走去，进门一看，三秀面对房门坐下，却不是窗外看得见的。

他在窗外觑见的一个，可正背门坐下，时世梳装，窈窕身影，不是珍是谁？母女俩正相对着下棋呢。大家都全神贯注在几个子上，时肩进去，她们全没觉得。时肩也不惊动她们，悄悄地站在一旁看着，三秀把两个纤指拈着子，闲闲地觑准了地位，东下一子，西下一子，似乎视她漫不经意，其实却是老谋深算，神态也是和缓得很。

珍年青性躁，就比不上母亲的老练了，只顾寻隙进攻，却不曾顾及右手一角的将死。时肩见她不救危局，还是一味地盲进，不觉脱口呼道："咳！这时候了，怎么还下这一手呢。"

两人意外地都不觉一惊，同抬头看时，三秀欢呼道："呵！原来是你！什么时候进来的，怎么我们都没知道！"珍却不禁羞晕笼面，连忙低头缩手，讪讪地去看那盆水仙。

时肩听了三秀的话，笑回道："侄来时，因见你们正自出神，不敢扰乱，故没作声。刚才我见珍小姐忘了挽救危局，替她着急，不禁忘情惊喊，还要请大婶和珍小姐恕我冒昧！"

说着偷偷向珍瞄了一眼，窥她有无愠意。见她正伸着春葱般的指尖，在拨弄着水仙底的彩色卵石，似乎对这一盆水仙，发生了很大的兴趣，并没注意着别人的说话。三秀却又笑对着时肩道："何必要这样客气！珍儿原是初学的，你肯指点，正使她得些进益，我们又怪你什么！"

三秀遂又叫珍道："珍儿来，此刻有钱家哥哥给你出主意，你就不愁不胜了。"时肩笑谦着自己棋艺不行，珍却含笑向着她母亲微微摇头，低语道："我不干了，让钱……"略顿一顿，又接着说："让钱公子跟您下，我在旁边学学吧！"时肩让着时，三秀却同意了，就向时肩道："这样就好，就让她在一旁看着吧！"

珍早已站到她母亲的身边去了，时肩就在珍先时坐的地方坐下，仍按她们先前的局，凝神壹志地和三秀角逐起来。珍在一边看时肩不但把她刚才弄糟了的局面改变过来，逐渐还有胜利的希

93

冀，她这时居于旁观地位，心地宁静，头脑清明，不如刚才的惶恐迷乱。她觉得时肩很细心，有的地方却又胆大，她方始恍然自己先前的错误，这时下棋的固然是手随眼，眼随心，除了一个方方的棋盘和无数黑白棋子以外，什么都不见不闻，连旁观者也目不旁瞬，心无二用地看得出神。

双方正各钩心斗角，谋取最后胜利时，蓦然地从门外钻进了一颗头来，还带着一串沙哑的语音道："请大娘和小姐用饭吧！菜已快凉了，婢子已探望了三次，请用过饭再下吧！"三秀笑道："好，吃饭吧！却是便宜了我，再下，我可输定了！"时肩笑道："鹿死谁手，还不曾分晓，说不定小侄要败在大婶手里。这位女管家的请用饭，正替我解了围，使小侄免得出丑，小侄正好借此藏拙，过了几天再向大婶讨教吧！"随手就把棋子推乱了。

珍见了心里明白，只是抿嘴微笑，三秀自然也知他的用意，却使她更觉时肩可爱，见他起身要出外去时就留住道："贤侄就在里面用饭吧！说句不怕罪过的话，我真把你看作自己的子侄一般哩。"时肩忙道："大婶怎么说这个话，小侄何幸得能修到像大婶一般的亲长，只是过蒙优渥，深愧不安！"于是三人就一同坐下用饭，黄亮功这天恰巧没在家午饭。时肩看那桌上陈着的肴馔虽只四簋，家常饭菜却也很见讲究。

吃过饭，三人又到书室里憩坐，张媪替他们泡上香茗，又把年下剩下的瓜子花生，装了两盘来，便往后面吃饭去了。他们三人，一面嗑着瓜子，一面闲谈，初时只三秀和时肩问答着，后来珍偶然也参加一二句，三秀在这边坐了一刻，张媪来报告说东庄管天的人来了，三秀就出去问话，却对珍道："你爱读什么书，自己对钱家哥哥讲！总之，你爱要他教什么，就是什么，我可有事去了，你们谈吧！"

三秀走后，珍剥着花生，尽拈弄着那一层薄薄的膜衣，却老不说话。时肩觉得尽让沉默占据着他们的时间，那太没意思了，便问珍道："珍小姐读过几年书，读过些什么？"这时珍却不再拈弄着花生衣而不理人了，只得抬头答道："也没有几年，先是跟着母亲认认字，读些什么闺门训女儿经之类，后来七表哥来了，才请了位教师，也不过教了年把，因为七表哥欺侮我，母亲就不要我和他在一起读了。"

时肩道："那位教师教了些什么书呢？"珍说："四书也没有教完，《孟子》才读了一半，那时先生间也选了些名人诗词古文交给我们，后来不进书房，我就自修自修。"

时肩说："不过年把，就读了这么些书，足见珍小姐聪敏过人，可佩！可佩！那位令表兄读得想必很高了。"珍一笑摇头道："他本来在家已经读完四书，可是先生替他理一理，却读来比我生书还慢！先生叫他做什么，他还要我捉刀哩！"

珍这时已没有先时矜持，很天真地笑着，美秀的双目，也很自然地投射到时肩的脸上，似乎在说"不要以为你的恭维是过誉"。时肩岂不能理会得，随即又说了许多恭维话，以博美人的欢心。

等到三秀歇了二个时辰再过来时，只见二人谈得正投机呢。从此以后二人相见机会既多，日渐相习。珍对于诗词，很感兴趣，时肩就时常选作名作，和她研讨。闲时就一同消遣，或者吹箫弹琴，论书讨诗，看花种树，二人的意见，往往暗合，这样自然大家都觉得对方是个很不讨厌的人，日久爱生，便都存了不愿分离的私心，时肩在黄家一住二月余，竟也不言去了。

亮功是个啬刻人，自己有了偌大的家产，尚舍不得多吃一些油盐，平白地养个闲人在家，叫他怎不心疼，阿七留养在家，因是三秀的亲侄子，初时原想他若成才，便嗣为己子，后见他日趋下流，本待不留他了，可是三秀要留，他也无法。不相干她又留了个钱时肩在家，偏偏那小子又不知趣，居然留恋不去。亮功真待要下逐客令，可又不敢不先通过三秀。

那一天早晨，趁着三秀欢喜，便嗫嚅着把自己的意思陈述出来。三秀这时已用早饭，听了把脸一沉，就把手里碗箸重重地向桌一放道："我欢喜他，我偏要留着他！你舍不得饭菜，把我的粮省下给他吃，你总不能再说多一个人吃了吧！"随又回头唤道："张媪！来！把我这一份饭菜端起来，等会儿给钱家少爷吃！从今天起，我一顿都不吃了，把我的饭开给钱少爷吃就是了！"

张媪应着，拿了盘快快地走来，亮功忙拦住向三秀赔笑道："我原不过白说一句，留不留由你，何必发这么大的气呢！快吃吧！饭凉了，吃了不受用。"说着还站来端了碗箸直送到三秀嘴边，拿了双箸待要喂给她吃呢。三秀把脸一让，伸手接了碗箸，对他瞪了一眼道："谁爱你这鬼相！"

亮功看看在这里有些不妙，见三秀已是端碗在手，他也放心了，便很快地溜了出去，在房门口遇见了珍，她忙向旁边一站，叫声"父亲"。可是亮功看她似乎有甚心事似的。

珍等亮功走后，便进去见她母亲。三秀一见了女儿，立即转怒为喜，温和地问长问短道："你早饭吃过了吗？"她见珍点了点头，不很高兴的样子，又问道："身体不舒服吗？"珍又摇摇头道："不！"

三秀皱着眉对珍看一会儿，放下饭碗，走去试试珍的额上热不。珍把头一偏笑起来道："妈！您请放心用饭好了！我很好，没什么不舒服，因为怕耽搁您用饭的时候，凉饭吃了不受用，便懒说话了。"三秀试着珍头上果然不热，便也相信，仍复坐下把早饭匆匆用完，张媪递上手巾，三秀在唇边略拭了一下，便携珍下楼到东轩里来，才坐定。

时肩也从外院进来，他每次进来总是先到东轩。他和她们随便谈着，却不知不觉地谈到了天气上去，时肩道："前几天春寒料峭，教人整天躲在屋里，像严冬般地不敢出外，今天却是风日晴和，总算暖洋洋地有了春风，人身上也顿时觉得轻松了许多。"

时肩说着不免对珍身上新换的春衫，瞧了两眼。三秀眼望着窗外接口道："真的！难得这样好天气，珍儿不会和钱家哥哥到后面去走走吗？那边很幽静，风景也不坏，你钱家哥哥也许还不曾走到过哩！"时肩道："后边哪里有这样好去处？我不知道，敢烦珍小姐引导一往。"

珍儿见时肩已站起身来，当然不容她有异议了，只得也站起身来，搭讪着问三秀道："妈也一块儿去散散吗？"三秀道："等一会儿也许我上后面看你们，此刻我还要料理些事哩！"时肩在旁说笑道："珍小姐这么大了，竟还一步离不了母亲，就在后面，怕什么呢！既有我同去，一切由我负责，大婶总能信托我吧！"三秀笑道："这还有什么说的！当然我十分信托得过贤侄！"时肩和三秀说着话，珍已在前先走了。

他们就从轩东的一条狭径里走去，因为可以直通后门的。三秀在窗内望着，珍这天穿的是一套淡绿的罗衣，映着春晖，更显得娇艳欲滴，和时肩一前一后地走着，真是一对璧人。三秀看着虽然欢喜，却也勾起了她的旧恨，尤其是珍身上所穿的绿色衣裙，使她想起了紫荆树下扎着泥手的那个面影，她每一忆其前尘，就像有什么啃啮着她的心，这时恰好有人进来回事，才算把她无尽的幽思打断，她深深地叹了一口气，回身指挥一切。

且说时肩跟珍穿过小径，直到后院，在一扇小门出去，便是一个小池，池对面野树丛生，和编的篱一样紧密，池左靠近她家的谷仓，是走不通的，右边一片菜畦地，也是她家的！再过去又是一条小溪，也在她家宅基上，所以她家洗濯灌溉，都取用那边池里的水，至于饮食所用的水，她家里还有二口大井。

这个小池里便种了荷花，养些鱼，池边也杂种着槐柳桃李等树。在她家后门出去的一面，铺了一条白石小路，直到池边，也铺着几块白石，作为承步；在承步的两面短短地砌了几尺白石栏杆。那些都是三秀所设计，春夏佳日，她原常来这里徘徊观赏的。

时肩一出后门便赞道："果然是个好所在！珍小姐怎么不早

带我来逛逛呢？"珍笑着道："我们家的地方，都合该让你逛遍了吗？要不是妈说，我今天也想不起带你上这儿来哩！"珍一边说一边把身子倚着栏杆，随手捞起垂在栏边的柳条，摘着翠叶，一片片地投在水面。时肩也走向和她并倚着栏边笑道："呵！珍小姐竟这样小气！"珍道："我小气不是从今天起，一向是这样的，你不知道吗？"时肩忙笑谢道："我和珍小姐说着玩的，请你千万别见怪！"珍扑哧了一声道："你说笑，我倒会认真哩！"

珍一直摘着柳叶，投向水中，引得那些鱼儿都来水面喋唼，本是很平静的水面，忽然都起了很多泡沫，一阵春风掠过，又把桃李花瓣吹落了很多，漂浮水上，水面也是和老去的佳人，平白添了更多的皱纹。

时肩这时傍着珍，心波也就失去了平静，看珍对他并没有憎嫌恼恨，便又开口道："珍小姐，你记得前天读的冯正中的《谒金门》吧？"珍回头问道："怎么提起这词来？"时肩道："我觉得很切眼前的景物。"

珍摇摇头仍去看水中的游鱼，时肩道："怎么不？你听我念：'风乍起，吹皱一池春水，闲引鸳鸯芳径里，手挼红杏蕊。'"时肩还待往下念，珍连连摇着蟆首，头上簪着的一支钗儿，上面垂着一串细珠儿，也随着摇荡不已，时肩看了笑道："不想红杏蕊换了翠柳叶罢了。"珍笑道："可是这里又没有鸳鸯！"时肩向池塘一指道："喏！那不是吗？"珍向池里找道："哪里有鸳鸯？你胡哄人。"

时肩笑着再把手一指，珍方才恍然，不禁两朵红云，飞上粉颊。时肩察珍似无愠色，又接着说道："可是后半阕却不切了，珍小姐，你说可是？"珍听了却不回答，凝视着水底的双影，蓦然一阵莫名的悲哀袭上心来，却是眼波滢滢，凝睇欲泪，时肩看着，不由异常惊疑，不知是否是自己得罪了她，一时怔住了说不出话来。

第十回

狗偷鼠窃刘子摸金
璧合珠联钱郎跨凤

　　时肩和珍，相处数月，情愫日浓，他随时随地暗察珍对己的情感，也觉有增无减。刚才所以敢借着冯正中的词语相謦，又有意无意地指着池中一双影子譬作鸳鸯，原想借此试试珍的真意。他蓦然见珍像要哭出来的样子，以为是刚才的说话忤了她，一时怔住了，不敢再说什么，沉默了一会儿，偷眼看珍时，似乎也在向自己看来，但是并不像含有一丝愠意，却似乎深蓄着无限怜惜而又带着些忧伤的样子。

　　眼光和时肩相接时，她又忙回眸过去，仍是摘着柳叶儿，有一片没一片地往水面上掷去。时肩柔声问道："珍小姐好像有些不高兴，为什么？是不是我的言语有甚开罪之处，渎恼了芳心？"珍听了微微摇头，又回眸一笑，似乎说："你误会得好笑！"时肩道："那么为什么呢？可以许我知道一二吗？"

　　珍当然不便把自己早上听得的，父亲嫌着他的说话讲出来，也不好意思把自己为了他刚才的誓语，有所感触，直说给他听，只得又摇摇头微笑道："没有什么！我是看那些游鱼争唼柳叶出了神，似乎便显得沉静了，哪里有什么不高兴呢！"说时回过身来，把拈着柳条的手，倚住石栏，撑了半边粉脸一笑道："你看，我这会儿不是很高兴吗？"

时肩看她粉靥生春，梨窝微晕，纤指间夹着的柳条，在她乌黑的云鬓边，随风摇曳，倒像一根翠珠的缧儿，格外给美人儿添上几分韵致。他贪着赏览秀色，也不暇研究刚才的问题了，珍既不说，他也便一笑置之。

二人在池边流览了一会儿，又找了二根钓竿，并坐在池边的白石上，双双效法起那渭滨垂钓的姜太公来了。可是他俩只顾谈笑言欢，情话绵绵，鱼儿上了钩，他俩也没觉得，等鱼儿吞完了钩上的诱饵，告退的时候，似乎钓丝一震，忙举起来喊道："着了！"可是四道眼光，虽像闪电般射上那钓鱼钩，却是钩儿空空，不但是鱼儿无踪，连饵也无踪了。那条惯会用闪电般迅捷的手法，攫得了美味的鱼儿，早已开翕着馋吻，在水面上吹起了一阵泡泡，游去找同伴们夸耀它的奇功伟绩去了。

他俩一阵嬉笑，加上了饵，再接再厉。而且还各自夸耀着自己的手法高明，定得优良的成绩，可又不肯澄心静志地守，把耳目心智全分倾注在偎倚在身旁的蜜侣身上。结果只是白耗了许多鱼饵，便宜了那些欲壑无底的鱼儿，谁也不曾有何成就，看看日头，已到中天，后门口的几只大雄鸡，也在那里一递一声地高唱着，时肩把钓竿往身后一放道："饭香了，老公鸡在叫我们回去吃呢！待吃饱了再来吧！"说着并来接珍手里的钓竿，还扶着她站起。

珍站起拂去了身后的泥灰，相视一笑，便双双循着小径，向东轩走回，二人走到花厅门口，恰遇见亮功匆匆地自月亮门里过来。二人便都站定了，等他走近过来，时肩很恭敬地叫了一声，珍也叫了他，不过她想起早间的话，心里不免忐忑，又见他眉目间似有怒意，时肩叫他也冷冷的不甚理会，觉得这次偏偏让他撞见二人在一起，不知又要有甚闲话了。见亮功直入东轩，知是跟她母亲有话说哩，便不随着进去，折回西边的书室里去了。

亮功走进东轩，不见三秀，知是上楼去了，便从轩后抄到楼上，见三秀正在洗手。三秀见他面色不好看，这是不常有的。因为向来亮功纵有十分不如意事，见了三秀也要装上三分笑脸。此刻三秀见他没有丝毫笑容，心知必有什么大缘故，便问他道："巴巴地找到楼上来，有什么要事吗？"

亮功摊着双手，喘喘吁吁地说："都为了你那好侄儿阿七呀！"三秀走过桌边坐下道："阿七？他又犯了什么事？"亮功道："他越来越胆大了，简直行偷了！"三秀惊讶道："偷！他偷了谁家的东西？是被人家抓住了来告诉你的吗？"亮功道："他偷不偷人家的，我可不清楚，目前是偷了我们家的东西，想不到费了我这些年的柴米，却养了个贼在家里！"说着连连摇头叹气。

三秀听了不由生气道："越说越好听了！贼！我们家虽穷，须是清清白白的，你不能这样随便瞎说！"亮功见三秀生气，更是发急道："喏！喏！都是你会护短，所以阿七那孩子就愈往坏里变了。其实你在里面，哪里知道阿七在外的种种不法，我和你说说，就会得罪了你，吓得什么也不敢告诉你。你的侄子，我会把他当外人吗？有不想他好的吗？可是他委实越变越坏，刚和你说得一句，你倒又怪上了我！咳！这真叫人怎么说！"

三秀道："我不是护短，孩子不争气，我难道不知道，我也时常训责他，他一时没钱花，又不敢向我要，暂时把东西移挪着用一用，虽然他都是胡花，该管教管教，却不能平白地给他加上一个贼字，我们还要希望他改正，以后还要让他好好地做人呢！你先从家里替他出了贼名，往后叫他怎么样见人，也许他倒改过习上了呢。况且家里不是他一个人，知道东西是否确是他拿的呢？"

亮功道："东西是确定他拿的，我把内外的人都问过了，有人亲眼见他挟着出门的。不信你去查看一下他的衣箱，什么都弄完了！"三秀笑道："哦！说了半天，还是说的他自己的衣裳吗？那个我也早有所闻。"

亮功道："不是！不是！这回他拿走了厅上的摆设，一个古铜的香炉，和一架供在香几上的雕檀小屏。拿香炉是在我们宴请时肩的明天，哦！说起时肩，我又想起一件事来，你喜欢他，留在这里多住些时，也就罢了，却不能让我们的女孩子给他引坏了，刚才我遇见他俩一块儿从后面来，究竟男女有别，你得背后提提珍，少跟小子在一起，免得旁观不雅。"

三秀冷然一笑道："你也讲究起这些来了，什么男女有别，旁观不雅，其实我随时随地都护伺着他们，他们无论什么行动，不经我许可是不会发生的，这些用不着你烦心，你别尽在我面前嫌厌时肩，我看他人品学问性情什么都好，打算给我们珍儿做女婿哩！"

亮功连连摇手道："喔唷唷！这小子家里并没多大产业，我们仅这么一个孩子，把来嫁给他，那不害了孩子的一生！像我们这个女孩，哪里找不到一门有财有势的婆家，怎舍得给那穷小子！莫谈莫谈！"

三秀虽有把珍许婚时肩的意思，但因珍年纪尚小，还不舍得让她离开自己，今见亮功这副神情，却偏激他一激道："钱家产业多少，根本无关紧要，我们不可把时肩招赘在家的吗？本来我们膝下无子，招一女婿，将来生了甥孙，也不愁没有后了。贫又何足为病！"

亮功道："你家哥嫂把阿七送来，意在承继，而且阿七之意，也有珍非他莫属的样子，赘了时肩，你可不易打发阿七和你家哥嫂呢！"亮功虽然并不喜欢阿七，且也绝不愿把自己唯一的爱女，给这下流无赖的阿七。可是他也不愿这穷小子做他的坦腹东床，以为三秀妇人之见，必回护母家，因此提出这个问题，想打消三秀把女赘钱的念头。

他眼睁睁瞧着三秀的脸，意在找寻她恍然大悟，觉得自己的话很不错的神情，可是意外的三秀却这么说道："这个没关系！

阿七来时，又没言定为子为婿，他们心里的私见，我尽可不理！况且阿七又是这样不上进，我养着他在家，都为着在手足的情分上。他纵有奢望，可是我们不允，他也不能有所阻挠。"

亮功一听，她竟是要把女儿许定了钱时肩了，一时找不出别的话来反驳，可是他心里一百二十分不愿，只连连摇头道："不妥！不妥！不妥！"三秀看他管自摇摆着那颗肥满的脑袋，真觉得好笑好气，就轻轻击着桌子喊他道："别谈这个，好在珍的年龄并不算过大，待几时再说，你是来讲阿七不是的，究竟谁看见他拿东西的？你又怎么发觉的？"

亮功听三秀提到阿七拿东西事，他又非常愤慨地说道："真的一提时肩，我倒忘了说他了！那个古铜香炉是一个古玩商人，欠了我三个月房钱折算给我的，你想我在这上面占了多少便宜！一个雕檀的小屏，也是那古玩商押在我处的，上面雕的全是佛像，很是精巧，今天因为有人出重价向他收买，作为某乡绅寿礼，那位乡绅正是笃信佛教的居士。他愿出重利，向我取赎，我回家来一看，不但雕檀小屏没有了，连那古铜香炉也不见了，那使我十分生气！"

三秀岔嘴道："那你就该着落在每天打扫厅堂的人身上呀！"亮功一拍手道："当然，我就叫黄贵来问。"他说：'雕檀屏今儿早上我还看见的，也不在了，那还没多时候，准在我打扫过后拿走的哩！'我又问他那古铜炉儿几时不见的呢！他红着脸嗳嗫着说："那倒没有在意。"

三秀把桌子一拍道："嗯！这就可疑！你得追紧问他！"亮功咽了一口唾沫，又把桌上的茶端起来喝了两口，继续道："这个我岂不知，当时我就威吓着他道，你管这屋子的人，屋子里少了东西，你竟推不知道，不是明明你拿了去吗？"他听我这么一说，急得满头是汗，发誓道：'这个小人可以发誓，假如小人拿了推说不知，立叫小人嘴上手上害二个毒疗，不到三刻时辰就死了！

103

小人还是从小来这里的，至今十余年了，从没有私下沾染主人家一点半点东西，您总明白的，如今主人家看得起我了，我反干下这种不要脸的事吗？这点千万请您仔细侦查一下！'"

三秀一摆手道："这是遁词，你就信得过他的誓言了吗？既不是他拿的，为什么又要脸红呢？"亮功道："是啊！我也这么问他，可是他答得倒也有理。"

三秀问道："他怎么说的？"亮功道："他因为自己是管这屋子的，却这么疏忽，失去了东西，竟没有发觉报告主人，玩忽职务，不能辞咎，所以脸红，只是表示惭赧的意思，并不是偷了东西心虚胆怯。"

三秀道："那么，你怎样查出是阿七拿的呢！就是他说的，是吗？"亮功道："不！我听他的话也还不错，就把家内的男性长工仆人都叫来查问，谁到这屋子里来过，他们都说除了年节帮着做事偶一入内外，平日绝不到这大厅上来。后来他们知道失去的是什么物件时，却有两个人说话了。一个是看门的李二，他说在我家宴请钱公子的明晨，他从厕所回来，看见七少爷，在他前面鬼鬼祟祟地两面张望了一下，出门而去，胁下挟着一样东西，虽看不清是什么，可是有些紫光光的，也许就是那个铜炉。"

三秀听了，眼珠一转，想起那天早上，阿七在东轩向珍硬索镯儿的一幕，心里也就明白了。又听亮功往下说道："还有一个是厨房打杂的赵四，他在街上买了东西回来，在门口撞见阿七，挟了一个一尺来长、六七寸阔的扁扁的包儿出去，他们因为阿七常常挟了东西出去的，所以也没放在心上。"

三秀道："怎知这包裹里是雕檀小屏呢？"亮功道："哦！那尺寸模样不是正对吗？你不信，等一会儿看！我已着人到镇上当铺里去取赎了，那古玩商正逼得我紧哩！人家有钱赎东西，我可没法捱住了不让人赎呀！非得把东西找回来不成。你想，这个东西多麻烦人！真叫人给他气死！"亮功说着把脚一蹬，还重重地

104

击了一下桌子，以发泄他的恼恨。

平时三秀如遇亮功这种神情待她，那她准会大发娇嗔，非叫亮功挨几下耳刮子不会罢休。今天她也恨着阿七太不争气，便也不以亮功蹬足怒恨为忤了。三秀叹了口气道："你着谁去的？去了多少时候？"

亮功道："是黄贵去的，我进来的时候才去。"三秀道："我们且吃饭，他每家当铺都要去走一遭，也得费些时候哩！我们吃过饭，也许黄贵就可来了。"

亮功便和三秀一起下楼用饭，时肩这些时也常在里面吃，四人各据一面坐下。珍看着亮功颜色不好，芳心还以为是早上那句话，心里未免悒悒，但看看母亲脸上似乎露着不悦，却仍是拣了可口的菜肴，频频向自己和时肩的碗上送，又觉得自己的想头有些不大对。

时肩心里自也拴上了一个疙瘩，不过他不知道亮功在嫌恶他，看着三秀仍是殷勤款待，料来不是有甚不惬于己。只是见大家都不甚起劲的样子，他当然高兴不起来。这一餐饭的冷漠可算是时肩到黄家以来第一次遇到哩！

大家从擦过脸时，只见黄贵捧着一个长方形的包，忽忽忙忙从外面进来。亮功不等黄贵开口立即迎上前去道："有了吗？在哪家当铺里？他们怎么肯让你取赎，你又没有票据。"一面就伸手过去把包接过。

黄贵撩起衣角，拭着额上的汗珠，气呼呼地说道："我知道当铺中人不肯随便告诉人，也不肯让人没有票据赎东西的。因此先到镇上找到了开酒店的张老爷，他从前在衙门里当公事的，现在年迈不干了，可是他无论说一句什么，镇上的人还是奉行无违，像他当年在衙门里时一般。他为人很热心，说话也公正，所以大家便愿意听着他了。我找到了他，便拉他一块儿去询问，先一连问了四五家，都回说没有，后来到一家源丰当里，正是凭着我们家的房子，那些朝奉们大半认识我，一问就着，他们把这个拿出来，我一看可不正是，我早上还用干布细细抹拭过的呢！我为要打听这东西究竟是谁当的，先把张老爷送走，约着过天请他喝茶。后来我又回身进去问是谁来当的，他们几个人同声说道：'就是你们家的侄少爷！还有谁？他可正是我们这里的老主顾哩！今天早上才来当这个，你们赶快去找他把票子要出来，或者挂个失票，以清手续，否则他把票子卖给人家，还有人来赎呢！他当的东西，十回有九回是如此的，从不见他自己来赎过一回。'他说了，我便把东西带回来，钱还没给呢！连利息共是三两九钱银子。"

黄贵滔滔汩汩地讲了一大篇，三秀听得脸都气青了。亮功有了这个，便关照三秀把银两称出给黄贵，他自己急匆匆带着东西去找古玩商人，一路还盘算着如何把这笔损失，在那古玩商人身上取偿。

三秀开了银柜，把银给了黄贵，又吩咐他阿七回时叫他进来，黄贵接了银子，唯唯应着，忙着到后面吃饭去了。

珍见三秀生气，便百般地设着法引她母亲快乐，时肩也在一旁解慰，三秀暂时也就忘了懊恼，看着时肩婉顺的样子，心里打算怎样和亮功讲通了，早早决定。三秀要等阿七回来问话，直到吃过晚饭也不见来，知道他也许今晚不来了，憋了一肚子气，只得且待明天发泄，一宿无话。

第二天早上，三秀梳洗早餐毕，下楼到东轩坐定，就着人问阿七昨夜来也未，下人来回话道："昨夜深更才回，现在尚还鼾睡未醒。"三秀道："去叫他起来了，速来见我。"传话的下人便又去硬把阿七叫醒，催他速速漱洗进内。

阿七见三秀着紧叫他，知是东窗事发，欲待躲又躲不过，只得延捱着慢慢穿戴梳洗了，一步移不了三寸地向里院走来。行过前厅，听得两个下人在里面谈话，就站在窗外悄悄地听了一会儿，不知怎的，这一番话把他畏缩的情绪全赶跑了，提起脚来，三步并作二步，大踏步直向后院赶来。

见了三秀，行礼道了早安，便板起脸站在一边。三秀见了他骂道："畜生！做的好事，倒还有脸来见我！"阿七仰起了脸冷笑道："怎么没脸？我又不曾出乎反乎，许了人又赖，不讲信义！"说着又连连冷笑。

三秀见他那种傲慢的样子，不禁格外生气道："你这话倒蹊跷！谁又赖了你什么来？"阿七道："赖什么啊？赖婚！珍妹妹不是该许我的么！怎么目下变了卦，要许给那钱家的小杂种！"

三秀虽十分生气，听了这话，却又不禁好笑起来道："你敢是做梦！几时应承把珍妹许你来着？"阿七抢着说道："我父母送我来时就对我这般说的'你们没有儿子，将来女婿儿子都由我一人承当'。"三秀冷笑道："那是你父母一厢情愿，我可没出口。"

阿七把个身子一挺道："那么你们养我在家干么？无论有这话没这话，照理珍妹应该许我，不得配那外来的野小子。"三秀道："养你在家是禁不住你父母的恳说，我看手足面上，替你家省些食口，却不道好心反成恶意，养坏了你吗？珍是我家的人，我爱许谁就许谁，轮得到你来说这霸道话吗？别说珍没许你，就是许了，像你这般不成才，把家里的东西都曾往外拿，说不给也就不给了，我正为家里少了物件要问你，你却胡扯上这些话来！"

阿七道："哼！你要不把珍妹许给我，你就往后瞧吧！我拿你一二件东西，又稀什么罕！我赌输了，没钱偿赌债，拿来抵一抵，又是什么大事！巴巴地昨晚找到我今朝，是我拿了！当了！又怎么样？"

阿七说时瞪着一双三角眼，竖起二道扫帚眉，二手叉腰，脸色铁青，一股横相，全没些儿平时恭顺的模样，三秀见了，不由气得发颤，拍桌大叹道："你这不知礼仪的畜生，我这里还能容

107

你吗？你给我滚！马上就滚！再上我的门，就打断你的腿！简直把人都气死了！"

阿七还是咬着牙齿，连连冷笑，挺在那里不动，后见三秀拿了棍子，又喊进几个工人来要打他，他才拔脚向外，嘴里仍是咕哝着道："就这样赶我走，天下没这容易事！"三秀持棍在后逐骂，珍恰好从楼上下来，便劝住了娘。

不多一会儿，时肩也从镇上回来，胁下挟了一大包东西。原来时肩一大早就上街去，为珍办些书籍纸墨，两个本来隔日说好了的，所以珍今天下楼也比往常晏了许久。

三秀这时心里方才明白，暗忖难怪阿七在这里噜苏，却不见他两个出来呢。时肩另外又买了些精细茶食，时新花果，送与三秀和珍，三秀道了声受了，便和珍跟时肩谈谈笑笑，也就消了气。

晚上亮功回来，三秀把阿七的事告诉了他，她说傍晚曾叫人到他房里窥探，见他蒙被和衣睡着，饭也没起来吃。亮功道："也许给你一骂，他争气改过了。"三秀听他这般说，心里未尝不这么期望着。三秀又和亮功提起珍和时肩的婚事，亮功只不肯应允，三秀恼他，他便躺躺地装睡，她自也没法奈何，只好慢慢再说。

睡到天刚亮时，三秀被张媪擂门惊醒，忙问是什么事，一面便披衣起床，把张媪放进来，看她后面跟着做粗役的仆妇。张媪便推那仆妇上前陈诉。三秀听她说银钞柜被撬开，情知是阿七所为，不及梳洗，抽过一块帕儿包了头，便下楼来东轩察勘，一面叫人去阿七房里探视。

亮功在床上听得失窃银钱，不由直跳起来，也匆匆披衣随着三秀一同下楼，东轩的门是撬开了，银柜上的锁是扭断了，三秀一查柜里的数目，少了五十贯钱，和一包约莫有十来两的碎银子。轩里所藏，不过日常零用所需，整封的大银，却是不在楼下的，所以并没多大损失，可是一钱如命的黄亮功，却不啻剜去了心头的一块肉。

珍和时肩也听得嘈嘈，一个自内，一个自外，也都来了。恰好那个去阿七房里看视的人和看门的都来回话。一个说："房里没有人，箱笼也都打开。"看门的却说："天刚亮时，七爷自己开门走的，待小的听了响声起来时，七爷已走出去了，晓雾朦胧中也看不清他拿些什么！"

亮功只是蹬足叹气，三秀却对家人挥手道："我都知道！你们各去做事吧！以后只不许他再进门，你们也各小心谨慎，往后再有失物等事发生，唯你等是问！"众多佣仆各自唯唯退去。

三秀一面叫人整理好银柜，重配了新锁，又叫人修理好撬坏的门，好在这些工人黄家自有，不消一个时辰，都已竣事。随后三秀再行上楼盥洗，和亮功商量了一回，吃了早饭就差张媪回家，告诉肇周夫妇，阿七做出这等事来，以后绝不容他上门。

三秀把家事支派了一回，便又和亮功提珍的婚事，亮功还待不允，却拗不过她，只得点头道个"好"字。三秀自是欢喜，便要赘钱在家。亮功反对道："女儿总是别家人，让她嫁出去的好，婿家贫苦，我宁多陪些妆奁，也胜似养他们一世，将来难免还有许多纠葛。"三秀舍不得珍远嫁，哪里肯依亮功的话，亮功坚执不允，她便不梳不洗，不食不动，不起床治事，尽是号哭，闹了半天，亮功已吓瘫，只得一切任她。

请了镇上的绅士为媒，时肩回家禀明老母，也备了几色珍贵的聘礼，赍来黄家。珍和时肩，既订了婚，反不好意思常聚一处，时肩就回家暂住，待选了吉日再来入赘。以此两心虽自喜悦，但却要消受几个月的相思况味，正也不知怎生挨磨哩！

珍从此便暂收拾起笔砚，专心料理着针线，三秀治家之余，也时时指点着珍，描龙凤，绣鸳鸯。又招了木匠漆工，制家具，漆箱笼，叫了巧匠打首饰；喊了裁缝做嫁衣；质料尽选上等，式样务求时新，不惜工本，为珍备办奁具。真的是金碧辉煌，十分富丽，黄亮功虽觉太费，可不敢谏说，只暗自心疼而已。

看看已到吉日，黄家张灯结彩杀猪宰羊，里里外外充满了一团喜气，庚虞送了喜分，却没一人来喝喜酒，肇周夫妇心里虽是不乐，却又不舍得不巴结这位有钱的亲戚，送了二百钱份子，一家大小，来吃上几天，家里省了好些嚼吃，也何尝不是合算的事。

黄家备了鼓乐灯船，去直塘接时肩来入赘，船到岸边，一肩大轿把新郎接来黄宅，内宅里簇拥出珍来，双双行了婚礼，坐床撒帐，喝和合汤，饮合卺酒，诸般俗礼，一一不免。

好在黄亮功为人刻薄，亲朋稀少，无多宾客，吃过酒早早散去，却替新郎新娘省了许多闹房时的麻烦。宾客散去，时肩匆匆地掀帘入内，却见三秀正和珍同坐床沿，轻轻款款地正谈得有味哩，时肩上前拜揖，见过三秀，三秀就站起笑道："时候不早，贤婿辛苦了，早些歇息吧！"

珍也盈盈起立，随在时肩身后，道了安置，只送到房口帘里就站住了，这时新夫妇双双得松了一口气，好在他们不是那些不曾谋面的盲目婚姻，自可省却新婚第一夜的许多做作，当即了却了数月相思，成就了百年和合。

三朝不见，也少不了繁文缛节，幸得宾客不多，大家也就不甚乏力。时肩和珍，燕尔新婚，自有那种似胶似漆的形象，不自觉地流露在外，三秀见了娇女佳婿，一对璧人，看了不由从心坎里喜爱出来。问寒问暖，添衣添食，对于婿女的起居饮食，体贴周到，无微不至。

这样在亮功的支出账上，未免又多增了一笔，那丈人峰的眼里委实是看不下去，可又没胆量在三秀前说个"不"字，只有呕心挖脑，在那些债户佃农们身上，想法多压榨些来作为补偿。

光阴迅速，不知不觉已过了一年有余。这期间阿七也曾为珍

110

嫁时肩，来和三秀争吵。三秀便把当时自己嫁时的三十亩奁田拨给他，又给他娶了一房妻小，给他几间房屋。谁知不到一年，房屋田地，都给他输得精光，妻小禁不住他压逼殴辱，竟悄悄地投河死了。从此他又是一个光棍，在镇上尽与些泼皮为伍，撞骗诈殴，无所不为，时常也到黄家里来缠扰，三秀看在母家面上，有时也给他几文。

有一天，时肩回直塘去了，阿七却来，觑珍独个儿在房，歹念又生，便入房来调戏她。珍一声喊，三秀亮功赶来，把阿七重重敲打了一顿，从此他才不敢再来，可是心里总放不下姑父的家财、表妹的容貌，只慢慢地等着机会。

不觉又过了二年，那时亮功已将六十岁了，他平时舍不得吃好的，缺乏滋养，身体虽胖，却是虚得很，况且他昼夜筹思积财，心血也都用空，工人勤惰，米谷畜养多少，他又要亲自督促计数，迟眠早起，委实身体已不大结实了。三秀劝他省力些，他又不肯听。

那一天正下着大雪，天气十分寒冷，那时正值残年将尽，所以他催讨旧债也格外的紧，每天清早就起身出外讨账了。那下雪的天，他想起了财物，便不肯恋着热烘烘的被窝，披衣起床了，三秀叫他大冷的天气，家里也不等着讨几个账钱来使用，便不去也罢。

亮功哪里肯听，匆匆梳洗了，胡乱吃了些早饭，便出去了。三秀因家里有事，也便起床，才下床趿上鞋，只听得楼梯上一阵急促的脚声，三秀忙在里面问什么事，那报事的仆人说明了原因，三秀听了，两条腿一软，仍复在床沿坐了下去，半晌站不起来。

第十一回

雪地索旧逋财奴撒手
锦囊生妙计恶棍失风

　　黄亮功清早起来，草草喝了些薄粥，捧了一本账册，匆匆地向外赶去，可是腹中吃得不饱，身上暖气不充，扑面一阵朔风，凛凛地觉得有些受不住，身子不由自主地摇晃了一下，地下积雪未消，正是泞滑得很，脚一绊，那肥大的身躯，就在厅门口倒了下来，连"哎呀"都没喊出，便昏厥了过去。

　　约莫隔了一盏茶时，黄贵进来打扫厅堂，蓦地看见主人睡在雪地里，叫唤不应，忙着人人内通报与三秀得知，一面叫了几个人来，把他抬到屋子里面。三秀和珍急忙赶来，只见亮功仰在椅上，旁边三四个人扶着他，面色惨白，目阖唇开，胸部起伏，却很急促，形状很怕人。

　　三秀和珍，在他耳边叫了几声，他才微微睁眼，无神的眼光，在她母女俩的脸上闪掠了一下，口唇动了几动，只有两条口涎，在口角边垂下，却不曾进出一言半语。

　　三秀忙唤人去请医来诊治，又把亮功扶到榻上。可是没等及医生来，他胸部的起伏已入于静止，两足一挺，撒下了数不清的财产，到阎罗殿上和那些被压榨的贫鬼冤魂对簿去了。手中的账册却还牢牢地握着不放，一双半开半闭的眼睛，可正斜视他手里的那本小小的册子哩！大概他因为那笔债没有要得回来，未免死

112

得不甘，所以不肯瞑目。

三秀母亲俩哭了一场，又要打叠起精神，办理后事。三秀念他辛苦一生，积得偌大家产，却从没有享用过一丝半毫，所以身后之事，一切从丰，好在黄家有的是钱，下人又多，三秀支派众人，买办的买办，督工的督工，招待的招待，却是很有条理。

那下人黄贵被三秀差他上街买办石灰炭屑和治丧一切应用杂物，他正低了头匆匆地走着，忽地迎面走来一人，将他一把拖住，他不觉一惊，忙抬看时，那陈剥皮正张着大嘴在向他发问道："喂！黄贵哥！你戴的什么人的孝？急匆匆地忙些什么？"黄贵虽讨厌他百忙中来打岔，却畏他横暴，不得不把主人死了，自己忙着买物的事告诉他。那陈剥皮道："噢！你的主人死了！他没有儿子，从此刘七可以发财了！喂！我问你！刘七在家吗?"

黄贵道："他早就给主母赶在外面，不要他上门了！"陈剥皮笑得哈哈地道："刘七这小鬼，运气来了，这是他发财的好机会，让我去找他，给他报个信，他欠我的子母一个不得少，还可例外捞他一笔酬金哩！"陈剥皮得意忘形，也不顾黄贵在旁，竟自叨叨地说着。黄贵心里虽嫌他多事，可是没工夫和他兜搭，而且没有这胆量和他交涉，只推着事忙，仍复迈开了脚步，买他应买的东西去了。

那陈剥皮是当地的一个土棍，合了一伙狐群狗党，专在镇上横行不法，开设赌场，诱人赌博，那输了的，他还肯贷赌本，可是那利息就重得可怕。被他逼得家破人亡的人民不知有多少哩！因此镇上人给他题个诨号叫陈剥皮，他的原名反被人遗忘了。

刘家阿七最近也欠了他几两银子，无法偿还，阿七就实行一个躲字。这天早上陈剥皮正要去寻阿七，逼他还债，巧遇黄贵，知道黄亮功死了，他一向听阿七说起黄亮功无子，死后财产都归他承继，因此急匆匆地要去寻找阿七，他知道阿七和镇尾的船户老戆的妻子林氏有染，这几天在镇上寻他不见，一定是躲在老戆的船里去了，便一直走到老鬟泊船所在，在岸上叫道："老鬟在家吗？"

只见林氏蓬了头从船棚钻出来回道："没在家，陈老板有什么话请吩咐下了，等他回来告诉他。"陈剥皮听说他眉目一皱，蹬足叹息道："唉！这么不巧！昨晚上有人送我一个酱猪头和一脚酱蹄，我交给镇上酒馆里给煮了，想请老鬟去喝一杯，我知道老鬟最欢喜吃这东西的。而且还有一个朋友，有几十担粮食要载送到金家港去，既是老鬟不在家，我那朋友等不及，只好去做成别的船户了，真正可惜！错过了一桩好生意！"

陈剥皮这话是故意提高着声音说的，说完了还假意喷着嘴像替人可惜的样子，那林氏还没及另作饰词，想把这桩生意揽下，可是那个老鬟，坐船艄里听说有酒肉吃喝还有好买卖，便也不顾阿七凶横，老婆悍泼，从艄里钻了出来，见陈剥皮刚转身要走，使高叫道："陈老板慢走，我跟你一块儿去！"

林氏要待喝阻，已是不及，陈剥皮已回过身来瞧见他了，在岸上招手道："快来！快来！我那朋友是性急人，要等得不耐烦了。"老鬟不顾妻子的白眼，忙一纵上岸，嘴里不停咽着唾涎，想起那猪头美酒。

谁知他一上岸陈剥皮反不走了，附着他耳边问道："刘七在你船上吗？"老鬟摇头道："我们快喝酒去，别管他！"陈剥皮把他一拉道："你告诉了我，就带你去吃，你如若说谎，莫想吃酒肉，吃我的拳头倒有份！"老鬟把舌头一伸，两肩耸得高高地说："他在船上躲了几天了，可是他们不许我说，你也千万别说我告诉的，免得他们打骂我。好了，话都告诉你了，可以去喝酒了！"说着又咽了两口唾沫，把两眼直钉住陈剥皮脸上。

偏那陈剥皮脚跟儿在岸边生了根，眼珠子尽看着船，轻轻地说："你先去给我叫他出来。"老鬟连连摇头："不行不行！你给我这个差使，我宁愿不吃你的酒肉！"

陈剥皮放大了声音道:"怕什么!我是来给他报告好消息的,又不向他要债。那个没有儿子的黄大财主死了,叫他去披麻戴孝得家产,有发财机会不去抓,尽躲在船上就有出息了吗?"老懋见剥皮高声大喊,吓得连连打转,等回阿七一定要怪他走漏消息,饱以老拳。

谁知他空自发急,那阿七却已站在船头笑嘻嘻地问陈剥皮道:"这话可真?"陈剥皮正着脸色,把遇见黄贵穿孝买物的话告诉他。阿七知不是假,心中大喜,便叫林氏打了扶手,搭上跳板,一步步地走上岸来。和陈剥皮商量了一会儿,便和他约定,三天之后,算还本利,再奉五百两银子为酬劳,又许了林氏一根金簪、一对金镯,方才喜滋滋地直奔黄家大门。

在门口望见里外一片白色,憧憧往来的,尽是黄家仆奴佣工,吊客却很零落。他一想黄家奴仆都很势利,不会把孝服拿来让自己穿,就这样进去,不易引起人的注意。在门口蹀躞了一回,却想出了一个计较来。连忙三脚两步,逃到小茶馆里,找到了专行讹诈的地痞马老六,拉他到僻静处,向他商借一套麻衣。起先那马老六故意拿翘不肯答应,后来阿七许了他五十两银子的酬谢,才算允许借给他。就把他引到家里,把那身时常穿了讹人的麻衣拿出来,阿七就在他家穿戴起来。头上脚上一起换过,连哭丧棒都有了。

到了黄家门口,阿七趴在地上,号啕蹩踊地一路大哭进去。三秀和珍守在门前,因为吊客稀少,偌大的一个灵堂,却是冷静得很。亮功在世,刻薄少恩,人缘本是十分不好,除了几个趋炎附势的驽利之徒外,亲邻很少和他往来。一旦身死,势利之徒无利可沾,也就绝足不来,不来讲什么死人交情了。平时和他没甚兜搭的人,格外不来吊唁,连郎舅至亲如刘庚虞也只在灵前拜了一拜,还看在妹子的面上哩!留他喝茶也没肯喝一口,就自走了。还亏肇周夫妇,因为死了妹夫,这么大的家财从此全在妹子掌握，应该在此多多和妹子周旋，大大小小来了一家，倒总算替黄家撑了些场面。

三秀正在灵前哭泣，忽报有位朱太太来吊，三秀十分奇怪。等到来客行礼后，入帷相见，却是一别十余年的余家鸣凤，如今是做了朱慕家的太太。鸣凤一时也不及把别后的情形详说，只大略讲起百庆也已逝世多年，慕家在外很不得意，朝廷不能用人，以致许多忠勇的将士都被残害。那位尸位素餐的祸国军人，反得安于其位，慕家历年东奔西走，总没成就，在三年前就挈眷回里，家居养晦了。

鸣凤又说自己一向惦念着三秀，要来看看，因为百庆作古，盛殓殡葬，忙得不得闲。前二天慕家表兄周振宇来访，说起要来探视庚虞，所以她跟他们一起来了，他们去刘家，她直来黄府，哪里知道三秀却正遭逢着这样的不幸呢！三秀见了鸣凤，未免想起天白惨死，而那个害得她和天白拆散的亮功，倒也撇下她死了，她以此看了陈尸板上的黄亮功，倒反哭得格外哀切起来。

鸣凤正劝着三秀时，忽见一人斩衰号哭，直扑灵前，背后却跟了一群下人，喧哗不已。三秀不由也止了哭泣，向孝帷外一张，一看正是阿七，便走出去指着阿七喝道："你这副样子算什么？这里可用不到你！"一面又骂下人，怎么放他进来。

阿七见三秀骂他，便也止了号啕，站起来说道："姑父没有儿子，当初原说嗣我为子的，现在姑父没了，我理该来尽礼，而且还应该承继遗产。"阿七拿着那根孝杖，指指画画，侃侃而谈，居然没有丝毫惭色。

三秀听了，不由十分生气，戟指着他道："呸！怎么有你这种不知耻的人！我们哪一天认你是嗣子的？有凭据吗？承继遗产！你姓什么？死的姓什么？凭什么该轮到你问遗产！真是笑话！你去换过了衣服，本本分分的，我还认你一门子亲，留你在这儿吃个十天半月。再这么胡言，我就立刻叫人叉你出去！"

116

阿七冷笑道："又我出去！没这么容易！不把话讲明了，我就平白地走了吗！哼哼！"三秀道："话已讲明白了，你是聋子，不听清吗？还不走出去，连你父母的脸都给你丢尽了。"

阿七两手向当胸一叉，站定了只是冷笑。三秀便叫两个下人来推他出去，阿七见推，不但不出去，反撒赖往孝帷里一钻跪在地上大哭大喊起来。三秀气极了，自己找了一根大棒，敲他的脚踝，可是哪里打得走他，下人们看见主母动手，便一拥上前，四五人硬扯活拉，才算把他摔了出去。

肇周夫妇见了，心里自是不舍，因三秀动了真气，自己儿子原也太不争气，便也不敢说什么。阿七被扯，嘴里一路咕噜着出去，临行对黄家大门跺跺脚道："不报此仇，不算大丈夫！"

门口有人听见，忙悄悄地找到了张媪，把这话告诉她。张媪得空又悄悄地告诉了三秀。三秀鼻子里哼了一声道："我知道，看他用什么手段来！"三秀知道阿七所伍，都是些土棍地痞、泼皮无赖之辈，无非想染指些非义之财，当日还不会有何举动，知道这几日家人们整夜不睡，不敢来惊动的。三秀正好乘此从容布置，便把胸中的筹划和鸣凤一说，鸣凤听了，就写了一纸条儿，对自己跟来的人，到庚虞府中送与慕家。

慕家一看，是三秀托向振宇借四名健仆助理丧事。慕家虽不直黄亮功的为人，但看在鸣凤面上，当无不允。至于振宇方面，只要慕家说成，他绝不道否。因为鸣凤要他悄悄地莫让人知，他果然推说更衣，到僻静处叫自己的下人，回家把唐家带来的仆人，选四名壮健有力的悄悄从黄家后门送人，振宇面前，他就等回家时再说明了。

慕家的下人回家，选了四个叫周勇周猛周霸周彪的健汉，个个都是精通拳棒，孔武有力的，送到黄家后门，正是黄昏时候，张媪候在那里，悄悄地引了他们进内，三秀没有工夫，都由鸣凤代把三秀要他们做的事说了。叫张媪取出一封银子给他们，叫他们购备应用的东西；又把一纸名单给他们，也烦张媪悄悄地把名单上的人引来，和他们相见，说明了要做的事。他们推了周勇为首，一切由他支配，一应人都听他嘱咐行事，都分头去干了。张媪鸣凤仍回前边。

鸣凤当日原想回去的，三秀留住不放，鸣凤看她内外一人主持，委实太忙，就也便住下，帮她一二。忙乱了几日，三秀总算把亮功的丧事办理就绪，停柩在家，择吉殡葬，肇周夫妇也已回去，这所大屋子里，顿觉得冷清清，阴阴森森地叫人汗毛直竖。

那夜月黑风紧，吃过晚饭，连日忙碌的下人们，都已早早去睡了。三秀和鸣凤尚自拥衾闲谈，二人想起当日自己做女儿时的娇憨情境，都是不胜感怀慨叹，目前几乎都是中年人了。鸣凤欣羡三秀行将见甥孙，自己却还不曾有儿女，慕家又不肯纳妾，明社虽亡，他还待秉一腔血诚，挽既倒的狂澜，一俟春暖，他便将和振宇挈她同作南方之行，无暇顾什么儿女。如果明祚不续，那么不曾留下子孙受苦忍辱，也可叫自己死得放心一些。

二人谈着谈着，不觉已过二更，三秀打了一个呵欠，鸣凤道："你连朝辛苦，早些睡吧！我想这些东西，今晚也许不会来。"三秀道："嗯，这也难说，不过他来了倒好，也去我一桩心事。"

三秀说着，卸衣待睡，忽听远远几阵犬吠，便又把衣服掩上了，和鸣凤侧耳细听着，半晌也悄无声息，鸣凤微笑道："睡吧！别瞎疑猜了！"三秀道："我总不大放心！便穿着衣服靠靠吧！"于是二人都和衣睡下，三秀连日辛劳，两眼实是疲倦得很，头一着枕，眼皮便不由自主地合上了，朦胧中似乎看见火光烛天，人声喧哗，涂面画肤的强徒，一个个执着明亮亮的利刃，打破了楼门直往房里窜来，为首的一个，径自来拉她的胳膊，她又惊又恨，不觉直跳起来，抬眼一看，并不是涂面画肤的强人，却是睡眼惺忪的鸣凤在床前推她，耳边听得铃声大鸣，知道那些东西都着了道儿，连忙坐起，整衣下床，见时肩与珍也相携而来，内宅的女婢个个起身，便簇拥着三秀下楼。

原来当天的黄昏，在镇尾的一间破屋里，聚着十几个无赖，正围了两张桌子，一个个兴高采烈地喝酒猜拳，准备吃饱了去发掘那注大财。其中处在主人地位的，不用说，准是刘家阿七了。那些狐群狗党，大半是陈剥皮的爪牙，还有便是阿七的赌友，都是些地痞青皮之类。陈剥皮马老六也在这屋里，便是船户老戆，也挤在桌角上，喝着大碗的酒，嚼着大堆的鸡骨头，兀自嘻开大嘴，忙着吃又忙着看看这边，看看那边。虽然这两只鸡是他船上养着的，还有两条腌鲤鱼，都是预备过年的。还有些米油酱，也全由他的妻子林氏做主，拿来赍供了这一班凶神恶煞，他也并不肉痛，满望着等一会儿捞他几只大元宝回来。他的妻子格外起劲地里外，一会儿烫酒，一会儿盛菜，一会儿添饭，一会儿煮茶，让她想起了那黄澄澄亮晶晶的金簪金环时，简直乐得腿也忘了酸，腹也忘了饥了。

这些人狼吞虎咽，饱餐了一顿，看看天色，也还不过初更，总觉太早，陈剥皮便发起赌博来，消磨这空等的时候。陈剥皮原最精灵不过的，他今晚为了帮阿七的忙，赌场收歇一天，牺牲了一天的头钱，这时也便趁空刮吸他们的了。纵使他们身上不带现钱，好在不多时大家都有大宗的财香可得，不怕他们赖，说不定他们等会儿拼了性命，冒了危险得来的，这时先已入了他的袋中哩！

于是便由陈剥皮为庄家，大家喝雉呼卢起来。可是陈剥皮的赌运是向来顺利的，他与人博可说没有失利过一次，因此不消一顿饭时，这些人便都欠下了赌债，三两五两，十两八两，多的三十两五十两也有，就中以阿七欠的最多，独输了一百五十两。

陈剥皮今天放赌债，可不和平时一般脸色，只是和颜悦色地叫他们尽借不妨。但是阿七急于发财，没心肠再赌，这时候大家唯他的马首是瞻，他没兴致，大家自然也不肯说高兴了。

二更将近，阿七道："是时候了，我们走吧！这回大家帮我的忙，兄弟自是十分感谢，得手之后，定必重重酬谢！不过兄弟的那个姑母，十分精明能干，说不定她防备着，所以我们务要谨慎些个，不要冒失，以免吃亏。"阿七这样说了，大家还没开口，那个老戆却大声笑道："哈哈！你这位七爷，平时倒是非常狠辣的，怎么此刻说起这等怯话来了，谅她一个女流之辈，又忙了这几天，怎便给她防个正着！她要防，那些下人们须不是铜筋铁骨，虚应故事，敷衍一会儿，这时可正做着好梦哩！瞒上瞒下，你这位姑母深居内院，又哪里知道，保你她也放心大胆地睡得正熟呢！"

老戆的话刚一出口，大家不由都啧啧地附和道："老戆今天居然不戆，这两句话，很有道理。大概该他发财，'福至心灵'了。老七放心，保你得手！"这些人七嘴八舌一说，阿七胆气陡振，大家把衣服束一束紧，有几个还携上铁尺和匕首，一哄出那间破屋，让林氏一人守着，给他们预备茶水点心。

带着他们得手回来，十来个人，哄在一起，足声杂遝，在人静后的街上，很易惊动人家，因此陈剥皮便撮起了嘴唇"嘘"了一声，这些人便停止了步伐。陈剥皮低低地说道："我们这样走，不很妥当，还是三五个一组，分开来走，让刘七领头，我来断后。走着脚步要轻，不要开口，以免打草惊蛇，坏了大事。"

他这么一说，阿七连连点头，就叫大家三三两两、前前后后地跟着他走，离开黄家约莫有百步光景，他们又让陈剥皮一声"嘘"喝停了脚步。这时陈剥皮便分拨几个守后门，几个人把前门，谁在镇口望风，谁跟着阿七逾垣，进去了又是谁先去把出来的门户打开，一一分配停当。他自己最先觉得守镇口顶安全，又一想，不入虎穴，焉得虎子，不亲自动手，财宝轮不到他多得，便把坐守镇口的职使，派给了老戆，自己却紧跟着阿七为最

120

上算。

他们正待各自分开来走，忽然小巷里蹿出两条狗来向他们狂吠，依阿七就待举起铁尺来打，陈剥皮却从怀里掏出几个肉馒头来，先对着它们眼前一晃，引起了它们的注意后，却一抬手向后面抛了有一丈多远，那两条狗连忙掉转身子，去追逐馒头，再也不来管他们的闲事了。

阿七问道："你怎么揣着这东西？进去拿东西来不及，还有工夫吃这个吗？"陈剥皮笑道："得了手回去还愁没得吃吗？巴巴地我还带着？那原是预备请它们的，晚上做那一手的，这塞嘴馒头却不可少，怎么你连那一点过门都不懂得！"说着又嘘了一声，拦住大家，低低说道："我们都退到那边巷里去躲一躲。"

大家退到大巷里，却不知道什么缘故。陈剥皮说道："这两个孽畜真有劲！只三四声，已惊动了前面的人家；那边黑猪竹笆门内似乎是保正的家，本来漆黑的全无灯光，这会儿院子里亮起灯来，定是听了狗叫，起来察看的。我们这伙人，给他撞见了，有些不大妥当，还是躲一躲再走吧！"

阿七道："也许他向这边也来照照，我们就从这巷后赶紧走了吧！不过多兜些远路，也可通到黄家的。"陈剥皮道："就这么走吧，远些倒没有关系。"他们就从这小巷穿出去，黑暗里迂回曲折走了许多路，幸喜没有再遇到狂吠的恶狗。走到了岔路口的小溪边，已望得见黑魆魆的一带房屋，便是他们的目的地。

阿七和陈剥皮指点了前后门户的所在，又叫老戆远远守在镇口，自己便带着几个身手灵敏、惯会爬高落低的直奔外院的墙边。到得墙脚根下，看看墙垣很高，又一无攀缘，阿七直是无法上去。

大家因要阿七领路，又非要他上去不可。于是由内中两个最会上高的，诨名叫小活猴和花狸猫的先跳上墙头，再叫那两个在前门望风的，先做一下人梯，让那几个不很会跳高的人，踏着他们的肩头，小活猴和花狸猫在墙头再拉他们一把，于是这一伙八九个人都上了墙，幸喜这晚月黑风高，又是一天的阴霾，屋里又都熄了灯火，一团漆黑，他们蹲在墙上，真的是人不知鬼不觉。

大家把家伙拿在手里，只听陈剥皮嘘的一声，八九条黑影便一齐纵身向下，着地不但无声，而且无形，那最后一条影子，正是陈剥皮听得几声同时喊出的"啊呀！不好！"发在他的脚下，似乎很幽邃的。

他是最机警不过的，连忙双手向外一扑一抓，总算没有把整个身体掉下去，只下半个身体悬空在那里。他就拼命撑住了两手，向前爬抓，他想凡是地面上可以让他抓住的，不管什么都好。当他的手摸到一块大石头时，心里不由一阵欢喜，两手用劲扳住石头，便把下半个脱空的身子，腾纵上地面来。谁知那块石头，还有绳子缚着，他扳动了石头，缚着的绳子也连带牵动，四周一阵铃响，院子里发一声喊，顿时火把照耀同白昼般，他心知着了道儿，站起来想走，可是几十个壮汉围成了墙，他哪里走得脱身，只得束手就缚。

不多一会儿，只见阿七和小活猴花狸猫等七八人，也都被捆得像猪猡一般，有几个头破血流，也有的断手折足，大概跌入陷阱时碰伤的。阿七倒只有擦破了额头上一块皮。

只见一个穿着青衣的大汉，腰里插了一把明晃晃的刀，手里执着一条藤鞭，指挥着那些提灯握棒的仆人，簇拥着他们进屋里去。那个穿着青衣，腰间悬刀的大汉，便是振宇的家丁周勇，三秀因知阿七被掼，必来报复，请鸣凤转借来防护的。

三秀办理亮功丧事，周勇便和猛、霸、彪以及黄家的几个得力仆人，悄悄地在沿墙掘了陷阱，晚间更在石根树梢上许多绳索，那绳索都连着警铃的，有人一碰绳索，满院铃声大作，守夜的人，便立刻亮起灯火，贼人便没处逃了，陷阱里也网着绳索，人一跌下去，手足都被缚住，再也不能挣扎起来，这些都是周家四仆设计的。

夜间巡查的人，白天都让他们休息，而且数日一调换，也都是周勇调度。他们本已候了几晚，今天鱼儿自来上网，他们好不兴奋，便推推搡搡地拥入里面去报告。

周勇知道门口必有党羽，所以又叫周猛等三人分头去抓，前门三人早因听得院内喊声，情知失风，拔脚就跑，没有落网，后门两个离前院较远，还睁大了眼立在那里，专等里面得手，开门出来帮着接东西哩！

等了不多一会儿，果然后门开，黑暗中逃出二个人来，二人大喜，忙向前问道："敢是得手了吗？"话还没完，早是各人脸上着了一掌，眼前一阵金星乱迸，几乎昏了过去，还不曾摸清头脑，两手却已被反剪着缚了起来，直往里面拖，才暗暗叫苦。

这两人足不点地，被扯着走过了重门户，来到一所院子里，灯烛辉煌，站满了一院子人，阿七和陈剥皮等都在一间厅屋里，和他们一般地被反剪着双手。当中坐着一位素服的绝色女子，倒竖着柳眉，戟指着阿七叱骂，想必就是他的姑母刘三秀了。旁边坐着一位美妇人，并没穿孝，不知是他家什么人，也指着阿七等对三秀说道："这等忘恩负义、不法之徒，非得送官究办不可！"只见三秀连连点头，便一挥手叫把阿七等人一起押到门房里，待天明送官。

旁边侍立着的奴仆，答应了一声，正要推转他们向屋外走来。那在后门口擒住了盗党的人，这时忙推着他们的俘虏进屋子里去，向三秀禀明。她也不暇再来盘问，挥挥手叫一起看守着。

这一群土棍泼皮，平时横行不法，专一欺侮良民，如今落在三秀手里，经她一声莺嗔燕叱，竟一个个再也施不出那副横眉竖眼的恶相来，垂头丧气，面面相觑，身不由主，被推将着跨出门槛，忽然又是一个绝色的素服女子，年纪比三秀轻些，却是面目十分相像，大约就是阿七时常说起的表妹，她本侍立三秀身后，

123

没有作过声，这时却招手止住了他们，在三秀耳边讲了几句。

还有一个站在她身边的男子，也上前赔笑说了几句，三秀便又挥手叫他转来，对阿七说道："本来你这种行为，是无可宽恕的，应该送你到县里，从严究办。可是你的父母，总算是我的兄嫂，为顾全你的父母的面子，姑且饶赦了你。从此革面洗心，好好地做人，若还不改，那就莫怪我不顾亲情戚谊了。"

三秀接过侍婢手里的杯子，喝了一口，对陈剥皮等一班人说道："你们这次可算是上了阿七的当，我可饶恕你们，可是你们平时绝不是安分的人，我也知道，而且阿七的乖行，正和你们这班无赖青皮学来的，照理也该重重地究办。此刻我宽大为怀，也放了你们，可是再要在这镇上有不法的行为，那你们总也领教过我家里的这班人的手段了。我也不用和你们多说，给我一起滚出去吧！"

三秀说罢，阿七和陈剥皮等都被牵到门房里，才解了缚，他们既得释放，连忙抱头鼠窜而去。一口气奔到了镇尾的破屋里，却是寂无人声，连灶上林氏给他们预备着的点心，一切碗盏壶盘，也不见一只。

大家跑到河边，喊林氏也不见应，后来另外一个船户被吵醒了，出来说道："他们的船才开走了，说有一个客人生急病，连夜摇到县里去请诊治呢！"他们听了，知道老鸨畏罪潜逃，三个守前门的家伙，想必也一起走了，不是他们，老鸨也想不出走的一法的。

回到破屋里，大家互相抱怨，未免都怪怨阿七，一言不合，便互殴起来，阿七寡不敌众，那间破屋里也就不容他再存身，只得负了一身伤痛，踅了开去。

第十二回

杀身何慷慨歌女成仁
避祸太彷徨美人遭劫

闯贼破神京，崇祯殉国，明社遂屋。那时满洲的摄政王多尔衮，大权在握，又和太后吉特氏缱绻情深，只图安乐，倒也不想来染指中原。偏偏那二位有明的臣子范文程和洪承畴，竭力劝他入定中原，到了山海关外，又巧遇那开门揖盗的吴三桂，便让他容容易易地入主中国。

因李闯西行入陕，就命吴三桂尚可喜和他的兄弟豫亲王多铎率领孔有德等夹攻陕西，闯贼大败而逃。豫王又奉命移兵江南，这也是范洪二人的主意，因为福王由崧监国南京，总是后患，所以命他督师剿除。

豫王奉令，分兵三支出河南，那时一班没骨气的明臣，看见洪承畴吴三桂辈的高官厚禄，不觉眼红，纷纷地攀龙附凤，输诚请降的不知多少，所以一路掠地陷城，势如破竹。到徐州时，守将李成栋又请降，愿为清兵前驱，到一处奸淫掳掠，甚至盗贼。

成栋赋性残忍，好倡屠城之议，所以百姓恨之刺骨。他把掳得的妇女玉帛，载了十几艘快船，做个押队。路过嘉定，恰好有个乡民李阿毛，在河头远远地望见，船桅上飘着斗大的李字，声势煊赫，耀武扬威，不由他咬牙切齿地咒诅起来。

对于这位五百年前共一家的宗兄，必要设个法儿损他一下，出出气泄泄愤才好。把手里那杆旱烟，塞在嘴里狠狠地吸上二口，眼看着烟斗里的星星之火，顿时眉头一皱，计上心来，背转身来，拔脚飞奔，一口气跑到张四虎家里，把自己的计划告诉了他。

张四虎听了拍手大乐，立刻逃到场外，又召集了徐六金、周五宝、许老三、田阿大等等十几个乡民，告诉他们怎样怎样摆布李成栋，警戒他一下，以后也许可少作些孽，众乡民听了谁个不赞成，各各取齐了应用的东西，轻轻悄悄地又到河边，只见李贼的船，一字儿泊在前面的桥边，看样子是要在这儿过夜了。

李阿毛一看正中下怀，附着四虎的耳说了几句，四虎连连点头。一挥手又叫众人回家，等到夜深，阿毛和众人又悄悄地来到河边，船上都已熄了灯火，寂然无声，料是睡静。便各抱了杂着硝硫的干草，蹑足走下河滩，那一夜偏逢月黑，他们大胆行事，分头在十余只船舷上，把干草轻轻地放下，取出火种，引着了火，仍复爬上河岸，奔回家去坐着。

不多时，船上锣声大鸣，招众乡民去救火，他们也跑出去一看，十几艘船，已成了一条火龙，众妇女奔窜哭喊，悲声震天。有些烈性的女子，本来是求死不得，此时不但不逃，竟有反往火里跳的；有些受不住火焰熏炙，便往水里跳下；这时前面大船上兵丁，已驾了小船来救，怕死的妇女，纷纷都往小船上挤，失足落水的，又不计其数。小船上的人只顾向火里救人，也无暇捞救。众乡民谁不恨着李贼，称快还不及，谁高兴出力救火，站在岸边观望，并没一个动手，因此这班怕死的妇女虽不曾烧死，却仍复淹死。

这火足足烧了一个更次，把十几艘船烧得精光。还亏众兵和水手们努力抢救，总算没把据来的妇女全部烧死，可是被救的也只有三分之一，而其中焦头烂额，炙肤伤肌的，倒又占了一半。

成栋拥了一个掳来的女子，在头里大船上饮酒取乐，正是罗

126

帐春深，鸳枕梦稳的时候，突被后面一片鸣锣声警觉，忙起来查问时，巡逻的兵丁已进来禀报押队船起火，成栋挥手叫快去救火，一面就走到船尾来瞧望，只见水天都给火光映得通红，那火势的旺盛，也可想知，想起那十几艘船上的妇女玉帛，心里不由十分焦躁，连连顿足，催着部卒们快去浇救。

后来总算盼到火焰熄灭，一颗心似乎稍稍放下；可是接着让他知道的，即是十余艘船和里面的东西，都成了灰烬。妇女也烧死了大半，得救的一小半，却又有一半是受火灼伤的，花颜无不受损。

成栋得了这个报道，气得暴跳如雷，要杀巡逻士卒，怎么不早发觉，这火究是怎样起的，他拍桌打凳地大骂大跳，吓得那些士卒一个个跪在地上，叩头如捣蒜，求饶不迭。还亏得那已沐恩典的无耻女子，起来抚着成栋的胸口劝道："事已至此，怪他们也是无用。况且这是小事，犯不着气得如此，气坏了你那金玉般的身子，那倒不值多了！天下的美女子多得很，只要将军一开金口，成百成千的都会来伺候将军呢！"

这句话倒是有了很大的效力，成栋把桌子猛拍一下道："吴中多美女子，此去苏常，我一定要尽掠郡中妇女，作为我此次损失的补偿！"说着又把足一踢，道声"滚"！地下的叩头虫总算有了命，便连忙爬出舱外去了。成栋既存了这条心，凡是他所过之处，妇女稍有姿色者，便莫想幸免了。

接着攻陷松江，先在城中搜掠财帛美女，然后拣了一间大宅，把掳来的妇女留养在里面，自己的母弟也一同住着，他在松江掳得的妇女之中，有一个叫珠圆的，原是歌妓，容颜绝代最得成栋宠爱，他既拥有这么多的财帛和姬妾，便也安富尊荣地在此过着逸乐日子了。

谁知豫王虽已定南都，降宏光，可是明室诸王，仍在闽浙两粤间，纷纷立号改元，要想和清朝争一日之短长。因此屠嘉定、破江阴、陷松江诸役最最卖力的李成栋，就被清朝想起，派他领兵南寇。由闽而粤，去广州，杀绍武，又督军攻肇庆的桂王由榔。

桂王仓促率群臣西避，独有拥立桂王曾为两广总督现居大学士位的丁魁楚却迟迟不发，原来他已密遣人至李成栋处乞降，多日未得回音，就把家财分装四十艘大哨船，挈领了妻妾子女出城，乘船直到岑溪。恰巧前番差往成栋处的干仆丁威，赍了成栋手书回来，说是请他仍做两广军门，速往成栋处一见，魁楚接书，心中好不欢喜，便令移舟顺流东下，将至梧州，和成栋的船相遇，魁楚忙叫下人投刺请谒，成栋便请过船相见，握手道故，情谊殷殷。

当时成栋便叫设筵相款，宴谈间说起桂王去处，魁楚道："已去桂林。"成栋举杯微笑道："老先生怎么不随同前去？"魁楚很恭诚地一拱手道："因知将军到此，特来投诚！"成栋把杯子重重地一放，冷笑道："我处却不容你这等贪狠的贼子！"

魁楚见成栋变脸，吓得面如土色，颤巍巍地出席打恭道："魁楚并没有什么贪狠！"成栋道："你不贪狠，何来如许金帛？今也不容你狡赖了！"但见成栋，一拍桌子喝道："快与我拿下这贼砍了！"顿时两旁拥上如狼如虎的士兵数名，把他绑了起来。

魁楚叩头哀求道："愿将船中所有，尽献将军，但求饶我老命！"成栋狞笑道："你的金帛，已全在我处，还劳你献什么？"魁楚又见那面有许多人绑缚过来，正是自己的妻妾子女，难禁心如刀割，叩头大哭道："魁楚只此一子，乞将军饶恕了他吧！"成栋道："你要饶你的儿子吗？左右，先把他的儿子杀给他看！"

两旁一声吆喝，魁楚面前滚来了一颗人头，接着他的妻妾女儿也是一刀一个，只有两个魁楚最宠爱的美姬，成栋却命留下，送到后面去了。魁楚见了，大叫一声，便跌倒船中，就在这时砉然一声，他的身首也分成两处了。

成栋既杀了魁楚，遂进攻桂林，被瞿式耜杀得大败，仍复退驻广州，郁郁不甚得志。听得江西的金声桓重复归明，他的心也未免活动起来，只是一时踌躇难决。

一个人有了心事，脸上总有些表现，他的爱姬珠圆，见他连日闷闷不乐，便喁喁细问。成栋当即把自己心事告与她知道，并且征求她的意见。珠圆道："这是大义所在，将军想这样做，很是正当，应该立刻去做，何必谋及妇人！"

成栋皱眉道："但恐事败，累及你娉婷弱质。"珠圆笑道："这个将军但请放心，妾身自有自处之道。"说毕，疾抽成栋身上的佩剑，望脖子上一勒，成栋连忙拦阻，已是血溅蜻蛉，香消玉殒了。成栋不由抱尸大哭，就将两广总督印具疏迎永历于广西南宁府。

成栋反向明朝，清廷闻报，着将成栋革职拿问，留松家属没收入官，母弟械送北京，姬妾人等一律送至南京。听本旗遣发，但在这一行被送南京的妇女中，却有着三秀主仆在内了。

哎？三秀怎么会到松江，变了李成栋的家属呢？原来当阿七引盗来劫未遂的明天，鸣凤带着周家四仆，就要别去，三秀苦留不住，就重赏了周勇等四人；又备了许多礼物，送与鸣凤，坚约后会。

鸣凤道："此别却真是不知再相逢何时了！慕家振宇都别有所图，假若天幸所志得遂，他日解甲归农，我们还偶相见之日，如若不然，那就后会无期，也许此去……"鸣凤说至此哽住了，底下的话，却只是嘴唇翕张，听不出说的什么了。

即此一别，后来果然慕家振宇辗转浙闽间，都未尝有所成就，最后二人都携眷随同郑成功入海去了，鸣凤和三秀果没有重见，这是后话不提。

三秀当时听了鸣凤的话，执手黯然，好半天说不出话来。鸣凤临走时又对三秀道："我们走后，你还要仔细防备，阿七也许再来，他知道此次有周勇等参与守备，得悉他们不在此间又要来寻仇报复了。"三秀点头道："我也是这样想。待把亮功葬事弄好，我绝设法他迁。"鸣凤去后，三秀一面赶紧托人为亮功找觅坟地，一面仍每晚派人巡夜，提防着阿七再来。

有几位著名的堪舆家，替三秀看了许多钟灵毓秀的佳域。这个说这块地好，那个说那块地好，反把三秀闹得没有主意。迁延复迁延，反多搁了一个多月。后来三秀毅然采取了一位八十余岁的老堪舆家所看中的一块地。据说这块地财源旺盛，后人必定显耀祖宗。三秀虽不甚信他的话，却看得那地方风景很好，也就决定了。

过了清明，三秀总算把亮功安葬了。那一天就对时肩说道："阿七怙恶不悛，早晚必来寻事，你岳父已死，我此刻只有倚靠你了。我打算把家财尽行搬往你处，除了不能移动的田地房屋。就在今朝，你和珍儿回直塘去，我在此料理就绪，就陆续着黄贵押船运来，我想至多五六日也可以运完了。"时肩自无不允之理，当即偕珍回房收拾一番，先把贵重的细软，装了十几箱笼，随身带走，其他物件，俟后和三秀的一起装来。

时肩到了直塘，忙打扫出几间空房，等着黄贵船来。这边三秀督促婢仆，拆卸搬运，自朝到晚，连吃饭也不好好坐定了吃，用了二艘船，此来复往，三秀在任阳发，时肩在直塘收，因为物件多，三秀虽是十分上紧，也足足运了四天才完。

这天只有一些随身箱笼，也都扎束停当，因为天色不早，预备过了一夜，明天早发。家中婢仆，她觉得不用带许多去直塘，看守房屋也只留一二老成人便可。当即将用不着的婢仆，一一给银遣散。黄贵张媪跟往钱家，这里着二个老仆看门，兼照管田事。分派停当，又看看守屋的人，把空屋一间间地锁起来，厨灶庭院，也督人扫除干净，栗栗六六地忙着，不觉已是二更将尽，黄贵因为船上已装有一些家用杂物和他自己的箱笼，所以就睡在

130

船上看守。二个守门的便也到门房里去睡了，里面只有三秀和张媪二人。

三秀道："我今晚似乎心乱得很，要睡也是睡不着，明天早发，不如假寐待旦吧！免得明朝又要梳洗和整理被褥。"张媪道："我心里也很不宁，就把铺程收拾好了，我和你就坐着谈谈，时光也很容易挨过去的。"

二人真的把铺程扎束好，倚着闲谈，只因二人连日辛苦，精神原是十分疲乏，所以谈不上几句话，二人的双目都不自主地下垂。可是才一蒙眬，就被震天塌地的一声响惊醒，二人都被吓得直竖起来，耳边又听得哗啦啦门墙倾倒和一片喧杂叫嚣的声音，三秀道："阿七果然又来了，可是这里仅是一所空屋了，除了这里的二具铺程，一副箱笼之外。我和你且去后房暂避，让他们扑了空，去怪怨那黑心的禽兽吧！"三秀和张媪熄了灯火，关紧了门，平息静气地躲在后房。前面阿七领着钱士明和许多旗兵直冲进内院。

那钱士明是李成栋部下的偏将。成栋奉命南征，留心腹将率旗兵千人驻守松江，名为防守松城，实则保护他那所藏垢纳污的大宅。原来阿七当日被众无赖凶殴了一顿，离了破屋，一时无处存身，想起有个旧友张三，现在成栋部下充当汛卒，前一时曾有信招他去过，他为迷恋着林氏和放不过姑母家的财产，不曾去得。目下无路可走，只得投奔他去。

沿路只是干些鼠偷狗窃的勾当，捞摸些钱作为川资，有时给人抓住了，挨受着一顿拳足，打伤了便在枯庙里睡上十天八天，所以他到松江，路上却走了好些个时候呢。

见到了张三，诉说了一番自己穷困无归的苦况，请他代谋一个位置。张三道："此地不比从前，现在不轻收录土卒了！"阿七苦着脸踌躇了一会儿，又对张三道："假使我有大量的银米贡献，以为进见之功，那么能否收录我呢?"张三道："那自然又当别论，但是你初说穷无所归，又哪里来这大宗银米呢！"张三显着不信任的神气。

阿七就告诉他说黄家如何富有，但得营兵百人，就可满载而归。张三听了欢喜道："这事不便私自行动，必得请示上官。但愿成功你我都有厚赏了！"张三就引了阿七去见守将，阿七又陈说了一番，守将就令偏将钱士明率领旗兵五百人，着阿七做向导，向任阳进发，到大桥黄宅，正是三更时分。

当将四面围住，一声大炮，轰倒了门墙，旗兵跟着阿七蜂拥而入。阿七口讲指画，告诉偏将仓廪在哪里，窖藏在哪里，何处楼上专置箱柜，何处橱柜专贮钱银。随后他自己领了几个旗兵当先到楼上去了。偏将也督率着旗兵依了阿七指示的分头去搜劫。

可是，仓廪窖藏，衣箱橱柜，掏遍了都是空无所有，那些旗兵既懊悔丧又愤恨，一个个都空着手来回偏将，这时恰见阿七和几个旗兵拥着一个骨肉停匀、丰神绝秀的妇人和一个侍婢样的人出来。

偏将指着阿七呵叱道："你所说的银幕财物，一样都没有！要不是有这宗宝货，我们正不知怎样去回见诸将哩！"阿七不知三秀要迁居婿家，已把银米财货搬运一空，还力辩黄家多财，珍貌美，又自告奋勇带了几个兵去搜索了一番，把黄家的房屋跑遍了也没找到一个钱一粒米，更莫说美貌的珍。

几个旗兵，白跟着阿七赔了许多脚步，没得到一些儿好处，不由都横眉竖眼地恼恨他起来，扭着阿七到偏将面前，众旗兵无不恨他诳骗，阿七心里十分疑惑，张口结舌，也分辩不来。偏将便教放一把火，黄氏数十间大厦顿时像一条火龙，众旗兵就把阿七倒拾起来，往那大洪炉里一丢，一阵咻咻的响声，那作恶多端的阿七就和屋梁檐柱一般地成了焦炭。

因此三秀和张媪就一并被掳到松江了。守将察见三秀貌美，在许多被掳的妇女中，从没有过，不敢自私，留待成栋回来。

兵士们把三秀主婢送进内宅，刚值李成栋母亲出外进香，迎面撞见。李母看她姿色艳丽，服饰素雅，虽面有戚容而举止不乱，心知必是大家妇女，未免为她暗暗叹息，便立意要想援救她了。待进香回来，就叫人把那新来的女子请进去，询问之下知为富室寡妇，不由暗暗叫声作孽，当下就认作义女，和她一同寝食，并允慢慢设法送她回虞。谁知成栋在粤中仍复归明，三秀主婢，因也和众妇女一同被送至南京了。

这一行妇女，共有三百余人，归黑都统承管。被圈在马棚中，马粪熏人。三秀在家锦衣玉食，起居舒适，即被据至松，和李母同处，享用也很愉适，这样的环境中，叫她如何能一息安处，不由哭得死去活来。几番欲待寻死，可是舍不得她那唯一的爱女珍儿。她知道珍得了自己被掳的消息，必定痛不欲生，逼着时肩在到处打探自己的消息。自己现在的命运，还未一定，说不定因为她并不是李成栋的正式眷属，而有生还的希望；那么母女还有重逢的日子，她无论如何不能撇下珍去死，也必要先和珍见上最后一面。

她辗转思维，觉得此地绝不是死所，只得忍痛杂在众妇女中，抚今思昔，那痛泪就像断了线的珍珠一般直滚下来。每一颗的泪珠，炸碎了她的心，像妍红的花朵，被罡风摧谢了花瓣，那一片片残落的红英上，却映着她无数值得萦回的往事：慈母的爱抚，老父的训导，兄嫂们的友爱，子侄们的亲昵，还有陪侍着她春郊踏青、秋窗赏月、花间清谈、溪边垂钓的幼时腻侣何天白、体贴备至、言无不从、偏偏为自己恼恨的丈夫黄亮功，还有豪爽热心而修得了美满姻缘的余家鸣凤，自己日系心头、美艳温文、婉娈孝顺的女儿珍，还有……在许多梦呓声、鼻息声、叹息声、啜泣声中，三秀便这样地想着哭着，直过了比一年还要长的一夜。

到将近日中时，忽传王府中有人来此，三秀张媪跟着大家的目光朝栅外看去，只见看守她们的掌家婆，引着一个年约七十余岁的老妪，穿着旗人的服装，花花绿绿的十分鲜艳，满头的白发，像雪一般地堆在顶上，梳了一个大髻，四周插满了花朵，红黄紫白，蔚成大观，旗人的鞋底，中间高起一块，走起路来一颠一颠的，引得头上的花枝儿也颤巍巍地摆动着，那形状非常滑稽。

众妇人中不乏年轻善笑的，见了她的模样，不禁暂时忘了悲苦而好笑起来。老妪走近她们，听见了也笑道："姊妹们什么快乐，大约是知道我来做降福符官的吧！哈哈！"她边笑边说地挨进她们的队里，众妇女都用怀疑的目光看着她，不知她将对她们有何举动。

第十三回

鉴人有术满妪选丽姝
惊艳倾心名王宠绝色

那个白发童颜，簪了一头花朵儿的满洲老妪，侧着身子，挤在众妇人里面，挨肩插身，一个个地细细地端详了一会儿，选中了三十几个年轻貌美的女子，捧着花名册，把她们都叫到了马棚外面空场上，排列着站在一起。

满洲老妪又细看了一下，对旁边的掌家婆说："左端第三个太长，像个塔尖一般矗出在那里，叫她出来了吧。"掌家婆果然走去把那一个长身材的女人拽了出来。满妪又指点着行列中的人说："左端第七个和第八第十八第十二个也嫌太长一些，似乎跟她们不很调和；还有中间二个太短些了！哈哈！这不成了汉字中的凹字了吗！快也把她们叫出来了吧！啧啧！脸蛋儿倒是长得怪娇媚，可惜！可是我要选的是全才，只得委屈她们暂在马棚里住些时了。"

满妪看着站在她前面的一队脂粉行列，高低似乎很匀称，可是肥瘦又嫌相差太多，于是又把太瘦的、过肥的汰去了六七个；又叫她们左右前后地行走，满妪一脸严肃而全神贯注的神情，倒很像握虎符掌生杀的大将在检阅他的部卒哩。

经她这样一挑剔又有好几个因为走路姿态的缺陷而被淘汰了。三十几个人，只剩了十五个，她拽了这十五个女子令到总署的客室里去。其余的人，只得露着失望的神情，怀着满腔既羡且妒而不胜幽怨的情绪，仍跟着那掌家婆回进马棚里去。

那十五个被引到别室去的，各人也怀着不同样的心事，惊喜疑惧，满怀惴惴，不能为未来的命运，做一决定。大家满腹狐疑地跟了满妪走进那间屋子。虽然这间屋里的陈设，并没十分华贵，比起松江大宅中的布置，还差着什百倍呢。可是她们被禁在那臭气熏人的马棚内过了一晚后，只要比马棚稍胜一些的屋子，她们就好似登华堂居香闺了。到得这间屋里，她们都不觉长长地嘘了一口气，心身都轻松了许多。

只见满妪又走近她们的身边，细细拈视头发，拉起了她们的手，把袖子挽上去，察视臂手肌肤指掌，于是又被黜了十个人，只留五个妇人在室内了。满妪笑盈盈地看着她所选中的五人，让座让茶，殷殷问起年籍，凝神谛听她们吐音的良窳，中有一人吐音略较暗涩，便又剔去，只剩四人了。

满妪走到四人身边，伛偻身体，撩开裙裤，叉着两指，量绣履的长短，总算这四人都合了她预定的标准，全入选了。满妪指着四人中的一妇，对掌家婆说道："这位是全体中的顶儿尖儿，我见犹怜，王爷是绝不会不中意的！哈哈！"那满妪倒是惯喜说笑的。

掌家婆见满妪指着那个妇人，她忽然想起还有一个女婢，就问满妪是否教她主婢同去。满妪说："她的婢子一同带去好了。"于是就吩咐搭来四肩轿子，挽这四个，在外人看来是幸运者，坐到轿里，这时她们都已明白了此身将属何所，不论是惊是喜，两行清泪，却是没来由地扑簌簌滚了下来。

这一行四肩轿子，正有一肩内是坐着黄亮功的妻子刘氏三秀，张媪就跟着她的轿后走。三秀坐在轿内，放下了帘，只觉得一团漆黑，她想这正是她命运的象征，她想重见爱女一面的希望，恐怕是微乎其微的了，她自觉十余年来，所以恋恋于生之意

136

味的，只因为有了珍，珍，是她生命的泉源，黑暗中的明灯，没有了珍，她便失去了做人的目标，消灭了生趣，她没有法子可以挨过那留在世上的，不知还有多少长的一串日子。

她在轿子里面，思潮不断地澎湃着，眼泪也不停地像奔泉般流着，呜咽抽噎，双肩不住耸动，轿子便也失去了平衡，在轿夫的肩头上却增加了重量。那两个轿夫，肩头棱得生痛，换了平常人时，便要直起了喉咙呵叱，嗔怪她不曾坐轿子哩。如今是只得皱眉忍受，被选进王府的美妇人，他们便吃了豹子胆也不敢得罪她呀。到了王府，又曲曲折折地过了许多院落，才在一排偏屋前歇下，四人下轿，瞧着这一列屋子，脚步都未免趑趄起来。

满妪还是那么笑盈盈的，让她们进屋里歇息，张媪便也扶着三秀进去。满妪对她们说道："四位娘子，暂在这里息一下，待我去王爷前销了差，再来给你们梳妆更衣，包管你有好处，要感激老身不尽呢！"说着又呵呵地笑了起来。侧身吩咐屋里的几个满洲侍婢，叫她们好好地看着她们，预备些茶点款待她们，她这时所说的全是满语，她们一个都不懂，直到她走后，那些满婢捧出茶点和不离左右地监视着，才明白她临走吩咐的是什么。

她们婆娑泪眼，互相呆视着，谁也不曾对那茶点看过一眼。三秀又对四周院垣屋宇看看，不禁拉着张媪的手大哭道："我自被掳以来，所以忍痛苟活，都为欲思重见珍面，母女得以重叙。如今到了这个绝地，要见珍一面是万分难图了！那么我又何必再贪这没意味的生活，不如早死的好！"她半把个身体，倚住张媪，哭得颠颠撞撞的，气都噎住了换不过来，其他三人看着，触动了自家的身世之感，也不禁相对着呜呜咽咽地痛哭起来。

那几个满婢见她们哭成一堆，唯恐总管太太进来责怪，上前劝慰她们莫哭，叽叽呱呱说了一大堆，也没人理她们，还是哭得昏天黑地，她们不禁十分着急，知道说是白说的，她们不懂满语，只得拉拉这个，推推那个，摇手示意，但是也没用，正乱得没法时，那位总管太太满洲老妪回来了。

在屋外就听得了一片哭声，忙三脚两步赶进来，险让门槛绊住了她的高底，摔了一跤，她先是呵叱着几个侍婢，为什么不好好地劝解她们，接着又上前去一个个劝止她们的哀泣。并且显着她那滑稽的神情向她们说道："王爷听了我的禀告，十分喜悦。今晚上就要叫我引见，这正是喜事，怎么哭成一片声，岂不糟糕吗！"一面又叫侍婢们倒洗脸水，端整镜奁脂粉，自己又去捧出了四身锦绣衣裙，要替她们梳洗更换。

那三个禁不住满妪的软哄硬骗，一个个由她搬弄指挥，对镜整妆。只有三秀哭声还是不停，满妪自己劝不住，就叫张媪劝，可是张媪也哪里劝得住呢！那三个一一妆饰好了，满妪便来劝三秀梳洗，三秀把两个香肩一让，扭过身去道："我不！将死之人，还修饰些什么？"那声音和脸色，很使那位总管太太难堪，心里不免愤怒，但是一抬眼瞧见三秀的面貌，她便很自然地把愤怒抑了下去，还是和颜悦色，温言相劝。

三秀这时虽不似方才般纵声大哭，背了身仍是掩面低泣，凭你总管太太说得天花乱坠，她只是给你一个不理。满妪正在无法可施的时候，外面忽然传话进来，道是王爷传新来的四女到前面去侍酒，满妪这时好不着急，可是再行梳洗也已不及，只得胡乱用双手，把三秀蓬乱的鬓发掠了一下，命张媪替她把衣裙拉拉平整。

她自己又忙着转身对其余的三女说："现在王爷命你们侍酒，正是你们幸运，府中有许多妇女，要想侍候王爷还想不到哩！所以你们见了王爷，应该欢欢喜喜的，切不可哭泣，还要俯伏叩头，王爷吩咐你们起来，才可以站起来，不可擅自起立，行过了礼，要侍立一旁，看王爷的脸色，听王爷的指使，他要你们怎么做，切不可违拗，倘若惹怒了王爷，那便莫想有好的日子过了！"三女听了都默不作声，很顺从地跟着满妪出去。

三秀这时早拼一死，本是强着不肯移步，禁不住满妪力大，将她半扶半拽，搀了就走。张媪此刻却不曾跟得出去，是满妪叫她守着这里，还叫满婢们好好以酒食相待。

　　满妪引了四妇来到前面，先令她们在旁边立着，她自走到王爷案前，把个身子一蹲，叽叽呱呱地说了一阵满语，就又下来，吩咐她们上前叩见王爷。这时三个妇人，眼见满堂灯烛辉煌，两旁伺候着无数婢仆，阶下廊前，还有执戟的卫士，很威武地站在那里。偷眼又瞧堂下正中设了一桌盛筵，杯箸盘碟，全是金银所铸，在灯光下都灿灿发光。

　　那位豫王多铎身穿便服向南端坐，虽然面色和蔼，但自有一种令人不敢正视的威仪。所以满妪向她们一招呼，除了三秀仍僵立不动外，她们三个都会不自主地移动莲步小心翼翼地走到王爷座前，盈盈下拜，不敢仰视。直待听得王爷吩咐，方才站起，拽起翠袖，露着纤纤葱尖，忙不迭地为王爷执杯奉盏了，王爷对她们倒也十分和悦，问了三人的姓名年籍，才知一个姓莫，一个姓贾，都是吴中民妇，被成栋部卒掳来献给成栋为妾的。另一个姓袁名雪姑，确是生得肌肤如雪，名实倒很相符。

　　说起这个袁雪姑倒是松江城内大户人家的女儿，已许给秀才卜铭仁为妻，尚未过门，那个秀才和她还是中表亲。就在他俩婚前的半月，松江陷落，年轻的妇人，不及自全的，便尽入了李成栋的掌握。成栋把姿色较次的赏给了他的爪牙，袁雪姑被留给他自己享用的一个。

　　初时雪姑觉得官家享用，究竟胜于平常人家，倒也不把她那个秀才表哥放在心上。只是成栋姬妾众多，酬应不及，况且才貌胜于雪姑的也不知多少，日久未免生厌，除了擅专房之宠，能歌能舞的珠圆之外，雪姑长门寂处，悒悒寡欢，不免心怀怨望。又听得他的秀才表哥，为她变了疯癫，几次在门外唤着袁雪姑的名字哭噪，守门的卫家，不胜其扰，把他重重地打了一顿，因为看他是个疯子，总算棍下留情，不曾把他打死，却也瘫得不能再上门来吵闹了。

雪姑听得这个消息，曾暗地里恸哭了好几回，她这时又感觉得温文多情的表哥，胜于粗暴寡恩的将军多多了。她的意向到此又有了转变，一心一意地只是怀恋着卜铭仁，想设法逃出这樊笼去。可是一时又舍不下肥饫膏粱、服饰锦绣的奢靡享受，况且警卫森严，急切间不易脱身，就又过了好几个月。

自从成栋南征后，她委实不能再忍受凄凉寂寞的生活了，收拾了珍珠细软，买通了身边的婢女和管后园的园丁，打算半夜悄悄地从后园溜出去，谁知她的计划不及实现，却已缇骑临门，顿时成了罪人的妻孥，一并被解送南京去了。

等到满妪为豫王选美，她被选入王府时，心里却自暗忖王府繁华定胜李宅，此后的岁月可不用忧愁了，私下欢喜不尽，不过看着她们三人都是面现戚容，尤其是三秀哭泣甚哀，她自也不免假意装作悲哀，滴下几点眼泪来。此时她亲睹王府雍容华贵，堂皇富丽的气派，豫王春秋正富，而且看他面慈声和，似乎是个很懂得温存的人，那么疯癫了的表哥，又不值得萦忆了。

当即第一个抢在前面，柳腰增姿，秋波送媚，献尽十分殷勤，装作万分娇态。偏偏那豫王，这时又移转目光，注意到倚在左边柱上，面向着墙壁，侧着身子站着的三秀。他看她额光煜煜，灯烛光相映之下，明艳耀人眼目，且目泪睫晕微红，跟含蓄的晓花一般，益发增添娇媚，豫王见了真的是目眩神移了。

满妪在她旁边，却显着十分焦急，时时向她递眼色，做手势，而她只是不见，豫王心中十分诧异，便问三秀道："你姓什么？为什么不过来？"王爷说完，堂前还是静静的绝无声息。

王爷见她不应，也不愠怒，又问道："你是哪里人？今年几岁了？"可是三秀把身体更侧转了些，仍是不理，堂前侍立着的，莫不为她捏一把汗，诚恐王爷发怒；袁雪姑在旁，也是不停转着两个小眼珠，察看王爷的脸色，但愿他大发雷霆，立把三秀拖出斩首，那么她便去了一个劲敌。谁知那豫王不但不怒，却把声音放得更柔和些问道："为什么你不答我的问话？你有了夫家没有？"这一句话一出口，三秀不如先前老不作声了，别转身来，放声大哭，众人只听她呖呖哭诉道："我是民间的寡妇，为李成栋部兵所掳，因为舍不下我唯一的女儿，所以苟活至今，不曾早觅死所，如今既已到此绝地，只请速速杀我！我是清白人家出身，宁死不辱，决不屈以奴婢的！"

三秀且哭且说，那声音就像一头黄莺儿在枝头娇啭，又清脆又婉转，众人几疑置身上林春苑，只觉得悦耳警心，都瞠目注视看她。只见她一边号哭，一边突然跳起来把个头直向柱上撞去，吓得豫王变了形色，在座上直站起来，忙说道："怎么！怎么!"幸亏满姬在旁，连忙趋前把双手抱住了三秀，总算没有受伤，可是�尽行散开，那乌黑而光亮得像缎子一般的长发，一直拖到地上，又黑又亮，前人称美张丽华的头发，想也不过如此优美吧！

众人见三秀如此烈性，心下都暗暗称服，只恐她惹怒豫王，都代她把个脸也吓白了。婉嬬称命的莫贾袁三人，也是不停地把六只眼睛，看看他，看看她，测度着事态发展的程度。

莫贾二人很觉惭恶，默祷着愿三秀不致遭到不幸的际遇；至于雪姑初见三秀哭号，也未免天良发现，想起了她的表哥，不由也面红耳赤地深深内疚起来，但这不过是一刹那。当她见三秀既踊且号，触柱散发，在她以为这是藐视王，无礼于王，自必有悲惨的后果，她这么企图着。

谁知豫王却柔声吩咐满姬道："既然如此，你且引她下去，好好将护她，缓缓地解劝解劝，千万莫要怠慢，惹她生气。"豫王的语音，混和着烛焰酒气，宕漾在宽广深邃的华堂里，虽然众人不约而同地嘘了口气，似乎胸口搬去了一块大石，可也显着十分不信任的神色，几十双眼睛，都注视着豫王的口唇，怀疑这话怎么会从这位统百万大兵，转战数千里，由血腥气中挣得了功名的大将军的嘴说出来呢？可是事实所表演的，确乎证明豫王是这样说了。

只见满妪引了三秀出去，并没有人损伤她纤毫。豫王目送三秀退去，虽然眼前的三女，婉娈可喜，但他反觉意兴索然，略饮一回，即命撤去。回至寝室，不断地遣人去探听消息：那个绝色女子，还要觅死吗？还在哭泣吗？有进饮食吗？得到的回话是："现在虽不觅死，只是哀泣不休，总管太太正在竭力解劝，劝她进些饮食，但还滴水不肯沾唇。"

豫王听了，不知怎么心底会发出那种说不尽的怜惜。就叫人送去十支上好的人参，嘱满妪无论如何劝她吃些，免得饿坏了娇弱的身体。一会儿又把自己吃的上品细点、糖食、果品川流不息地着人送去。因为怕去的人回话不清，又把满妪叫来详细问她，可是满妪还未及回话，他又着她快回去了，因为怕满妪不在，旁人看护不周，三秀或生意外。

满妪道："不要紧，有她的婢子在旁陪伴，那婢子很忠心，绝不会有疏虞。"豫王道："第一先要劝她进饮食，暂时且不和她谈别的，只拣她喜欢听的，喜欢做的，和她谈，任她做，千万莫违拗她，并且你时时把她喜怒的情形来报我知道。"满妪唯唯，三秀这时歇在满妪的房里。

她是这府里的总管太太，内理的事，全由她做主分拨，府中的人，除了王爷以外，都尊敬她几分。那么她的寝处当然也相当华贵。满妪知道三秀出身富家，且也窥知豫王心事，所以尽把好的东西供应她，三秀连看也不看，只是哭泣。豫王遣人送来的东西，满妪都把来罗列在她面前，一件件告诉她是哪一府呈的，哪一州进的，说明各物来处的名贵，暗示豫王敬爱的意思。

三秀看着那许多东西，尽幻成她的女儿珍女婿时肩的面形，有时似乎在笑，有时似乎在想和自己说话，又愁眉泪眼地像向自己哀诉，又像在怜悯着自己。她怀疑他们也许不在人世，又忧惧他们也许和自己遭受了同样的命运；她的心神恍惚，只为她的婿女忧疑，眼里所见的也全被他们所惑。

满妪劝她吃些，她觉得这是她的骨肉，叫她如何吃得下，她一个幻念，他们似乎真的已为人所吞噬了，却增加她的哀痛，哭声，泪珠便没有休歇的时候了。真的坐也哭，立也哭，睡也哭，又不进一些儿饮食，玉容便自憔悴了许多。这些消息，传进豫王的耳里，急得他和热锅上的蚂蚁一般，不知怎样才好。

那个好逞狐媚、欲图宠幸的雪姑，听了正是十分欢喜，那天早晨，豫王着人去叫满妪来回话关于三秀的一切。满妪未来，他只在庭中背着双手来回地踱着，想着三秀的倔强，不由十分焦躁，简直想叫满妪把她逐了出去，不再理她，可是每逢他想这样做时，那莺簧似的娇鸣，便在他的耳边萦绕；那花一般鲜妍的容颜，便在他的眼前曳漾；他的飘飘忽忽的心，又复为她增加了摇荡。他抬头看看门外，顿足焦躁道："那老婆子怪可恶，怎么这半天还不来！"

雪姑在里面窥视了半天，这时袅袅婷婷地走到豫王身边，刚待劝慰几句，献些殷勤，谁料那个不识趣的老婆子，偏在这时闯进来了，露着一脸的笑，蹲身给豫王请安。

豫王这两日来，没见过笑意在她的脸上显现，这时一见面色知道事情有了转机，不由也笑着问道："如何？你今天竟这般地欢喜！一定是那美人儿肯听你的话，领略了我的一片诚意了！"说完笑嘻嘻地注视着她涂满胭脂的嘴唇，连雪姑也目不转睛地看看，虽然知道她的回答一定为自己所憎恨，却又不肯不听。

等那满妪述说了之后，雪姑的鼻子里进出了冷笑，豫王的脸上却不曾收敛笑容，只是连连说道："这个容易！这个容易！"

第十四回

贞烈独求全松筠节者
艰难唯一死舐犊情深

一间布置得很富丽，又很雅致的寝室，兰麝微飏，碧帘半卷，夕阳衔山，一抹晚霞，把绯红的颜料，渗透了天际一角，归鸦阵阵，急匆匆地向着自己的家迈进，嘴里还不停地高唱，表示欢愉。在卷帘之下，朱棂雕栏之前，站着一明眸皓齿螓首蛾眉的少妇，上身披着一件鹅黄衫子，袖口和斜领，用黑白线相间绣着圆形的蝙蝠和寿字，很显得鲜丽悦目，伸出纤纤春葱，指点着天边，露出一口玉米似的牙齿，粉靥上现了二个浅浅的笑窝，向站在她身傍的少年，说笑着。

那个少年，容态秀雅，穿着月白长领的衣服，把一只手抚着她垂在肩后的秀发，对她点头微笑道："你羡慕它们吗？可是老乌鸦搬家了，你就是能飞，也是无家可归了。"

那少妇听了把香躯扭了几扭，哼了一声道："哼，你把我母亲比作乌鸦，那你是什么！简直是无礼之至，对尊长可以这样随便侮蔑的吗！"噘起了樱唇表示不依。那个少年忙赔笑谢罪道："我只是逗着你玩的，哪里敢有心侮蔑！一时说话失检，务乞原谅！"

她何尝是真的生嗔，原也是和他开开玩笑的。只见这样当真，心里暗笑，忙别转身去，为的是忍不住要笑了。少年不知，还当她生气，又"珍妹珍妹"叫个不停。可是珍老不理他，背身不住颤动双肩，还抬起罗袖掩住了口鼻，他从后看去，当她在哭，忙将双手去扳她的肩头，把自己的脸伸到她前面一看，才知上了大当，白白着急了一场，原来她正在掩住了嘴笑得起劲哩!

他笑道："你太狡猾，会作弄人，险些把我急煞。这会儿我非得作弄你一下不可!"说着就把手向她腋下一插，珍怕痒，想避开到里面去，可是他拉住她不让跑掉，于是她急了，笑呵道："时肩! 你真的吗! 再不放手，我可恼了!"时肩虽知道她并不是真恼，不过开玩笑原要适可而止，他就把手一松，珍跑到里面去，却还笑着回过头来，对时肩偏着头指道："你敢不放吗?"时肩道："看你怪可怜的样儿，姑且饶你一次。你别怕! 我不惹你了，快到这边来!"说着把身边的栏杆拍了几下。

珍尽自对镜理着鬓发，整着衣襟，并不理他，忽然时肩又向着阑外喊道："咦! 黄贵来了! 珍! 你快来看!"他把手向后招珍，嘴里还是在说着："这船摇得多快! 黄贵站在船头，那神情也是十分紧张，准是母亲在舱里催促着呢!"

珍听他不像说笑话，便紧步向阑边走来，自语道："怎么到这时候才来，我以为今天你们不会来了呢!"她走到时肩身边，那只船却已拐了弯，只能看见船艄上两个船夫，在用劲地摇，那船的形状油式，却正是珍所熟悉的，就拉拉时肩道："我们快下去，叫人到竹园后面去接东西，我们也去，几天没有看见母亲了，不知她这几天忙得瘦了没有。"时肩笑道："船才拐弯，到竹园还有一会儿呢! 看你急得这个样子，简直像个孩子了! 快去换件衣服，洗一把脸，让母亲见着你那容光焕发的神情，显得我们钱家并没有欺侮你，使她放心欢喜。"

珍一想也不错，果然又去对镜重整，重施铅华，听着时肩的劝告，挑了一件鹦鹉绿绣花盘金的袄儿穿着，系了一条淡绯色的罗裙，还飘着二条锦带。真是亦鲜艳，亦富丽，格外衬得细腰嫩腮，妩媚动人。

时肩扶着珍缓步下楼，从后院侧屋的甬道穿出去，就到了钱家自有的大竹园。竹园外面便是一条河，钱家的人坐船，总在这里上下。他俩离开河边还有几十步路时，便看见黄贵神色慌张，急匆匆迎面奔来，派去接东西的仆人，扛抬了二三具朴陋的箱笼，并不像是三秀的东西，而且还有二个仆人都空手在慢慢地走着，显得那船上已没有东西了，珍不禁满腹狐疑。

拉着时肩向前急走了几步，迎着黄贵问道："大娘来了没有？"黄贵把袖子抬起来拭去额上黄汗，带着哭声说道："昨晚上我睡在船上，半夜忽然听得炮声！起来一看，却是许多旗兵，把我们的屋子团团围住，我忙跑上岸去，但四面有兵卒看守，近身不得，莫说进去了，只得仍退到船上，站在船头观看。只见人影憧憧，人声嘈嘈，进进出出，忙得不得了，约莫有二个时辰，才见许多人哄然出来，先自退走，随后又见火光烛天，我们偌大的屋子，都着了火，那些没心肝的强盗，才拍手呼啸而去。"

珍急问道："那么大娘呢？可逃出来吗？现在哪里？快说！"黄贵哭丧着脸道："大娘的下落我也不知道，有些人说是烧死了；也有人说是被掳去了，在火光中看得很清楚的。"珍一团高兴，满腔欢喜，急着来接她的母亲，却让她听了这么一个不幸的消息，教她如何不像晴天霹雳，心碎肠断，不觉恸哭倒地。

时肩见了格外焦急，忙抱扶着她到内宅去，再三安慰，劝她暂抑悲哀，问清楚黄贵，再行设法探听三秀下落。可是珍哪里能听他劝告，深知母亲是个心高气傲的人，纵不曾被火烧死，被掳去也绝不会活，她想不到才离了母亲几天，便成了永诀，从此变了无母之儿，教她怎样抑制得住呢！

朝晚哭泣，眠食俱废，身体精神，都受了损害，不觉生起病来，时肩一面着意调护珍的疾病，一面遣人再去大桥探听实信。探信的人回来，肇周也跟着同来，确知三秀被掳至松。这场祸

146

事，是阿七引出来的，虽然他已自食其报，但珍又何能恕他。

肇周死了儿子，纵不肖，也不无有些悼惜，但又不敢得罪这财主甥女，自告奋勇，愿伴同时肩去松江探信。当时时肩就和肇周同到松江。谁知成栋在粤中反被拿问的消息，刚于先一日至松，家属没收入官，当即送往南京，时肩肇周空跑一趟，只得回来。

珍听了更是焦急，时肩劝她道："事已至此，徒急无益，只得待我多带盘缠，再和舅舅到南京探听，你且在家安心候信。"于是肇周又匆匆上路。

那一天到了南京，急切也探不到确信，只得先找一客店住下。时肩向店小二询问，松江来的李氏家属拘留何所。店小二因为时肩衣服丽都，出手阔绰，竟很详细地告诉了他们。

时肩既在小二处得悉了这个消息，不肯耽搁，立刻揣了些银两在怀，和肇周往黑都统署。到得那里，果见门外贴有手谕："一应逆栋所掳妇女，俱许亲人领回"等话。

时肩先送了些银两给门口的武弁，央请他入内探问，武弁道："黑都统办理这事，非钱不行。"时肩道："要钱就好，但不知要多少钱才行！"武弁道："那要看年岁面貌。"当下时肩就把三秀的姓名年岁籍贯面貌衣饰，都详细写了一张字条给武弁，约着明天再来听信。

时肩这一夜也没好生睡得，天未黎明，即便起身，唤起肇周，一同梳洗完毕，匆匆进了些饮食，便到都统署来，谁知时光太早，昨天那个武弁，还未出来，问问别的武弁只摇头不答，时肩肇周只得耐性等着。

过了好一会儿，才见那个武弁出来，时肩忙上前招呼问他："有信息吗？"那武弁摇头道："里面共有妇女三百多个，每人我都问过，却没有这个人。"说罢摇头不止，表示无奈何的神气。

时肩听了不禁失声哭起来道："珍若得此消息，必不能活，

147

珍若有变，我又有何生趣！"肇周也再三向武弁求道："有无别的门路可寻？有着落，不吝重酬！"武弁看着，也不觉不忍起来，皱眉想了一想道："路是还有一条，待探探看，只怕也很少把握。"

说着又走到里面去，过了些时出来，向二人招招手，到隐僻处从袖中抽出一本小册子来，翻开一看，上面全是人名，一页一页翻看，初时不见三秀姓名，到最后一页，才见写着黄刘氏和张媪，在上角还画了一个朱圈，旁边注着"选入王府"字样。时肩见了，不觉倒抽一口冷气，纵有金银无处施，眼见得没有办法了，只得回来。

珍儿听了，少不得又是一场痛哭，可是侯门如海，无能为力，也只索死了这条寻亲重叙的心。不过和时肩谈起往事，想着她母亲种种，不免时常伤心落泪。

韶光容易，距时肩南京回来，又已旬日，午后无事，夫妇俩正谈着三秀的事，忽然有两个公人模样的人，送了一封信来，珍儿一见封面的字迹，原来正是她日夕盼望的母亲的手书。

展开看时，见写着："我生不辰，迭罹险难，河干送行，岂意竟为长别，痛何可言！自七兽放毒，唆掳往松，方幸李母仁慈，生还有日。不料挂名眷籍，忽又送入掖庭。所以不即死者，诚以欲得汝一音以瞑目！……直塘一带，是否亦遭焚掠？或七兽未遂所欲，致汝家为破巢之卵，亦未可知。我书得达，急盼归鸿！……茕茕嫠妇，现已密制衵衣，洁身自守，倘罹横暴，愿投清风之崖，一死自全！汝当自爱，勿我念尔……"

珍且读且泣，二张花笺上，滴满了泪痕，那二个送信人立等着讨回音。珍这时方寸已乱，往时得不到三秀消息，固是回肠九转，朝夕萦怀，日盼能见她母亲一字一纸也可稍慰孺慕。如今得了音信，却反闹得没有主意，劝她变节吧，似乎对不起父亲，况且陷亲于不义，绝不是做女儿的应该出的！劝她必不可从吧，那

148

么势必以死全节，那又是为女儿的不忍出口。

"这书该怎么复呢！时肩你也出个主意啊！"珍把自己的意思告诉了时肩，又叫时肩帮她出主意。时肩搓着双手，也想不出妥当的话儿。两人正在没法想的时候，肇周忽来了。

肇周素来是乐于接近有钱人家的，三秀被掳，黄家的财物，他知道全在钱家了，钱家本来是尚可温饱，再加上黄家的产业，自是格外丰裕，他安得不常在他家走动。

这一天他来探望甥女，恰逢三秀有书来，他拿起一看，问道："你们打算怎么答复？"珍和时肩就把为难的地方告诉他。肇周道："你们快不要学你母亲，豫王是入关时从龙功臣，功高威重，但为王婢，已足安乐半生，回书劝她务勿峻拂王意，设触王怒，你我都将受累，反之，求富贵如拾芥，总以劝她顺从为是！"珍听了沉吟道："我们饱食足衣，倒也不忍卖一母以求富贵，不过言之过激，也多不便……"沉吟了一会儿，便和时肩斟酌着写了回书，无非告以自己无恙，并有"母生儿亦生，母死儿亦死"等话，肇周也是提笔写了一信，还附上庚虞的名字，他自知道三秀素来尊重庚虞的意见。随即把二封信交给来人带转。

且说三秀自入王府，本是哭着不进饮食，满妪早已窥知王的心事，用尽心智，欲博三秀欢喜，可是三秀一概不理，她诚恐发生意外，受王遣责，非常着急，便偷偷探问张媪道："你的主人，平素最爱什么？当她发脾气时，用什么方法可以劝解？你看这里的气派，比了你主人的家里如何？但凡有方法可以劝得她回心，就是你我的荣华富贵也享受不尽了，你替我想个什么好方法吧！"

张媪本是十分忠心于三秀的，她见三秀尽是号泣不食，也自很担心。在她以为王爷既十分款待，自不可过分，万一惹怒了王，岂不主仆二人同归于尽，至于三秀的心事，她也深深知道，但是没人可以替她办到，现在见满妪来问计于她，她为三秀着想，就把实话告诉了她："我主母生平只有一个亲生女儿，是她

149

的心肝宝贝，此刻就因为不得女儿消息，怀疑不在人世，所以时刻求死，但能通一信给她女儿，使她得到女儿的平安消息，那么慢慢地便劝得转了。"

满姬听了把手一拍道："你何不早说，让我少担些心事，这事王爷必能办到，可保我的身上！"满姬说罢，欢欢喜喜地便去报告豫王，豫王自然应允，就叫满姬传语三秀，叫她立刻修书，就为她遣急足送去。

满姬当即和张媪说了，张媪听了也自欢喜，忙走到床边告诉三秀。三秀原是睡着哭的，听说王肯为她遣人送信与珍，便起来写了一信，信写完，可是她的泪珠儿仍不能流完，东西也不肯进口。

满姬劝她道："你既然通信与你的小姐，她必然也有信来。你若不吃些东西，把身体饿坏了，那么就是你的小姐平安无恙，或是来接你去，也不能见面了。无论如何你总要进一些食物的。"张媪也在旁帮着劝慰，满姬说她已多时不食，只把参汤、燕窝粥榨了汁给她喝。

三秀一面听了张媪的劝，也觉不错，豫王权势显赫，生死予夺，全在他掌中，江南诸省，谁不畏服，而对她却是这样地委曲求全，屈从其意，她说什么，就替她办到，人心终究是肉做的，自也不能无所动于衷。况为了要候珍的音信，也不得不暂时延续生命，所以满姬给她预备许多精美的粥饮，她也不峻拒，略进些许了。

不过几天，满姬正在三秀床边，看张媪侍候三秀早餐，忽然进来一个满婢，对她说了一声不知什么，那满姬连忙应着就走，还回头来向三秀笑道："准是你所盼望的那话儿来了！让我跑快些，给你把宝贝儿带来！"说着蹬着高底，叽咯叽咯地一阵风似的走了。

不多一会儿，房门外又是一阵鞋底响，满姬春风满面，手捧着一封信飞也似的直冲到三秀面前，把信递给三秀道："你的宝贝儿，定心丸来了！"三秀接来一看，果是珍的笔迹，多时不见的女儿的手笔，又日夕在切盼着，见着了该如何地欢喜，可是她一接在手，十个纤指竟会不住地抖颤，而且不知哪里来的一股酸气，直钻进鼻管里，逼得泪珠儿直涌出眼帘，又缓缓地沿着鼻子两边流下去。

等到她读完一纸花笺后，那残留在颊边的泪痕，却衬着笑窝闪出欢悦的光，张媪在旁看看，心知珍小姐一定无恙，也替她欢喜。那个满妪也在旁偷觑三秀神色。突破两朵她所未曾见过的笑窝，涌现在三秀的颊边，她是何等乖觉的人，便忙上前向三秀道贺："恭喜你！小姐平安，你也可以安心了！我们王爷替你办了这个让你快乐的差事，我想他一定格外地高兴呢！让我快去报与王爷知道！"她说话时的神情姿态，总是那么突梯滑稽的样子，初时三秀见了，不但不乐，反添憎恼，这时心境一开，见她那种滑稽神情，不禁也微露瓠犀笑了起来。

满妪见三秀笑了，多天来压在心上的一块石头，才算移去，真的旋转身躯，咯咯咯地奔去报告王爷了。

这里三秀把珍的信看了几遍，又抽出一纸信笺来，只见上面所写的无非是歌颂豫王功业，称慕王府荣华，劝她顺从王意，拘古义，自发根枝，不但自己下半世享受不尽，连亲友戚属也可叨蒙荫庇等语。

三秀认得出是肇周手书，看到那里，把信纸一阖，冷笑道："他所着重的就是这点！贪人家几十两聘金，葬送了我的上半生！这回慕人富贵又可卖我了！"

张媪问道："这是哪个写的？"三秀道："你想我们家里黄金蒙了心的还有谁！"说着又把信纸拿起看了一下，却连连"哼"了几声道："他还把大哥的名字写上，这话谁能相信，我大哥肯说这种话吗！快替我拿去烧了！越看我就越气！"张媪知道她的脾气，不敢违拗，就拿去烧了。

三秀虽誓死不为婢妾，但因珍的缘故，也不若初来时之求死之切。她在王府，却抱着饭来则食，衣来则衣，婢妾之役，她是绝不躬为，但能侥天之幸，有日母子团叙，她就姑且偷安苟活。若要加以屈辱，她却仍拼一死。

满妪由张媪把三秀的主意告诉了她后，也不敢怎样劝说，乘间有意无意地说些王的好处，和王如何倾心于她，如何恩礼于她等话，三秀只装不解，置之不理，满妪也没甚办法。

不知不觉，也过了多时，那一天三秀饭后无事，正和张媪谈着往事，拟想珍近时的生活，甥孙出世时的情形，时肩读书的进境等话时，忽见满妪在门口探了一探，向张媪招招手，张媪走过去，满妪在她耳边喊喊喳喳不知谈些什么。

张媪一边听，一边还时时用目看着三秀，引得三秀满腹狐疑，以为豫王又要来迫她做什么奴婢之役，不由把脸一沉，一口银牙紧紧地咬着，心想："若以贱役逼我，拼得粉身碎骨。"

等张媪走过来时，三秀喝问她道："鬼鬼祟祟地谈些什么？你难道也想卖我吗？"张媪见三秀误会，忙把满妪来告的话，讲给她听。三秀听了先是愣一愣，后来略想一想，便道："既已在此间吃饭，当然照此间规矩办了。你着她为我端整应用的服饰来就是。"

张媪转告满妪，满妪应诺。不过她这天忙得很，过一会儿，差一个侍婢把三秀要的衣服送了过来。

第十五回

恩深雨露难挽美人心
志博声誉愿还疯子妇

豫王妃忽喇氏，薨于京邸，讣至南京，当然也要设位治丧。按满清的制度，本旗妇女在家者，都要到灵前服丧举哀。满妪不敢直接来和三秀说，偷偷地告诉张媪，若不遵从大典，又怕王爷降罪，正自私议时，让三秀瞧见，问明了张媪，自思既已居此，自不得不按礼行事，就也素服练裙，随了满妪出来。

刚走到灵门前，巧遇王爷从里面过来。豫王抬眼一看，这个素面朱唇，不施铅华而雅淡若仙的妇人，似乎府里不曾见过。心里想着未免多看她一眼，偏偏她也抬起头来，两人的目光相接，她疾望一下，又俯首他视，粉腮上似乎还隐隐有两朵羞晕，豫王只觉眼前好像闪电般地射过二道光，就在这二道光里映现了那晚选美侍宴，媚姝触柱求死的一幕，不由暗暗"哦"了一声，不过只有他自己听得。

本来豫王自那晚见过了三秀，可说是伊人如玉，日夜萦怀，一直命满妪窥伺三秀意志，希望她和他妇一般甘为他的俘虏。但是候了许久，虽然三秀不如初时求死，可也不曾跟别人一样，到王前露面，在言谈之间，总是透着宁死不辱的语气，满妪也时时把来告诉王听。豫王对她居然倒是好耐性，总叫满妪切莫激她生气。

这时豫王见了三秀素服淡妆，恂恂顺礼，心里又定了一个主意。当时，就把满妪叫过去吩咐道："这个妇人骨相不凡，你须给我相当敬礼，莫以寻常婢妾待她，也莫使她和那些没骨子的侍婢混居一处。"

满妪站在三秀身边，早已看清豫王的神情，这时王又面谕她这些话，心下格外明白，从此她见三秀早晚必请安，启事必先跪，简直把她当作主人看待。她一起行动按着王府规矩，侍奉三秀，执礼崇谨，竟胜于张媪，三秀何尝不知满妪用意，连张媪也看得很明白了。

有时夜晚无人在旁，张媪也常把这些情景和三秀谈论，在张媪的意思，亮功既没，又无子嗣，房屋又全烧毁，豫王既这样倾心相爱，三秀似乎也不必坚执了，三秀听了往往瞋目叱她道："我的脾气你还不知道吗？我肯降节屈服，也不待你今日说了，我绝不为人妾滕的，不要多所絮叨！"张媪笑笑道："我也是为你着想，王府权势煊赫，也不辱没了你呀！"三秀挥手道："我不爱听！我不想享这荣华富贵！"

张媪虽然向房外退去，可是还要尽她的最后忠告道："这里的王妃已死，假使王爷不把你看作妾滕呢？我听她们说，生了王子，就可册立为妃，在婢子想来，这种际遇不能算不好了！"

三秀这回没有呼叱她，沉默着没作声，好半天看见张媪还站在门口，便又嗔着她道："叫你别提，你偏爱说，要你这样帮他们做什么？你须是我的人啊！真是笑话！"

张媪走后，三秀的心田便格外失去了宁静。倚在枕上，眼望着帐顶，思潮起伏，现为幻影，一幕幕地耀映在目前。纸窗陋屋中的书生，忽儿血染锋刃，伏尸疆场；痴肥如猪的黄亮功，俯首低声比孝子顺孙还要恭谨，紧泥着自己的身后，一会儿又倒卧在满铺白雪的庭院里；一忽儿只觉得珍像个孩子般依在自己的怀里；一忽儿又看见珍怀里多了个玉雪可爱的孩子，尽对着自己

154

笑；一忽儿又好像见珍丢下了孩子，抱着地下躺着的人，号啕擗踊，哭得血泪横流，肝肠寸断，竟也倒在地下那人的身边；再看看地下原先躺着的人，却就是自己，披头散发，血肉狼藉，不知怎样死在那里了，这时她的眼前一阵发黑，热辣辣地流了许多酸泪，那许多幻影便都模糊在泪雾中了。

在枕下抽出一条罗帕，拭干了泪水，现在眼前的，还是那一幅雪白的帐顶，她想："假使我死了，那么珍儿必不得生，还要连带一条小生命，我那玉雪可爱的甥孙。那种惨象我无论如何也不愿它发生，那么只有我好好地活着，才可避免。但是万一人家要用恶势力来逼迫我，我又如何能忍受！那么除死之外，又有什么方法呢！珍儿！珍儿！你叫我怎样自处！"

生和死就像二条毒蛇啃啮着她的心，尽让她为了前途的决定而痛苦。有时她也想横一横心，早早觅一死所，免得这样不蓝不青地苟活着，有毁灭自己志气的危险。可是当她决定了死法时，宜喜宜嗔、亦艳亦雅的爱女的娇颜，就会幻现在她的眼前，那一种婉娈依恋的神情，顿时把她自绝的勇气，像烟云般地消散了。一天复一天的，她就这样痛苦地、矛盾地生活在她所不愿生活着的环境里。

离开三秀在灵前遇豫王后不多几天，四个内监，抬着两个箱子，由满妪引导着直到三秀的居处来。满妪带着一脸笑意，跪禀三秀道："这是王爷赐的衣服，一箱是我们满洲服式，一箱是现在清制定的衣裙，请您过目。"

满妪说完，就叫张媪帮着打开，把里面的衣服，一件件捧出来，呈献到三秀眼前，三秀把脸一别，斜过身去，看也不看，只听得张媪连连啧啧，不住地发着赞誉道："哦！这件锦袍，真是太好了，这牡丹花鲜艳得简直像真的一样，这绣工好手段，哪里去觅得来的！"满妪接嘴道："这蟠金的凤儿又哪里不好！你看！凤儿的眼珠还是一粒真的珍珠呢！亮晶晶，白皑皑，啊！多么可爱！这衣服别说穿了，就是我们得能看见，也不知是几生修到的福气了！"

张媪又翻着那只装着清式衣裙的箱子，只觉得一件件都是锦绣灿烂，耀眼生华，是她有生以来所未尝经见的，不由从心底发出一声欣羡而愉乐的欢声。可是满妪张媪虽然一吹一唱地在旁称羡赞叹，却总不能引动得三秀回眼一瞥。

过了一天，三秀午睡醒来，张媪正侍候她盥洗时，又和她提起那两箱华贵的衣服，盛道王爷的厚意，三秀只顾对镜出神，没有理会张媪。但她从镜中看去，满妪又带着一个小内侍，手里捧了两个锦盒，在院子里过来。满妪一进房就笑得哈哈地说："王爷又有赏赐来了！"说着就从小内侍手里递过锦盒，高兴着跪献给三秀，三秀微微睨了一眼，并不接过来。

张媪在旁看看不过意，便忙去接了，打开一看，那大盒里装了满满一盒顶上的人参，估计着倒有十来斤哩。较小的锦盒揭开一看，却是盛着百颗粒粒精圆的大白珠。张媪在三秀旁边，虽也见过她母女俩有不少精巧高贵的首饰，可是像这样又大又圆的珍珠，她是没有见过，而且她确知她的主人，也绝不曾见过。

现在一下就是百粒，哪得不使她代主人惊喜得喊了出来："嗬！大娘你看！这珍珠又白又圆又大，简直叫人从心眼里爱出来，大娘！小姐生了官官，给他缀几颗在帽子上，真是再体面不过的了！"

三秀听着，又稍稍把眼角向张媪手里斜射了一下，心头似乎轻轻地嗯了一声，可是传进张媪耳管的，却是重重地由鼻子里发出的"哼！"吓得张媪忙藏起了不敢再作声。

三秀支颐倚了妆台坐着，默默地一声："王爷一日数赐，恩隆意重，不可不谢，请你按礼叩谢。"满妪的语声把她飘忽的心唤了转来，她定神一看，桌上摆着的是一篚镶嵌珠翠宝石的金银首饰，二柄宫扇，一盘金锭，一盘银锭，还有什么荷包罗帕之类。

满姬见她不则声，便又催道："王爷上次这些东西，用意深重，你不可辜负王意，须得叩谢才是。"三秀听了霍地站起身来，满姬以为她从了自己的劝告，要叩谢王恩，谁知她一径走到床前，向床上一坐，随即倒下身子，向里一侧，随你满姬和张媪怎样劝说赞誉，她都置诸不闻。满姬无奈，只得和张媪把东西都替她收拾来。

到了夜晚，三秀吃了半碗鸡粥，便放下碗箸，这几天来，不知如何，心神很是不宁，茶饭都少进了。晚饭后，三秀漱了口，擦过脸，张媪把王赐的上好龙芽，烹了一盏茶，递给三秀，三秀接着，望了窗外的一钩新月，只是出神。眼前心里萦绕着的，无非是珍的倏忧倏乐的面影，以及豫王的种种恩赐，她几次要把这些在她以为是恶意的赏赐，推出她的心底，可是才一推开，却又像闪电般地掠上心来，她竟没有方法，使它泯灭无痕，虽然她对于王的赏赐，并不会有一些儿好感。

张媪看她捧着茶盏尽是望了窗外，出了好一会儿神，就在旁说道："大娘，茶冷了，就不香了！请喝吧！这跟王爷用的一式的好茶叶呢！"三秀回目瞅了她一眼，端起茶来，果然好一阵清馥的香气，便把盏儿凑上唇边，才要喝时，又见满姬和二个妖妖娆娆，就是同她同送入府的一个叫袁雪姑还有一个姓莫的女人，一起向她身边走来。她看看三人诡秘的笑颜，知道又是来传递什么不受听的消息的。才沾着唇边的茶盏儿，便又移了下来，正着容色，瞧她们来做些什么。

只见袁雪姑抢在满姬的前面，含笑向着三秀道喜，说是："恭喜姊姊，今晚三星在户，红鸾高照。王爷自觐玉颜，便一直不曾去怀，虽然府里有这么些花朵般的姊妹，却为了姊姊，谁也不曾沾沐些儿雨露之恩，得王爷的正眼一盼。这两日来，王爷对于姊姊连有赏赐，想来姊姊也必感恩思报的，因此今晚上熏沐了锦衾绣枕，叫我们这两个薄命人来请姊姊去，了却王爷数月来的相思债呢！"

雪姑说时，虽然一团的笑意，可是那一种轻蔑、鄙夷、妒愤融合成的讥诮的语调，三秀岂有听不懂的吗？这样的消息，本来已足引起她的恨怒，加了雪姑的撩拨，不啻在火上泼了油，遏不住她久郁在心头的愤火。

当时张媪满姬等只听得砰然一声，三秀手里的茶盏，抛到了窗外的庭心里。大家不胜骇异地一齐把目光集注在她的身上，只见她柳眉倒竖，杏目圆睁，对雪姑大声说道："这是什么话！"说了一句，喉头似乎噎住，略顿一顿，那眼泪就像断线珍珠般地滚了下来。接着提着一只小足乱蹬乱跳，抱着张媪大哭大号起来。

雪姑被三秀大声呵斥，那一股既羞且恼的火，也就很容易地上升，顿时两颊通红，恨不得立刻把她拉到豫王座前，让她受一顿极重的笞刑，才得泄她多日来的妒恨。可是她自知没有这个能耐，暂时抑一抑愤火，用另外一种策略来克制她的唯一劲敌。

她还是嘻嘻地上前拍着三秀的肩膀劝道："姊姊这是何等欢喜事，正是姊姊前生带来的幸福，别人巴也巴不到呢，好了！不用伤心了！这须不比当闺母时初闻催妆时的情形了。快收拾收拾和我们一起去吧。耽搁的时间久了，一来辜负了良宵的千金一刻，二则王爷等得心焦，降下罪来，姊姊固然不怕，可是我们两个可担待不起，自惭薄福，进得王府，固不想沐特恩殊典，可是还要留着这条薄命吃几年安逸饭呢！姊姊！蝼蚁尚且贪生，何况你我呢！好了，快去吧！"她连连推着三秀，还有那个姓莫的和满姬也一齐前来相劝。

三秀回过头来，重重地对那满面狡笑的雪姑，啐了一声道："你怕死，我不怕死！你想享福，我却不想，就让你们去享受这王府的荣华好了！我是出身清白，良家妇女，绝不含垢忍辱，为人婢妾！况我是无辜遭难之人，又不是真的罪孥，为什么随便糟蹋我！我不去！我不去！我不去！"

三秀说着末后的几句，举起小足，又在地下蹬了几蹬，还连连摇着头，耳上的一对珠环，也跟着曳宕起来，映着灯烛光，只觉得闪烁耀眼，衬托了被愤怒染成的红腮，悲哀渗透的泪睫，格外楚楚动人。

在别人看来，这时的三秀，分外地惹人怜爱，可是在别有企图的袁雪姑看着，格外增加了几分憎恨，于是眉头一皱，银牙咬着朱唇，鼻子里连连发着冷笑，一手拉了莫女，一手拉了满妪道："走走走！我们不过是奉命差遣，谁也做不了谁的主！她既这么说，我们就这样回上去，谅来总不至于累我们代人受过啊！"说着还是一连串的冷笑，拉着二人噔噔噔地去了。

豫王这时，正独坐在寝室里，看着华灯照映的锦帐绣被，涌起无限温馨旖旎的思绪，倚了椅背，仰脸闭目，做着种种幻想的温柔的体味，那一种满意而怡适的笑容，充现在新修剃过的方面上。突然一声娇唤，打断了他的甜蜜的冥想，睁眼一看，只见眼前跪着三个女性，却没有他幻梦中的一个，虽然他已经竭尽他的目力，向屋内四周搜索一过。

显然的这三个女性所带给他的是"失望"！那怡适的满含春意的笑脸，霎时罩上了一阵浓霜，一抹剃光了的下颔，迸出了一串谴责的语调："怎么三个人去，还是三个人来！雪姑自诩能言善辞，必定把这事办妥，如何你的身后，仍是这么空空的，只带了你自己的影子！这么点事也办不了，要你们有什么用！滚！都给我滚！"豫王的眼光，射到了经过熏沐而发着幽香的、耀眼的锦被，一阵难受的懊丧的酸味，侵袭上他的心头，不自主地发出他在雪姑等的目中，不常有的咆哮。

莫氏满妪都不禁觳觫变色，好个雪姑，却竟从容如常，娇声诉说，就把三秀的话一字不漏地述说出来，并且还把三秀的神态，也用她的粲花妙舌纤毫不遗地描绘出来。她唯恐如此不足撩动豫王的怒焰，再加上几句详细的注释道："她自恃艳色，固然奴婢等是不在她的眼里，可是我们终究是奉了主子的命令，她对奴婢们的咆哮呵叱，就跟对主子咆哮呵叱一样！她简直没有把王爷放在眼里，哪里还能依从奴婢们的话呢！除非王爷亲去劝驾，要不然就派几个内监，把她抓来，王爷使一些威力给她瞧，看她从也不从！"

雪姑满以为自己的一派挑拨，必定能借豫王的威力，发泄她的私愤，遂她幸灾乐祸的愿望。谁知俯首候了半天，只听得一阵长长的叹息，接着是叫她们起去，那语声比前柔和了许多，并不像有什么发怒肆威的样子。

于是这"失望"又钻进了雪姑心底，她的懊恼，比了初听得豫王召三秀入侍的谕时，还增加几倍。豫王的和缓，却增添了雪姑的焦急，只要有闲时，她可反复陈述着三秀那晚藐视王的言动，希冀激起王怒。偏偏那豫王对于三秀的一切，他都爱听，如果意在中伤她时，他就挥手示意，不要人往下讲了。

若说豫王便尔把三秀放下，却也不确，他简直把这事比国家大事还看得重，时时刻刻萦系在心，只苦想不出一条妙计来使这倔强的美妇人就范。

这一天他背着手在外书房里来回独步，正是思量着这一件的解决方法而不得，不知不觉信着脚步往外踱来，才行到大堂外面，似乎从门口隐隐传来一阵呼喝哭闹的声音，就叫一小监去询问什么缘故。

小监去了不多时来回道："门口有一个疯丐，吵着要到府里找人，守门的武弁挡住他，他就大哭大喊，所以门口有喧闹的声音。"豫王道："他要找谁？"小监惶恐道："这个……奴婢没有问！"豫王道："去问明了来！"

小监应着就跑，走了不十步，只听豫王又在后喝道："回来！"小监忙停了脚步，又转身回来，豫王道："那疯丐姓什么？

叫什么?"小监道:"也不曾问得!"豫王叱他道:"糊涂蛋!快一并问明了来报!"

小太监去了一会儿,回来说道:"那疯丐叫卜铭仁,是松江人氏,他说袁雪姑是他的聘妻,现在府内,他要迎她回去成婚。门口的人回他没有,他不信,还在那里哭闹哩。"豫王听了就叫传话出去,不要难为那疯丐,留他门口略坐,等会儿候王谕发落,小太监就出去传话了。豫王又着一个内侍去唤袁雪姑来。

这妖媚的女人,这几时为了嫉忌三秀,不住地用言语煽动王的怒焰,谁知因此加深了豫王对她的憎嫌。听了门口有这样事情发生,豫王觉得这是他名利双收的好机会,虽牺牲了一个美妇人,却可以借此博得贤誉,并且还能挽回另一个在王心目中的国色佳人的心,也未可知呢。他的心中先决定了袁雪姑的归宿,不管疯丐的言语真伪。

当雪姑被传唤到来,站在他的面前,倒也妖媚多姿,惹人怜爱,又有些委决不下。但一想到三秀的绝代丰姿时,他只得横一横心,对雪姑道:"你的丈夫卜铭仁,现在府外,他对你倒是一往情深,为你积思成疾,又不辞跋涉,不避艰险,亲到王府来寻你,所以我决计成全你们,多多赏赐衣饰银两,跟你丈夫回家团聚去吧!"豫王和颜悦色地说出了这一片话,两旁的内侍,不由都从心里颂誉着王的仁德,为袁雪姑额手称庆。

谁知雪姑听了,反是一怔,歇了半晌道:"奴婢虽曾许婚,尚未过门,况且卜铭仁久患疯癫,恐怕早已不在人世了!目今人心不古,撞骗诡诈的事情很多,也许是假冒伪充的吧!"

豫王一笑道:"这个容易,叫他进来给你认认。并且你和几个人站在一起,看他可认得清你,听说他和你原属表亲,时常晤面的。"雪姑听了没法,只得依了豫王的话,心里暗暗祷祝,唯愿卜铭仁已经不在人世,来者确是假冒,或者即是卜铭仁本人,也愿他目光眩晕,认不出她在王府充满了膏粱珍馐的发福了的面形。

不过一会儿工夫，那个卜铭仁被引了进来，衣衫褴褛，形容枯槁，初看时确乎不像卜铭仁本人，细看后，却又无法不认他是卜铭仁了。不过雪姑此时，却决定了不认他是本人，只咬定他假冒，虽然在此未曾沐王恩宠，但锦衣玉食，享用过于官家，叫她去跟这个疯丐成亲，她哪里愿意，至于订盟时刻骨铭心的誓言，根本疗不得饥，御不得寒，可不管他了。

　　但是她虽打定主意，不肯认他，哪知卜铭仁患了疯癫，理智失常，也不顾什么王爷的威严、王府的礼节，当他的眼睛闪射到雪姑的脸上，也等不到王爷的谕下，立即像猎犬搏兔般直窜到雪姑的面前，伸出一双污黑泥垢的手，抱住了雪姑大哭，把个雪姑急得大叫起来，堂下立着的人们，也莫不给这突如其来的举动，吓得目瞪口呆。

　　豫王当即叫人上前拉开，一面温和地问他道："你认识这妇人吗？"卜铭仁瞪着一双无神的大目，把双手一摊道："怎么不认识！她叫袁雪姑，是我的表妹，也是我的聘妻，那年正要成婚，忽被李贼掳去，霸占着不肯还我，我去要人，还把我打了一顿，足足害我好几个月没有起床，睡在床上，只听得人家讲李贼犯罪，家属一起送到南京。我不放心雪姑，急得了不得，好容易伤痕平复，便打点盘费来南京探信，半路了又遭了盗劫，只得沿路求乞。到这里，打探了多日，才知道又给你们这些人藏起来了……"

　　两旁侍立着的内监和卫士，这时一齐向卜铭仁吆喝起来，吓得他连连倒退。豫王止住道："他是疯子，和他计较什么。"一边又问他道："现在我把袁雪姑仍着你领回完聚好吗？"他听了不禁又着双手喜滋滋地笑道："你这个鞑子倒是好人。"

　　两旁又起一声吆喝，卜铭仁连连住口，不敢往下说了，却是走去拖雪姑道："我们快走吧！这里的人，都和老虎一般要吃人呢！"雪姑被拉，把手一夺，抢到豫王座前跪下哀泣道："我不认识他，我表哥绝已不在人世，奴婢甘愿在此侍奉王爷一世，无论如何不跟这伪冒的疯丐去做乞婆的！"

说罢俯首哀泣不已，那个疯子听了不胜愤怒，暴跳如雷，大叫道："谁说我是假冒的！雪姑，你怎么说这样昧心话！"他不顾豫王向他摇手示意，接着又哈哈大笑道："你莫嫌我是个乞丐肮脏贫弱，方今天下扰攘，哪一处是安乐土？哪一个是干净人？那些封高官享厚禄的，朝三暮四，反复无常，富贵也不能长享，而且势败时性命还不易保得住呢！倒不如我这没牵挂、没荣辱的乞丐自由得多哩！我来南京虽不多日，可是那些乞丐倒见了我都远远地避开，大有畏惧之意，大有尊我为乞丐皇帝的可能。你跟了我，我做乞丐皇帝，你便是乞丐皇后，也强似跟这鞑子做奴婢呀！"

卜铭仁疯疯癫癫的，左一个鞑子右一个鞑子，把个豫王脸都给臊红了，依着性子恨不得立叫卫士把他拖出去砍了，可是他想到去了雪姑，也许可使他的另一企图早实现，便耐着性叫二个内监，把卜铭仁引去沐浴更衣，告诉他决计让他领回雪姑，还要赠他银两。一面温言安慰雪姑，又传话满妪，选上好的衣服一箱，锦被绣褥一副，白银五百两，作为赠嫁。也叫人扶她去梳洗更衣，赏赐珠环金钗翠钏各物，雪姑知无可挽回，只得委屈着由人摆弄。

不过一会儿，二人都已换过服装，齐来王前拜谢。豫王雪姑都先要看看卜铭仁，端的是人要衣装，和前判若二人。只是两眼少些精神，唇颊欠些红润吧。雪姑这时才算心里一宽，二人双双跪下，叩谢豫王的恩典，雪姑的声调里蕴蓄着无限幽怨，两行酸泪，不觉夺眶而出。

这时豫王看雪姑修饰得如花如玉，比初来时格外娇艳动人，心里很想反悔，可是当他还在犹疑时，雪姑已在卜铭仁的一阵傻笑中，袅袅婷婷地走了出去，豫王怀着一颗忐忑的心，望着二人的背影，叹了一口无可奈何的气，耳边不停绕着那疯子的傻笑的余韵。

第十六回

珠冠炫辉柔情如水转
银灯映艳好梦正春深

豫王的一切做作，自然也吹到三秀的耳里，府内一片歌功颂德声，张媪听了也赞叹不止，不免时时要来絮絮地和三秀谈论。三秀听着，嘴里虽不言语，心里也自暗暗赞许，觉得豫王为人，倒不是一味凭着权势压迫人的，就像他对待自己吧，给自己几次大哭大闹，他也不着恼，反是今天赐这样，明天送那样，情礼不衰。那晚不从他的命，也不觉有什么谴责的言词，可见他为人宽厚温和。这会儿遣嫁雪姑，更见仁德，竟和我国的古贤人的风格差不多，不由不令人油然起敬哩。

隔了两天，张媪到后院去给三秀折几枝金桂，作为瓶饰，却听得了一件新闻，忙不迭地捧了二枝桂花，奔来告诉三秀听。三秀从窗子里瞧见，二枝金桂跟着张媪一起颤巍巍的，急急向自己这边移动，她知道张媪一定有什么重要的消息来报告自己，竟不觉也移动脚步，向房门口迎来，笑问道："你走得这样匆忙做什么？"

张媪见问，也来不及把花插在瓶里，就气呼呼地说道："哦！大娘！怪可怜的，这消息你听了也一定难受！可是想起那婆娘狐媚妖娆，阴狠损人的行径，我可又要说菩萨有灵了！"张媪把手里的桂花一挥一挥的，说了一长串，三秀听得还是莫名其妙，不知她指的是哪一个，就叫她把桂枝插好了，慢慢地说。

164

张媪这才想起手里还有二枝桂花呢，自己也觉好笑，不知要这么起劲作甚？于是把折来的桂枝安插到瓶里，一枝放在窗台上，一枝插在琴桌上的花瓶里。

随后走近三秀身边，慢条斯理地讲她听得来的新闻道："大娘，我告诉你，就是那个大家说她好运气的袁雪姑，今儿早上又到王府里来过了。前儿个出去是做新娘的装束，今儿个来却换了小寡妇的装束了！"

三秀惊讶道："这是怎么的？"她睁大了二眼瞪视着张媪的嘴。张媪道："原是很奇怪呀！我听说了也是不信呢！后来那位总管太太详细地告诉了我，我才相信真有这回事。"三秀道："那么雪姑现在哪里？"张媪道："王爷又赏了几百两银子，叫她扶柩回去，置些田产，择一嗣子，好好成立门户。"

三秀微笑道："她的丈夫既死，王爷正好留在府中，为什么又遣她出去，既是这般正经，当初又何必巴巴地把人关进到这牢笼里来！"张媪连忙替豫王辩白道："大娘你可别错怪了好人，王爷不留雪姑，正因为她是寡妇，不肯败人名节，才遣她出去的。"

三秀挥手冷笑道："我也是寡居了的，为什么不放我出去，却存着一段歹心呢！你吃了他几月饭，竟是替他说话了，去去去，我不要听。"张媪正着脸色道："我倒不是帮着他人，真的人家待我们不错呢！王爷不留雪姑，一来因为成全她的名节，二来就为她爱在王爷面前挑您的眼儿，所以王爷不喜欢她。听说那回她传王谕来召您不去的一晚，她在王前不知挑拨了多少回，添了许多的坏话，只望王爷发怒，重重地处罚您我，她才称心呢！因此王爷就格外不愿意留她在府内了。"

三秀冷然说道："那倒也没关系，挑唆得王爷发怒，至多拼我一命，我自入府以来，便预备着的了，又有什么稀罕！"张媪笑道："你固然是拼却一死，可是王爷舍不得让您死啊。否则，凭他王爷的权势，为什么任您执拗噪闹，而反曲从您呢！这个你怎么想不透呢！其实在婢子看来，您也可以……"

张媪没有说完，三秀怒之以目道："少往下说！这些我不爱听，你且讲雪姑的丈夫怎么会死得这么快的。"张媪初见三秀怒目看她，忙翕了嘴，不敢再响，后见三秀又问雪姑丈夫怎么死的，便又开口道："她丈夫原是久有癫病的，娶得雪姑，又意外地得了许多财帛，欢喜得不停嘴地傻笑。据雪姑说她的丈夫自从见了她就笑，接连大笑了二天一夜，没有停嘴，竟是这么笑死的！"

三秀道："这个人真也福薄可怜！"三秀听了这节故事，倒很为这不相干的人添了些悒郁。张媪看看她的颜色，便也不敢再说什么，二人只是默默地相对着。歇了半晌，张媪似乎耐不住这沉寂，自语道："古人说万事由命不由人，一些儿也不错。雪姑夫妇的遭遇，当然也是命中所定，无可强求的。"

三秀微微看了她一眼，没作声，可是听了命中所定的话，不由想起了二十年前，在大桥召熊耳山人来算命的一回事。耳际隐隐响着"乡村之中哪有这等大富大贵的命，女子而有执政王家的气象。……这位小姐行着帮夫长生运，姑爷的富贵，都是靠她的福气……"于是她心神不觉恍荡起来。

如果她的境遇改变了，那时肩的功名，不消说易如拾芥了。但是这根藤是从珍儿身上生起的，谁说不是珍儿的帮夫运呢！珍儿夫妇欲求富贵，看起来还系在自己的一转念间，如果命运可以相信的话，那么自己不必……她想到这儿，只觉得脸上一阵发热，心房也为愧怍牵引着不住地跳动。她虚心地潜移目光向张媪射来，瞧她会否窥悉自己的心事，可是身后早已空空，张媪不知在什么时候跑开了。

她留心一搜索，听得房外有人嘁嘁喳喳地低声谈话，她轻轻地过去，那谈话却已成了尾声，只听得满妪的声气，说了一句"哦！还有这些缘故呢！"底下便寂无声息，除了咚咚地远去的脚声而外，她知道张媪快进房来，便又回身至窗前坐下。张媪过了一会儿，方才回房来，却也不曾提什么。

忽然又过了数天，三秀正燕息房中，忽见二个内监捧了金凤花冠一品命服，笑嘻嘻地走进房来，见了三秀也是屈膝请安，并宣王命。张媪见三秀俯首他视，兀是不动，忙上前接过，把金珠灿耀的凤冠、锦绣绚烂的裙袄，递到三秀手里，并且低言婉劝道："王爷尊礼至此，已把大娘看待如王妃，似乎不宜再绝人太甚了！"

三秀这时虽不言语，却也接过冠服，低手把玩，她的耳边除了张媪之言以外，还缭绕着熊耳山人的许多谀辞，眼前也不时闪映着珍儿的影子，珠冠霞帔，居然贵妇装束，幻想至此，她的颜色自然怡和，不像前几次的愤激悒怒了。

满妪碰了她好几次钉子，虽然这次赐服也是她出的主意，可是她不敢亲来，只是躲在屏后偷窥，她见三秀接受冠服，颜色甚和，便知道不会出甚岔子了，随即飞报豫王去邀功。

且说满妪如何又会出这个主意的呢？原来她觉得豫王如此厚待三秀，甚至连花朵般娇美的雪姑，他都为了她肯舍去，而三秀总是个倔强不从，满妪觉得十分诧异，便私下询问张媪道："王爷这样厚待你的主人，自从入府以来，待婢应服的劳役，从不叫她任值，而且赏赐叠加，这种殊恩，府中谁人又曾一遇？而今王妃薨逝，王于群婢无一宠幸，独注意于你的主人，这正是千载难逢的好机会，别人求之而不得的，你的主人却还是抗不受命，究竟她要怎样才能满意呢！"

张媪道："在我们旁人看来，似乎也该婉顺些了。可是我的主人，素来心气高傲，在家时，每早面南坐，婢仆分作两行，屏息听她指挥，无敢违拗。她一向是南面使人的，现在突地要她俯首下心，屈身婢妾之列，那也莫怪她宁死不从的了。"满妪道："哦！还有这些缘故呢！"就是那天三秀在门内听她们说话，听得

167

的一句。

满妪听了张媪的话，她是何等样人，岂有不会意的，乘空就把张媪的言辞，告诉了豫王。豫王微笑说："这不是难事，何不早说！"遂即传命巧匠连夜铸金凤冠，裁锦绣彩，缝制命妇衣裙，不消几天都已完成，豫王就命二个内监送去。

送去没多时，二个内监来复命道已送到收下，接着满妪也一阵风似的跑来了。豫王瞧着她充溢一团欢愉的笑颜，知道这次的试探，已得了很好的成效了。果然满妪把三秀接受冠服的情形一描绘，豫王便又抬起他的右手，把两个指头，抚摸着下颏，舒眉展眼，显着一脸得意的神色，随即吩咐满妪道："时不可失，趁她欢喜，立刻办吧！万事铺张一些，让她高兴就是。"

满妪奉谕，立刻又迈着双足，到府中四处张罗去了。庭院厅轩，到处都是结彩张灯，绚烂辉煌，把王府霎时间装得花团锦簇。到了晚间，鼓乐喧天，满妪便来催她换装，这时的三秀，闹得心头忒忒，没有丝毫主意，当她们替她换冠服时，她曾本能地避让开去，可是不多会儿，窥见镜里的自己六珈象服，竟是夫相了。心里这时涌上一阵不知什么味儿，不辨是羞是喜，只觉眼睑和两颊微微发热，两颗珍珠似的泪珠，由眼角里滚了下来。

满妪忙加劝慰，重又替她擦了脂粉，由王身边的内监，执了御赐的金莲宝炬，导引入寝，满妪张媪两边扶持着她。三秀回头，低低和张媪说道："怎可忘谢天恩！"

豫王在前听得，疾忙传命移炬中堂，先遵礼谢过天恩，方才随王入寝室，三秀换过冠服，向王三拜三叩，豫王见她深知大体，十分欢喜。他见三秀，连今晚不过三面，第一次见她乱头粗服，容衰言激，但是秀色天生，不假铅华，亦复倾城，再加泪花闪映，益增可怜，豫王心神飞越，念念不忘，就从这一刹那时起的。第二次巧遇王妃灵座前，三秀素服淡妆，秀雅宜人，而且态度娴静，虽眉际犹蕴幽怨，但眼角盼来，娇柔惑人，豫王因此也

168

就相思更深了。今晚相逢，情境自又异于以前二次，豫王看她身服补服，跪起合礼，举止有节，容态妍和，娇羞微露，温婉柔淑，简直在他们本土中也是找寻不出的。本来凡是一个人久慕一样不能得到的东西，一旦如愿以偿，那么一定感觉到这件东西，突然比不曾得到前更增优美，而愈觉可爱的。这时豫王的视三秀，也是这般，何况她此刻又在花一般的娇靥上薄薄地加敷了些脂粉，樱唇增红，柳眉添翠，衬着金钿珠环，锦袄秀裙，格外显得国色天香，不同凡艳。因为豫王的眼光尽是洒在她的身，不由她不斜舛香肩，潜背银灯，两片淡淡的红云，偷袭在粉颊，一对浅浅的笑窝，隐现在香腮，那一种如羞辱喜，若离若即的神情，又不同于前二次相对时了。

豫王早就不能自持，随即挥退了侍婢，掩上了房门，走到三秀面前，深深一揖，软语低声，细诉爱慕，耳鬓厮磨，倾谈相思。居然倜傥风流，温存体贴，三秀看他驯如绵羊，无复平日威颜，心弦也不免被引起微微的震荡，只索半推半就，同入罗帷，从此黄氏家妇，成了豫王正妃。黄亮功九泉有知，当也深悔积财未积德，老夫娶少妻的错误了。

到了翌晨，豫王竟也痴痴地立在三秀身后，看着她对镜理妆，三秀在镜中瞧见豫王笑嘻嘻地呆视着她，两旁的侍女看着他们嘴角上都挂着神秘的笑意，把个三秀不由羞得耳根子也红了，回过头来，把美媚的妙目，眄了豫王一眼，豫王见她娇羞满面，也便会意，虽是秀色可餐，为了保持威重起见，似乎不便老腻恋在内室，尤其是婢仆满前的时候，当即一笑踱了出去。

豫王忆起宵来温馨的享受，确乎让满妪为此费了不少心力，饮水思源，自该重赏，当即传谕赏满妪钱六十缗。满妪谢过了王赐，随即率领阖府男妇数百叩贺三秀，声势当然更异于在黄家时了。

三秀就拿四百两白金犒赏众仆，众人觉得这位夫人出手大，手下们所爱的原是小便宜，这时无不大悦，对于这位夫人顿时生了好感，何况他们深知豫王为她如何地倾倒，宠爱自在意中，哪得不格外显出恭顺。

这一批人叩贺以后，三秀静处内室，无所事事，两旁侍婢都鸦雀无声地肃立着。三秀见了不免在脑幕上又浮起在大桥黄宅，晨起治事，婢仆肃立承指使的一回事；连带也想起了恭顺无违的故夫，自思嫁到黄家之后，大权独握，所欲唯心，亮功从未有一言半语不依，自己此刻隳志改操，虽是情势所迫，总觉得很对他不起。况且黄氏无后血食不继，格外使她心地不安。

初时自己在困苦颠沛中，也无暇计及，现在境迁时异，自己由平民一跃而为富贵，安富尊荣，若不替亮功访立嗣子，使他宗祧得继，那么自己的罪衍，更无可赎了。

她默思至此，不由一阵面红耳赤，五内烦躁起来，便站起身来，踱到窗前，望着蓝天上缀着的薄薄的淡淡的秋云，又不觉悠悠地随着变幻不定的云片，起着无尽的遐思。她想着，一直想着，如何减少心底的愧赧，如何酬报故剑的深情，她所设想的确乎是首要解决的事，可是她只能出钱，现在对于钱的问题，她是更满不在乎了，却是叫谁去办呢？

她思索了半天，还没有得到答案时，忽地耳边有轻轻的唤声，她回头一看，是一个年轻的侍婢，指点着门口站立着的二个内监，禀告她说是王爷着他们来侍候夫人，听夫人使唤的。三秀传二监进来，问问他们年籍姓名，却是一个姓陈，一个姓刘。都是七十余岁了，可是倒还壮健。三秀听那刘监，也是江南口音，问他时原来也是常熟人氏。三秀问了几句，就命退出，说道："有事时我自会着人传唤，现在且去外厢伺候。"二内监唯唯着向外退去。

三秀看着他们的背影，突然另一个意念袭上她的脑海，又召回来道："且慢！我要差遣你们去下一封书呢！"二监就又止住了脚步，垂手听命。只见三秀又命侍婢取过文房四宝，磨浓了墨，三秀提起笔来，就在铺在桌上的花笺上嗖嗖地写了起来。

第十七回

抱残守缺名士隐身
附龙攀凤小人得志

珍自从那天接到三秀的信，当时和肇周计议后写了回书，隔了多时不得信息，珍和时肩总是不能放心，珍又催迫着时肩到南京去探信。刚好这时庚虞肇周都来直塘，约时肩同去南京探望三秀。

本来庚虞自明祚之亡，便深居简出，仍服他的旧时衣冠，本不愿意去那异言异服的衙署里的，只为情牵手足，才暂放弃了他的固有主张，一探多日不见的胞妹。可是肇周最怕和他的尊兄同行，一股刚正不阿的硬劲，到那种地方去，难免碰钉子，所以他主张来约时肩一块儿去，他的理由是：时肩为人圆活，而且前次已经去过，也比较熟悉些。有了时肩，一切让时肩和他上前，庚虞可以不管，也可少麻烦，庚虞原也不愿和那些狐假虎威的奴才们打交道，当然十分赞成肇周的意见。

时肩在这种情形之下自也不容推辞，遂即打点行李，三人一同上道。沿途并不多耽搁，所以不消几日，就到了南京。探明了王府所在，三人直向府门行来。

恰巧浙西民变，豫王奉旨往抚，没有在府中，他们向门口的武弁一说，武弁听是刘家内戚，毫不阻挡，放他们进去。小监领导着来到内堂，三秀闻报出见，觌面不及寒暄，便觉一股辛酸，直钻眼鼻，涕泣不能发声。

肇周看见三秀从后屏出来时，身后拥着一群侍婢，而且华服盛饰，绝非罪孥妾婢的身份，他是何等尖利的人，早已心下明白，私衷十分欣幸，从此可借庇荫，沐沾余泽，半生偃蹇，可以借此一伸了。

当三秀悲泣，便忙加劝慰道："我们此见已如再生，妹当欢欣才是！以前种种，不必萦怀，只要打起精神，从此重创立根基，使钱刘二家，都得重换门楣，妹心亦可得慰了。"

三秀少停，拭去了泪痕，便命侍婢摆贡品细果，款待二兄和女婿，满妪用个银盘，托着三个龙纹细瓦的茶碗，泡了顶上的龙芽细茗，先托着到庚虞面前，跪下献茶道："大舅爷用茶。"后又依次跪献给肇周时肩，口称二舅爷和姑爷。

庚虞见三秀的服饰气派，已自狐疑，满妪献茶时恭谨的礼貌和称呼，格外让他心中纳闷，趁着三秀在问时肩有否收到她的书信，以及谈着珍和儿女们的琐屑时，便暗地扯扯肇周的衣袖，以目示意，招呼他往门外去一走。

三秀见他们兄弟俩站起，以为厌听和时肩琐屑的谈话，便叫小监端了茶果引他们去客室憩坐，时肩口内听到一二关于珍的话语，她便如和珍一起一般地得到了安慰。

庚虞兄弟来到外边客室，庚虞便把心里所怀疑的告诉肇周。肇周笑道："她既已居此当然只得随遇而安，可是王宫华贵雍容的气势，也不辱没了她！"庚虞听了不禁大恚，把桌子一拍道："想不到以妹子这样明白道理的人也会惑富贵而变节移志！我刘氏世代清白，须不能……"

肇周知道这位迂夫子又要大发呆论，连忙摆手止住道："这个你又何必责她。古来许多列职廊庙，堂堂宰吏国亡变志的也不知道多少，即以本朝的洪经略，还有最近我们同邑的钱尚书，不是也撇下故国衣冠而甘食人禄了吗？士大夫尚且不能自持，何况妹子究是一个女子呢？但是话又说回来了，时势造英雄，识时务者为俊杰，他们都是聪明人，才干得这不吃亏的事，所以我们妹子究竟还不失为聪明人呢！"

庚虞听了肇周的解释，格外愤恚，袍袖一拂，正要开口，肇周连忙站起来道："我没工夫和你闲争论，我们是探望妹子来的，我正有要紧话和妹子说哩！"说着，他就连忙跑出门外去了。

庚虞的脾气，凡是为他所视为不合礼义的人，不管什么亲情友谊，立刻就要割席绝交。三秀改节，已是他所不许，何况又从了那豫王，那是更不能邀他的原谅了。他所以肯耐着性到这地方来，是爱怜他的幼妹，在他的想象中，三秀一定为了矢志不移而受到了虐待，囚首垢面一定无复曩昔的丰采，宁死不屈的气节，定已在她肤体上刻上许多伤痕，为了这些，他才肯暂时放弃了成见，来探望三秀。

谁知一切都出乎他的意外，使他在暂时的安慰中播下了愤激羞恨的种子，这种子渐渐地在他的血液里成长，使他周身如生了芒刺一般地坐立不安，他似乎看见屋子里全是恶魔，用了尖锐的钢刺，在攒刺着他的心，他受不了这种酷虐的苛刑，他要立刻逃避这惨怖的环境，于是他把自己的东西，简捷地整理了一下，打了一个包，提了就走，但是一只脚才跨出门槛，突然又一个意念，把他的脚拉了回来。

他回进室来，放下了手里的简单的行囊，在桌上找到了笔砚和纸墨，就磨浓了墨，在纸上嗖嗖地写了他应说的话，方才嘘了一口气，提了行囊，大踏步走了出去。

过了一会儿，肇周和时肩一同回客室来，肇周不见庚虞已是生疑，又见自己的行李也经翻动，心下顿时恍然，他的大兄已是不告而别了。果然听得时肩在桌旁嚷道："咦！这封信不是大舅父写的吗？他到哪儿去了？为什么有话不和岳母面谈，却要写信呢！"

173

肇周听了忙抢着过来，自语道："让我先来看看！"便拆开信来，抽出一张信笺，坐在窗下细阅，待时肩也慢慢踱过去凑上头来同看时，只见他已是把信纸绉成一团，捏在掌心里，对着时肩一耸双肩，微皱眉道："他这人的迂劲，简直没法可以改过来，像他的见解，大家只能都效法伯夷叔齐，做那活活饿死的呆子才对。他这一篇自以为凛然正义的腐词，怎可让你的岳母瞧见，惹起她的不快，目下她已为豫王敌体，我们丢开国事不谈，即以亲情论，也不能再以异族歧视他呀！你想这种信，能让妹子见得吗？"

时肩见肇周似乎在探询他的意见，他虽然并不见到信中的言辞，可是从肇周的辞色推测起来，一定有着令人难堪的措辞，况且他的语气完全透露着不赞成这封信，时肩自然也不得不顺着他把头微微摇着。只见肇周取个火来，把信就着火烧了，却自低语道："这样火辣辣炙人的文章，只配祝融氏去赏识它了！"时肩对于这位舅舅的行径，素来也不很以为然的，觉得此刻他的所言所为，都嫌过分，但是分属卑幼，也不好有什么不赞成的表示。

肇周却是十分得意，总算第一天来王府，就做了一桩天字第一号的讨好的事，虽然他那贵为夫人的妹子并不曾知悉。于是他便琐琐地只和时肩谈着王府中的荣华，三秀的智慧，以及自己的愿望，把个时肩听得腻烦起来，便推脱头痛，早早睡了。

肇周独坐枯寂，就抬身出外，打算把王府四出都瞻仰一下。遇见内监卫士，他也一味地甘辞卑颜，逢迎着他们，所以那些人竟十分对他表示好感，舅爷舅爷地不停挂在嘴上，肇周总算又做了一件得意事情，怀着一腔欢愉，回到客室安寝。

睡在床上，回想着一日所遭，兀自欢喜不止。朦胧间似乎听得连声吆喝，这是王爷回府，传他出见，初时王爷声色俱厉，他都没敢仰视，后来似乎几个经他先前阿谀过的内监，在王前低低地说了些什么，便听得王喜悦道："哦！那个来人原来不是惯使

174

刚劲的书呆子。他既是顺情识趣，我自然必多赏赐些好处给他。我府里多的是银子，现在先领他去藏银的库房里，由他自己任意搬取吧！"

他听豫王这样吩咐，喜不自胜，忙跟着几个内监走到库房里，只见堆满了白皑皑如雪一般的银子，耀得他眼睛也睁不开来，内监在旁只催着他快拿，却并不限制大小多少，于是他乐得拣大的银子揣。他瞥见银堆顶上的一锭白银，大得像个盆儿，他贪那锭大白银可爱，便伸手去拿，谁知那银山竟是那么的不坚固，经他的手肘一撑，便摇晃着倒了下来，他心里一吓脚一软，身子也跟着银山一起躺下。偏偏那块顶大的银锭，直滚下压住他的胸口。他虽然十分贪婪地宝爱那锭大银子，可是压住胸口，有千斤的重量，闷得不可透气，又只想推开它了，偏偏像生了根般的，再也推不开。

他心里焦急起来，不禁大声喊人来助他一臂之力，喊了半天，不知谁何走来，偏不替他搬去快压死人的银锭，却只尽摇着他的肩背，还连声在他的耳边喊着"舅父醒醒！"他辨得出那是时肩的口音。回过脸来，想瞪他一个白眼，怎么会这般呆笨，这么大一锭银子都会瞧不见！谁知睁大了眼一看，还是睡在床上，既没有什么大堆的银子，便连压在胸口的银锭也没有了，有的只是自己的一只手。

时肩披着衣服，站在床前问他梦见什么了，他懊丧地摇了摇头，时肩见他不肯说，便也仍去睡了。

过了一天，时肩因不放心庚虞，且知三秀有书致珍，要嘱他为亮功觅嗣子，便匆匆叩辞三秀告归。三秀背人和时肩说道："我不久也许就要进京，你的功名，我必设法玉成，可是你入京，切勿先来见我，免使人议有私。"时肩点头唯唯。

三秀送时肩至中堂口，再三谆嘱道："寄语珍儿，善自珍卫，勿以我为念！我行止有定，音书自然常寄，我觅黄氏宗嗣的事，也切不可延忽，增我不安。"时肩一一诺承，带着三秀所赐的许多士仪，遣回直塘去了，肇周却自盘桓王府，要候豫王驾回，可以谋一好差，好在他习于谄谀，慕势趋利，和府中诸人，都谈得很合适。

过不了二天，直塘送书的陈刘二监也已回来复命，他又和刘监结为宗人。刘监觉得他以舅爷之尊，竟肯降低身份与奴才认亲，自然高兴，而对于肇周的影像便好到十分了。

等到豫王自浙归来，刘媪便忙引肇周上谒，并且先已在王前，说了肇周许多好话。豫王没见肇周，脑幕上已镌了许多好字，见面之后，经他一阵奉承恭维，便下了"果然不错"的按语，心里一高兴，就把王府中最肥最美的差使派给了他，从此肇周就掌管府中的出纳册了。

此时的肇周踌躇满志，暗忖果然应了梦境，身入藏银库里，还不是予取予求吗？总算数十年来，一直转念着要在妹子身上，获大名的希望，至此实现了，又安得不欣喜逾分。

他既是贪财慕利，又工于诡谋巧取，不到一年，私囊充裕，比他家中所有，已增了数倍，倘归家坐守，也是终身无虑衣食的大富翁了。谁知福薄命悭，财多身弱起来，患了消渴之症，久治不愈，三秀叫他暂时回籍静养，待身体健壮时再来，可是他哪里肯舍下那个肥美的差使，只是抵死支持着，不肯言归，直到后来，病重上床，自己做不来主时，才由时肩伴送他回去，此是后话，且搁过不提。

再说豫王自浙西抚民归来，不多几时，又奉诏还京，三秀当然同行，督着张媪满妪等打点拾掇，张媪一边整理着箱笼，一边笑向三秀道："老婢向来听人说，京城繁华，天下第一，黄金铺地，碧玉为墙，究竟天子脚下地，与众不同！老婢听着，虽是心神向往，却自忖这一世里，没福一扩眼界了，哪里知道，在这衰朽木之年，还能靠着您的鸿福携带，见识见识天子座下的世面哩！可见人生无论甚事，都是前生注定。老婢注定该得一游京师，便教投身在您这么才貌绝代的主人身边。"

张媪欢喜昏了，唠唠叨叨地竟说个不停，却不顾人家爱听不爱听。三秀侧着脸不理她，她也不曾觉得，说得高兴起来，连手里的活计也不做了，还滔滔汩汩地盛誉满妪的好处，意思就是三秀得有今日，都亏了满妪的识人的眼力。

三秀听着委实厌烦，就嗔着她道："你做活尽管做活，哪里来的唠叨话！再要多话时，索性送你回大桥，京师不用你去了。免得以后连绵不绝地生出那些废话，我可是不爱听的！"张媪见满妪对她扮了个鬼脸，也笑着伸了伸舌头，不敢开口，低头忙着理东西去。

人多工作快，不消周时，王府里需要带走的物件，都已扎束停当，择了吉日，便尔起程。那天到了山东省的济宁，三秀突然不适起来，在肩舆中呕吐不止。豫王闻报，忙令驻跸，一面着人扶持三秀入驿馆歇息，一面忙传檄中丞，召医诊治。不一刻济宁名医毕集，有的说是阻湿，有的说是水土不服，拟了许多药方进奉，豫王反给闹得没有主意。他又不甚懂得汉医用药，就捧一叠方子，来交给三秀，让她自己决定。

三秀这时裹了一幅锦被，正睡在榻上，豫王瞧她素面微黄，娇喘细细，益觉可怜。就把头凑着她的耳边，轻轻问道："这会儿觉得舒适吗？这些医生，开了好些方子，我也看不大懂，你倒自己检阅一下，看是哪一张可服。"

三秀就在豫王手里看了几张，都用的利导之剂，不禁啐道："都是胡说，这种药怎能给我服！还要了我的命去！我又不生这种病，我不能服这种药！"

豫王讶道："他们都没识你的病吗？那么你患的什么症候呢？"

三秀沉吟道："我患的……"一句话没说完，两朵红云，飞上了素颊，微摇一下头，便不说了。

豫王不解，还是逼住她问什么症候，预备另延名医诊断拟方，三秀摇头道："我不看了！那些庸医胡来一起，反而有害，反正我这病不服药，过几天也会好的。"豫王道："你这是什么病？快告诉我，也好让我安心！否则，你不服药，我怎放得下心呢！"

三秀勉强撑起半身，附着王耳低低说了一句，脸上笼罩着娇羞的笑意。豫王这才恍然，喜得他一时嘴都合不拢来。

第十八回

萦念故家胤嗣难觅
挂名金榜骨肉重圆

　　时肩回至直塘，问珍可曾接到三秀手书，珍且不答时肩的询问，却要他先叙述在宁的见闻。时肩自然拗不过她，便一字不漏地从自离家起，到回家止，详细地告诉了她。当珍听到庚虞留书绝裾，不由粉颊上瀁起两片红云，虽然她对于这位舅父不曾发生丝毫反感。

　　时肩又告诉她，三秀要他为亮功觅嗣的话。珍点头道："母亲给我的信内也是提起这事，我也觉得该如此，才能让死去的父亲安心，这事是你我的责任，可是我是一个女流，素来又不曾见过一个父亲的亲属，却到哪里去访问呢！所以只有偏劳你了。我希望这事最好早些办妥，那么我和母亲大家的心才能安定。"

　　时肩看她正容而谈，透着十分郑重的神态，他自然义不容辞，况且当三秀面前，也早已一口承应了，当下就对珍道："我也是这样想，早一天把办妥这事，便早了一天心事，今晚过了，明天决上大桥去访寻，你在家听我的好消息好了。"珍听了自是感激，琴瑟之爱，因此又增添了几分。时肩在家，当真只休息了一天，便揣了些银钱，又离家踏上了旅途。

　　时肩到了任阳，先到刘家，见着庚虞，庚虞很讶异他怎么独个儿回来，问他肇周的下落。时肩从实告诉了他，他除了摇头叹

179

息之外，他一向对于他那热衷好货的兄弟，是感到没有办法的。后来时肩又叙述了这次来的任务，而且微露着有困难的地方，需要他帮忙的意思。

庚虞虽觉得三秀这件事是合理的，应该这样做的，可是要他帮忙，却是办不到，他素来不赞同黄亮功的为人，并不因为他已死了而消除了对他的鄙夷。时肩就只得独自去办理。

事实上时肩和黄家虽是老亲，可是为了金钱的纠纷，久不来往，情形实也隔膜得很，这样了无线索的事，办起来委实棘手得紧。又不能一家家去问，他便写了一个访寻黄氏支系的帖子，照样写了多份，差刘家的仆人，在县城以及附近的村镇的通衢要道上，张贴起来，他每天在刘家等候消息，可是一连半月也没有一个姓黄的来找他接洽。

珍却已经数次遣人来探问有无端倪了。时肩感到非常焦烦。庚虞看不过，便帮他出主意道："我知道黄家在大桥数世单传，近支无论如何是没有的，远系或者有一二，可是亮功为人，刻薄骜利，乡里无不切齿，也不会愿意来认这一派了。即使你把帖子满天下，人家不愿意时，便一辈子也不会有人找上门来的。"

庚虞说到这里，时肩觉得很不错，但是他说话不错，那么自己的目的，显见很是难以达到了，在珍和三秀面前，又何以交代呢！不禁以焦急的口吻向着庚虞求计道："那么该怎样做呢！"

庚虞道："依我之见，你先去访问一二家和黄氏沾些亲故的老者，也许有人知道他家的宗谱。总要查悉了黄氏的宗支才可以着手求嗣。一方面再请一请当地的绅董乡长，就烦他们把当地黄姓的邀来，对核一下宗谱，就可以访得亮功的一族了。这样办只要多花些钱，请那些人吃一桌丰盛的酒筵就成了。"

时肩听着觉得也不是顶好的办法，可是除此之外，又没有别的捷径可循，要访寻黄家的亲故，他还得回家去问他的母亲，于是他又赶回直塘。

从他母亲那里，他知道了几家和黄家较近的姻亲，好容易访寻到了，有些还是和黄家隔阂得很，后来总算有一家比较详细地告诉了他道："黄氏祖先本是虞人，后来迁至昆山，数十年后又迁回常熟，有无支系，已皆无考。亮功曾祖自塘市迁任阳大桥，三世单传，要求嗣续，无论近支旁系，都是没处寻的了。"

时肩这一来，还是个不得要领，备筵宴请绅董乡长，时肩知道也不会有甚效力，也就懒得去办了，可是珍还希望万一，硬逼他去请安。但是结果呢？仍是一无所得，珍也只得罢了。时肩在乡奔走为黄觅嗣，三秀也已随着豫王到了北京，时肩也就不会有信通知三秀。

为了功名，时肩便埋首帷下，下起苦功来。时光迅速不知不觉已到朝廷开科举的时候，时肩摒挡行装，入京肄业。珍备了一些私仪并写了一封信，想叫时肩带去。时肩想起在宁三秀别时叮嘱的言语，就没有替她带，为亮功觅嗣无着的事，便也没法带给三秀知道。

那时三秀已生一子，循例册为王妃，又因美艳逾群，为太后所称，皇族中许多福晋夫人等没有一个的姿色可和她相比的，所以更得豫王的宠爱，真的言听计从，千依百顺。

朝廷新开科举，偏命豫王监阅国学录科试牍。豫王携回私邸批阅，三秀因得看到钱时肩的科卷。晚间豫王和她谈起此次阅录科试卷的笑话，三秀乘间说了一句道："看见试卷中有一姓钱名沈堃的，不知文笔怎样？"豫王道："你问他作甚？和你沾着乡亲吗？他也是江南人呢！"三秀仍是闲闲地说道："他还是我的女婿呢。"豫王喉间低低哦了一声，便不说了。

过了几天，发榜，时肩竟是高高地题名榜上。自然这是豫王取媚三秀才这样做的，到了明天，时肩不消说成了进士，供职部曹。时肩在京，从来不至王府私谒三秀，连肇周都不曾一面。

不过在外暗地探听王府消息，他倒也纤细都悉哩，那一天时肩因有公事晋谒豫王，豫王当即引他到中堂，着人请三秀出见。豫王招待时肩，款洽备至，辞和色柔，琐琐地跟他谈着江南风物。

豫王对于江南，倒时时萦齿挂怀，深深眷恋，当然他是受了三秀的影响。他若不是亲下江南，又安所得这艳绝尘寰的佳人为妻呢。自然他对于江南不自禁地流露着十二分的爱慕。

时肩一面应付着豫王，一面留心通内院的门，不多一会儿，果见群婢像众星捧月般，簇拥着三秀出来，幽香暗散，环佩叮当，先声已足夺人，时肩抬眼细瞧，只见她身服黄锦袍，垂着紫貂皮银鼠帕，发髻上插了二朵珠花，晶莹浑圆，光彩耀目，一支金凤钗，黄澄澄，光熠熠，凤嘴里衔了一串，约莫有十来颗黄豆大的精圆珍珠，随着步履的移动，摇曳荡漾，袅娜情姿，在时肩看来，他这位泰水，简直比以前又年轻了许多。

时肩一见三秀出堂，连忙上前叩礼。豫王看三秀抑眉舒翠，梨窝晕朱，樱唇饱绽，银牙半露，那一种欣然色喜的神情，不知如何地会连他也合不拢嘴来了。他听三秀只向时肩琐琐提着珍的起居，他在旁无言可羼杂，便抽身向外去，让他们去谈家常了。

时肩向三秀问起肇周道："怎样不见二舅，听得他在此很为得意。"三秀听了一脸的喜色暂时潜影，颦眉叹息，喟然向时肩道："提起你二舅，我正为他担心，他自从去冬得了消渴病，数数延名医诊治，总归无效，日来更见沉重，早晚恐有不测。我久欲着人伴送他回籍，他又不愿，且也无得当人可遣，现在趁你回乡之便，就送他回去吧！况且我已为珍在王府的四面，隔着二条胡同的地方，置了一所精致的住宅，你归去，快和珍同来，慰我渴念！二年来我日夕萦怀的，唯珍而已，最好你快去快来！"

时肩点头唯唯，当时便决定了起程的日期。三秀并告诉他，届时叫人送肇周到城外，和他取齐，时肩随即别去。

时肩自从那年和庚虞他们同去南京时，和肇周别后，就一直没见过，这时他见到肇周的消瘦的形容，几乎吓了一跳，肇周在王府竭尽智力，囊括财物，腰缠确已不鲜，可是运悭福薄，财多偏又身弱起来，初时既舍不得医药费，又恐声张了，三秀要他休养，而失去这个肥美的优缺，故而隐秘不宣，在人前强打起精神。

日子一久，病态日深。他要瞒人也没法可瞒，每天没精打采，语言无音，步履无力，形容憔悴，三秀看出他的病状，忙令请医给他诊治，可是病根潜伏，已入膏肓，徒自耗去许多参芩，他的病了无起色，反之，只有日渐加深，又因他在豫王府邸，借着三秀的荫庇，刘监为羽翼，却很招了许多怨詈妒恨，他钱积了许多，偏又越多越吝，府中的人，简直都憎嫌着他。三秀几次要着人送他回去，他恋栈之念不容许他听从妹子的劝告，这次时肩回南，三秀再也不肯错过机会，也不管肇周愿意与否，就和时肩约定了，叫人替他收拾行囊，硬把他送走。

肇周见了时肩，连连叹恨，责怪三秀自恃富贵，不顾手足之谊，憎嫌自己的哥哥，硬要打发他回南，据肇周说他自己的病不致有碍的。但是在时肩的眼中看来，那枯槁的容色，散淡的眼神，乏力而断续如游丝般的语声，都是危殆的象征，和他同行，还得日夜地提心吊胆哩！

幸亏三秀给他许多参燕之属的滋补药品，沿途时肩也调弄着给他饮服，路上少不得多歇少行；肇周居然津津有味地谈他在王邸中怎样使用手段，怎样搜刮金银，回去打算怎样处置他二年来心血的结晶，图一个晚年舒适的享受。时肩唯恐他在路上出乱子，竭力劝他少动少讲，但是他却偏恼恨人家的阻止，他要自示精神充沛，病体减轻，竟是不肯听从。

那一天离虞山不过百来里路了，眼看着就要到家，时肩心头似乎一松，而且看肇周脸色精神，也似乎较初离京时，好了许多，心头暗自庆幸。肇周自己也颇觉得，因此很觉高兴。

那天天气晴朗，肇周一向在水上乘船，在陆地坐轿，这天身体硬朗些，他心里又欢喜，便执意不肯乘轿，定要和时肩一同步行，借以览赏村落风景，云影潮声，一抒胸襟。

时肩劝止不听，只得让他拄杖缓步，时肩还在扶持着他。走走歇歇，有时仍让他坐一会儿肩舆，这一天行程最缓，只走了十来里路。可是肇周倒是非常高兴，晚餐时还点了许多荤菜，打了几角酒，大吃大喝起来，他满脸喜色对时肩道："我离开王邸时，听得有人咒诅我，道我不得和家门相见。可是现在我倒快到家了，身体又渐健旺，眼见我回家做老封翁，安享余年，那些奴才们又奈我何！赤口白舌地咒诅我，却正替我祛除了灾晦，赶走了病魔哩！哈哈哈！"

时肩瞧他太兴奋了，苦苦地劝他少饮，饭后又劝他喝了二杯酽茶，以助消化，还陪着他谈了一刻，也尽顺着他的口气，逗得他乐不可支，笑个不停。这一会儿各自安息，时肩饮了几杯酒，倒也睡得酣适，只朦胧中好像听得肇周大笑过几声，自觉眼皮沉甸难支，便也懒得管他，自顾睡了。

一觉醒来，天已大明，他起床梳洗毕，便踱至肇周床前，帐帏低垂，声息全无，他想怎么他这样好睡，平时他总是半夜就醒的，可见他的身体确是比前好多了。

因为赶路要紧，他就伸手拉起帐门，俯身去唤醒肇周，可是连喊多声，不闻他答应，突然一个可怖的意念，袭上了他的感觉，疾忙掀开被看他时，脸如白纸口眼半阖，眼角边还嵌着二颗泪珠，伸手摸他的额，像冰一般的冷得彻骨，原来已经气绝多时了。

时肩对于这位二舅，向来没甚好感，但是想到昨晚他是那么的志得意满，兴高采烈，仅隔了短短的一宵，就这样无声无息地再也不能做集财置产享乐安居的打算了！而且牺牲了人格，耗费了心血，不是以正常的手段搜刮得来的金银，依旧呆呆地偃卧在

184

箱笼里，不曾有分毫追随在他的身后，跟他一块儿去。

他怔怔地站住呆了半天，随着无限感慨的喟叹，也滴下了几点眼泪。幸在肇周囊蠹充盈，时肩即刻召了旅店里的掌柜来，要他帮着料理丧事，并许他一笔重重的酬谢。真的有钱不消周时办，不多一刻，衣衾棺椁，一切齐备。

时肩念他因骛利致疾，又不曾实现安享的愿望，殡殓所需，便尽替他选用上等的品料，连旅店的酬资，一共用了千余金，临行时还给当地的保正讹去了数百。

时肩雇了一条船，载了肇周灵柩回去，可笑肇周一生唯利是图，不耻伈伣诒谀，罔顾礼义廉耻，纵然积了黄白，在他刘氏宗谱上，却已留下了不可磨灭的污玷，结果仍落得客死异地，一棺附身，到底不曾实现他衣锦荣归的梦想，真又何苦呢！

肇周灵柩到乡，少不得有一番人事上的铺张，二娘当然不胜悲哀，但是庚虞见他的贪婪的兄弟逝世，却说肇周死得嫌迟，自作孽不可活哩。

等他的丧事完了，时肩才得和珍摒挡行装，入京省视三秀，就住在三秀替他们预备的住宅里。珍到京之日，因为旅途劳顿，小有不适，不能立即至王府宁视三秀，由时肩先到王府。

三秀听说，立即命驾亲往，她为要看这睽隔多时的爱女，卸却旗装，仍服她的汉家装束，使她的爱女骤睹之下，不致感到异样。因为昨晚上她做了一个梦，梦见身在故居，坐东轩中清理文券簿书，庭外男女佣仆屏息侍立，婉然黄氏盛时。所以听得爱女来京，益使她的感旧之念弥深，特地改服而往。

母女相见，怀旧感新，都觉掬不尽伤心痛泪，竟是狠狠地哭了一场。时肩张媪在旁竭力慰劝，仍不可解，后来还是时肩令他的孩子去劝三秀，才算止悲。那时珍已有两个儿子，大的五岁，小的也已二岁余了。

三秀看她的一双甥孙，都是一般的活泼可爱，便又想起了为

185

亮功觅嗣的事，问珍曾否访得。珍道："时肩为这事奔走了数月，费了很多心思，黄氏宗友，仍是遍访无着。"三秀叹道："那么就把次甥嗣给他为孙吧！由我拨一项金银给他，俟他长成，就在遗址营造第宅，奉祀亮功，不使黄祀中断。珍，你意如何？"珍当然应承。

由是三秀得暇便服汉装，安车紫盖，携女从百余，过珍寓欢宴，因为她见珍时，总觉得自己犹是旧朝人呢！

后来珍的次子，患病夭亡，那时珍正新举一男。因此三秀又命将新生婴儿嗣黄，谁知不弥月也殇。三秀和珍都觉万分伤感。时肩就允待以后珍再举子而嗣。后来珍连产二女，就不复再孕，黄亮功便连外姓的嗣子也不能有，终于绝嗣，大桥人的咒诅，以及熊耳山人的胡诌，竟都成了灵谶！

三秀共举二子，安富尊荣，终其余生。时肩和珍，借三秀庇荫，也享大富贵。江湖术士的一时阿谀之词，竟一一巧合，后人附会，就以为术者神术了。

初时三秀尝斥金命仆赴泖，为黄修墓道，还打算置祭田供岁祀。谁知仆人到那里一看，但见平畴野水，一望无垠，哪里有什么坟墓可寻呢！原来兵燹之余，黄墓早已被毁了。

亮功营营一生，日唯以逐利为念，原想传给子孙万代，哪里知道，身死祀绝，妻离财散，连骨殖都不知所归！徒然贻后人为茶余酒后的笑谈。倘和肇周泉路相逢，这一双郎舅，同病相怜，当也不胜痛悔吧！

春宵梦

自　序

　　天下之变幻多奇者莫云若也。闲尝观夫云之浮于天空也，若牛，若马，若飞禽，若怪石，或若老树横生、美人玉立，又若画师施以丹青有山有水，恣人赏观，倏忽变化，离奇错落，来也不知其所自，去也不知其所逝，可谓幻之至矣！然而人生在情场之遭遇，其变幻离奇，亦往往与云无异，在个中人有每难预知者昔年情侣蓦成陌路，今日良缘，他时怨偶。天乎人乎！殆彼造化小儿亦如对于云之故弄狡狯，颠倒众生耶？然而喜剧也，悲剧也，比之于云，亦犹一刹那间事耳，过眼云烟，何留影迹？而其构成之悲欢离合，已足为世人所慨叹矣。余作《春宵梦》小说，书中主人，其所遇亦若云焉，变化无常，捉摸不定，而其归宿出于人臆度之外，非故为好奇之词也，特以情海爱河间，其变化之突起，幻之又幻，处身其中者羌不自知，无论其成败得失，不过为世人平添欢喜与悲悼之资耳。虽然以大千世界言之，情场亦犹是一隅也。衡以今日国际间之形势，其倏忽变化，离奇错落之经过，将愈变而愈幻，今是昨非此分彼合，处身其中者亦往往有不自知其所以然者，儿女子之言情殆莫与京矣及至事过情迁，亦何莫非历史上之陈迹，徒供后人凭吊。呜呼！出岫之云，安有常留于太空哉？亦可叹已！

中华民国三十二年九月吴门顾明道书于沪寓

189

第一章　到甜蜜蜜去

　　在上海静安寺路同孚路口有一家小小糖果店，门面装饰得非常美化，傍晚时也有霓虹灯照射出陆离的光彩。当夏天的时候，里面也有一小间布置精美的屋子，可以供客人坐着吃冰激凌等冷饮食的。平日却不过卖咖啡茶，也没有什么点心吃。这种糖果店似乎是极平凡的，可是这店的生意却实在不错；不要说买糖果的人很多，就是在座上喝咖啡茶的也很多。青年学生和时髦贵宾一到夏天，座上常满。这小小屋子实在容纳不下这许多主顾。虽是开足了电风扇，仍是热烘烘的，饮冷也不觉其凉。那么这许多主顾为什么不到宽大舒适的咖啡馆冷饮店里去吃喝，而偏要到这小店里来挤热闹呢？当然其中也有一个道理，因为在中间柜台里坐着一个活磁石，那些主顾便像铁针一般自然而然地被这磁石吸引到店中来了，许多金钱也会从他们衣袋中很慷慨地滚滚而出，使得这店里利市十倍了。这样说来，那活磁石便好似活宝贝一般，价值连城，异常名贵。假使家家商店只要都得到同样的一块磁石，恐怕再也不会闹着不景气，不论老板店伙，人人脸上都要充满了笑容，而财神也不用接了。活磁石，活宝贝，活财神，三而一，一而三，可称得三位一体，神通广大。然而到哪里去求呢？那糖果店里的磁石究竟是什么宝贝东西，能够吸引这许多顾客呢？活不是一个疑问吗？

　　这家糖果店名唤"甜蜜蜜"，老板开了这店，在最先的数年

191

生涯平常，货色也不多，勉强支持着。后来老板一病去世，照理要关门大吉了。可是老板娘不舍得闭歇，依旧硬挺下去，生意更是不好了。那时候他们的柜台里便安放了一个活磁石，说也奇怪的，许多顾客便源源不绝，户限为穿，素常不到这店里买物的人，也闻风而来，争欲一睹这活磁石的颜色，那些人无异许多小铁针都吸引到磁石身上去。乐得老板娘笑容常露，笑口常开，很得意地自夸我家有了这块磁石，再也不怕门前冷落顾客稀了。原来老板娘嫁了这店主唐阿福，只生一个女儿名叫玲玲。夫妇俩钟爱异常。那玲玲是个聪明的女儿，面貌生得十分秀丽。以前在小学校里读书，课程以外的游艺，件件都精，唱得很好听的歌，拍得一手很精妙的乒乓球，是一个很活泼的小姑娘。年方一十有六，自从父亲死后，伊也在小学毕业，老板娘无力再教伊去读书。她家的邻舍见玲玲出落得非常风骚，便教老板娘如此如此的一条妙计：于是玲玲的母亲吩咐玲玲坐在中间柜台里记账。玲玲当然愿意担任这事。女子们天性喜欢装饰，玲玲虽是小家女，而天天傅粉抹脂，修饰得容光焕发，幽香袭人，许多主顾没有一个见了伊不啧啧称美的。一天到晚不知有数千数百道的眼光在伊的脸上身上射过。有些少年都欢喜想些事情去问伊。他们走到了同孚路口，一看见霓虹灯的广告，大家必要说到"甜蜜蜜"去尝些甜蜜蜜的滋味，一进店门目光便射到账桌上。玲玲坐在那里，握着一支铅笔写账。有时听得少年们嘴里嘘嘘的声音，抬起头来嫣然微笑。这一笑更是有不可思议的魔力，使那些青年顾客恋恋地不舍得离开这店，糖果虽已买了，不知不觉地要到里面喝一杯咖啡茶，多坐一些时候也是好的。因此那些顾客有了一个口号，唤作到"甜蜜蜜"去。究竟他们甜蜜到怎样程度，这却不得而知了。

在炎夏的当儿，店里卖了冰激凌，生涯更盛，两个店伙忙得来不及招呼，老板娘摆着肥大的身躯也一同帮忙，玲玲却穿着白纱镂花旗袍，踏着白皮鞋，手里摇着白羽扇，装饰得如出水芙蕖一般，坐在电气风扇下收账。有几个很熟的主顾来饮冰时，伊偶然高兴走过来招呼一二语，却又翩若惊鸿地走了开去。那些少年争欲一得玲玲青睐，以为无上光荣。伊有时拿着一本很美丽的手册，跑过来请教那些摩登的少年写几个字，少年们当然很高兴签字在上面。有的写着"绝代佳人"咧，"娇小玲珑"咧，"我见犹怜"咧，"似这般可喜娘罕曾见"咧，"甜蜜蜜的姑娘"咧，"一顾倾城"咧，都是赞美玲玲的词句。因此也有人送镜架，送对联，张挂得这间室中真是琳琅满目，美不胜收。

这一天下午四点钟以后，玲玲坐在账桌上，有些心绪不宁，时常抬起头来，注意瞧着进来的顾客，脸上露出失望的模样。伊母亲走到伊面前来交账时，在玲玲的口里不由咄了一声。伊母亲好似早知道伊的心事一般，又说道："你不要盼望了，今天也许他有事不会来咧。痴妮子，你等候他作甚？天气快要热了，冰激凌上市，我们更要忙得一刻儿没有空，你也断乎不能再有工夫走出去了。况且你走了出去时，一则店里少人写账，二则有些熟的主顾，常要向我问你家小姑娘到哪里去了，使我也不胜其扰。还有当你和他出去的时候，店里人必要窃窃私语！"玲玲的母亲尚没有说完，玲玲早带着数分娇嗔，把手中铅笔一掷，对伊母亲说道："照你这样讲，我只好一天到晚坐在店里不能动一动了，我又不是石膏塑成的，一天中总该让我休息一二小时，活活血脉，散散心，否则我不高兴做了，你们另外去请人管账吧。早教你们添一个人在旁相助，也可使我便当一些，你却始终没有添，不顾人家忙不忙的。"玲玲的母亲见玲玲发怒，不敢说什么话。暗想你是一块活磁石，所以要你坐在这里不离开半步，就是要吸引顾客。你是我的活宝贝，不忍深责，也是我们的活财神，不敢得罪。这店里若没有了玲玲，甜蜜蜜的糖果也要变成不甜蜜蜜了。所以勉强笑了一笑，回转头去，忽然伸手向门外一指道："痴妮子不要心焦，他来了。"

　　这时店门外革履之声托托，跳进一个美少年来，穿着一身淡灰色的西装，生得眉清目秀，非常英俊，年纪约有二十左右，三脚两步跑进柜台里，脱下头上呢帽，向玲玲点点头道："我来了！"又向伊的母亲点点头招呼。玲玲指着壁上的钟说道："你说四点钟准来的，现在已是四点半了，我怕你失约。"美少年一看手上的手表，带笑说道："不错，恰因有个朋友和我多说了几句话，所以迟了一些，请你原谅。现在我们出去吧。"玲玲笑了一笑，从抽屉里抓了一把巧克力，向少年手中一塞，说道："你且坐一会儿，我就来了。"说罢伊就走到楼上去。不到十分钟早已走来，身上换了一件绿色绸的单旗袍，衣袖短到肩下，露出两条粉臂，套着一只绿色翠镯，对一个店伙说道："你留心代管着账，我出去一玩就回来的。"店伙微笑答应玲玲，遂伴着美少年，并肩走出店门去。有几个顾客见了，都是目眙神往，无限艳羡，不知这个美少年是何许人物，竟能得到甜蜜蜜的美人儿青眼，兀的不妒杀人也么哥。

第二章　你是一块又甜又香的糖

　　大约在数月之前吧，甜蜜蜜糖果店里每逢星期六、日常有一个西装美少年来喝咖啡茶，别人总有朋友的，他却只有一个人，拿着些书报看，必要坐上一二个钟点方去。临去时又买了许多糖果，付账时他的一双曼妙的目光，往往射到账桌上的玲玲，因为他也不能逃出磁石吸铁的范围，不由自主地必向玲玲一看再看。玲玲见了他，也觉得眼前一亮，和别的主顾有些不同，便报以一笑。他来得熟了，玲玲在他吃喝咖啡茶的时候，便拿着手册去请他签名。美少年取出一管派克自来水笔，写着一句"愿花长好月长圆"，旁署爱新敬题。又写了一页英文，可称得中西合璧。玲玲接过去说一声谢谢。恰巧这时候顾客稍清，座旁也没有他人，少年便把左首的椅子拖开来说道："小姑娘倘没有事，请坐一会儿如何？"玲玲不以为忤，侧身坐下，店伙很知趣地又送上两杯咖啡茶。少年见玲玲虽然坐着可是低倒了头，拈弄桌布，含情脉脉，默然无语，便喝了一口咖啡，轻轻问道："姑娘姓唐吗？芳名可是玲玲？"玲玲抬起头来幌然一笑道："你既知道我的姓名，为什么再要问呢？"少年给伊这么一说，不由笑起来道："我错了。请问你以前在什么学校读书？"玲玲把手支着香腮答道："我不过在小学毕业，没有受着高深的学问，母亲却要我来相助店务了。"少年点点头道："当然很可惜的，不过你们这个糖果店有了你在内张罗一切，便觉营业日隆了。你可知道这是什么缘故？"

玲玲道："我不知道呀。"少年道："你是一块又香又甜的糖，所以你家的糖果都是香而且甜了。"玲玲摇摇头道："你不要胡说。我是一个人，并不是糖，你们不能出钱买我去当作糖吃的。"少年拍手笑道："你还是不明白哩。我说的是用譬喻，你是一块无价值的糖，将来不知谁能出钱买你去。你姓唐，不也是糖吗？你可唤作玲玲糖。"玲玲扑哧一声笑起来道："亏你想得出这个名儿，我若是糖请你吃可好？看你可能把我一口吞下肚去。"少年听了这话，更是得意，颠头播脑地说道："玲玲，你愿意给我吞下肚去吗？我真是艳福不浅了。"玲玲听了，也俯身在桌子上哧哧地笑个不住。少年给伊这么一笑，笑得他六神无主，周身痒痒的不知所可。隔了一歇，玲玲抬起头来，带笑问道："你贵姓啊？我还没有问你呢。"少年答道："我姓宋名爱新，就住在这里同孚路大中里内。所以到你店中来喝咖啡是再便当也没有的。"玲玲点点头，又问道："宋先生，你在哪一学校里读书？我瞧你必然是个大学生。"宋爱新道："你果然猜得不错，我在江湾一个大学里肄业，明年快要毕业了。"玲玲道："很好，我请你吃糖。"说罢立起身来，走到外边柜台上，向一个玻璃瓶里抓了一把杏仁巧克力，姗姗地走到少年身边，放在桌上说道，"你吃这个甜不甜，还有杏仁在内，香不香。你坐一刻儿去，我要写账，不能为陪。"宋爱新忙对她一鞠躬说道："谢谢你了。但我要吃的是玲玲糖，不知你……？"玲玲向他紧瞧了一眼说道："你等着吧。"笑了一笑，走回她的账桌去了。这时店中来了不少主顾，大家顿时大忙，座上又挤极了。宋爱新坐了数分钟，把巧克力放在衣袋里，走出店去，又对玲玲霎霎眼笑了一笑。玲玲正在写账，也向他微微一笑。

宋爱新回到他家里后，他的心魂仍系在这里玲玲姑娘的身上，大有神魂离舍的样子，可知这活磁石的魔力不小了。从此以后，宋爱新时常到甜蜜蜜来喝咖啡茶，只恨他寄宿在校里的，不能天天去和玲玲见面，只好在星期六星期日这两天来做座上客。

玲玲见了宋爱新，芳心中也觉深爱其人，胜过其他一切儇薄少年，所以特别假以辞色。每逢宋爱新来时，伊必要抽空走来招呼。宋爱新自然心头十分温馨，觉得非玲玲不欢。日久月深，宋爱新做了入幕之宾，彼此无话不谈。玲玲的母亲也和他相稔了，探知宋爱新家中只有一个母亲和一个幼妹，他的父亲是远在云南监务稽核所里任职的，家道也不错。宋爱新今年二十一岁，丰姿翩翩，是一个摩登少年，尚未和人订婚，因此玲玲的母亲也很愿意自己的女儿和伊相亲，倘能缔结良缘，宋爱新果是心目中满意的乘龙佳婿了。

这天因宋爱新隔日和玲玲预约一同出去坐自由车的，玲玲等候多时，不见他来，心里便觉不耐，所以他来后，便跟着一同出外。宋爱新自己有车子的让给玲玲坐，他到临近一家车行里去租了一辆自由车，两人一前一后地踏向静安寺路而去。宋爱新的自由车技术很精，玲玲是最近跟他学习会的，能够一起在马路上行驶，颇非容易。夕阳影里，车轮飞滚，人影在地，微风吹来，飘飘如仙。宋爱新踏了一段路，前面已近静安寺，他就脚下放慢一些，让玲玲的车子追上，相并而行，且行且谈，欢笑自如。宋爱新道："这里虽然比较清旷一些，可是仍觉无山水之乐。放了暑假，和你同去杭州一游，在西子湖边白堤上驶行自由车左顾右盼，风景可人，快乐得多了。"玲玲点点头道："我也这样想，你准伴我去吗？"宋爱新道："当然。"玲玲见前面车辆稀少，伊就说道："待我放快一些，试试看。"便将双足紧踏。车子如飞地向前驶去，宋爱新仍是慢慢地落在后面，等到两车相距一箭多远，宋爱新突然追上去说道："我来了，你看我吧！"一刹那已超出玲玲的车子三丈之外，回转头来带着笑，一手向玲玲招招道，"你能追上来吗？"话犹未毕，斜刺里一声喇叭，飞也似的驶出一辆新式的雪佛兰，向宋爱新的自由车前撞过来。宋爱新正回转头讲话，车子仍向前来，一时不及避让，连人带车跌倒地上。

第三章　谁送我到此的

　　乐极生悲，变起不测，宋爱新被这辆雪佛兰撞倒在马路上，汽车夫急忙刹车时，宋爱新早已晕厥过去，地上淌着鲜血。玲玲在后赶到，见宋爱新已遭祸殃，连忙跳下自由车，高声呼救。巡捕和马路上的人见汽车肇祸，一齐赶来，顿时搭成了一个圈子，巡捕向汽车夫问话。车门开时，走下一个很摩登的女郎来，烫着飞机式的头发，两颊涂着红红的胭脂，身上穿一件花花绿绿的乔其纱长旗袍外面罩着短大衣，足踏革履，手指上套着一只光闪闪的钻戒，香风四溢，一望而知是富家名媛。伊走到宋爱新面前，低着头，仔细瞧了一瞧，说道："这个人很危险了！当送医院。"此时巡捕已向汽车夫问明白了肇祸原因，知道过失不在开汽车的一方面，而是受伤的自己驾驶不慎。那女郎又从手皮夹里取出一张名片，交给巡捕，说道："此刻由我们把受伤的人送到仁济医院去医治，捕房如有传讯，我可以叫汽车去来便了。"巡捕点点头，遂抄下汽车号码，帮着汽车夫将宋爱新舁上汽车，预备送到仁济医院去。那女郎回身上车，又对玲玲看了一眼，也不去向伊多说，旁观的人渐渐散开，喇叭一声，汽车从人群里钻出来，飞也似的向东面疾驶而去。

　　这辆汽车已望不见了影子，玲玲却依旧扶着自由车的车柄，呆呆地站在那里，瞧着那地上的一摊血渍。那巡捕见了伊的情状，便过来问道："你姓什么？那受伤的是不是你同伴？"玲玲答道："我姓唐，受伤的姓宋，是我的邻居。"那巡捕瞪着眼睛说道："那么你为什么不早说，宋家住在哪里？"玲玲道："同孚路大中里。"巡捕道："你可以去告知姓宋的家族，说他自己在外驾驶自由车不慎，被人家汽车撞伤。那家姓杨的是广东某要人的家人，现在由他们送到仁济医院去了。姓宋的受伤在腿部，谅不致有性命之忧，他们可以去探视的。"玲玲答应一声，遂将地下的自由车交给巡捕，她自己仍坐了自由车，从夕阳影里驶回家去。但是来的时候影儿双双，轮儿滚滚，很是快乐。不料逢到了这个飞来横祸，变得垂头丧气而回，岂是始料所及的呢？伊回到了车行前，和车行中人说了，叫他们自己去静安寺路领回车辆。伊遂带着爱新的自由车走回"甜蜜蜜"店里，这时店中正有几个主顾在那里买糖果，柜台里不见了活磁石，大家都有些怅惘，以为今天不巧，没得眼福。现在见玲玲翩然而入，大家的目光都向伊望射，但伊心里正有重大的忧愁，所以脸上不能再露出平时的笑容。放去车儿，一直跑到里面。伊母亲见伊独自回家，而且出去得没多时候，觉得有些奇怪，便问爱新在哪里。玲玲把这事告诉了母亲。伊母亲说道："啊哟！你们出去闹了一个乱子出来，这件事不能不去告诉宋家的。但又怎样去告诉呢？"母女俩商量了好多时候，遂叫了一个店伙进来，附耳低言如此如此地去说。店伙会意，奉命到宋家去报告这个恶消息了。

宋爱新从迷惘中醒过来，见自己在医院里，病榻之上，旁边站着一个白衣服的女看护，电灯的光照射到他的脸上来，使他知道白日已逝，黑夜到临了。他定了一下神，脑海中仔细想一想，便想起方才被汽车撞倒的样子，但是自己怎样来到这个医院里，却完全模糊不能明了。玲玲又在哪里呢？大概那时候伊在后面，必瞧见我受伤的，不知伊可曾到我家里去报告消息？又不知伊怎样去说？因为自己和玲玲出游家里人是不知道的。我母亲不要错怪伊的吗？唉！真难为了玲玲！他这样想着，忘记了自己脑中依旧占据着一个玲玲的倩影，和方才驾车飞驶一瞥间的情景。忽闻有清脆的声音，打断了他的思索。

清脆的声音便是那女看护发问，因为伊瞧见受伤者业已苏醒，所以对他说道："宋先生，你醒了！很好。小腿上觉得怎样？"宋爱新被女看护一句话提醒了，顿时觉得腿上十分疼痛，身子转动不得，又向伊问道："我的腿骨是不是已折断了？谁送我到此的？此处是什么医院？"女看护走过来，对他说："这里是仁济医院，你受伤后是由杨彤芬小姐送来救治的。你的小腿骨果然折断了，但是不要紧的，我们医院里的华医生是骨科圣手，一定能够把你医好。他已代你看过伤处，业已包扎好，消过毒，明天即可施用手术涂了石膏接起来。"宋爱新皱皱眉头说道："这样我要有好多时不能动弹了。"女看护微笑道："这一些小苦头总要吃的了。宋先生，你没有碾毙在车轮下，做枉死城的冤鬼，还是你的便宜哩。况且方才杨小姐已向院中说明一切医药费完全由伊负责。你只要安心在此疗养，便是了。"宋爱新问道："杨小姐是什么人？我不认得。"女看护笑笑道："杨彤芬小姐你不认识吗？伊是本埠有名的上海小姐。她的父亲杨无任是广东最红透的要人，所以伊是一个富贵之家的名媛，交际很广的。你就是被伊坐的汽车所撞倒，但这是你的驾驶不慎。伊把你送到这里来，也可说是一段美意啊。"宋爱新听了女看护的话，脑子里似乎没觉得以前曾耳闻杨彤芬的芳名，不过没有见到伊的人，原来自己是由伊送到医院里来的。他这样想着，女看护又对他说道："你闭目静养着，我去报告医生。"说罢，回身走出去了。

一会儿那女看护已伴着一个高大身材的医生走进室来，想就是那位骨科圣手华医生了。华医生代宋爱新诊过脉后，又问了数句，便对他说道："今晚我们就要代你施行手术，接骨后你只要在院中好好疗养，不久便可恢复原状的。施行手术时，用了麻醉剂，你尽管放心。"宋爱新点点头。于是华医生又吩咐女看护在九点钟敲过后，可以预备把他异去施用手术，遂走出去了。院中已到晚饭时候，女看护问宋爱新可要吃什么，宋爱新觉得吃不下，只喝了一些开水，忽见他母亲和妹妹惟新一同来了。相见后，他母亲说道："方才'甜蜜蜜'糖果店里有人来说，眼见你坐自由车被汽车撞倒，送往仁济医院去了。我就急得什么似的跑来看你，不知到底怎么样?"宋爱新便含糊地说了一遍，劝他的母亲不要发急，没有把真的事实告诉出来。他母亲见儿子虽然受伤，尚无性命之忧，院中看护周到，所以心中稍觉安慰。坐了多时，宋爱新教她们安心回去，不必多虑。他母亲只得和女儿回去了。于是宋爱新闭着眼，仰卧在榻上，静候华医生来代自己施行手术。

第四章　杨小姐来了

春之晨，那和煦的阳光照射到大地上来，益见得天色晴丽。医院里四周声浪也很沉寂。宋爱新仰卧在病榻上，瞧着床上的阳光，若有所思。此时他已被华医生施行手术，把小腿骨接起来了。当然有些痛苦，但尚能忍耐得住。不过他是一个活动的人，便觉得非常寂寞。他想起玲玲时，玲玲的倩影就好像涌现在他的眼前。同时他心里怨恨起来了。他怨恨玲玲已知道我受了伤，在此医院医治，为什么不到医院里来探望我一遭呢？可见我这个人完全不在伊的心上了。他这样想着，只听阳台上有叽咯叽咯的革履声，接着有娇声问道："被汽车撞伤的宋先生可在十八号里吗？"他一听便知是玲玲的声音，顿时心里大大快活，恨不得爬起来去招呼伊。但有一个院役已领到病室前，玲玲走将进来，爱新手举起，喊一声"玲玲，我在这里。"玲玲竟如小鸟般扑到他的病榻前来，软绵绵的柔荑已握在宋爱新的手掌里。宋爱新的一颗心顿时又被这活磁石牢牢吸住，忘记了他身上的痛苦，真好像一杯甜蜜蜜的水，送到自己的嘴唇边。

宋爱新笑嘻嘻地向玲玲身上一打量，见伊今天身上穿了一件淡红色的软绸旗袍，细窄的腰身，益显出全身的曲线美来。而且妆饰得很清丽，一双乌黑眼珠的妙目，向他凝视着。他就忍不住说道："玲玲今天我见你更因为是快活，在我心里有说不出的感谢。因为你能不忘记而特地跑到这里来探我，可知你的芳心关切了。"玲玲笑了一笑道："昨天真是不巧，你忽然会被汽车撞倒的。你送到医院里来的时候，我急得一些儿主意也没有了，只得回店去，差人到你府上报告这个消息。但我昨晚只是想念你，不知危险不危险，一夜没有睡眠，所以一清早就跑来看你了，你府上有人来看你吗？"宋爱新道："我母亲和妹妹昨晚已来探视过了。"玲玲道："幸亏我昨晚没有来，否则见了她们，令人羞答答的如何是好呢？"宋爱新道："是做什么你要害羞呢？你见我也害羞吗？"玲玲低着头一笑，颊上立刻红晕起来。宋爱新把伊的手紧握了一下，然后放开来。

玲玲侧坐在床沿上，一手反撑着，宋爱新把到医院医治的经过详细告诉一遍。伊就说道："宋，这还是你的便宜。你只要在院中好好疗养，不久便可痊愈的，可说是不幸中之幸。"爱新道："当然，现在只有这样办法，但我一个人住在医院里，寂寞得很，如何是好？况且我的学业也要荒废，缺课的日子一多，将妨碍我的学分。"玲玲道："你这样聪明的人，日后总可以补足的，不必多虑。至于在院中寂寞，看看书，读读报，也好消遣。"宋爱新道："没有人伴我谈话，如何是好？尤其是你使我更忘不掉的，因为我在这时期中，势不能再到你店里来了。"玲玲将一手抚着床沿，低声说道："最好到医院里来陪伴你，使你不感觉寂寞。只因我店里的账务非常之忙，实在分身不开。但我为了你，无论如何，天天早晨必到这里来探望一遭。今日就算是第一天。"宋爱新听了这话把一手加在自己额角上，行了一个敬礼，说道："玲玲你能如此更使我感激了。但望你不要失约，每天能有一小时伴我，也足够了。"玲玲道："决不失约。"宋爱新道："拍一下掌如何？"玲玲笑道："你不相信我吗？"遂伸出伊的手掌来。宋爱新看准伊的掌心轻轻拍了一下。玲玲也很快地反转手掌向爱新手掌里一拍，发出清脆的响声来。二人不觉相视一笑。

女看护托了一杯药进来，玲玲立即站起身。那女看护向玲玲瞧了一眼，也不说什么，便把药水递给宋爱新喝。爱新喝过后伊就拿了杯子放在盘里，回身走出室去，又对玲玲很注意地看了一看。玲玲等到女看护去后，依旧坐在榻边向宋爱新说道："这女看护就是伺候你的吗？你瞧伊很摆架子的，看了我睬也不睬。"宋爱新笑道："这种人本来如此的，你莫要生气。倘然你做了看护，我想有一百个病人倒有一百零一个会欢迎你的。"玲玲道："你这话怎样讲的？至多一百个病人欢迎我，怎么多了出来呢？"宋爱新说道："病人必有探望的人，探望者见了你，也要欢迎，不是便能多了出来吗？"玲玲笑了一笑。宋爱新又道："昨天我本想同你多游些时候，却不料遭逢着这个飞来的祸殃。幸亏还是撞倒了我，倘然撞坏了你，教我怎样对得住呢？"玲玲道："别这样说，总是一样的，现在撞伤了你，我心里也觉得非常忧愁。最好大家都不要受伤，快快活活地在一起玩。"宋爱新把手一拍道："对了，不过我和你将来仍可以一起快快活活的。我只望我的腿骨早一日好，便可早一日出医院。"玲玲道："现在你的医药费是自己出的呢，还是教那个坐汽车的人赔偿？他们这些有闲阶级坐了汽车在马路上横冲直撞，看得人命如草芥一般轻，倘然昨天你被碾死了，不是徒然做枉死城里的鬼吗？岂不可恨！"宋爱新道："不错，但是昨天的事也是我自己鲁莽，走错了路线以致被撞，这样办法还算是漂亮。"玲玲道："是一个顶摩登的小姐吗？你可曾照见伊？"宋爱新摇摇头道："没有没有，因我醒来的时候只有那女看护在守，他们早已去了。但我听女看护说是什么杨彤芬小姐，家里很富有的，伊的父亲是广东很红的要人呢。"玲玲别转脸去说道："那么是一位千金小姐。"

隔了一歇，玲玲告辞欲行。宋爱新道："你不可以再坐一会儿吗？"玲玲道："店里事情很忙的，我母亲又不识字，一切都需要我，倘然迟迟不归，伊就要怪我的。我明天再来看你吧。"一边说一边立起身来，刚要和爱新握手，忽听门外脚步声，那看护又走了进来，对宋爱新很郑重地说道："杨小姐来了。"说话时，革履声中一阵香风，从室外走进一个华丽动人的女郎来。

第五章　伊是我的表妹

　　杨肜芬小姐走进室来时，宋爱新和玲玲四道目光，一齐注视到伊身上去，尤其是玲玲视线甫接，便认得是昨天坐汽车的那位摩登女郎。但昨天匆匆一瞥，没有瞧得清楚，今天大家近身，可以仔细饱看了。长长的蛾眉，流离的双瞳，红红的两颊，小圆的樱唇，人工与天然的美都显了出来。身上穿着新装，锦绣珠堆，自有一种富贵之气，手里握一个皮夹，在室中徐徐立定。那女护便走过来对宋爱新说道："宋先生，这位就是杨肜芬小姐，伊今天特来探望你，我代你们介绍。"宋爱新遂说一声："密司杨多谢多谢。"杨肜芬也向宋爱新点点头说道："密司脱宋，昨天我坐的汽车撞伤了你，使我非常抱歉，据华医生说尚无大碍，施行手术后便可痊愈。今天早上我想起了，总觉有些不放心，所以特来探望。"宋爱新道："这是使我愧不敢当的，谢谢密司。"此时女看护已搬过一张藤椅子来，对杨肜芬带笑说道："杨小姐请坐。"杨肜芬说声谢谢，就一弯柳腰坐到藤椅子里，回头向玲玲看了一眼。玲玲站在一边，眼瞧着那女看护十分奉承杨肜芬，又不代自己介绍，相形之下觉得有些不安。又听那女看护把宋爱新如何接骨的经过告诉杨肜芬听，伊更觉得站在室中没有意味，遂向宋爱新说了一声明天会，回身便走。宋爱新向玲玲说道："明天你在朝上是要来的啊。"玲玲已走到室外，宋爱新也没有听到伊的答应，只有静静地听女看护告诉杨肜芬的话。女看护说毕，又道：

205

"杨小姐请宽坐一会儿，我去后再来。"杨彤芬说了声请便，那女看护便走出去了。

此时室中只有宋爱新和杨彤芬二人，十分静寂，因为二人是初次相见，大家很是客气，不能随便闲谈了，可是静默了一会儿，杨彤芬一手抚着藤椅的扶手，徐徐说道："密司脱宋，府上在什么地方？一向在哪一学校用功？"宋爱新道："我住同孚路大中里，在江湾光明大学肄业。"彤芬点点头道："此番伤了尊足，虽无大碍，可是校中的功课一定要旷废了，将来学分不足，如何是好？这不是间接我害了你吗？"彤芬说了这话，一双剪水双瞳紧瞧着宋爱新的脸，似乎要试探他的心理一般，所以一手支着香腮，似笑不笑，欲语不语。宋爱新微微一笑道："密司言重了。这是我自己的不谨慎，以致被密司的汽车撞倒，又不是密司有意使我受伤的，怎好错怪密司？换一句话说，世间万事万物各有天数，并不是迷信，假使我的自由车驾驶得谨慎时，便没有这事发生了。偏我在那时疏忽而不留神，而密司的汽车又适驶来，遂造成这个祸殃。即使我被碾毙在车轮下，也是天数。何况我侥幸还是活着，只是足部有微伤呢，又怎好错怪密司？反蒙密司情意殷勤，将我送至医院，又亲自纡尊降贵，来此探问，真使我异常感激。"彤芬听宋爱新如此回答，面上毫无怪怨之色，反而心平气和得若无其事，不由芳心喜悦，立起身来，说道："你能原谅人家，是幸事了。现在请你安心在院中疗养，等到痊愈后方可出院，一切费用我已和医院里主事者说过，完全由我照付，请密司脱宋不要客气。"宋爱新道："我的医药费怎能由密司代付？给人家知道了，岂不要笑我赖在他人身上吗？将来住院费若干，尽可由鄙人去付出，何必破费密司的钱呢？"彤芬道："理应我出的，我坐的汽车撞伤了你，累你受无妄之灾，我心里已是十分不安，而你却一些儿不怪怨我，能够原谅我，真是君子人也！这区区药费难道不好让我来付吗？请你千万别再客气。一个人花钱只要自己情愿，并不是你去捕房里控告了我而罚我拿出来的。倘然罚款赔偿，也许我倒轻易不肯答应哩。这是我的脾气，人家越要我出钱，我越不肯出，且越花到别地方去，不肯损我的颜面；但越不要我出钱时，我却越要出钱，以为人家瞧不起我，所以不要我拿出钱来了，是不是?"彤芬说这话，态度十分坚决。宋爱新连忙接口说道："我也并非客气，实在是不敢当的。密司既如此说以后再说便了。我总是感谢密司的美意。"宋爱新说到感谢两字，声音特别响，格外诚挚。彤芬回到椅子上坐下，又说道："密司脱宋受伤，府上想必吃惊，方才室中的女子是密司脱宋的妹妹吗?"宋爱新不防伊有此一问，嗫嚅着说道："伊是……伊是我的表妹。我妹妹和母亲是在昨晚就来的。"彤芬点点头，也不说什么。宋爱新道："我在此间别的倒无所谓，只是春日迟迟，一个人枯卧着，便觉得十分无聊，因为我是活动惯的人，不耐岑寂呢。据华医师说的话，我或能早些出院，然而至少也要二三星期。"彤芬道："这真是对不起。倘然密司脱宋不讨厌我这个人时，我每天有暇时必来院探望，聊慰岑寂。"宋爱新道："密司能够这样抚慰于我，真是萍水相逢，一见如故了。"这时女看护又托着药水进来给宋爱新喝。彤芬立起身来说道："密司脱宋，我尚有一些要事在身，不能多坐，明天会吧。"说着话，便向宋爱新点头告别。宋爱新说声多谢，彤芬早已叽咯叽咯地走出室外去了。女看护回头看了一眼，微微一笑，托着空盏也走出去了。

宋爱新闭目养神，不知怎样的脑海中留着一个杨彤芬小姐的倩影，觉得彤芬的一种佳丽，带着贵族色彩，雍容华贵，确是大家闺秀，天人之姿，和玲玲不同了。他想了一回，不由自主语道："我真痴了！癞蛤蟆想吃天鹅肉，自己受了伤，还要想入非非吗？况玲玲爱我，岂可有负于她呢？"他想到这里，又好似见玲玲的倩影姗姗来迟。可笑宋爱新睡在病床上，自己的创痛不去设法顾及，反而心神不定，萦恋在两个女子身上，女色的诱人可

207

见一斑了。

次日清晨，宋爱新独睡在病床中，腿上的伤痛略觉好些。他心中暗想今天杨彤芬和玲玲都要来的，不知她们谁先来。最好不要使她们碰在一起，凡使我难以招呼啊。他这样想着，听阳台上又起了一阵革履声，似乎是玲玲的足音，果然是玲玲已推门进来了。彼此说一声早。宋爱新瞧玲玲今天又换了一件浅色的旗袍，手里挟着一包糖果站在他的床前含笑不语。但这笑容似乎有些勉强，与往日不同的。所以宋爱新开口问道："玲玲你来了吗？我很感谢，我很欢迎。"玲玲将头一偏道道："你真心欢迎我吗？"宋爱新听了这话，不由一愣，忙说道："我不欢迎你，又欢迎谁？"玲玲笑道："谁吗？你问你自己。"宋爱新道："玲玲，蒙你这样关心厚爱于我，我心里真是充满着感谢和欢迎，实在是真心的，你怎样问起我来呢。"玲玲又走前一步道："我还要问你，昨天不是那位杨小姐来拜访？她坐的汽车撞伤了人家，却还要假惺惺作态，来慰问你，这也是很难得的事。我瞧她真是一位交际之花，非常活泼的，况又是富家闺秀，所以猜你一定大大欢迎了。既然欢迎了她，当然不欢迎我的啊。你们男子的心理很易转变，我为着这个，所以很不放心。不知她昨天和你谈些什么？谈到什么时候去的？"宋爱新听玲玲这样问询，不由扑哧一笑道："你怎么有些酸溜溜起来了？请你放心，没关系的，你不信任我吗？我的心坎里只储藏着你一人，什么杨小姐、柳小姐，都不相干。"玲玲方才嫣然一笑道："但愿你如此。"二人正在讲话，忽听外面阳台上又有叽咯叽咯的革履声，宋爱新以为杨彤芬来了，必要闹出尴尬的事情，心中不由一怔，张大着两只眼睛，专等彤芬进来。玲玲也有些怀疑，立刻回转头去瞧看。

第六章　这是要问你的

革履声到了门前，但是走进室来的并非杨彤芬小姐，而是昨天那个女看护。今日她的足下，不知怎样换上了一双白色高跟皮鞋，遂使人家猜疑是彤芬了。女看护仍是送药水来的，她一眼又瞧见了玲玲，更露出傲视的样子。等到宋爱新喝完了药水，她就托着空杯子回身出去，并不和玲玲理会。

玲玲待女看护走后，便在宋爱新榻畔坐下，柔声说道："你的创痛觉得好些吗？我很是挂念的，但望你早日痊愈，出了医院，仍能和我常在一起玩。"宋爱新点点头道："我也是这样希望着，但至少要两个星期才好。"玲玲道："你怨杨小姐呢，还是感谢她？"宋爱新道："这也是不巧的事，她的汽车开得太快一些，而我的自由车也踏得不留神，以致闹出这个乱子来。她把我送到医院里，自己又来探望我，这是出于她的良心问题。所以我既没有什么怪怨，也没有什么感谢。"玲玲把一手撑着伊的香腮，低倒了头不响。宋爱新又道："我此番受伤，虽然是不幸之事，假使撞倒的不是我而换了你，那就事情更要糟了。因我邀你出去坐车子的，怎样在你母亲面前交代得过呢？岂非还是不幸中之大幸吗？"玲玲道："祸福之来是没有人能够预测。即使我受了伤，也是命该如此，不能怪怨于你的。不过我若是这样枯睡在医院中，你也能天天跑来慰问吗？"宋爱新道："怎见得我不能呢？你若在医院里时，不要说我天天要跑上一趟，而且愿意住在病房里，一天到晚做伴呢。"玲玲笑道："你这个人真会说话，不要嘴里甜，心里苦啊！"宋爱新道："嘴里心里一色一样，好像你们店里的糖果是十分甜蜜蜜的。"玲玲听了，遂将手里的一包东西放到宋爱新的枕畔，带笑说道："这一些可可糖是我带给你吃的。"宋爱新道："谢谢你又送糖给我吃。这两天店里事情忙吗？"玲玲道："怎么不忙？一切账务都要我管的，很是麻烦，否则我不好终日坐在医院中陪伴你吗？"宋爱新道："能者多劳，若要店中营业发达，只有自己操心。我只要你天天来一趟便够了。"玲玲道："我总是希望不要管这些劳什子的事，母亲偏要把店交在我身上，她昨晚又说将来要招女婿，不放我嫁出去，要我一辈子守这店，我却没有回答她。"宋爱新道："你母亲要招女婿吗？不知要何种资格方能入选？"玲玲不答。宋爱新又道："像我这个人很愿意给人家招女婿，不知你母亲意下如何？"玲玲禁不住把手指向他额上轻轻一点道："不要胡说！她老人家能做我的主吗？"宋爱新微笑道："算我说错了，这是要问你的。"玲玲别转脸去不说什么。宋爱新见她娇羞万分，哈哈笑了一笑，便和她闲谈别的事情。看看已到十一点钟，玲玲道："我要回去哩。"宋爱新恐怕杨小姐要来，不敢多留她，遂说："很好劳你的驾，明天来时请你带些小报给我解闷。"玲玲答应一声，便和宋爱新紧紧地握了一下手，走出室去。

宋爱新在玲玲去后，医生又来代他诊视一过，睡在床上，仍觉无聊。暗想玲玲已来过了，那位杨小姐昨天也说今天再要到此，怎么不见她翩然惠临呢？大概对于我还是敷衍敷衍，像我这样的人恐怕也不在她的心上吧。还是玲玲对待我真挚呢。他这样想着，便去解开玲玲赠送的可可糖，吃了数块，真觉得甜蜜蜜的，直透到心里，感觉到这是美人之贻，格外甜蜜了。

午后，他正在蒙眬睡去，忽听耳边有娇滴滴的声音呼唤，睁开眼来，陡觉眼前一亮。在他床前立着的一个美人儿，可不是杨彤芬小姐吗？身穿一件镂金铄彩的新式旗袍，手臂雪白如藕，指上套着亮晶晶的钻戒，脸上带着微笑，点点头对他说道："密司脱宋，我来扰你的清梦了！"宋爱新忙道："我真是寂寞得不行，闷闷睡去，多蒙密司杨驾临，快乐之至。"彤芬把手向桌上一指道："我知道你感觉寂寞，所以带了这些东西前来给你忘忧消闷。"宋爱新跟着她的手向桌上瞧去，见桌上果然放着不少东西：一个雨过天青的花瓶插着一枝鲜艳的紫色小花，不知是什么花，烂漫可爱；其他还有一叠书报，和两册《中国游记大观》；一座五灯机，一个西洋镜以及许多水果和茶点。连忙说道："密司杨为何带上这许多珍品，教我如何克当？"彤芬道："你不要客气，这一些东西值得什么，是我汽车上带来的，随意送上几样，恐不中意。这食物也是从先施公司购得的，都很新鲜而洁净，请你放心吃。至于这瓶中的花是一种西方有名的花，译名'使君乐'。我家新有两盆，一位香港朋友送给我的。我特地采了一枝赠给你玩赏，不知你中意不中意？"宋爱新道："谢谢密司杨美意，这'使君乐'果是西方名花，不愧是忘忧草、解语花，我见了此花，如见密司的娇颜，真使我心花怒放了！"他说了这话，自觉太直率一些，彤芬却笑了一笑道："你把我与名花相比吗？惭愧得很。那么我倒有一个问题要问你了。"

第七章　众星捧月

宋爱新听彤芬有问题要问他，不知是何问题，心中不由一怔，嘴里却说道："密司杨有何问题？像我这样不学无术的人，不知能否对答。"彤芬又笑了一笑，便问道："方才你把我和名花相比，我就先要问你，名花为什么给人家赏爱？"宋爱新道："这个问题是容易解决的，因为它有色有香，两者兼全，所以人家要爱它。并且名花是品格高尚的，如梅，如兰，如牡丹，如芍药，断非野草闲花可比。密司现在送我的使君乐，便因为有色有香，而品韵十分清秀，故更使人可爱了。名花如美人，因此美人当然为人人所爱。一顾倾城，再顾倾国，像前年英王爱上了辛博森夫人，竟敝屣冠冕，退位让国，愿做人间鸳鸯，不为三岛帝王，真是第一多情种子呢。"彤芬道："那么我非美人，不敢受人家的相爱，请密司脱宋还是爱名花吧。"宋爱新究竟和杨彤芬是客气的，所以笑了一笑，不好意思多说。彤芬遂在床前一张椅子里坐下，和宋爱新随意闲谈。宋爱新很感激彤芬的厚遇，滔滔不绝地讲些校里的逸事给彤芬听。宋爱新讲得天花乱坠，可是彤芬满不在意。坐了一会儿，看手腕上的手表，立起身来说道："好快啊！时候已有三点钟了，我还有一些事情要回家去。"宋爱新道："再坐一刻，用了点心去吧。"彤芬说："你是卧病之人，不必客气了。但等你完全痊愈后，我当接你到舍间去玩玩。"宋爱新道："那时我理当踵门道谢。"彤芬嫣然一笑道："你谢我什么呢？是

212

不是谢我坐了汽车把你碾伤吗?"宋爱新道:"塞翁失马,焉知非福?我若没被你坐的汽车碾伤,那么怎会得到你这样的宠遇?区区微伤,不足挂齿。我只望早日恢复自由行动,便可追随芳迹,时亲謦欬了。"彤芬道:"你倒会说话!我得暇总来探望,现在恕不能多留,再会吧。"遂和宋爱新说了一声再会,翩然反身走出室去,宋爱新连道几个谢字。

杨彤芬早已走至阳台转弯处,一步一步下楼梯去,有几个看护指着她的背后影都说:"这是交际花杨小姐啊!怎会走到医院里来呢?"彤芬下得楼来,顾盼自如地走到医院门前。那里有一辆流线型的轿式汽车靠在马路旁边,车前坐着一个汽车夫,见了彤芬,忙伸手去开车门。彤芬一低头踏上车去坐定,汽车夫早把车门关上。彤芬一摆手说道:"家里去。"那汽车便向西疾驰而去。

沪西地方空旷,风景清幽,柏油路平坦光洁,两旁人行道上种着许多树,绿荫如盖,鸟声绵蛮,朱楼碧窗,时露于树荫墙角。住着的都是富家大户,汽车阶级。在那忆定盘路中西女学相近,朝南有一座花园新式的洋房。门外有巡捕守着门,两边停靠着不少辆数的汽车。还有一二辆的机器脚踏车,当然是显宦之家了。

这时有一辆摩托卡驶至门前,喇叭叫了两声,守门巡捕忙呼司阍的开了扇铁门,汽车便缓缓地驶进门去。中间是水门汀路,两旁尽是草地。花木扶疏,境至幽静。对面是一座三层的洋楼,造的法国式,十分富丽。汽车便在白石阶前停住。草地上有一头戴着嘴套、浑身黄色的狼狗,瞧见了,早飞也似的扑过来。汽车门开了,走下一个女郎来,正是杨彤芬。那头狼狗已将前爪一摆,搭在她的香肩,伸过头来好像要和她接吻的样子。彤芬把手向狗的头上一拍道:"欧利!不要胡闹。"狼狗立即前爪着地,低着头只是嗅她的足。彤芬便向洋房里进去,那狗跟在后边,雄赳赳的竟好似她的保镖，原来这就是彤芬之家。

彤芬走到里面，一个年轻的男下人过来带笑说道："小姐，诸位客人都在会客室里恭候了。"甬道边转折处恰巧墙上有一面长方的明镜，彤芬立到镜子前，照一照自己的面庞，一掠头上的长发，从手皮夹中取出一个粉盒来，将脂粉在她自己的脸上略略敷掠一回，方才叽咯叽咯地走向左边会客室里去。下人代她开了门，彤芬踏进室去，那头狼狗跟着也向里面一蹿。杨家这间会客室是分着前后两间的，布置得很是富丽堂皇，充满贵族的色彩，宾客众多时可以将中间设置的活动门壁向西边推去，便成一大间，足可坐三四十人。这天正是这么布置着，中间拼上两张大菜台，两边坐着十多个青年，都是西装革履，非常摩登。各人面前放着一杯香茗，好似专待开会议的样子。但是主人还没有来，大家枯坐着，非常无聊。有一个雍容华贵的少年，口里吸着雪茄烟，斜睨着东面坐的一个胖少年说道："胖李，时候已有三点钟了，怎么密司杨还没有来呢？她不是约我们准三点钟来此集会吗？为什么她自己反出门去呢？教我们老是这样守着，真是闷杀人也！"胖李答道："我因守时刻的缘故，小杜有事约我到仁记路去，我也没有答应他，马上坐了汽车赶来。到此恰巧二点五十分钟，自以为恰巧，却不料嘉宾满座，主人反不见了影踪，这真是从哪里说起啊。"又有一个修饰美好的少年，搔搔头说道："今天上午密司杨还有一个电话打给我，教我千万必要前来，所以我特地请了假而来的，若不遇见她真太冤了！"

众人正焦躁不耐间，彤芬翩然而入，大家不约而同地一齐立起招呼。彤芬向众人弯倒柳腰，鞠了一个躬，然后走到主人座前去，轻轻坐下。那头狼犬便蹲在她的身边，目光睒睒，向众少年紧瞧着，好像彤芬的武装卫士。这时候早有两个俊俏的婢女走来，各人手中托着一个大盘，盘里放着大蜜枣、可可糖、花旗糯子、蛋糕、夹心饼干等许多食物，轮流送至众少年面前，请他们取来吃。又有那个男下人托着茶壶，挨次冲茶。彤芬举起茶杯，向众说一声请。大家又举起杯来谢谢。彤芬遂带笑对众人说道："今天殊觉对不起诸位了！彤芬本约诸位到此，承蒙诸位不弃，及时莅临，真是荣幸得很。但我自己恰有些事情，出外去了一遭，以致不能躬迎，反劳诸位久待，望乞原谅。"众人都道："没要紧，我们专诚造府领教的。"大家的目光齐齐注射在彤芬身上。彤芬坐在中间，仪态万方，容光映丽。大家环坐着，许多俊少年簇拥着一位美人儿，好似众星捧月，彤芬是月里嫦娥。她轻启樱唇，又向众人开口了。她说道："今天彤芬邀诸位来此茶话，因为有一件小事要有烦诸位代我效劳，不知诸位有可肯赏彤芬的脸为我出力？"她说到这里，顿了一顿，秋波盼着众人，没有再说下去。胖李早忍不住说道："密司杨有何吩咐？鄙人第一个情愿效劳，不惜赴汤蹈火，完成使命。"那个吸雪茄烟的少年早把残余的烟尾丢在烟盘里，听了彤芬的话，毅然说道："我胡思也是当仁不让，一百二十赞成的，请密司杨快快吩咐。"于是彤芬笑了一笑，方才告诉出来。

第八章　打倒郭四小姐

彤芬道："我首先要报告的，便是近因上海慈善团体将举行一个救济灾民平剧客串的大会，就在星期六晚上在大舞台起始矗演。我新近加入了扶轮票房，唱的戏十分桂花。但是他们一定要我登台客串，扮演《苏三起解》。这出戏唱做很繁重，我没有梅兰芳、程砚秋的艺术和资格，决不会出人头地，而且恐怕要贻笑大方。今天诸位先要笑我了。"胡思抢着说道："密司太客气了！密司蕙心兰质聪明过人，必能当行出色的。我等决于是晚来大规模地捧场，借此一饱眼福。"彤芬又道："当然我要请诸位来观的。这几天我特地请着一位老伶工到舍间教戏，刻意练习，因为我的脾气谅诸位先生知道的，生平心高气傲，不肯屈居人下。此次会串里面尚有一位郭四小姐，矗弄《贺后骂殿》一剧。郭四小姐在沪埠也是有名的闺秀。有些人家说她的平剧程度很好，当然我不能敌她的。然我虽是一个初出茅庐的后进，而虎生三日，气吞全牛，我一心要想打倒那位郭四小姐，显显我杨彤芬的本领，也不在人下。我自己知道这是我的好胜心太重了。当然一面我还要精心练习，真功夫胜人，一面却还是要他人捧场，装点场面。因为郭四小姐是沪埠票房资格很老的女票友，自然有许多人捧场的，我的戏目又排在她的前一出，我若不来一个先声夺人，自觉扫颜了！所以星期六的晚上要诸位都去。"

彤芬说了这话，大家一齐说道："准去捧场，大家努力助密司杨去打倒郭四小姐！"彤芬微微一笑，说道："谢诸位的美意，我还有一个请求，现在大会已开始售票定座，一共三天。我加入的那晚是第一天，别的晚上虽和我没甚关系，但我却已答应代他们销去几张戏券。座价也不大，花楼每间五百块钱，包厢每间四百块钱，优等官厅每座三十块钱。这是为了救济难民起见，我们理当慷慨解囊。我担认的戏券很多，所以也要请诸位帮忙，踊跃销售的。"彤芬说完了，叫一婢女去取过一个皮包来，拿出爱国戏券。胖李先开口道："我准包一间花楼，再代密司销去官厅楼座五十张，可好？"彤芬点点头道："很好。"胡思跟着说道："兄弟也愿包一间花楼，并照样代销官厅券五十张。"彤芬又点点头道："很好。"其余众人在彤芬面前岂肯示弱而甘居人后？大家很慷慨地认购，有的认包厢，有的代销戏券二十张、三十张不等，霎时彤芬面前的戏券早已十去八九。彤芬道："谢谢诸位能使我不失望，这是彤芬的幸事。"大家又同声谦谢。

彤芬把要事交代过，遂和大家吃着茶点，随意闲谈。大家都竭意献媚，以博美人青睐。因为都知道这位美人背后还有金山银山，是一位傲视一世的黄金美人。能和黄金美人交友，不是一件容易的事，也是十二分荣幸的。好比上海人在春秋二季向跑马总会购香槟票一样，他们得交彤芬，就像在整万的马票中摇出了十二个马位的号数，大家都有得中奖的希望，全在大家努力罢了。所以在黄金美人面前又安敢不奉命唯谨，献上他们的诚心诚意呢？

五点钟后，大家告辞出去。彤芬亲自送至门前，各道一声晚安而别。霎时门前的车辆都已走空了。彤芬回至里面，狼狗追随不休。彤芬叱道："讨厌的狗，我有事情哩！你别紧跟着。"又对一个婢女说道："阿梅给它一磅牛肉吃吧，也许欧利肚子饿了。"于是阿梅牵着欧利走去，彤芬便到楼上房间里去见她的母亲。原来彤芬的父亲杨无任，一向在广东盐务海关上任要职，兼营商业，是著名的大富翁，姬妾也很多。彤芬的母亲因为自己年老多病，精神不佳，所以挈了爱女，离别了丈夫到上海居住。这座洋房也是杨无任向一个西人购下的，杨无任是理财家，素有小财神的别号。他样样称心如意，只有一件憾事，就是伯道无后。生平只有一个女儿，便是他如夫人生下的彤芬。其他姬妾虽有四五人之多，可是一个也没有生育。他的年纪已有五十多岁，身体肥胖得无以复加，好似当年河南督军胡景翼一般，体内充满脂肪，常常出汗怕热，有人说他所以不能养儿子，便是为了他身体太肥之故，他虽然吃过许多壮阳补肾的药片，可是一无效验。他为了这事常要不快。亲戚们常常劝慰他，现在男女平等，总是一样的亲骨血，将来招赘一个乘龙快婿，不是一样传下去吗？他为了自己不争气，也只好如此。因此他非常钟爱这个女儿，千依百顺。外面听得杨无任要把女儿招赘的新闻，便有许多人家的子弟愿意来雀屏中选。谁不想做财神女婿？他日好大大得一笔遗产。可是彤芬主张婚姻自由，绝对不肯让父母做主。杨无任也因女儿年龄不大，所以稍缓无妨。

彤芬跟随她母亲在上海，曾入华美艺术专科学校，读过一年。后来因为生了一场大病，半途中辍。她母亲因恐彤芬读书多用脑力，遂不许她再读。彤芬病愈后，休息了一年，在这一年内，她只是向娱乐场所中去消遣伊的黄金光阴。四处交际，异常阔绰，海上一般摩登少年无不知有密司杨其人。向她追求的接踵而来。大家想要娶得这位黄金美人，无穷幸福。所以彤芬的男朋友很多，哪一个不拜倒在她面前呢？伊母亲杨太太是吸大烟成癖的，一天到晚横在榻上，吞云吐雾以为乐。今天她见女儿上楼来，带着笑和她讲话，便教汤妈制一杯橘子汁来，给彤芬喝，又问她这几天常常出外忙些什么。彤芬便将客串的事告知，杨太太笑道："到那晚我也要来看你演唱呢。你能和程砚秋一样好吗？"彤芬正要答话，忽然阿梅跑上楼来说道："小姐小姐，教书的先生来了。"

第九章　武曌是女权主义者

　　书室里的电灯亮了，照得室中绿滟滟的，陈设非常华丽，纤尘不染。一个穿着西装的少年，面圆而白，身躯不长不短，头发挑着西式，涂得十分光泽，鼻架眼镜，双手插在衣袋中，在始终来回踱着。革履踏在俄国羊毛绒地毯上，轻柔无声，一会儿立定在一座楠木玻璃橱前，橱中陈列着的都是珍奇玩物，光怪陆离。有一意大利石刻裸体美人，虽然只有一尺多长，而冰肌玉肤，栩栩如生，令人见了兴起美感。少年瞧着石像，痴痴地出神了一会儿。室门微启，走进一个婢女来，奉上一杯香茗和纸烟，对少年笑嘻嘻地说道："孔先生，请你稍等一会儿，小姐便来了。"少年点点头，婢女退去。少年喝了一口茶，方才在沙发里一坐，随手取过一张夜报来翻阅。

　　这少年是谁呢？原来就是杨家请的补习教员。彤芬因患病缺课而没有继续入学，虽然一味在外边游玩，讲究交际，然觉学业荒废，自己在老父面前交代不过，又恐被人说话，所以前数日向她母亲说了，就要聘请一位先生，每日到她家里来教她补习国文英语。杨老太太当然赞成，遂托人去请要有学问高尚的人来担任教师，束脩特别丰厚，当然有人肯来教授了。起初聘请的是一位五十多岁的姚老夫子，还有一位姓夏的大学生来授英文。但是彤芬补习不到一星期，便对这位先生表示不满。彤芬不满意之故，并非为了学问不精、师资不够的关系，只因那位姚老夫子虽是前

219

清太史出身，博通经史，著作等身，而他形态已是十分龙钟，长髯过腹，白发盈颠，教书时常咳呛不已，唾沫飞溅到彤芬身上，一口一口的老浓痰吐之不尽，虽然吐到痰盂里去，可是彤芬总是看不惯，生怕要肮脏了自己，坐得远远的避之若浼。而且一副古怪冷僻的面孔，也是很觉难看，所以彤芬不满了。至于那位英文教员呢，年纪虽轻，然而生得矮小异常，嘴上的一副连腮胡子，委实面目可憎，凭他教授怎样详明，服务怎样忠实，彤芬终觉此人不适做我师表。遂对她母亲一说，决定辞退。杨太太不敢违拗她女儿的意思，忙送了两位先生每人一个月的薪金，托故谢辞，表示歉疚。这两位先生去后，又有人介绍别位来执教。可是彤芬之意，此番要请国文、英文兼通的学者来教授，免得两个人两起来，对于时间上也不方便。然而精通现行文字的未必能讲本国文学，而熟读我国文学的，又大都不解西文，所以格外困难。陆续荐了不少人来，谁知道都不能使彤芬满意。不是国文可以胜任，西文尚嫌不够，便是西文虽好，国文程度尚浅；不是年纪太大，便是模样难看。杨太太故意同她女儿玩笑道："你请一个先生尚且如此烦难，这个不好，那个不好，究竟只要他们学问好便了，又不是和你配对儿，他日择婿时不知怎样难之又难呢！"彤芬笑道："从师虽不能和相婚并论，然也不可不选择。我最怕和可憎的人坐在一起。以前我在学校里最怕上公民一课，因为教授公民的先生是一个大麻子，我瞧见了他便要作呕的。"杨太太笑道："你见了父母也要作呕吗？"说得大家都笑起来。杨太太又道："那么你如要请合适的先生，只可登报招考了。"彤芬笑道："只有先生考学生，没有学生考先生的。不如刊一则聘请教师的广告，要他们先将履历照片寄来，然后再聘请哪一位，那么无异招考了。"杨太太道："就是这样办法也好。"彤芬就去撰了一则广告，说明待遇优异。隔了两天应聘的函件和照片络绎而来。经彤芬慎重考虑之下，方才聘请定了这位孔先生来教授。

孔先生名唤大器，在外洋留学过，博通中西，学术湛深，现在上海某大学任教授，年纪也不过二十五六岁。此次到杨家教彤芬补习，每日下午五时至七时两个钟头，晚餐在杨家吃的，月薪二百四十番，那时候生活程度尚低，对于他的收入上不无小补，所以尽心尽意地指教。但是彤芬也不是天天读的，有时先生来，学生要放假。先生闲坐一回，吃了晚饭而去。彤芬对于这位先生尚无不满之意，所以已继续来教育有三个月之久了。

　　孔大器坐在沙发中，守候了好一刻，还不见彤芬，已一连三天没有补习了。孔大器常常坐着看报，好像到杨家来静坐休养。吃罢晚饭坐车回去，换了偷懒的教师，乐得省力。但是孔大器却情愿彤芬上课，多费些时候并不在意。若这样来了不授课，冷冷清清，反觉没趣。今天他不见彤芬出来，以为又不上课了，十分懊恼。忽见室门开了，彤芬翩然而入，换上一件新衣，香风四溢，眼前顿觉一亮。连忙立起身说道："密司杨，好多天不见了。"彤芬也点点头道："孔先生，对不起，这几天我有些俗事羁绊，以致不能上课，幸勿笑我荒唐。"孔大器带笑说道："不敢不敢。"一边说，一边走到写字台前。彤芬把一盏台灯开亮了，从抽屉里取出一本《古文观止》，两人面对面坐下。孔大器也从他的皮包里取出两本书来，向彤芬问道："前天所授的可有什么地方要问吗？"彤芬翻到《为徐敬业讨武曌檄》一篇，带着笑，向大器问道："这'陷吾君于聚麀'句，'聚麀'两字，究竟作何解释？"大器顿了一顿，答道："《曲礼》说，夫唯禽兽无礼，故父子聚麀。兽之雌的名麀，聚麀云者，父子共一妻。就是说武则天，初为才人充太宗下陈，后来又被高宗宠幸，不是父子聚麀吗？"彤芬道："父子怎能共一妻？"孔大器道："所以名之曰聚麀。"彤芬道："譬如两个朋友共一妻，也可说是聚麀吗？"大器沉吟了一下道："也可说得。"彤芬道："那么一个孀妇再醮或是离婚后的妻子嫁了别的男子，亦将称以聚麀了，我以为不妥的。"

孔大器被她这么一说，倒哑口无言，微微笑了一笑。彤芬又说道："我读了这篇文章，觉得骆宾王对于武曌攻击得体无完肤，未免言之过甚，很代武曌不平。我以为武曌是女权主义者，也是一代女豪杰，我们须用另外一种目光去读史，不可被前人掩没。孔先生你想是不是?"大器听彤芬出语惊人，别有见解，遂笑了一笑道："仁者见仁，智者见智，请你把你的理由先告诉我一下可好?"

第十章　他的意中人

彤芬身子仰后一倚，把纤手一掠云发，侃侃地说道："我国一向重男轻女的，国家大事都是男子治理，女子没有参政权。难得有几个贤明的后妃，也不过如《诗经》上所咏的《葛覃》卷耳，采藜采蘩志在女功，供奉祭祀，纪天下以妇道罢了。汉朝吕后垂帘听政，便讥为牝鸡司晨。因此女子的天赋天才，日渐泯没，没有机会给她抬头。尤有荒谬的，大都以女子无才便是德，而阻塞女性智识的开展，使和男子们不能站在平行线，而终生为男子的玩物，这真是抹杀女权至可痛心的事。武则天生在中古时代，以一弱女子而能利用机会，把政权取到手中，南面而治天下，这岂不是值得称颂而可敬可喜吗？她在朝的政治并没有什么错误，能用狄仁杰为相，何尝不能亲贤人呢？并且开科考录女状元，大为千古女子一吐不平之气，我若生在那时候，一定也要去入闱一试呢。至于她的淫行，当然是她的不守贞操，可是瑕不掩瑜，岂可因此而完全抹杀呢？即如欧西各国，俄国有女皇加他邻，英国有伊丽莎白、维多利亚等女皇，皆能雄视一世的，并不亚于须眉。为什么我国要这样轻视武曌呢？文人之笔好逞意气，加倍写得她不好了。现在我国虽然号称妇女解放、男女平等，实则仍不能达到真正平等的地位。妇女们大多数仍未解放，自私自利的男子也没有真心去相助解放的成功，妇女参政权依然渺小无望，正要有千百武曌来争女权的独立。所以我读了这篇文章大不

223

以为然了。孔先生，你是男子而不能体贴到我们女子的心理，请你批评一下何如？也要说我言之过激吗？"孔大器点点头道："密司的话说得异常爽快，可谓能言人之所不敢言！当然也自有你的见地。以我看来，武曌的为人固是一个聪明多才的女子，很有解放思想，可惜为了伊淫秽而不修私德，遂被世人轻视了，这是很可痛惜的。"

师生二人正在大谈武则天，小婢阿梅早又跑进来说道："小姐，那个王先生又来了。"彤芬将手一摆道："你教他稍等一下，我就来。"阿梅走去。彤芬遂对大器说道："今天我不能上课了，因为近来我正在学习平剧，要在大舞台爨弄，这是经慈善团体的请求而答应的救济灾民，并不是为了出风头。孔先生也要笑我吗？"大器道："很好，这足见你的热心，服务社会，多才多艺。"彤芬一笑道："真是牺牲！我已推销许多座券，自以为十分尽力的了。下星期六晚上孔先生可有暇去一观吗？"说毕便从抽屉里取出两张包厢的座券送给大器。大器接过，说道："我一准来观密司献技，以饱眼福。但这是慈善事业，我不敢叨扰密司的。我当出资，且可代销数张。"彤芬道："很好。"又取十数张戏券交给大器，说道："请你送送亲友也好。此刻我要去和王先生一起研究，王先生是数十年前著名青衣，年纪虽老，此道很深的，孔先生这边的课明天再上吧。"大器只得说一声请便。彤芬笑了一笑，立起身来，便走。

大器等彤芬出去后，也从椅子立起来，在室中打圈儿地踱着，不觉又站在那石刻美人之前，仔细相视良久。忽听歌声一缕，起自他室，隐隐地从窗中风送入耳，其声清婉，如雏莺晓弄，知是彤芬在那里练习了。又听那古琴声也拉得出神入化，暗暗点点头，自言自语道："彤芬真是个聪明女子，令人可爱！无怪有许多少年向她追求了。唉！人非木石，孰能无情？不过癞蛤蟆想吃天鹅肉罢了！"他坐到沙发中，静聆了一会儿，歌声已止。

224

今晚他更觉得十分无聊枯坐寡欢，所以不等吃晚饭，立刻戴上呢帽，走出书室，离了杨家回去。走在马路上，月光很皎洁地照着他的影儿在地。他瞧着自己瘦长的影儿，低着头一边走，一边想起了方才彤芬批评武则天的一席话，在他心头起来异样的感触，而彤芬的倩影恍如站在他的眼前，对他浅笑呢。

孔大器的家是在哈同路的一个里弄，他家中有一个老母、一个弱妹，租了一间阁楼。他的母亲青年守节，靠着她的丈夫遗下的一些存款，把子女抚养成人。因为孔大器读书非常勤勉，进步甚速，所以他母亲极力栽培。大学毕业后再送他出洋去留学二年，在美国加州大学取得硕士学位而归来。回国后便在某大学任教授，方得甘旨事奉老母。孔大器的妹妹大昭，现在一个女子中学里读书。孔太太的胸怀渐渐舒松，家境也转佳。但是心中还有一个愿望来了，就是孔大器的年纪已有二十有六，还没有娶妻生子。孔太太最后的希望便是这向平之愿，却因孔大器的目光高傲，少所许可，以致迟迟尚未实现。

这天晚上晚餐后，孔太太和大昭坐在楼上，一个写字，一个听收音机里的弹词，忽听楼梯声，大器走回家来，叫了一声母亲。孔太太问道："今晚你怎么回家这样早呢？晚饭有没有吃？"大器道："今晚杨小姐要紧学习平剧，又未读书，我因为一个人太觉寂寞，所以晚饭也没有吃，马上回家。你们吃过了吗？"孔太太道："你没有吃吗？幸亏你喜欢吃的红烧肉还有一碗藏着，我叫娘姨去端整吧。"说罢，走下楼去了。大器不爱听弹词，向收音机上轻轻拨一下，里面正播送着程砚秋《玉堂春》的唱片。大器听了，心灵上又有些感触。一会儿晚饭已好，娘姨搬上楼来，大器坐下便吃。孔太太坐在旁边看他吃完后，洗过脸，娘姨撤去残肴，她便从抽屉里取出一张照片来，递给大器手中，笑着说道："你瞧这位陈小姐可好？"大昭放下钢笔也跑过来笑嘻嘻地说道："哥哥，这位陈小姐是中西女学的高才生，今年要毕业了，

225

非常摩登，大概你能够中意了。"孔太太也道："你舅舅为你选择太严，蹉跎姻事，所以极力代你物色的这位小姐，你觉得如何？倘然有些合意的，我可托你舅舅介绍陈小姐和你先见一面，约为友侣，然后再订婚约。你今年也有二十六岁了，我很希望你早早娶一个贤德的妻子，使我含饴弄孙，那么我的心愿完了。好儿子，你快决定吧。"孔大器看了一看，放在桌上，也不说话。孔太太又问道："你怎么不答？难道还不中意吗？"大器道："这件事要慢慢考虑的，我一时不能回答。母亲何必性急？"孔太太听了儿子的话，本来一团高兴，现在又有数分失望了，所以自言自语地怪她儿子脾气古怪。大昭笑道："这样看来，哥哥别有意中人了。那么请你也不妨说出来。"大器笑了一笑，依旧不答。这天晚上大器睡了，梦见他的意中人翩然来临。他的意中人是谁呢？就是他的女弟子杨彤芬！

第十一章　在锣声琴韵中姗姗而出

　　星期六的晚上，大舞台门前一辆一辆的黑牌汽车接毂而来，挤得马路上几乎车辆难行，巡捕举起木棍在人行道上驱逐闲人。照耀如昼的电炬之下，只见有王孙公子、香闺名媛，以及许多富贵人家的太太奶奶，纷纷下车，赶着望铁门里挤进去。大家知道这晚是上海票房里假座演剧、募款救济灾民的。想不到仁浆义粟都是从清歌妙舞中得来，上海的慈善家真是热心多多了！不到七点钟的时候，官厅花楼上下包厢都告客满，黑压压地坐得水泄不通。当然胖李、胡思等一辈朋友都已高踞座中，连那个孔大器教授也和他的老母、妹妹坐在官厅中，预备瞧着杨彤芬出场。起初台上所演的剧如《黄金台》《打严嵩》《黑风帕》《定军山》等，胡思等都不注意，吸烟饮茶，游目而观，觉得今晚大舞台的座客都是上流社会中人，买办阶级和金融界里的巨头也不少，花团锦簇，珠光宝气，果然是气象不同。但不知他们是捧彤芬来的呢，还是来捧郭四小姐的呢？还是专诚看戏而来？这时候台上正演《神亭岭》，两个票友都是英俊，一饰小霸王，一饰太史慈，全武行开打得紧酣，一片锣鼓之声震耳欲聋。胡思等亟盼彤芬上场，因为《神亭岭》过后便是彤芬的《苏三起解》了。

　　好容易等到《神亭岭》下场，戏牌悬上杨彤芬小姐的《苏三起解》，琴师鼓手一齐更换。那位老伶工拿着胡琴，将座椅拖前数步，咿咿呀呀地和着琴音。又有两个茶房捧上两只花篮来，桌椅靠等都是新制来的，上面都绣着紫罗兰花，原来这就是胡思特地教店肆中赶制起来的，赠送与彤芬，也是献媚于美人的意思。此刻台上电灯更亮，彤芬随着解差在锣声琴韵中姗姗而出。身上行头都是她新制的，鲜明夺目。四下里彩声如春雷般响起来。胡思、胖李等许多很关切的目光一齐射到她身上脸上去。见她扮相艳丽，台步工稳，唱起来珠喉婉转，余音绕梁，想不到个妮子初出茅庐，居然有此成绩，一鸣惊人，真不容易啊！胡思等连声叫好，兴高采烈。更见那两名解差都是有名的配角，绿叶扶持，格外出色。所以自从彤芬上场至下场，始终彩声不绝于耳。当然楼上下有不少人代她捧场，可是这么一来连那些不捧场的人也随声附和，一迭连声地大叫其好。彤芬下场后，自己心里十分满足，心花怒放，觉得今晚的风头出足，可以打倒郭四小姐了！

至于那位郭四小姐是个青年负气、傲物恃才的贵族少女。她在今晚爨弄，救济灾民的问题倒小，而自己的风头问题为大。伊和彤芬一样，感觉到唯一的劲敌便是彤芬。伊的戏目是《贺后骂殿》，足足练习了五六个黄昏，务期取胜于人，不使彤芬专美于先。

当然彤芬上场的时候，伊立在门帘里偷瞧。眼中瞧着彤芬美丽的扮相，耳边听到彤芬清脆的歌声，更加着一阵一阵的彩声，伊的一颗心不禁摇摇晃晃起来。等到彤芬下场，伊心中又急又忧，又气又恼，不觉一阵昏迷，倒在后台，经伊的家人扶持而去。《苏三起解》过后，便是闻天居士的全本《空城计》。《空城计》唱毕，方是郭四小姐的《贺后骂殿》。然而郭四小姐此刻神经受了刺激，不能上台，坐着汽车回家，请医生去，临时改由冷香阁主代演《武家坡》，看剧的人未免失望，而郭四小姐名下捧场者更是大失所望。彤芬希望要打倒郭四小姐，这一下子出乎她的意料，反有些不忍了。

次日本埠大小报纸上竞载其事，把杨彤芬捧到三十三天之上，直欲置之梅程荀尚之列。胡思、胖李等都坐着汽车，先后到彤芬门上来道贺。彤芬喜滋滋地接见这些功臣。第二天晚上，郭四小姐依旧不能登台，竟偃旗息鼓而退，不敢和彤芬颉颃高下了。所以主持的人商得彤芬同意，接演《春香闹学》，竟排她在压轴戏中，彤芬扮演春香妩媚活泼，十分生动，又博得满堂彩声。从此杨彤芬小姐平剧的声誉名满申江，有口皆碑。

当彤芬在大舞台爨弄之时，忙得分身不开，没有到医院中去探问宋爱新。宋爱新也知彤芬有这件事，所以并不盼望。那么他在院中岂不要更觉无聊吗？但彤芬在戏台上献技奏歌、大出风头的当儿，正是宋爱新和玲玲情话依依、难分难离的时候，又岂是彤芬意料所及的呢？宋爱新的伤处一天好一天，已能起坐，在室中试步。他很想出院，无奈不得医师允许，只得再缓数天再说。杨彤芬接连两天没有来，玲玲却是天天早上前来慰问，并且带了许多糖果给他吃。宋爱新知道彤芬不会来的，所以留伊在院中一同用午膳，絮絮闲谈。可是玲玲为了店中职务关系，不得不急急赶回家去。

星期日的早晨，宋爱新坐在椅子里读报，瞧见了报上记载的彤芬爨弄消息，不由微微笑道："彤芬的风头出足了！她真是多才多艺的女儿身，天生聪明之姿，在上海的小姐中可谓凤毛麟角，不可多得。而她对于我偶因汽车出了岔儿、撞伤我足之故，殷殷慰问，殊见多情，得美人青睐是很不容易的。"他正在想着，忽又听得阳台上叽咯叽咯的革履声。他的精神不由一振。回头看时，却见走进来的乃是玲玲，而非彤芬。今天气候很暖，玲玲穿着件浅色绸的单旗袍，外罩件绿色的开司米衫，衣袖管很短，露出两只雪白粉嫩的藕臂，手腕上套着一只手表，一双灵敏的眼珠，向宋爱新含情凝睇地送过无量的情波来。宋爱新忙把手一招道："玲玲，你来了！我很欢迎，快请坐坐。"玲玲走到宋爱新的对面，向椅子里一坐，宋爱新放下报纸，又向玲玲脸上仔细瞧了一下，说道："咦，玲玲，瞧你的脸色好似有什么不快的事，何以眉峰不舒，玉靥寡欢？我和你情非外人可比，你能够告诉我听吗？"玲玲听宋爱新这样一问，不由叹了一口气，说道："爱新，你究竟爱我不爱我？"宋爱新听玲玲忽然问起这话来，不由一愣，笑了一笑，然后说道："你为什么要问我？难道不知晓我的心吗？我当然爱你的。你能不能接受我的爱，我倒要还问你一声哩。"宋爱新说这话时，他心中暗暗忖度疑心玲玲知道他和彤芬亲密的事，也许玲玲有些吃醋，所以说出这话来。他怀着一团狐疑，要听玲玲的说话。

第十二章　老而不死是为贼

　　玲玲听宋爱新已有表示，脸上微微一笑，接着又叹了一口气，说道："我要问你，你却颠倒问起我来了！我是个没有学问的小家女子，不知究竟能不能得到你的爱心？这是我心里常常怀疑而期待着的。"宋爱新听玲玲这样说，更是猜疑玲玲一定为了杨彤芬小姐和自己形迹亲密，而惹起了伊的醋作用了。忙又安慰她道："什么小家不小家？现在的时代，我们有脑筋的人早已打倒阶级观念，有什么门第之分？我决定不放在心上。你的天资很聪敏，将来我想还要给你求学的机会，一定可以成功。我当然是爱你的，只要你能够洁身而待，总有达到目的的一日。"玲玲低倒头说道："我很感谢你的厚意，只是我现在的环境，觉得很有些危险，有人在暗中要伸展他的魔掌来攫夺我，也有人推波助澜地逼迫我。倘然没有人做我的后盾，我实在很少勇气。所以这几天我心烦意乱，如热锅上的蚂蚁一般，无路可走，应付为难。早想告诉你了，只因你的足疾还未痊愈，不忍加添你的烦恼。但是我受的逼迫，一步紧一步了，今天不得不在你面前吐露，你既然爱我的，能不能助我一臂之力呢？"

　　宋爱新听了这些话，方知玲玲别有苦痛的事，并非为了彤芬的关系，立刻搓着手掌，说道："哎哟！有谁来逼迫你，攫夺你？玲玲你快快告诉我，我一定不肯坐视你给恶魔夺去的。"玲玲见宋爱新态度语气都很坚决，心里稍稍宽慰一些，便将座椅拖前数步，和宋爱新并坐在一起，把一只手放在宋爱新的手掌里，让他握着，然后慢慢儿说道："还记得前月有一天下午，我们店里有一个五十多岁的老翁，衣服很是华丽，带了一个五六岁的小儿来买糖果。从他怀中取出一个皮夹，把一张十元的法币给我们找钱时，他瞧见了我坐在柜台里记账，便挨近我柜台前向我七缠八搭地问起店中营业的情形。我正在忙的时候谁高兴和他多谈，只因主顾不好怠慢，随随便便地问答了几句。他却走不开去了，一双眼睛在他的眼镜下面骨溜溜地尽向我注视。恰巧我母亲也站在旁边，他就向我母亲问起我的名字和年龄来。偏有我的母亲老老实实地都去告诉他，他又问起我可曾许配与人家，我母亲又去告诉他，说我是小姑居处尚无郎，他啧啧称赞了数声。听得我不耐烦，连忙立起身来，向里面一走。隔了十分钟，回到外面，谁知那老翁仍在那边和我母亲刺刺不休地闲谈。我便借事遣开了母亲坐到柜台上，那老翁仍是恋恋不肯离开。忽听哇的一声，柜边发出了哭声，原来那老翁携带的小儿买到了糖果，一心要想回家去吃了，哪肯尽逗留在这里？屡次催促老翁走路，偏偏老翁噜里噜苏地讲不完，只是老翁不动身，所以他发着急哭起来了。"玲玲说到这里，宋爱新不觉笑道："有这种寿头式的老头儿吗？老而不死是为贼！令人又好气，又好笑。"说罢，将手在椅子边上一拍，表示很憎厌老翁的样子。

玲玲很不自然地笑了一笑，接着又说道："还有笑话哩！那老翁给他的小儿一哭，方才掉转身子，慢慢地携了小儿的手，拿着糖果走出店去，到店门口时，回头又向我看了一眼而去。等到那老翁走后，店里人都讲起那个老翁。有人说他是一个富翁，住在慕尔鸣路附近一座洋房里。最近死去他心爱的宠姬，所以有些神经病似的，到处贪观女人。大家正在说时，有一个店伙指着我面前的柜台上，露出很惊讶的样子，说道：'咦！这东西不是那个老头儿遗忘的吗？'我跟着他的手指一看，见柜台上有一只皮

232

夹横放着，正是那老翁方才从怀中掏出来的，还有我找他的三元四角的纸币，也都忘记带回去。若不是他失魂落魄似的，怎会忘记这东西？店伙取过皮夹一看内中有百十元纸币，还有两张中国银行的支票，其数不小，便放到我的账桌上来，说道：'那老头儿停一刻一定还要到店里来索取的，代他留着吧。'还有三元四角钱也一起存放在抽屉中。等到晚上，那老翁果然急急地跑来了，便问店中人可曾瞧见他的皮夹子，且说自己遗忘在柜台上，没有带回去的，直到此刻方才察觉，所以跑来寻觅。倘然店中人代他保存着时，一定重谢。店伙遂指我这边说道：'有的有的，你自己去拿吧。'老翁遂走到账桌边来对我点点头说道：'密司我的皮夹保存在你处吗？请密司掷还为幸。'我听他连说两句密司，忍不住微微一笑，连忙从抽屉里取出皮夹来和那三元四角的找头，一齐交还他。他见我笑时，听他嘴里低低吟着道：'千金难买美人笑。'真像有神经病的。他接了我的皮夹，又说了一声密司谢谢你，我忍着笑对他说道：'你点验皮夹中的纸币之数，可有短长？'他看了一下，带笑说道：'丝毫不错。你们这店犹有不拾遗的古风，真是难得！'说罢，取出五十元纸币，双手捧给我说道：'这一些是我敬赠姑娘的，聊表一些谢意，请姑娘千万不要客气。'"玲玲说到这里时，宋爱新又骂了声老而不死是为贼。

玲玲又道："我怎肯接受他的钱财，把手紧摇。他一定要送，见我不肯拿他的，遂交给我的母亲。我忙叫母亲不要拿他的，我母亲遂也不肯接受他的钱财。他还要嬲时，我说道：'这并不是我的功劳，我怎肯接受你的赏赐，你不如把十块钱给了众店伙吃一顿点心吧。'老翁不得已将十块钱交给一个店伙。他又对我千恩万谢地说了许多好话，方才离去。我以为没事了，谁知以后的事层出不穷，变成了多事之秋呢？"

第十三章　你真是个妙人

宋爱新听了玲玲告诉的一番话，他心里就暗想玲玲真像一块又香又甜的巧克力糖，我以前常要到甜蜜蜜去，就是为了她的缘故，当然除了我以外，其他也有不少游蜂浪蝶要去亲近这块又香又甜的巧克力糖。但是那个老头儿，年将就木，却要来做癞蛤蟆想吃天鹅肉，岂非可笑之至？令我也要代玲玲怄气了！他就勉强带着笑，对玲玲说道："我以前却没有知道这事，你为什么不早些告诉我呢？那老头儿果然是很讨厌的，但是只要你们都不去理睬他也就完了，怎么你说变成了多事之秋？我倒有些不明白了！"玲玲答道："当然我是不高兴去理会他的，可是那老头儿痴心不死，天天要跑到我们店里来买糖，一双贼眼乌珠尽向我骨溜溜地注视不瞬。我见了他那种穷形极相，不觉又好气，又好笑，只得低着头写我的账，当作不见不闻。那老翁总要和别的店伙絮絮地问长问短，这岂不是讨厌的事吗？"宋爱新听到这里，不由笑了一笑道："那老头儿人老心不老，像他这个样子，真是单恋了！"

二人说话的时候，却有一个女看护在房门外探头向里望了一下，没有走进来，因为现在宋爱新也无须再吃药了。玲玲便很快地把一只让宋爱新握着的手立刻缩了转来，把手搔搔头，又说道："单是这样，我也不发急的，只当他是一个疯人罢了。不料隔了数天，有一个母亲的小姊妹姓姜的到我店里来拜望。那姓姜的住在福熙路，也开着一家糖果店，我唤她姜家阿姨的。她有好

234

多时候不来我家盘桓了。我以为姜家阿姨是挂念我们，所以跑来探望的。她和母亲在房间里讲了好一刻的话，我却在外边账桌上忙着写账收钱，没有工夫去陪她。后来母亲忽然唤我进去陪姜家阿姨吃点心。姜家阿姨就带笑带说地和我谈起婚姻问题来。她说现在的时候，一般滑头少年却是不可靠的，他们起初时候爱上了一个女子，便不惜用种种功夫要求达到他们的目的。等到如愿以偿后，他们就要积久生厌，弃旧恋新，又到外面去拈花惹草，把你丢在一边了。越是漂亮的男子、有钱的阔少，越是靠不住，在她的眼里见得多了，还不如嫁个年纪大的人。他得了年轻的妻妾，竟当作名花一般地欣赏，珍珠一般地宝藏，风吹肉痛地爱护着。你什么要求向他提出时，他也无有不答应的，实际上岂不是好得多吗？譬如她嫁的姜老板，年纪比她大上十数岁，虽然人老了一些，而家中的事都是她一人做主的，姜老板完全听她的话，不敢支吾。她是喜欢打牌的，输了钱常要发脾气，而姜老板非但不敢怪她，反把钱供给她去赌。有时代她邀了几个人，让她在家里上局。若然换了年轻的人，岂肯这样做的呢？所以女子嫁起人来，还是嫁年纪大些的人，只要丈夫有钱肯给自己畅畅快快地用就好了。那时我听了姜家阿姨的话，还不明白她为什么要向我说这些话呢，等到姜家阿姨去后，晚上没事时，母亲遂对我说了，我母亲说姜家阿姨是来代我做媒的。我听了母亲的话，不由一怔，忙问她说些什么。我母亲又说这事很奇怪的，姜家阿姨的弟弟是在慕尔鸣路童家做账房的。因为童家的老爷不久以前死去了一个最宠爱的姨太太，所以他亟欲再娶一个，而托姜家阿姨的弟弟代他做媒。我听到这里，就有些不耐烦，便对母亲说道：'人家要讨姨太太，干我什么事？姜家阿姨代我来为媒，难道要我去做人家的姨太太吗？'我母亲就说，你知道那位童家的老爷是谁？我摇摇头。我母亲又说，这就是那个天天到我店里来买糖果的老头儿啊！他是个富翁。他现在正在想你，所以千方百计要打听可

235

有什么人和我家相熟的。凑巧被姜家阿姨弟弟知道了，就一口担认下来，应允那童家老爷要向我家做媒。所以姜家阿姨今天来向我说起这件事情了。"玲玲说到这里，她鼓起着两个小腮，像是十分气愤的样子。

宋爱新在她旁边椅子里听了这话，几乎要跳起来。他就说道："那老头儿倒不但是单恋，竟切实地行事，请人出来向你家做媒了。那么你们可答应他呢？"玲玲叹了一口气道："若是答应了他，我今天还肯来告诉你吗？当时我就对我母亲说，你情愿把你的女儿去做人家的姨太太吗？我母亲就说这也是无所谓的，在上海地方哪一家富家没有娶姨太太呢？眼见有许多人家的姨太太都是锦衣玉食，坐汽车，住洋房，享尽荣华富贵的，人家也一样对她们很有礼貌，并不像内地的人看轻人家的小星的。往往有许多妇女嫁了平常的人，虽然名义很好，并不做什么姨太太，然而她们的生活上反不及姨太太们的优游舒适，而且有许多人反被男子们遗弃，因为男子娶了姨太太，便不再爱他的大妇了。空有一个名称，有什么益处？何如爽爽快快地做姨太太好得多了。间壁开西装店的徐老板，起初他娶大妇时，手中还没有钱。他妻子帮着他成家立业，渐渐儿地兴起来。现在生意越做越大，手头也多了几十万。照例有难同当，有福同享，夫妇二人可以快快活活地过日子了。哪里知道徐老板在外边看中了一个舞女，另外借了小房子，常常不归家来，反而把妻子看作眼中钉地冷待她，不给她钱，种种地方使她难堪，一变昔日的态度，他的妻子虽然和他吵闹过几次，却有什么用呢？常常一把眼泪一把鼻涕哭回娘家去的。若要和丈夫离婚，这又是徐老板求之不得的事了。这件事近在眼前，你也知道的。所以我以为嫁给人家做姨太太，也是无所谓的，并不是坏事情。且像我们这种人家，不上不下，最是尴尬。你若是要配好亲，人家嫌我们总是一家小商店，不愿意匹配。倘然嫁给次一等的人家，我们也有些不情愿。那么做姨太太

236

也有何妨呢?"玲玲说话时,顿了一顿,眼前望着宋爱新,同时她自己的脸上露出一团不高兴的样子。

宋爱新也将手搔搔头说道:"你母亲的说话倒也未尝没有理由,她可谓洞达世情的人了……"宋爱新的话没有说完,玲玲将嘴一撇道:"你是真心称赞我的母亲吗? 哼! 我不是在人家面前说我母亲的坏话,我敢说在我母亲的眼睛里却只认得金钱而不认得人的,只要谁有钱去满足她的欲望,或是向她大献殷勤时,她总是说他好的。她不知道自己的女儿心里怎么样,太不原谅人家了! 所以我母亲向我说了这些话,我也没有别的话和她细讲。因为像我母亲这种人,若和她讲事理,是一世不会使她明白的,多言反不如无言。所以我就冷笑了一下,对她说我不要嫁人,现在不要谈这事,人家有钱没有钱与我无涉,我头里痛得很,就望外面店堂里一走,于是我母亲和我说不下去了。"

宋爱新哈哈一笑,将手轻轻地在玲玲肩上一拍,很快活地说道:"你真是个妙人! 像这个样子最好,我也知道你决不肯贪了钱去做人家的姨太太的。但是有一句话我却有些代你担忧呢。"玲玲道:"什么话? 你快快告诉我。"宋爱新道:"就是你对你母亲说你不要嫁人,这句话我先要问你是不是真的,还是哄骗你的母亲?"玲玲听了这话,笑了一笑,别转头去却不回答。宋爱新又说道:"玲玲,你恼怒了吗? 怎么不说了呢?"玲玲低声说道:"我心里真觉得十分忧急,你却还要来和我说笑话,不肯代我担忧分愁吗? 那么我方才说了许多话不是白费唇舌吗?"宋爱新一拉玲玲的柔荑说道:"你别发急。我对于你所说的这件事也很关切的。我很钦佩你不慕虚荣,能够抱定你的宗旨而不受人家的诱惑。当然你若需要我帮助你的时候,我没有不同情于你,而唯力是视的。玲玲,既然你的意志坚决,我想你的母亲只有你一个女儿,也决不会过于逼迫你的,你只当没有这件事便了。"玲玲道:"话虽如此说,但我母亲这几天常常在我面前说些不入耳之言,真使我格外气闷。而且还有讨厌的事，就是那童家的老头儿非但天天到我们店里来买糖果，常常又叫下人送来许多食物和化妆品，这算什么名目呢？那些东西自然是不应该送的，我叫母亲坚决谢绝。但是退了去，他又送回来，纠缠不清。我母亲就拿了，引起我的大不满意。因此我同母亲几乎感情破裂，双方口角起来。不知怎样的，店中的人也都帮着我母亲说话，似乎怪我不该不听我母亲的说话。在这样的环境下，你代我想想看，岂不难受呢？可怜我没有法想了，只得老实告诉你，而望你代我出个主意。因为现在我认你是唯一的安慰人。我要请你有什么好的办法指点我，请你快快对我说了吧。"玲玲说这话时，面上又露出非常恳切的样子，急盼宋爱新的回答。

第十四章　如聆九天珠玉

　　一个人的心理往往复杂得很，不要说外人不明白，就是自己也要模糊惝恍，莫名其妙起来的。宋爱新既然爱上了玲玲，当然玲玲的事就是和他自己的事一样，应当帮着她想法，怎样去对付她四面的环境，而使他和她所有的愿望能够很顺利地达到，以求将来幸福。那么他就不妨把自己和玲玲的恋爱达到合理化或者公布出来，怎样去求两家早结朱陈之好，然后可以大慰玉人之心了。可是他现在心坎里又有了一个杨彤芬小姐的情影，在他心田里另外长出了一些爱之芽，使他一时游移起来，莫如抉择。所以他只望自己要把杨彤芬和玲玲两个人都接拢在他的怀抱里，慢慢地等待自然的变化。他好如一头采花的粉蝶，飞在芬芳馥郁、千紫万红的花园里，偶然瞧见了一株色香鲜艳的花，本来要扑上去采取花蜜，满足他的欲望。但是在飞近那花的时候，又瞧见别一株富丽堂皇、锦绣烂漫的大花儿，自然又想飞到那边去一亲芳泽了。当然照宋爱新现在的心理，最好是两美并兼，一箭双雕，可是又像孟子说的，鱼与熊掌，不可得兼，他不得不在二者之中渐渐选择了。这是男子们一种自私的心理。他已经站在十字路口了，叫他怎样又向玲玲有肯定的答复呢？

　　玲玲却对于宋爱新怀着热烈的爱心，所以她把自己遭遇的事，原原本本、老老实实地告诉他听，希望他可以代伊想一个最好的办法。所以伊的一双妙目注射在宋爱新的脸上，急切地等候他口里吐出来的温慰之言。宋爱新遂又说道："玲玲，我对于你很表同情，那个童家的老头儿真是讨厌！你的母亲也不能原谅，你旁边的人也是贪慕富贵，歆动势利，不明白你心里的意思，当然你的处境是十分烦闷的。我虽然爱你，但是因着地位不同，我也不能出来代你做主的。我劝你还是抱着一个忍字秘诀，去静静地对付，见怪不怪，其怪自灭，那老头儿也奈何你不得的。至于你的母亲，虽然是听了人家的说话而心里有了动摇，可是现在的婚姻崇尚自由，绝对不能强迫。只要你本人心里坚定，你母亲也不能过于逼迫你的。无论如何，她必要尊重你的意思，何况你又是她的爱女呢？玲玲，你想我这话说得对吗？"他一边说，一边对玲玲微笑着。这种笑貌就是玲玲最喜欢看他的。少女的情绪往往会被这种甜笑所沉醉，而甘心倾倒在青年男子们的怀抱里的。

玲玲听了这话，把她的身子偎近宋爱新，笑了一笑道："你对我说的话虽然是很好，但是我的希望不仅在这个一点上，我更需要你更大的安慰。宋，你能明白我的心吗？"玲玲说着话一双水汪汪的眼睛向宋爱新紧瞧了一下，便有无量数的情波传送到宋爱新的眼睛里，立刻就印到他的脑膜上。

宋爱新怎样不明白玲玲的心理呢？只因在这时候他实在还不能向玲玲做肯定的表示，所以他又柔声说道："玲玲，你放心吧！我决不会使你失望的。你的心我也明白，好在我伤势已愈，日内即可出院，以后我可到你店里来见机行事，排除阻难，自然有水到渠成的一日。你也不必心急，无论如何，你终究是我的！"宋爱新这几句话，说得比较有力了。玲玲心中感动，不由眼睛里滴下眼泪来，将她的蟒首靠到宋爱新的肩上。宋爱新情不自禁地低下头去，在玲玲的樱唇上吻了一下。

这天玲玲又在医院里陪宋爱新吃过了午膳，然后回到店里去料理账务。宋爱新等玲玲去后，便到床上去午睡一刻，养休些精神。三点钟的时候他的母亲和妹妹都来望他了，他遂坐起来陪她们讲话。他母亲见儿子的创伤已完全治好，心里自然欢喜，要宋爱新早日出院。宋爱新道："我当然愿意早早出院，校中缺课已久，也不知怎么地去补习。无奈医师还不肯签字，再要叫我静养数天。但昨天晚上我已和他们讲好了，大约后天星期六便可出院，医师总要签字了。"宋爱新的母亲又说道："很好，不过这里的医药费等数目也很大了，你可要钱去交付呢？"宋爱新微笑道："母亲我不是早已告诉过你的了，这里的一切费用早已有杨小姐担认了去，不用我再花一个钱了。"宋爱新的母亲道："话虽如此说，我们怎好白费人家的钱呢？"宋爱新尚没有回答，他的妹妹早抢着说道："母亲真是好人！须知道我哥哥本是好端端的人，为什么住起医院来？岂不是被杨小姐的汽车撞伤了足部而入院的呢？区区医药之费自然应该让杨小姐赔偿出来了。"宋爱新笑笑道："妹妹的话不错，所以我和杨小姐也不客气了。好在她是有钱人家的女儿，代我出一些医药费真像从牯子身上拔去一根小毛，这算得什么呢？我时间的损失，和精神的损失，还要向她要求赔偿呢。"他妹妹笑道："这个二重损失却叫杨小姐如何赔偿呢？这要哥哥自己如何去和她去交涉的了。"宋爱新微微一笑道："你瞧着吧，这个账我总要和她去算的。"他妹妹又问道："你前番对我们说起的那个糖果店里的女儿，这几天可来探望过你吗？"宋爱新点点头道："来过的，我在医院里却不觉得怎样寂寞，还有那杨小姐倒也纡尊降贵地常常来探望。"他妹妹又说道："那么你尽可在医院里养息些日子，不必急于出院了。"他们母子三人絮絮地谈了好一刻话，宋爱新的母亲方才和她女儿离去。

　　晚餐后，宋爱新在房间里闲坐着，听听收音机，忽然杨彤芬小姐来了，身上穿得像花蝴蝶一般，珠光宝气，照耀人眼。宋爱新想不到这个时候她还会来的，马上立起身来欢迎，说一声密司杨晚安。杨彤芬也含笑对他说道："密司脱宋，我真是抱歉得很，这几天外边有了一些事情，分不出身来望候你，直到今天我稍微空了一些。下午时候本想来的，又被几个朋友羁绊住，错过了时间，直到此刻方才偷暇跑来，你要不要怪我太冷落了你吗？"宋爱新很殷勤地请杨彤芬在椅子上坐下，然后自己坐在她的一边，带着笑对她说道："我知道密司杨这几天是很忙的，你为义务戏而献身红氍毹上，同时显露出你是天才来，一时名噪申江，可喜可贺！惜我在医院，不能一做座上之客躬聆清歌，未饱眼福！"宋爱新说到这里，杨彤芬笑了一笑道："这是我很抱歉的，此次登台爨弄，别的朋友我都请到，唯有密司脱宋却因在院中之故，未能奉邀。但你说什么未饱眼福，这句话却不敢苟同了。"宋爱新道："可是我说错了吗？还请密司指教。"杨彤芬说："我究竟不是伶人，把色艺去卖钱的。此番为的是社会公益事业，我却不过各界的要求，方才勉强答应的。倘然人家为了出了钱而来看我时，那么他就错了。至于密司脱宋虽没有瞧见我在台上的化装，就要说未饱眼福，其实密司脱宋若要说眼福的话，你的眼福却比别人多多了。"宋爱新道："密司说得是，我也绝不敢以寻常眼光来看密司的。不过我很欲一见密司化装后的美容艳态罢了。请密司原谅，但密司说我的眼福比别人多，这一点我还是不明白，再请密司指教。"

杨彤芬微微一笑，把一块紫罗兰色的小手帕在她嘴唇下揩了一下，一阵芬芳之气直扑进宋爱新的鼻观。她慢慢儿对宋爱新说道："上了台的杨彤芬和下了台的杨彤芬不是一样的吗？而且下了台的杨彤芬才是本来面目。若单以眼福两字来讲，上台时的杨彤芬，人家只要出钱，购了戏券，都可以一饱眼福。至于下了台的杨彤芬，不是我自骄的，有许多人要来会见我而和我交友却不易得到我的允许呢。而我已和你做朋友，时常到医院里来探望你。你要看我时，尽你看一过饱，岂非你的眼福比较别人多多吗？"宋爱新听了彤芬这话，连忙立起身来，恭恭敬敬地向杨彤芬行了一个九十度直角的鞠躬礼，好似英女皇伊丽莎白的宠臣觐见宝座的模样，带着很诚挚的声调说道："密司杨，我现在得闻你的妙论，如聆九天珠玉，不但使我欣喜欲狂，而又感切肺腑。密司杨对我的情意，真是特别优待，非他人可比的。"杨彤芬也欠身说道："密司脱宋何必如此客气呢？我和你说说笑话罢了。"宋爱新遂去开了一瓶橘子水，倾在干净的玻璃杯里，双手奉与彤芬说道："这里没有茶喝，请密司将就喝一杯橘子水吧。"彤芬接过玻璃杯，凑到樱唇上，一口一口地喝着。

宋爱新坐着，把一手抚摸着他自己的腿部，说道："这几天我是十分痊愈了，密司看我不是走起路来已和常人无异吗？所以我要急于出院了。"彤芬点点头道："你能够出院吗？这是很好的事。为了此事，我对于你常觉抱歉，须要等到你出了医院，方能使我把这事渐渐忘记，我也很希望你早些出院呢。你可和医师讲过吗？"宋爱新道："我已和医师讲过，只要待他签字，我就可以离开这里。大约后天星期六我可以出院了。"彤芬已把橘子水喝完，把杯子放到桌上去，又将手帕揩了一下嘴，回头对宋爱新带笑说道："既然如此，我准于星期六下午五点钟时到院中来接你出去。一同到舍间去聚聚，我要请你吃晚饭，把此事做一结束。并且这里的医药等一切费用都由我来清付，请你也不必客气的。"宋爱新道："密司的说话我自当遵命，但觉太费了密司。"杨彤芬道："我坐的汽车碾伤了你，自应由我负责担任这笔医药费的。你不向我提出别的赔偿，我已很便宜了。这一些钱还值得计算吗？"宋爱新道："好，谢谢密司的美意，我总听你的话，后天也愿到府瞻光，但请你不要把我当作客人看待就是了。"杨彤芬道："我也是很简便的，不嫌怠慢就好了。"

二人谈了一刻话，杨彤芬一看她自己手腕上的手表，立起身来说道："时候不早了，你也该早些安眠的，我不再打搅你，也要回家去哩。"宋爱新道："密司再坐一刻去，现在我已痊愈，精神大佳，不用早睡。便是早睡了，我也睡不成的。"杨彤芬道：

"不，我回去有一些小事要赶，恕不再坐，星期六再会吧。"宋爱新道："既然如此，我也不敢强留，谢谢密司的美意。"遂跟着立起，送到病室门口，杨彤芬又回头说了一声再会，方才走下楼去。

星期六的下午，宋爱新刚才吃过饭，坐着休息。今天他一准要出院了，因为医师也已签字，专待杨彤芬来付清了账，便可随彤芬前去，一趋杨家华堂，也许从此便可做入幕之宾，所以他想入非非地瞑目凝思。在这时候玲玲又来了，他见了玲玲自然含笑欢迎。玲玲已知他今天要出院而来欢送他的，可是宋爱新因为不但停会儿他母亲和妹妹也许要来，而杨彤芬小姐在五点钟时要来的。前次她们二人见了面，玲玲心里便有些异样，彤芬却还不觉得，但若今天再给彤芬见了玲玲的面，也许便要引起她的猜疑，还是让她们参商不见、尹邢避面的好。所以他虽然竭意敷衍着她，和玲玲有说有笑地闲谈，而他心里却很要玲玲早些别去。但隔了好多时候，看看已有三点钟了，玲玲还不想走。他只得又对玲玲说道："你店里可忙吗？我今天已要出院，不要再费去你的宝贵的时间了。停一会儿恐怕我母亲和妹妹也要来的。你若然还不需要见她们的面，不如请你早些回店。我明天下午一定到你店里来晤面，你以为然吗？此后我和你聚首的时候长哩。"玲玲究竟年纪轻，面皮还嫩，她怕见宋爱新家人的面，所以被宋爱新这样一说，她就不得不先告辞了。其实宋爱新打的诳话，他早和他母亲说过，她们也不再来了，专待他出院回家哩。倒是那位杨彤芬小姐必要翩然来临的，玲玲怎知道个中玄虚呢？她还恋恋不舍地和宋爱新说了几句话，然后说一声再会吧，明天你必要到我店里来的啊。宋爱新送至室门边，握着她的双手说道："玲玲，你好好儿去吧，我明天当然要来看你的。愿你快乐，不要把那童老头儿的事放在心上，他是一只癞蛤蟆，怎会得到你的爱心呢？"玲玲听宋爱新提起童老头儿，她又勉强笑了一笑，回门对宋爱新说道："你不要提起这老头儿了，这几天他在下午时候必要到店里来喝咖啡茶，真是讨厌！你以后来时也可以见到他的。"宋爱新道："好，我倒要瞧瞧那个老头儿怎样的寿头寿气！"玲玲又笑了一笑，方才下楼去。宋爱新回到房里，刚坐下身子时，听得阳台上叽咯叽咯的皮鞋声音。他以为玲玲又走回来了，暗想她还不走吗，我却没有办法紧催她了！势必至于她们两个人再要见面呢。不由眉头一皱，又立起身来走出室去。

第十五章　我同杨小姐是朋友

当宋爱新一脚跨出室门去，那人也走到了门口，接触在他的眼帘里，却不由一怔，原来此刻来的并不是玲玲，而是杨彤芬小姐。她今天因为天气比较前两天大凉，所以外面穿上了绿呢夹大衣，里面穿的黑丝绒夹旗袍。足踏黑色漆皮高跟革履，臂上挽着一个绿色手袋，笑嘻嘻地向宋爱新叫了一声密司脱宋。宋爱新连忙也带笑叫一声密司杨，让彤芬入室坐下。他心里暗想，杨彤芬前天不是和自己约定今日下午五点钟来陪我出院的吗？怎么三点多钟她来了呢？那么玲玲走出医院门的时候，一定要撞见她的，这真是不巧之至了。宋爱新虽然这样想，但杨彤芬不和他提起时，他又不便自己先问，只得笑了一笑，向她说道："密司今天来得很早。"杨彤芬道："我在午饭后就出来的，到永安公司去买了些东西。本来到一个同学家里去看她的，不料那同学有了别的要事，先出去了，所以我就早些来接密司脱宋出去，可好吗？"宋爱新点点头道："自然越早越好。"杨彤芬道："那么你已预备好吗？"宋爱新道："我的东西并不多，一切预备好了，停会儿我可叫茶房送回我家里的。"于是杨彤芬马上就去和院中算账，宋爱新也不再和她客气，让她去付。他坐在室中，只是想玲玲出去的时候到底可曾和彤芬见面的，杨彤芬既不肯说，那么自己只好等到和玲玲见面时，待玲玲说出来了。一会儿杨彤芬早已付去了账，走回室来。有一个女看护笑嘻嘻地陪着她同来，还有值班的

246

茶房也跟在后面。她对宋爱新说道："账已算清了，下人们的赏钱我也付过了，我们走吧。"宋爱新当着看护之前，也不便向杨彤芬致谢，就点点头说一声很好。只吩咐茶房数语，叫他把自己的东西送到同孚路大中里去，茶饭自然诺诺答应。宋爱新遂披上外褂，戴上呢帽，和杨彤芬走出医院去。下楼的时候，院中管事的人瞧见了他们，也过来含笑相送，出得院门，杨彤芬的汽车靠在一边等待，一个汽车夫倚身在汽车头上闲观，杨彤芬喊了一声奎生，这是汽车夫的名字。他见小姐出来，连忙开了车门，伺候他们上车。杨彤芬一摆手请宋爱新先上车。宋爱新一定不肯先上车，杨彤芬笑了一笑，遂先坐上车去。宋爱新跟着她钻进车厢，在她身旁坐下。杨彤芬吩咐汽车夫驶回家去，把汽车掉了一个头，呜呜呜地叫了几声喇叭，出了山东路，转向大马路，向沪西方向疾驶而去。

一刻钟过后，宋爱新已坐在杨家一个客室里的沙发上，和杨彤芬喁喁而谈了。杨家的富丽堂皇早已瞧在宋爱新的眼里，果然名不虚传。杨彤芬小姐生长在绮罗丛中、珠玉堆里，确是一位黄金美人！像她这样会交际而又有富厚的家产，真是天之骄子，不可望尘，自然一般少年都要倾倒在她的宝座之下了。宋爱新坐着，只是瞻仰，只是忖度，而杨彤芬却是很殷勤地坐在一边款接。二人谈着学校里的事情，下人一道道地送上水果和点心，宋爱新毫不客气地吃喝着。当杨彤芬陪宋爱新坐谈的时候，下人时时来请杨彤芬去听电话，她不得不立起来去接，这样宋爱新就知道彤芬交际的广泛了。天晚时杨彤芬请宋爱新独坐片刻，她走出去了一会儿，又换了一件闪色绸的夹旗袍和一双平跟的革履走回客室里来，对宋爱新说道："你肚子里饿了吗？请吃晚餐吧。"宋爱新道："我方才吃了许多东西，实在不觉得饿，你不要为了我而忙。"杨彤芬道："不过是家常便饭而已，请不要客气。"宋爱新道："还有一件事，恐怕我有失礼之嫌。因我到了府上，还没有拜见伯母大人呢，能不能请出来容我拜见？这是极应该的。"杨彤芬听了，把手摇摇道："原来是这件事，密司脱宋，你却不用客气的。老实说，我的朋友很多，家母也没有心思来顾问我的交际，所以凡是我的朋友到我家里来的时候，她一概不见，避免许多麻烦。"宋爱新道："以后总是要见的，否则小子太无礼了。"彤芬笑笑道："没有人怪你无礼的，请你快随我到餐室里去吃饭吧，菜已摆上了。"宋爱新又谢了一声，跟着杨彤芬走出客室。

　　当宋爱新随杨彤芬由甬道里转到客室里时，忽然那头狼狗蹿到杨彤芬身边来，作人立状，伸出了血红的舌头，倒把宋爱新吓了一大跳。杨彤芬见宋爱新有些害怕的样子，便笑笑道："不要紧，有我在此，那畜生绝不会咬你的。"她就喊了一声欧利，又将手在那狼狗头上轻轻拍了一下，那狼狗果然立刻驯服了。走进餐室时，一个男仆和一个女婢早伺候在一边。室中电炬灿明，正中桌上放着许多菜，安排着四个座位。杨彤芬回头对男仆说道："孔先生可在书室里吗？"男仆答道："孔先生还没有走。"杨彤芬点点头道："好，你代我去请他来一同用晚餐吧。"男仆答应一声，走出室去。宋爱新听杨彤芬要请一位孔先生来同用晚餐，却不知道所谓孔先生者又是何许人，只得静默着等待。看看这间餐室布置得也是非常整洁，盆花尽态，壁联可人。一会儿听得革履声，有一位西装少年比较自己年龄大几岁，戴着眼镜走将进来。彤芬就叫了一声孔先生，便代宋爱新介绍。宋爱新方知是彤芬家里请的补习教师，又是外国留学生，便让孔大器上座。孔大器因为今天彤芬请客人吃饭，自己不过陪坐，断没有上座之理，所以也不肯入席。杨彤芬却说道："请二位都不要客气，我们只有三个人，朝南的一个座位你们既然都不肯上座，不妨空着，请二位在左右坐吧。倘然再要推让，那么晚餐便要吃不成了。"宋爱新点点头，便推孔大器坐在左首，他自己坐在下首。他说孔先生是杨小姐的老师，我和杨小姐是朋友，自然也要依例奉敬。孔大器却说："我和杨小姐不过在一起切磋学术而已，老师二字的尊称愧不敢当。宋先生是嘉宾，理当坐左面。"孔大器这样说了，宋爱新还是不肯依从。杨彤芬道："我们随便坐吧，我最不喜欢这种虚伪的客套。还是我来说了吧，孔先生坐左首，密司脱宋坐右首，再要推让时，我这个东道主就要不敢做了。"二人听杨彤芬檀口里发出来的话，无异玉旨，果然都不谦让了。三个人品字式地坐定，杨彤芬提着酒壶在各人面前各个斟满了酒一杯，自己也斟了一杯，举起杯来，说声"请"。又对宋爱新说道："今天我因为不请别人，所以没有向馆子里叫菜，只吩咐家里的厨子杜办了几样，简陋得很，请密司脱宋不要客气，随意用吧。"宋爱新道："自己烹煮的菜既精且洁，别有风味，比较菜馆里好得多了。座客又少，密司何必办了这许多菜呢？太丰盛了！"说罢，举起杯来，谢了一声。孔大器也照样将杯子一举，于是大家吃喝起来。杨彤芬又把自己如何和宋爱新遇合的一回事告诉孔大器听。孔大器笑笑道："这真是与车有缘了！古话说得好，不打不成相识，你们竟是不撞不成相识了。"说得宋爱新和杨彤芬都哈哈笑将起来。

　　孔大器和宋爱新面对面坐着，在吃喝的时候，各人时常若有意若无意地各个向对面瞧看着，各人心中各有忖度。孔大器觉得宋爱新的年龄比较自己轻得多，丰姿也十分清秀，确是个翩翩少年，自己觉得有些比不过他。但问讯之下，知道宋爱新尚在光明大学里修业。若把学问讲起来，宋爱新就不及自己的资格深了。自己是镀过金的，宋爱新银也没有镀到呢，这一点不觉自己差胜了。宋爱新也觉得孔大器是个留学生，又是大学教授，从学问一方面论起来，比较自己优胜得多。可是瞧他的年龄却有二十五六岁了，怎比自己和杨彤芬都在二十以下的青年呢？但不知这位孔先生家里有没有夫人。这两个人各转各的念头，而杨彤芬却是左顾右盼谈笑风生，态度很是自然。下人一道道地献上热菜，她请二人快吃，自己也吃得很好。她对宋爱新说道："今天密司脱宋出了医院，我就去了一重心事，否则我时常想起来也觉得不安的。幸亏密司脱宋恢复了健康，使我可告无罪，不胜快慰之至。"宋爱新说道："密司杨真是天下第一仁人！这种汽车在马路上伤人的事是数见不鲜的，有些人不管人家受到祸殃，只要他自己逃避责任。有些也只多出些轻薄的医药费，也就完了。有谁能像密司这样的恻惕恻隐，诚挚恳切，专为受伤的人着想呢？所以我虽然受了一些肉体上的苦痛，而得到不少精神上的安慰，孰得孰失，也不用我再来说了。且从此得和密司杨交友，这是我十分感谢而庆幸的。所谓塞翁失马，焉知非福呢？今晚我又蒙密司这样盛情优渥，真是感且不朽，理当敬主人一杯，祝密司杨前途幸福的。"说罢，便将自己面前的一杯酒高高地举在手中，立起身来，凑到嘴唇上，喝了一个干，把空杯向杨彤芬一照。彤芬很得意地笑了一笑，马上提起酒壶，代宋爱新斟个满，且说道："密司脱宋这样会说话，使我惭愧之至。我也很快活，因为我知道你是能够原谅我的。"两人说着话，那孔大器坐在旁边，不知怎的心坎里却有一些酸溜溜的醋味，他只是默然无语。

　　杨彤芬见了孔大器不声不响，她又对孔大器说道："孔先生，这几天我常常荒废功课，为了爨弄的事，我确乎也耗去不少精神的；今晚又因请密司脱宋吃晚饭，遂又不能受课了，你要不要说我这个人是不屑教诲的吗？"孔大器连忙说道："彤芬你说哪里话？你天资聪明，缺几天课又何妨。前晚你登台时，我和家母及妹妹等都来观听的，唱得好做得好，扮相又好，无怪博得满堂的彩声，真是有目共赏了。这几天大小报上誉扬你的文字连篇累牍，那个郭四小姐竟被你打倒了，就此没有上台。女票友方面让你独占魁首，这个也非聪明人不办的，可喜可贺。"彤芬笑笑道："我自愧技术上未能成功，全赖诸位的捧场，使我得奏凯歌，这也是一时的侥幸罢了。"宋爱新听孔大器极口称赞彤芬，他就很知趣地凑上几句很好听的话，同声赞美。

宋爱新因为初次登门，未敢放浪，又因今晚刚才出院，自己也要早些回去，安慰家中的慈亲，所以虽有美酒，不敢多饮，免得喝醉了，自己做不得主。孔大器本是不擅喝酒的，今晚勉强喝了两杯，脸上早已红起来，不能再饮了。倒是杨彤芬酒量很好，常常在外边喝惯的，一连喝了五六杯，面也不红，若无其事。她知道孔大器不大会喝的，所以只把酒劝宋爱新喝。宋爱新喝到七成时，不能再领情了，便要饭吃。杨彤芬也不勉强，便叫下人搬上四道大菜，盛饭上来。三人将饭吃毕，洗过脸，漱了口，一齐回到客室中去，又略坐了一会儿，宋爱新便要告辞，孔大器也要走了。杨彤芬便叫自己汽车送二人回去，自己送到门口，可称殷勤了。

宋爱新的家里比较孔大器远，所以汽车先开到哈同路，送去了孔大器，又开到同孚路大中里送宋爱新回家。宋爱新下车的时候，因为今天坐了两回，所以从身边摸出一张十元的纸币，赏了汽车夫，走进家里。他母亲和妹妹见宋爱新出院回家十分欢喜。他母亲对他说道："医院里的茶房早把你的东西送来了，你是不是到杨小姐家里去的？为什么直到此时方才回来？"宋爱新就把杨彤芬如何招待他吃晚餐的事告诉了。他妹妹却在旁边冷冷地说道："哥哥现在又认识了一位阔绰的女朋友了！"宋爱新很得意地笑了一笑。

次日下午他到学校里去了一次，小考业已过去，这一期的学业未免牺牲了一些，这也是没奈何的事，况且他正沉浸在粉红色的梦里，更是无所谓了。他从校中回来时已有三点多钟，恰有一位朋友知道他出了医院，就跑来拜访他。他虽要紧到玲玲店里去，却不得不敷衍着那位朋友。人家一团好意来访问他，自己怎好意思下逐客之令呢？待到四点多钟，那朋友方才别去。他就整整衣冠匆匆地跑到甜蜜蜜糖果店里去看玲玲。好在相距很近，走了百十多步路，已到店门前。他自养伤医院以后，好久不来了。喜滋滋地走进店堂，店伙认得他的都向他点头。宋爱新一眼早瞧见玲玲坐在账桌上写账，他就走过去唤了一声。玲玲抬头一见宋爱新到来，她笑了一笑，忙叫一个店伙来代她，自己就跑出去招呼宋爱新到后面去坐，叫人冲上咖啡。玲玲的母亲也走出来招呼，她说道："宋少爷，你这一回被汽车撞伤了，睡在医院里，我很惦念你的。幸亏现在已好了，没有出毛病，我方才安心哩。"宋爱新说道："多谢多谢，这是我自己的不小心，以致有这岔儿，且喜现已无恙。多蒙玲玲姑娘常来探望，使我十分感谢的。"玲玲却在旁边冷笑了一声说道："你不要感谢我，而要多多感谢那位杨小姐的呢。"宋爱新听了这话，不由一怔。正要开口，忽见外面走进一个胖胖的老翁来。

第十六章　今天要和你谈谈

那老翁身上也穿得十分富丽，脸上红红的很有血色，嘴边有一撮短髭，鼻上架着一副眼镜，手里拿了一根司的克，态度从容地走进来，笑嘻嘻地先向玲玲点点头，说道："唐小姐，今天你没有出去吗？"玲玲回头见了老翁，不由脸上一红，低倒了头，只做没有瞧见一般。玲玲的母亲见了老翁，便上前去招呼道："童老先生，你来喝咖啡茶吗？今天迟了一些了！"老翁点点头道："方才家里来了几位客人，不能出外，直待他们出去了，马上就来的。"那老翁一边说，一边走到东首一个雅座上去坐定，将司的克放在一旁，从他怀中掏出一支小吕宋的雪茄来，燃了吸烟。他的一双眼睛只是从他眼镜底下溜过来，尽向玲玲和宋爱新二人上下打量。宋爱新也向老翁瞧看。他听玲玲的母亲称那老翁为童老先生，不问而知是玲玲口中所说的那个童老头儿了。年纪虽老，一双色眼却会看女人。想那老头儿一定也像《三国志》上老将黄忠一般地不服老呢。此时早有一个店伙送上一杯咖啡茶到老头儿的座上去，玲玲本要和宋爱新说话，现在给那童老头儿坐在一边，眈眈地向他们紧视勿释，她就觉得不便和宋爱新讲什么话了。宋爱新也是这样想。那童老头儿唤了一声唐小姐，因玲玲没有答应，他喝了一口咖啡，又向玲玲开口说道："唐小姐，你们店里这两天生意好吗？你年纪轻轻的管着店账，又会招待客人，真是能者多劳。"说罢吐了一口烟气。玲玲依旧不管，宋爱新知道她的心事，就对玲玲说道："我自住院以来，好久没有和你出去了，现在不如和你到外边去散步一回，顺便吃些点心，不知你可有余暇？"玲玲听了，正中心怀，立刻点点头道："很好，我就和你出去溜达一回，店中的账暂时可叫店伙代的，况我母亲也在店里呢。"宋爱新听玲玲已允，马上立起身来，又向玲玲的母亲说道："我陪玲玲出去吃点心，一会儿就要回来的。"玲玲的母亲不便拦阻，只得说道："早去早来，别要再出了乱子。"宋爱新笑笑道："请放心，决不至于再有意外的。"玲玲立刻跑到里面去，换了一件紫色绸的夹旗袍，外面又罩上一件浅色绒绳的短大衣，踏着黑色革履，妆饰得格外妍丽，便和宋爱新并肩走出了。那童老头儿的目光跟着玲玲很注意地凝视，他待玲玲去后，见玲玲的母亲尚立在店堂中，他就向她招招手，唤她过去。

玲玲的母亲心中虽不欲她的女儿今天又跟宋爱新出去，但玲玲是十分任性的，女儿养到这般大，也再难拘束女儿的身心了，只好由玲玲前去。她正在想着，忽听童老头儿在唤她，忙回身走至他座旁，带微笑说道："童老先生可要什么？"童老头儿向她一摆手，指着对面的椅子说道："老板娘，请你坐了，我今天要和你谈谈。"玲玲的母亲是个素中势利的人，富翁在前，岂敢不敬谨从命呢？她遂答应一声，在他对面椅子里侧身坐下。童老头儿又吸了两口雪茄烟，鼻子里喷出烟气来，一手拿着雪茄，一手捻着他自己嘴边的小髭，笑嘻嘻地对玲玲的母亲说道："你有这位女儿真是福气！生得貌美体娇，人又聪明伶俐，没有人不爱的。"玲玲的母亲道："粗蠢得很，你老先生太夸赞她了！"童老头儿道："方才那个穿西装少年是你家什么人？"玲玲的母亲顿了一顿，回答道："这是邻近宋家少爷，名唤爱新，以前时常到我们店里来买物的，所以彼此认得。"童老头儿笑笑道："那么是你女儿的朋友了。但是我要劝告老板娘，现在外边的滑头少年十个之中倒有八九个不可靠的。你瞧他身穿笔挺的西装，外面的样子很好，谁知道金玉其外，败絮其中？一般的都是纨绔子弟，专会在女人面前用功夫，想尽种种方法来引诱人家入彀。而那些少女涉世未深，不知人心鬼蜮，大都很容易被他们引诱，一朝失足，千古遗恨，这是要不得的。老板娘，你大概耳朵里也听到的吧。所以我希望你须要稍稍留心你女儿的行动，千万不可过于放任的啊。老板娘你要听这些话吗？我虽与你家非亲非戚，似乎不该这样直率地说的，可是我常做你们甜蜜蜜店里座上之客，对于你的女儿很是敬爱的，不忍袖手旁观，缄口无言，遂不顾忌讳地和你说，你觉得我的话如何？"童老头儿说着，皱了一皱眉，表示很惋惜的样子。

这一席话说得玲玲的母亲大为心动，她点点头说道："多谢童老先生的美意，这一层我也顾虑到的，所以不许我女儿到外面去滥交朋友。只因我不太会管账，遂教我女儿坐在账桌上，顾问出纳之事。那些滑头少年常到店里来购物，我们虽是讨厌，但为了做生意的关系，只得不顾了。那个宋爱新就住在大中里内，相识已久。我因瞧他一切尚有规矩，现在光明大学读书，玲玲喜欢和他一起谈谈，我也没有禁止。至于他们出去同游是难得的事，我家玲玲胆子尚小，也很知自爱的。"童老头儿道："不错，我也知道玲玲小姐是个守规矩的人。不过凡事起初都是意思很好的，到后来却不然了，我总是以为像这些年轻的公子哥儿还是少与交友。"

童老头儿说到这里，外面革履声响，又走进两个穿西装的少年来，据着一个座位喝咖啡。童老头儿遂不说话了，斜着双目瞧看这两个西装少年，像是洋行里的小职员。他们的目的并不在咖啡，伸长了脖子只是向账桌边紧瞧。其中一个戴眼镜的忍不住向店伙问道："你们老板娘的女儿今天不在店里吗？"店伙笑了一笑，却没有回答。那两个少年互相说了几句英语，很快地各把面前的咖啡喝完，立即还了钞，走出店门去了。

童老头儿眼瞧这种情景，明知这些少年都是为了玲玲而来的，醉翁之意不在酒，便是自己也何尝不是如此呢？也知自己年纪已老，虽然龙马精神，不输于少年，可是要求在情场中和那些狡童狂且之流角逐斗胜，争一日之长，却又难操胜算了。他见玲玲的母亲坐在对面将一只右手撑着她的下颔，定着眼睛，好似出神般地思想，手指上套着二只黄澄澄的很粗的线戒是她的装饰品，他就料知玲玲的母亲给自己说得心动了。他不欲失去这个机会，遂又向玲玲的母亲说道："你女儿以前在什么学校里读书的？"玲玲的母亲答道："她在小学毕业后恐怕在初中里读了一年，为了我们老板故世的关系，就中途停止了。后来我因店里缺少人记账，便叫她坐了账桌。幸而生意还好，这店还能够开下去，可是我女儿的求学一事就不得不牺牲了……"玲玲的母亲说到这里，童老头儿早又接口说道："可惜可惜！这样好的慧质却不栽培她上去，岂非弃珠玉于草莽吗？我以为你应该设法使她求学的，难道怕付不出区区的学费吗？就是我也肯相助一臂之力的。"玲玲的母亲又说道："倒也不是为了学费的关系，实在店里分身不开了。"童老头儿道："那么未尝不可以补习的啊。倘然她要补习，我可以介绍她入一个著名的补习学校，其中都是有名的教师，一定可以得到莫大的益处的。"玲玲的母亲点点头道："很好，待我和她说说看。她对于读书倒也很喜欢的。"童老头儿欣然道："你赶紧和她说吧。如去读书，我可以介绍。老板娘，你可知道我的心吗？"童老头儿这句话很有些暗关子，所以他说了，向玲玲母亲的脸上望了一下，把烬余的雪茄丢到旁边痰盂中去。玲玲的母亲未尝不明白他的意思，但叫她如何回答呢？她只是笑了一笑。因为她觉得不好回答，而店伙正有事来问她，便借此机会，走到店堂柜台里去了。那童老头儿坐在一边，喝去了一杯咖啡又吸完了一支雪茄，仍不见玲玲回来。恰巧他的孙女孩儿和一个男仆走来唤他了。他的孙女孩儿跑上前，牵牵他的衣襟，说道："祖父，家中有客，要见你谈话，你快快回去吧，别再坐在这里了。"童老头儿闻言，只得立起身来，拿了司的克，到柜台边去付账，又买了两卷橘子糖和一磅夹心饼干，方同他的孙女孩儿走回去了。谁知他默坐店中守待玉人之时，正是玲玲和宋爱新清言娓娓的当儿呢！

第十七章　我的心头甜透了

　　玲玲随着宋爱新走出了自己的糖果店，觉得胸头松了不少，吐了一口气，两人并肩向静安寺路西首走去。玲玲紧靠着宋爱新，低声问道："我们到哪里去？"宋爱新道："我们到味雅去吃点心可好吗？"玲玲点点头。二人一路走，一路闲谈，秋风吹在身上，凉快得很，这时有二三辆自由车迎面疾驶而来，当先一辆车上坐着一个少女，穿着杏黄绸的旗袍，上身罩着一件丝绒绳的小马甲，梳着两条小辫子，揿着车铃，丁零丁零地迎风疾进。面貌虽不甚美，而风头很健。背后有两个少年，一穿西装，一穿工人装，紧紧追逐着，且笑且言，一刹那已过了身旁。宋爱新瞧着，不禁向玲玲问道："近来你可曾坐过自由车吗？"玲玲摇摇头道："没有。自从那一次你出了事后，我吓得一直没有敢坐过。假若那天万一不幸而闹出了更大的祸殃，叫我怎样对得起你呢？岂不是乐极生悲吗？幸而你的伤处不久就痊愈了，方使我心快慰。"宋爱新笑笑道："死生有命，富贵在天，圣人早已说过的，万一不幸而我被汽车碾死了，也只好说是天数，岂能怪人？现在总算不幸中之大幸，以后我对于自由车仍要坐的，何必因噎而废食呢？你瞧他们不是非常活泼而快乐吗？我隔一天再和你坐自由车去游龙华可好吗？"玲玲对他笑笑。

　　二人又走了一大段路，到得味雅，进去在楼上择了一个雅座坐定。那边都是很高的皮沙发，彼此隔开的。玲玲和宋爱新对面坐下，侍者上前伺候时，宋爱新点了几样冷盆，定了两样点心，和二两白玫瑰，先和玲玲吃喝起来。玲玲一心在和宋爱新谈话，倒不在乎吃的问题，她对宋爱新说道："那个童老头儿方才你已瞧见了。今天真巧！他是送与你看的。你瞧他那种寿头寿脑的样子令人见了，当作三日呕，谁高兴再和他去敷衍呢？他们敬重他是富翁，但我却以为铜臭熏天，伧俗不可耐呢，所以我也愿跟你出来吃点心了。我母亲的性情却不和我一样，她总是要去敷衍他的。那老头儿色心不死，一定要在我母亲前用方法来觊觎我，间接地逼迫我。你说我不要为了此事而扰烦吗？"玲玲说着话，一双水汪汪的眼睛向宋爱新凝视着。宋爱新正喝着酒，便放下酒杯，说道："此老确乎精神很好，面团团如富家翁。像你这样的娇美，无怪他也要情不自禁地来向你追逐了！"宋爱新一边说，一边向玲玲做个会心的微笑。

玲玲听了宋爱新的话，脸上红了一红，向宋爱新飞了一个媚眼说道："宋，你不该这样地取笑我。那老头儿行将就木，谁把他放在心上呢？"宋爱新道："你既然不把他放在心上，那么由他去单恋也好，只要你抱定宗旨，不受虚荣的诱惑罢了，别的事不要理会。"玲玲道："你瞧我是个贪慕虚荣的女子吗？我虽是小人家的女儿，没有受过高深的教育，可是志气却很高尚，宗旨也很抱得定的。你和我相交多时，应该知道我的为人了！你看我究竟如何？你说你说！"宋爱新微笑道："我知道你是个有志气的女子，且喜你冰雪聪明，所以我十二分愿意和你交友啊！"玲玲道："多谢你看得起我，但我自愧没有那位杨彤芬小姐的富丽，恐怕你有了新朋友，便要唾弃旧人呢。"宋爱新一听玲玲这话，不由想起刚才自己在店里时玲玲说的一句话了。

这时侍者又送上一道点心来，是虾仁包子，宋爱新知道玲玲爱吃而定下的，宋爱新就请玲玲趁热吃。他自己也吃了一只，就对玲玲带笑说道："玲玲，你不要这样说，我姓宋的绝不是势利小人。杨彤芬小姐虽然富丽华贵，然你也有你的可爱之处，你不要自己看得太渺小了！方才你在店里也和我说，叫我不要感谢你而去感谢杨小姐，这个我却不知你存的什么心思。"玲玲一连吃了两个包子，把手帕抹抹嘴，抬起了蟆首，瞧着宋爱新说道："你说我存的什么心思呢？这次你在医院里医治伤处，都是杨小姐代你出的医药费，而且她又常常来看你。她是有名的交际之花，能够对你如此优待，很不容易。还有你在离院的那一天，我辞别了你，从医院中走出之时，恰遇杨小姐坐了汽车来。她不是来送你出院的吗？所以我要说你应该感谢她了！"宋爱新听玲玲这样一说，他方知昨天杨彤芬来的时候，果然给玲玲碰见的，无怪她要说这话了。大凡女子最易怀醋意，尤其是对她心爱的人。若然见了自己的意中人去和别的女性周旋，当然要起酸素作用的，这也不能责怪玲玲。所以他又说道："玲玲，我去感谢她什么呢？杨小姐坐的汽车撞伤了我，自然应该由她赔偿医药费的。她花去些钱并不要紧，可是害我缺了许多日子的课，这个损失我也能去向她赔偿的吗？不过对她我十分客气，还算知礼的……"宋爱新说到"知礼"二字，玲玲早冷笑一声说道："人家是知礼的，所以你出院的时候，还要来送你。像这样的朋友，你万万不可不和她相交的啊！"宋爱新听了这话，暗想这个酸性作用，倒反应得很厉害。她若然知道昨天杨彤芬请我到杨家去吃晚饭的事，那么她要不知怎样地打翻醋罐呢！他就对玲玲笑了一笑说道："玲玲，你不要这样说，杨彤芬小姐是富家千金，恐怕我和她交友也不足够做她家的座上客呢。"玲玲道："这却不是一概而论的，假若她很喜欢和你交朋友，你又将怎么样呢？恐怕像这样金枝玉叶的名媛闺秀，也是你们男子们心中最爱慕的对象呢。男子往往轻视女子，说女子容易有虚荣心，其实你们男子也何尝不是如此？"宋爱新把手搔着头道："你的神经未免过敏了！齐大非偶，古有明训。我心里只是在你的身上。《诗经》上说：'出其东门，有女如云，虽则如云，匪我思存。'我就是这样的。杨彤芬小姐那边的事，我劝你不要太注意吧。"玲玲听宋爱新说得很是诚恳，她的芳心也就宽慰了一半，认为宋爱新就是真心爱她，也就认宋爱新是她唯一的情侣了。她现在心里只想如何能够去打消那童老头儿的妄想，使自己和宋爱新在情海中无风无浪地一帆风顺，安达彼岸，所以玉靥含笑，秋波传情，一心一意地对着宋爱新。在此时，宋爱新也觉得玲玲端的可爱。两人都沉浸在爱河中，情话依依，忘记了其他的一切。直到将近七点钟时候，他们方才各人吃了一碗鸡丝面，由宋爱新付去了钱，二人在晚风里，电炬下，走出了味雅，向静安寺路掉臂缓步而归。

宋爱新送玲玲到店里，见店堂里空空的没有座客，他们也知道那童老头儿决不会守到这个时候的，除非是真的痴子。玲玲母亲在柜台里和店伙算账，一见玲玲回来，便走出来说道："你们到哪里去吃点心的，直到这时才回来？"玲玲答道："味雅。"宋爱新上前带笑说道："我和玲玲是走去走回的，所以去了不少时候。你们可要吃晚饭吗？"玲玲的母亲说道："他们早吃了，我等玲玲回来一同吃。"玲玲道："我吃了许多点心和菜，此刻哪里再吃得下？母亲，你去吃吧。"她说着话，又去玻璃缸里抓了一把胡桃巧克力，送给宋爱新吃。宋爱新拿在手里，笑道："我常常吃你的糖，真是甜蜜蜜的！谢谢你。"玲玲道："你果然觉得甜蜜蜜吗？我不但要你口头甜，且要你心里甜呢！"宋爱新又笑笑道："我心头甜透了，甜心甜心！"说着话，又打了一句英语 Sweet Heart。玲玲听宋爱新说心头甜，她的心里顿时也甜起来了。宋爱新因时候不早，恐怕家里正要等他，所以别了玲玲，走出店门去，说声再会。玲玲送出店门，直到望不见了他的影子，方才回身入内，一颗心兀自觉得甜蜜蜜热辣辣，一缕情丝竟紧绕在个郎的身上了。

次日宋爱新仍旧到光明大学去读书，他缺了许多日子的课，应该加倍用心去补足。但是不知怎样的当他展卷听讲的时候，教授说的话，十句倒有五六句没有听见，好像视而不见，听而不闻一般。眼睛里常常觉得有两个倩影立在他的身旁。说也奇怪，好好的原版西书，而在蟹形的字上，也会像开映时候所见的活动广告一般，从 ABCD 的字母中化出两个亭亭玉立的美人儿，一个就是玲玲，一个就是杨彤芬。意马心猿的自己不能克制了，所以此后的宋爱新和以前的宋爱新大不相同，读书自然毫无进步了。他在放学回去的时候，又要到甜蜜蜜糖果店里去和玲玲聚在一块儿闲谈，有说有笑，异常亲热。到了星期六，他想起杨彤芬，觉得自己最好要去拜访她一次，试试她的心对我究竟如何，可真心结交我做个朋友。所以他就在学校里出来的时候，先打了一个电话到杨家去请杨小姐听电话，免得自己冒昧前去。恰巧杨彤芬正在家里，没有出去。所以他在电话里，向接电话的下人说了，马上就来接听的。他听得出电话听筒里有清脆的声音，向他问道："你是谁?"宋爱新连忙说道："我是宋爱新。密司杨，你好吗?"杨彤芬答道："好，密司脱宋好吗? 你在哪里?"宋爱新道："谢谢你，我很好。今天下午三点钟我想要到府拜访，不知你可有闲暇? 所以先打一个电话来问你。"杨彤芬答道："很好，我没有事，请你一准光临便了。"宋爱新又道："好，停会儿再见吧。"遂挂上了听筒，回到家里，吃过午饭。他今天不到玲玲那边去了，身上换了一身新的西装，对着镜子，将头发梳理了好一会儿，涂得光光的，又香又亮，换了一个紫色的领带，穿上黄皮鞋，身边带了钱，走出门去。他本想要到南京路去买些礼物送给杨彤芬的，但是继思像杨彤芬的家里吃的穿的用的玩的样样都有，即使自己花了几百块钱去买一些东西送给她，也许她心里不中意，或者不值她的一笑，还是不送的好，等以后有机会再报效她吧，这样一想，就不去买东西了。便去汽车行雇了一辆出差汽车坐着，驶到忆定盘路杨家去。

第十八章　母也天只不谅人只

当宋爱新的汽车到得杨家大门之前，他喊住了汽车夫，叫汽车停住，开了车门，他跳下车来，付去了车资。瞧见杨家的铁门正开着，门前的巡捕立在一边。他正要走进去，却见杨彤芬穿着一身洋装，送一个西装少年出来。这少年年纪很轻，并不是孔大器，推着一辆机器脚踏车，一边走，一边和杨彤芬讲话。杨彤芬一见宋爱新到来，便把手搔搔头道："密司脱宋。"宋爱新连忙走上去，恭恭敬敬地立正着，脱下头上的呢帽，叫一声密司杨。那少年便对宋爱新很注意地看了一眼，杨彤芬便代他们二人介绍。宋爱新方知这少年姓胡名思，是本埠金融界巨头的爱子，果然华贵非常，是个王谢子弟。珠玉在前，不觉自惭形秽。胡思见杨彤芬又有客至，不便再和她多讲，就回彤芬说一声明天会，国庆日的小旅行无论如何，我是必要奉陪的。杨彤芬道："很好，我再打电话给你吧。"胡思就把机器脚踏车推出大门口，向杨彤芬点点头，把手挥了两挥，然后跳上机器脚踏车，按了一声喇叭，开足速率，飞也似的向东面马路上驶去。

杨彤芬送走了胡思，便一摆手请宋爱新进去。宋爱新刚走了几步，忽见那头狼狗又飞快地从洋房旁边的草地上跳过来，向宋爱新吠了一声。宋爱新忙向彤芬背后一闪，杨彤芬向那狼狗喊了一声"欧利不要动"，那狼狗果然伏在地上不动了。杨彤芬陪着宋爱新，走进对面的甬道里去，到会客室中分宾主坐定，下人献上香茗和纸烟。杨彤芬对宋爱新说道："密司脱宋，这几天又在学校里用功了。我很抱歉，累你缺去了许多功课。"宋爱新道："密司说哪里话来？我因此而得识密司，幸何如之！只要密司不弃微贱，许我常常到府请益，得亲玉颜，这是我的幸事了。"彤芬道："我自己知道学问浅薄得很，反蒙诸位看得起我，都和我交友。我是主张朋友越多越好的，密司脱宋能够常常到舍间来谈谈也好。"宋爱新道："我以后不怕密司讨厌，要常常造府了，不知密司可喜欢出去游山玩水的?"杨彤芬道："我都欢喜。近来因为常出入于灯红酒绿的场所，有些腻烦了，所以想在国庆日到南京去一游。至于杭州，在今年春间已去游过，且顺便一游桐庐山水呢。"宋爱新道："秋光虽老，景色尚是宜人，气候也恰好。密司乘此佳节，游览首都，正好及时行乐。我也是喜欢出游的，南京也有好多时候不去了。"杨彤芬道："密司脱宋倘然有暇的，我们一同去畅游数天可好吗?"宋爱新本来方才已听胡思说过什么国庆日的小旅行，估料杨彤芬等将有南京之行，不意杨彤芬竟会问自己可去同游，岂非大大地看得起他吗？马上带笑说道："这正是我求之不得的事！难得密司不弃，肯许我做游侣，追随骥尾，我岂肯失此机会呢?"但不知密司此行共有几人?"杨彤芬道："现在只有连我三个人。一个是你方才遇见的胡思，一个就是前天陪你同吃饭的孔先生，其他没有别人了。原因是我前天补习国文时读了一篇《钵山余霞阁记》，而孔先生又把一篇语体的游记，名叫《玄武湖之秋》，叫我翻译，遂讲起了首都的名胜。孔先生年前曾去一游，见南京的建筑突飞猛进，今非昔比。他一一讲给我听，引起了我的游兴，便想趁此双十佳节到首都去观光一下。起初约定的只有孔先生一人，今天胡思来舍，无意中谈起了，他知我将要去游南京，就自动地情愿加入，我遂答应了他。现在密司脱宋又肯同往，此行更不寂寞了。"杨彤芬说话时，眉飞色舞的，十分有兴，一种活跃的状态又和玲玲不同。

264

宋爱新暗想你叫我加入，做你们的游侣，当然是很高兴的。只是自己却有一个狭隘的观念，就是最好此次首都之游，只让自己一人跟随杨彤芬左右，倘徉山水间，求游观之乐。倘然伴侣加多了，那么便成众星拱月，使杨彤芬周旋其间，芳心便不能专注于某一个人的身上了，并且兴致也要减少。现在除了自己已有孔大器和胡思，希望她不要再去和人家提起，而使他人多多加入，变成了一个旅行集团，这未免煞风景的事了。宋爱新心里虽然这样想，嘴里却不好说，又和彤芬谈了一刻。下人早送上一大盆虾仁炒面，外加腊鸭熏鱼等四只盆子，和两碗虾子酱油和蛋皮丝冲成的汤，请宋爱新吃点心。杨彤芬陪着他在圆桌上同吃。宋爱新一边吃，一边问问杨彤芬补习的课程，以及那位孔大器先生的教授法。杨彤芬极口称赞孔大器教授详明，学问渊博。宋爱新听彤芬赞美孔大器，心里便觉得有些异样，好如玲玲听宋爱新讲杨彤芬一样。刚才吃过了点心，下人拿出去的时候，有一个女婢跑进来说道："小姐，李家有电话来，请你去听。"杨彤芬又向宋爱新打个招呼，跑出去了。一会儿回身入室，对宋爱新说道："李先生请我到爱俪园去听音乐，且参加美术家的聚餐。今晚上海中西美术家到会的甚多，我倒不可失去这机会的。"宋爱新听了，便说道："如此盛会，密司自然不可错过，可惜我……"宋爱新的话还没有说完，杨彤芬早知道他的意思，马上说道："这个聚餐听说并不公开，限制很严的。我是有李先生的关系，方才可以去陪末座，否则我也要请密司脱宋前去同乐了。"宋爱新把双手搓着说道："我没有这资格，惭愧得很。密司是交际的明星，一般美术家自然格外欢迎的。况且密司的平剧也很够得上了。像我是没有什么艺术的，只好望洋兴叹。古人说，临渊羡鱼，不如退而结网，所以我现在已决定从我们校里的西教授雷德学习梵华铃和钢琴，此外我有个表兄擅金石之学，是个篆刻大家，大家称他的艺事足以媲美吴昌硕的。以后我也要从他学习书法和篆刻，也使自己有一些雕虫小技，不至被人视为朽木呢。"杨彤芬点点头道："很好，密司脱宋是聪明人，将来定会青出于蓝的。"杨彤芬说着话，却不坐下。宋爱新知道她要出去了，自己不便再挨在此间，耽搁她的时候，引起她的憎厌。所以他也就立起身来说道："密司既然要出去，我也要告辞了。"杨彤芬也不留他，对他很爽快地说道："今天很抱歉未能多奉陪，隔一天再会吧。国庆日我们坐早车赴南京，请你早为预备。"宋爱新说道："很好。"他就和杨彤芬告辞。

宋爱新走出了杨家，他一路缓步徐行，走到愚园路，然后坐了公共汽车，回到静安寺路同孚路口。他跳了下来，恰巧撞着一个卖花的妇人，手里拿着两束很鲜艳的洋花，走到宋爱新身边，要宋爱新买。宋爱新遂买了一束鲜花，拿在手里，走到甜蜜蜜店里来。柜台里不见玲玲，他以为玲玲出去了，不由一呆，便问店伙玲玲可在家里。店伙笑笑指着后面。宋爱新便知玲玲没有出去，立刻人踏步走到后边去，高声唤道："玲玲，玲玲！你在哪里？"只见玲玲从后面房中走出来答应一声"我在这里"。宋爱新见玲玲走到他的身边，脸上露出一团很不高兴的样子，一双眼睛低垂着，眼皮也有一些红肿，对着宋爱新勉强装出不自然的笑容。

宋爱新怔了一下，便问玲玲怎么样，你母亲在哪里，玲玲噘起了小嘴答道："我母亲在房里和姜家阿姨讲话呢。"宋爱新听得姜家阿姨，就知道玲玲不快活的原因了，便把手中一束鲜花送与玲玲，叫她去插在瓶里。他和玲玲面对面地坐下，一个店伙冲上一杯咖啡茶来。玲玲便问道："今天你学校里下午没有功课，方才你到哪里去的，直到这时候才来？"宋爱新撒了一个谎说道："我本要早些来看你，因为陪我母亲到亲戚家去接洽一些小事，所以到这时候方才脱身前来的。"玲玲相信他的说话，点点头，也就不说什么，只把她自己的手指反复相视。宋爱新向她轻轻问道："玲玲，你有什么不快活的事吗？不妨告诉我，不要闷在肚里，有损玉体。"宋爱新说话时，表示出很温存的样子。

玲玲叹了一口气说道："仍旧为了我告诉你的那件事啊！他们向我纠缠不清，真使我恨杀了！"宋爱新道："我不是劝你以忍耐为主吗？只要你抱定宗旨，不去理睬他们便了。"玲玲摇摇头道："不成功的，那老头儿差不多天天来此喝咖啡，向我母亲大献殷勤。前天你不在这里的时候，他从四点钟坐起，直到七点钟方回去。从来没有见过这种喝咖啡的客人，连店伙们也都在背后窃笑了。他把一件南京缎子的衣料和一盆北京的麻菇送给我母亲，可笑我母亲竟会拿他的。"宋爱新笑笑道："南北二京兼而有之，你母亲怎能不接受他的美意呢？"玲玲把牙齿一咬道："你不该对我说笑话，我心里实在气恼得很，你却要袖手旁观吗？"宋爱新连忙说道："不敢不敢，我劝你不要气恼，我总是能够原谅你的，请你为了我而忍耐。"玲玲道："忍耐也有一定的限度，像我所处的环境，实在叫人忍耐不住的。你不知道那老头儿妄言妄想，还要邀我母女俩出去看电影哩。亏得我母亲竟会同我说的。我对母亲说，我是没有这个兴致，你要领那老头儿的情时，你不妨自己陪他去吧。我母亲见我拒绝，她反而很不高兴，今天姜家阿姨又来说项，告诉我母亲说，那老头儿一心要娶我为侧室，他肯付出任何的代价，只要我母亲向他开口，一万二万的聘金是不成问题的。他又愿意送我到学校里去读书，又肯出资把我们的糖果店大加扩充，把种种有利的条件来说动我们，我母亲的心早已活动了！她叫我和姜家阿姨一同商量。姜家阿姨又用许多花言巧语来哄骗我，但我究竟不是三岁的小孩子，怎肯受他们的诱惑？因此方才在房里不管得罪姜家阿姨，把我心里的意思再度和她们申说。无论如何决不肯嫁给那个童老头儿的。富贵荣华都不足使我的心歆动，言语之间就不免和我母亲小有冲突。宋，我们母女俩一向是很亲爱的，不料现在为了这种事情而常常发生气恼，令人不快之至，我心里的忧愁向谁去告诉？只得讲给你听了。你现在来得正好，请你代我想个法儿吧，若是真心爱我的，绝不忍使我在这个不良的环境中，长此感觉到不愉快而受到精神上种种的痛苦。宋，我说的话可对吗？"玲玲说时，一双明眸透出很诚恳很急迫的表情，同时她常常回转头去向房门边偷瞧。

宋爱新听玲玲这样说，皱着眉头对她说道："那个童老头儿太可恶！这样地牵丝扳藤地向你缠绕不清，无怪你要恚愤了。你母亲为什么也是这样地轻信人言？既然你是不愿意，那么又怎能强迫你呢？真所谓母也天只，不谅人只了。你这样地对我一片深情，我岂肯辜负你的？请你放心，在最短期间内我也决定向我母亲方面去进行，保管你可以扫去一切障碍，而达到我们的目的。现在我还是劝你忍耐着的好。我已对你说过，你总是抱着不睬不理的态度便了。"玲玲道："当然我听你的话的。但是他们明知我不肯，而仍旧要向我絮聒，说许多不入耳之言，你想令人多么讨厌，多么忧闷！"宋爱新道："一个人有一个人的思想，他们的思想和你不同，所以如此。现在你须要奋斗，我一定能够帮助你达到最后的胜利。玲玲，你放心吧！"玲玲听宋爱新这样一说，心中稍觉安慰。宋爱新也知玲玲的母亲贪慕童老头儿的富有，却不惜牺牲自己女儿的幸福。玲玲既然不肯从她的话，自己当然也要遭她的嫉视了。他当然和玲玲十分表同情的，决不情愿让玲玲给那个老头儿夺去做藏娇金屋的。但是自己一方面却又有一个杨彤芬的倩影，横亘在他的心里，所以对于玲玲不得不暂时敷衍着，以便日后鱼与熊掌的取舍。他又告诉玲玲说，在这个双十节，他要和校中同学去游南京，数天即返，所以不能陪玲玲出游了。玲玲信以为真。她本来要想约宋爱新同游华龙和半淞园，现在听说宋爱新将游首都之心，她只得打消自己的念头了。宋爱新和玲玲谈到天晚，方才别去。临去时，玲玲送到门口，还约他明天下午去游外滩公园，宋爱新自然答应了。

国庆日的前一天，宋爱新仍打电话给杨彤芬，说他预备又去拜访她，问她明天怎样几何动身。杨彤芬在电话里回答说明天准坐八点钟的特别快车赴京，大家在北火车卖票房前集合，先到先等，不可误时，至于车票早已由她向上海旅行社购下了。今天因有别的事情，即刻就要出外，所以请宋爱新不必前去，明天再见吧。宋爱新听了，也只得待到明天再见。这天下午，他就到玲玲那边去，约她出去看了一回电影，情话依依地和玲玲厮缠了半天。此时的宋爱新正迷恋着粉红色的梦，对于自己的学业却渐渐荒废起来了。

双十节的清晨，各处飘扬着国旗，映着皓皓的阳光，充满着一团朝气。北火车站票房门前挤满了许多人正在买票，有一个少年穿着簇新的西装，胸前插着一朵鲜花，手里提着一只小皮箱，从人丛里挤进来，东张西望地向各处观看，正是宋爱新来了。他的眼光很是尖锐，早已看见在那边大钟下站着一男一女正在讲话，女的穿着织锦缎的夹旗袍，外罩黑丝绒大衣，足踏咖啡色镶银边的高跟革履，手里挽着一个大皮包，蜷发如云，明眸如水，不是杨彤芬还有谁呢？至于那个立在她身边的男子就是杨彤芬的老师孔大器，也穿着新的西装，修饰得很是俊美，肩上还套着一只柯达克，手提影箱，低着头露出了笑容，向他的女弟子显出殷勤的样子。这样子使宋爱新见了，心里便有些难过起来。

第十九章　怎么这火车已开走呢

这时候杨彤芬偶然回转头来，向外边一望，她早瞧见了宋爱新，把手向他招招。宋爱新连忙跑过去，恭恭敬敬地叫一声密司杨，你好早啊！又向孔大器点点头。杨彤芬向他笑笑道："我和孔先生到此等候十分钟了。"宋爱新道："对不起得很，我坐电车来的，所以在路中耽搁了一些时候，抱歉得很。"他一边说，一边心里暗想杨彤芬是不是和孔大器一起坐汽车来的，还是他们分着开来，不知哪一个先到呢？但对于这个自己也不便询问，只得闷在肚皮里了。杨彤芬道："你倒还不算十分迟慢，可是胡思尚没有来，现在月台那边已开始轧票了，否则我们也可以早些进去。"宋爱新道："不错，好在我们都没有行李的，迟些也不妨。但不知除了胡先生而外，我们可还有别的伴侣？"杨彤芬摇摇头道："没有了，我们一共四个人，现在来了三个，只缺一个胡思。"宋爱新一看钟上的长针正指七点四十五分，便说道："还有一刻钟，我们再在此间等候一会儿，大概他也要来了。"于是三个人品字式立定，大家闲谈了几句话，看看已到七点五十分了，杨彤芬一双眼睛时时向外面瞧望，她的脸上露出一些不悦之色，自言自语地说道："胡思真不应该误时的！他家里汽车也有，离车站也不远，为什么到这个时候还不见来呢？真是讨厌！"孔大器在旁插言道："彤芬，你和胡思怎样约的？莫非他有事不来了？"杨彤芬把足尖践着地说道："星期二我还和他在回力球场相见的，我清清楚楚地对他说，车票都由我去买了，叫他一清早在八点钟前到这里集合的，绝不会缠错。至于此次出游，我本来没有约他，是他自己愿望要加入的，绝不会有别事阻挠。他何以竟会失约呢?"杨彤芬说着话，露出不耐烦情状。

一批一批的乘客携着行李纷纷地从他们身边走过，都到月台边去轧了票而上车了。时间一秒不停地过去，长针已指着七点五十五分，只差五分钟了，仍不见胡思到来。杨彤芬对二人说道："胡思这个人真荒唐! 这种公子哥儿的派头我最不喜欢的，让他不要去也好。我们走吧，不必再像痴汉等老婆那样地等待他了。"杨彤芬说了这句话，自己也好笑起来，拔步便望月台边走。宋爱新和孔大器见杨彤芬不肯等待，也就跟她走了。宋爱新且对杨彤芬说道："倘然胡思来的说话，他未免要上当了!"杨彤芬道："我想他不会来的了，若然来时，我们已上了车，他可补买一张车票而再进月台来的。我们且顾自己的畅游，不必代他一个人顾虑了。"于是他们轧过了车票，走入月台。杨彤芬是富家千金，平日一切阔绰惯的，何况佳节出游，更不算钱了。所以她买的头等车票。上车后坐定，茶房泡上茶来。这时候铃声已开始摇动，催送客们下车，火车快要开了。杨彤芬将身子伏在窗口，向外边月台上张望。一会儿汽笛一声，火车已蠕蠕而动。宋爱新在杨彤芬背后座上说道："胡思真的不来了!"忽然杨彤芬回头对二人说道："你们快瞧那边月台上向这里奔过来的一个人不是胡思吗?啊! 他为什么来得这样迟呢?"宋爱新和孔大器一齐探出头去看时，正是胡思。他一边跑，一边也瞧见了杨彤芬，高声大喊："密司杨慢走，我来了!"可是火车早已开动，速率渐快，向前发轫进行，岂肯为了胡思一个人而稍停呢?

胡思手里虽然没多带东西只挟着一个手提皮包，跑得满头是汗，双目直瞪，连吃奶的气力都用出来了。他一边紧追一边高声大喊"停车停车!"但是胡思这个命令终究是无效的，火车越跑

271

越快了，他哪里追得上呢？要想跳车也来不及。追上一大段路，火车已开出外扬旗，汽笛呜呜呜地叫着，车声隆隆，像奔雷般向前疾驶，早已不见影踪了。

　　胡思追得上气接不着下气，眼见杨彤芬等坐的火车风驰电掣一般地向前飞驶。他没有脚踏风火轮，或是胁生双翅，哪里能够追得上呢？只得立停了，在月台尽处，双脚乱跳，说道："混账混账！这火车怎么不等我来而先开了呢？照我的手表上，进站的时候恰巧八点钟，怎么这火车已开走呢？这不是明明和我姓胡的作对？我倒要去责问站长哩。"一边说，一边揩着头上的汗。旁边的人瞧他这个样子，都觉得好笑，当他是个疯子呢。

　　胡思疯了吗？不，他这个人本来有些疯狂性质的。他心里想到了一件事情，往往因一时冲动而非常热烈，但过后便会淡忘的。在热烈的时候，他竟会似疯似醉，不惜任何牺牲，务求达到目的。好在他家里既有钱财，他自己在外边又拜过老头子，小弟兄很多，都可以羽翼他的。所以有些事他就要不愿一切，肆意妄行。等到事情弄僵了，也有他的父亲和老头子出来排难解纷的。

　　胡思的父亲名唤胡庸，在上海开着商业银行旅馆百货公司以及股票公司等，经营商业，在外面很有一些名气的。家中资财也积得不少，是个面团团的富家翁。娶着三个姨太太，分开三处居住。共生了十个儿女，却只有一个胡思是男，其余都是女儿。因此胡思的父母非常钟爱他，自幼任性惯的，说什么有什么。他父母无不千依百顺，博他的快活。胡思读到高中毕业，便不读了。因为他轧了一辈朋友，一半是花花公子，酒地花天，常常在欢场里声色纵情，挥金如土的；一半是马路侠客，呼朋啸侣，蹈火赴汤。又因他常要在外边占人家的便宜，让自己逞威风，所以一半人怂恿他拜了某闻人做先生，有了泰山之靠，在外边更可以耀武扬威，说得嘴响了。大家又送他一个别号叫作"小孟尝"，他也欣然自得，居然学做孟尝君起来。在他家里常有三朋四友来吃闲饭的，往往坐满了一桌子，既然要做孟尝君，当然要请别人家吃饭了。他父亲胡庸知道了，这事倒也很赞成的，以为在这个年头儿，自己儿子能够这样做，反可以蹿得出，若是敦厚周慎的人，庸庸碌碌，一世做不出大事业的呢。

胡思既不继续求学，他父亲就给他十万块钱，在股票公司里买卖些股票，兼做襄理之职。他对于股票的门槛很精，又有人看在他父亲的面上在旁边帮他的忙，因此很能赚一些钱，但是他完全把来用到舞场里去了。舞场里的一般经理和舞女对他很是欢迎，因为胡思高兴起来时，阿堵物不在心上，常肯十分报效的。他父母急于要代他配一头好亲，好早日成婚，无奈胡思必要自由恋爱，凡是来做媒的一概拒绝。胡庸也做不动他的主，由他去休。胡思一度曾经娶了舞女，名唤黄妹妹，在霞飞路别营金屋，以贮阿娇。不料未及一年，那个黄妹妹忽然又去背了他，而私自姘识了一个伶人，在外边开旅馆，几度幽会。后来给胡思识破了秘密，便把黄妹妹监禁起来，百般毒打。黄妹妹受不起苦痛，背地里自缢而死。胡思靠了他父亲的势头，对黄妹妹的母家难为了一笔费，草草了事。巡捕房里也用去些钱，居然被他平安幸免。后来他遇见了杨彤芬，一心一意地和杨彤芬交朋友，怀着片面的恋爱去向她追求。可是那位杨彤芬小姐非寻常女儿可比，她的男朋友很多很多，而且都是很有地位，或很有学问的，胡思夹在里面也显不出什么特色来。杨彤芬对他也不过普通辈友谊，并没有特殊之处。所以任他如何热心追求，肯为了杨彤芬而花钱，而他总觉得杨彤芬好如海上蓬岛，可望而不可即，真所谓落花有意，流水无情了！

这一次首都之游，也是胡思自己要求加入的。杨彤芬虽然知道胡思这个人有些荒唐，但因他用钱十分爽快，正合自己的性情，而且件件事胡思没有不对她唯命是听，绝对服从，能够博得她欢心，所以她同意他加入了。胡思对于这一遭的出游，只知道除了他追随彤芬游展以外，只有一位孔大器先生是彤芬的老师，还没有知道尚有一个美少年宋爱新。他隔日预备了一千五百块钱做游资，又买了一座最新式的照相镜，预备带去，要代杨彤芬多摄几张倩影的。他本来想和杨彤芬孔大器一起坐汽车去，但是一则他住的成都路和忆定盘路距离很远，又有孔大器住在哈同路，彼此分开，不便一起出发，所以杨彤芬约定他在火车站集合的。然而他是好动而不好静的人，隔夜又和几个朋友到百乐门舞场里去搂着舞女跳舞，直到相近三点钟时，方才回家的。他本来不预备睡了，但觉身子疲倦得很，所以脱了衣服，上床去睡。不料一忽醒来，已是七点半了。他慌忙跳起身来，急急洗面漱口，把买来的新衬衫新领带新西服新皮鞋一起拿出来穿着，又对着镜子，修饰他的头上的发儿和容颜。看看时候已有七点三刻了，他点心也来不及吃，连忙戴上呢帽，挟了皮包，走下楼去。吩咐家里的汽车夫把汽车开出去。这时候他的父母都在黑甜乡中，尚未起身，好在他前两天已把这件事告诉过了，也不必再去辞别。跳上汽车，吩咐汽车夫速开到火车站去。汽车夫听了小主人的吩咐，不敢怠慢，把汽车开出大门，到了马路上，开足速率，很快地向北火车站驶去。本来也不过数分钟的事，胡思尚可以赶得及火车的，不料行至中途，前面有一辆人力车阻挡了汽车的前进之路。虽然汽车上连连发出喇叭的警告声，可是那辆人力车仍旧是慢慢儿地不望旁边让避。原来在人力车的前面，恰巧有二三辆笨重的塌车，装着许多木材，前拉后推地在马路上慢走。这条马路并不广阔，倒被塌车占去了一半路。那人力车本要赶出塌车前头去，谁知跑到一半，背后汽车紧紧地追上，他要避让时实在也无处可以再避了。胡思的汽车夫虽然要想望旁边岔开去，而因对面又有车辆前来，不及收缩，便撞在那辆人力车的车轮上，豁刺一声，车轮撞坏了一个。车子横倒，同时车子上的人也跌了下来。汽车夫骂声猪猡，要想闪开去时，不料那个人力车夫也是个强硬者

274

流，大不服气，便上前将汽车拦住，要汽车夫赔还他的车轮。而那个坐车子的人因为跌了一跤，也在旁边帮着人力车夫呐喊。汽车夫怎肯赔钱？两边吵闹起来，便有一个巡捕上前来问询。因为那人力车夫不肯甘休，而汽车夫也不认错，那巡捕就要带他们到捕房里去。汽车夫倚着主人权势，也不怕什么。可是车子里面坐的胡思却焦躁起来，时间是这么的短促，一分一秒都不容阻延，倘然到捕房去，自己虽不至于吃亏，但要耽误了他的清游，失去大好机会，自己断乎不愿意的。他就从身边皮夹里掏出一张自己的名刺和二十元纸币，交与那巡捕，说道："我现在正有要事赶火车到南京去，没有工夫顾到这些小事。那人力车避让得慢一些，以致被汽车撞坏了他的车轮，双方都没有什么错误。他若要赔时，请你去怎样叫他修补一下，我要走了。"说罢，便叫汽车夫不必多说，快快开去。那巡捕接到胡思的名刺，一看上面有信孚股票公司襄理的名衔，又见是汽车阶级，自然不敢奈何他，便按住那个人力车夫，让汽车行驶。但是也耗费了二三分钟，等到胡思赶到站上时，恰巧杨彤芬等已走进月台，上车去了。胡思看看月台外边清清的人影可数，哪里有什么杨彤芬？火车在里面正要开行，看看时候只差三分钟了。他没有车票，不能进月台去。连忙回身跑到卖票房门前，要买一张头等票。卖票的却说火车立刻就开，乘客也来不及上车，不肯卖票。胡思一定要他卖，卖票员方才勉强卖给他一张，然而又费去了一分多钟。等到胡思拿到票子，只剩一分钟了。他连忙奔进去轧了票，跑到月台上，然而火车已开动，他虽有勇气要跳车，但已来不及了。此时胡思心里又是何等的失望，何等的难过！因为他明明瞧见杨彤芬趴在车窗上，而孔大器和那个前天碰见的宋爱新，也一同在那里。自己却因来迟了一步，反被他们捷足先登，和那位黄金美人到钟山石城间去且邀且翔了，他怎不要大跳其脚呢？

他悔恨自己贪睡，耽误了时候，路上又出了岔儿，真是不巧。特别快车既然已脱去，那么自己在月台上大跳其脚也是无用的。这是公用的车辆，不是私人的专车，自己发什么脾气呢？现在自己就要决定南京之游要不要去了，如要去的，那么不妨可坐九点三十分的快车追至南京。好在杨彤芬等一到南京，必要住旅馆的。只要自己到了南京，到几个有名的大旅馆去跑上一趟就得了，再不至于会不见面的。如其不高兴去的话，那么自己不妨回去约了两个舞女到杭州去游玩一趟，也是好的。家里早已知道自己到南京去游玩了，倘然缩回去不但辜负了大好秋光，也给家人好笑。于是他立在月台上想了一番，想想同舞女出游是极便当的事，若和杨彤芬小姐做首都之游是可遇不可求的。自己难得有了这机会，却反让他人去快乐而失之交臂吗？他想到这里，又觉心有所不甘。他怨恨着孔大器和宋爱新两人起来。自己若然不去，不但得不到杨彤芬小姐的欢心而反给那两个小子好笑，且被他们占了便宜去。无论如何，自己此番一定也要赶到南京去的。我何必要让步呢？他打定了主意，于是一步一步地走出月台，旁边几个站上的人员和路警以及送行的客人，都对他笑嘻嘻地行注目礼。他也顾不得了，走出了月台，心中稍定。他就觉得肚子里有些饿了，便到火车站对面一家点心店里去坐着吃点心。买了一份报纸看看，消磨他的时光。过了九点钟，他再不敢怠慢了，便走进车站去坐快车到南京。可是一个人在车上又未免顾影凄凉，心头气闷得很。只望自己到了南京，早早会见玉人，休要参商难见才好。

第二十章　让我来玩一下吧

杨彤芬和孔大器、宋爱新在火车上见了胡思这种狼狈的样子，倒一齐觉得好笑。杨彤芬见火车已开得很快，恐防胡思乱跳车，不妙要出毛病，连忙向他摇摇手，叫他休追，可是霎时已不见胡思的影子了。杨彤芬回身来坐下，向她对面坐着的宋爱新带笑说道："谁叫他来得这样迟慢？须知火车是不等人的，这也好给他一个警戒，以后总要守时的好。"孔大器说道："胡先生倘然不能和我们同做首都之游，他也好去游别处的。"宋爱新笑笑道："这也不妨事的，胡先生不好坐第二班快车赶上南京来吗？"杨彤芬道："这个由他自己做主了。"他们三个人在车上谈谈说说，吃些水果，当然一些儿也不觉得寂寞，比较独行踽踽的胡思又大不同了。在车上，大家各吃了一客大菜，一路经过苏州、无锡、镇江等处，沿路凭眺风景，秋色宜人，且见一处处飘扬着国旗，令人兴奋。他们到了南京，出了车站，就雇了一辆汽车开到太平街安乐酒店，在楼上开了一百〇四号和一百〇五号两个房间。又宽敞，又洁净，布置又是富丽堂皇。那时南京的旅店除了外人创办的扬子饭店和惠隆饭店，要算国人自创的中央饭店和安乐酒店为个中翘楚了。水牌上本要写杨彤芬的名字，可是杨彤芬却要写她老师的姓名。孔大器因这是小事，也不谦虚就留下了他的姓名。时候已有四点钟，远的地方已不及游玩。他们就到夫子庙、秦淮河、第一公园等处去闲游，又在外边吃了晚餐，到九点多钟时方才回转客寓。

他们上了楼，走到一百〇四号房间门前，只见房门半开半掩着，一个茶房带着笑脸走上来，对他们说道："有一位客人也是从上海来的，正在房间里等候你们呢。"杨彤芬听着，扑哧一声笑出来道："稳是胡思来了！"孔大器和宋爱新倒并没有欢迎的样子。三个人一同走进室去，见胡思正坐在沙发里打瞌睡，一手还拿着一支纸烟卷，已烧去三分之一了。杨彤芬走到身边，轻轻叫一声密司脱胡。胡思张开眼来，瞧见了他们，立刻跳起身来，把燃余的纸烟卷向旁边痰盂里一丢，对杨彤芬苦笑着说道："今天真是不巧！我扣准了时间到火车站，谁知汽车在路上撞坏了人力车，闹了一场小小纠纷，以致脱了车了！真不胜抱憾，未能追随密司同车。好在密司有两位同行，绝不至于寂寞，却苦了我一个人了。"杨彤芬笑笑道："谁叫你大意的呢？你若是赶早到站，就不至于出这种岔儿了。方才我在车上瞧你追火车，真令人又好笑，又代你发急。因为你不是神行太保，怎能追得着火车？况且这不是电车，你若要跳车时非常危险的，我倒代你捏一把汗呢。"胡思笑笑道："没有办法啊！这是我一时发急，以至于此，其实是没有用的，累得你们发笑了。"宋爱新在旁说道："胡先生一定是坐下班快车来的，被你寻见也不容易了。"胡思答道："是的。我既然追赶不着，只好坐快车来京。到了南京时，就雇了一辆马车，先到几家大饭店来访问，因我早知道次一等的旅馆密司杨是绝不要住的。先到中央饭店，不见影踪。再到这里安乐酒店来，一看水牌上虽不见密司杨的芳名，却有了这位孔先生的大号在上面了。我就十分喜欢便寻到这房间，和茶房说了坐在里面专诚恭候你们回来，相见密司杨，你说我诚心不诚心？"胡思说到这里，向杨彤芬笑笑。杨彤芬道："这样很好，你总是到了南京。"遂一同坐下来。胡思又问道："你们方才到哪里去玩的？"杨彤芬道："时候太晏了，只不过在夫子庙秦淮河一带热闹的地方兜了一个圈子，今天是国庆日，外边格外热闹，好在我们不想到游戏场里去，只在空处溜达，明天我们方才要开始畅游首都名胜呢。你在这里可吃过晚饭吗？"胡思道："我在房间里等到七点半钟，不见你们回来，知道你们已在外边吃饭，所以我就在此喊了一客特别饭，将就充饥，因为没有见你们的面时，我心里仍旧是不定的。"杨彤芬笑笑道："你既然寻到了我们下榻之处，迟早必能见面，还有什么不定心呢？你又不是三岁小孩儿，一定要跟着人家走的。"杨彤芬这句话说得孔大器和宋爱新都笑起来了。胡思道："好了，这是鄙人的不好，所以自己吃了苦头，不必再谈它吧。"于是大家闲谈南京的市容和今天报上的新闻。杨彤芬又叫茶房去买了苹果、香蕉等不少水果来，且吃且谈。大家都是少年，所说的当然很能投合，可是三个人都向杨彤芬十分献媚，各欲邀得玉人的青睐。直到十二点钟时，杨彤芬大有倦意，方才别了三人，回到间壁房间里去安寝。三人遂在这房间里安睡，好在这是双人的房间，本有两张铺，现在再叫茶房添了一张临时床，各据一榻，睡得很是舒畅。不过杨彤芬却只能一人独宿了。

次日清晨，他们四人一早出发，雇了汽车去拜谒中山陵，瞻仰总理陵园，顺便又去凭吊明孝陵和紫金山，游玩紫霞洞和灵谷寺，又到汤山去试浴温泉，那汤山的温泉共有七处泉源，温度都在华氏百度以上，泉水含有钙质，可以治疗疯癣和其他的皮肤病。山上又有陶庐和汤山俱乐部，游客浴后可在那地方休息，或是进餐用点，一切都有的。晚上回来时，胡思便陪他们到贡院东街上的金陵春西菜馆去吃大菜，由胡思还钞，依着胡思的意思，还要到飞龙阁去听歌女的清唱。那时候在南京市最盛行的，因有些要人也曾经捧场过，小报上很有风流韵事的记载。而汪光秋正在红极一时的当儿，胡思很想去一聆清歌，且睹秀色。杨彤芬也无可无不可的。独有孔大器极力反对。他不愿意到这地方去，也不愿意杨彤芬去。他的意思宁可让胡思和宋爱新同去，而让他和彤芬坐在旅馆房间里清谈。然而这又是胡思和宋爱新二人不愿的事，因此听唱之举到底取消了。

南京的平剧和电影当然都不及上海，他们都无意去做座上客。那么怎样去消遣这个黄昏呢？于是杨彤芬提倡做叶子戏，胡思和宋爱新当然赞成的。孔大器虽有不惬于心，但因是杨彤芬的提议，他也不便反对，所以四个人在房间里做起叶子戏来了，这晚宋爱新手气很好，一个儿独赢，胡思和孔大器，输得很少，唯有杨彤芬却输了五百多元。终局时，宋爱新璧还，杨彤芬哪里肯拿？她说输了钱当然要拿出来的，不必客气。胡思也这样说。宋爱新遂说道："那么明天的游资让我一个人来付钞吧。"三人都说好的。

杨彤芬此来的动机就是读了《玄武湖之秋》而引起游兴的，所以她渴欲一游这胜地了。这一天他们就去游玩北极阁，登高远眺，全城风景都在眼底。又去游鸡鸣寺，那是南朝梁武帝时所建的同泰寺遗址。当年梁武帝舍身同泰以一国之君崇尚佛教，所以寺中香火曾盛极一时的。现在寺内有座霍蒙楼，为游人饮茗憩息之所。面对着钟山，风景很佳。他们在楼上品茗小坐了一番，又到景阳楼遗址去凭吊。那边有口胭脂井，就是陈后主和宠姬张丽华、孔贵嫔入井避难，而被隋兵掳去的地方。四人立在那边，孔大器把那段亡国的史实讲给杨彤芬听，且把陈后主很痛快地骂了一顿。胡思和宋爱新知道孔大器中西虚文俱有根底，在名义上又是杨彤芬的老师，所以都不敢插嘴。他们又走到寺的背面，那地方就是台城的废墟，本为六朝宫城，尚有一段遗址可寻。几株老柳尚飘拂着氄氄的柳丝，可是时在秋暮，却已衰黄了。孔大器傍着杨彤芬走，又告诉她说这地方就是当侯景之乱，梁武帝饿死于此的。他又吟着两句唐诗道："无情最是台城柳，依旧烟笼十里堤！"恰巧树上还有几头小鸟在那里唧啾地叫着，更添人家的感叹。孔大器正在大发思古之幽情，而胡思和宋爱新两人都觉得没趣。他们一边瞧着手表，一边怂恿杨彤芬快去游玄武湖。这是杨彤芬最大的目的，所以她就催着他们去了。

玄武湖一名五洲公园。因为湖中有五个小洲，故换称此名。相传就是南朝的昆明湖，周围约有四十里，山色湖光非常秀媚。湖中种着许多芙蕖，最宜逭暑，倘在夏日来时，莲叶田田，素萼红花，清丽可人。但是他们来的时候，莲叶早已枯残了。凡是游湖的人都要雇了轻舟荡漾其中，领略佳趣。杨彤芬等四个人雇着一只小艇，在湖中周游。杨彤芬拿着一把桨，坐在船首，展着玉臂，很高兴地打桨。宋爱新也抢着先拿着一把，所以和她并坐划着舟前进。但是胡思和孔大器却都没有了。孔大器坐在船中，默然无语。胡思坐在杨彤芬后面，望着杨宋二人的背影，脸上露出一团不愉快的神情，只得燃着一支雪茄烟，衔在他口里闷吸。湖中又有别的小舟，其中也坐着青年男女，兴高采烈地争先划船，杨彤芬和宋爱新也用足气力，很快地划着。宋爱新的口里还唱着那时候很流行《伏尔加船夫曲》。杨彤芬和着他唱起来。胡思在后牙痒痒的，心里很要想划。隔了一歇，胡思凑过去对宋爱新说道："密司脱宋，对不起，请你把桨让给我，你可以坐着歇歇，待我来划一下子吧。"宋爱新正在有兴的当儿，如何肯让他？立刻摇摇头道："我不吃力，密司脱胡，请你再耐心等一刻。"胡思道："我等的时候很多了，若要等到你力尽时，玄武湖也游完了，要我再来划什么船呢？"宋爱新笑笑，手里仍打着桨，不肯让他。杨彤芬回转头来说道："密司脱胡，你真要打桨吗？待我来让你。"杨彤芬说的话却又不是胡思愿闻的，只得说道："那么也不必了，密司请打桨吧。"他就回身坐着，心里格外的沉闷了。

胡思吸完了一支雪茄，瞧瞧孔大器游目而观，似乎也很无聊。他又看宋爱新双手打着桨，陪着杨彤芬有说有笑，他心里暗想这次四个人游玄武湖却让姓宋的占了一个先，陪着彤芬一同打桨，好像专是为他们俩而游湖的，自己和孔大器都是赘疣了，心

281

里实在有些不情愿。所以他再也忍不住了，又凑过去对宋爱新说道："密司脱宋，又是好一刻了，请你可以歇歇，让我来玩一下吧。"此时宋爱新不好意思再不让他了，心里却十分讨厌他，便将手中桨向胡思身边一丢，说道："你来吧。"胡思见宋爱新这个样子，心里更觉不快，当着杨彤芬的面也不便和宋爱新说什么话，只得忍耐着，拿起兰桨，坐在杨彤芬身边，一同打桨。宋爱新遂坐到孔大器对面座上去和孔大器闲谈。他们又兜了一段水程，前面有一个湖神庙。杨彤芬究竟气力还小，划了许多时候，两臂酸麻，渐渐划不动了，怎比得过胡思是生力军？所以她指着前面的湖神庙说道："我们到那边去歇歇吧。"胡思虽然心里不要休息，而不敢忤逆美人的意思，只得点点头说声好。他们遂把游艇荡到那边去，停住了，大家走上岸去。

他们到了洲上，胡思拿起照相机，便要代杨彤芬摄影。杨彤芬便立在水边，给胡思摄了一张。恰巧宋爱新和孔大器都带着照相镜的，大家都要代杨彤芬摄。杨彤芬个个应酬，或立树下，或坐石上，也给孔宋二人各摄了一影。胡思提议要和杨彤芬坐在船上摄影，大家都不要失去这权利，于是轮流和杨彤芬并坐舟中，各摄一影。至于摄得好不好，这要看各人的技术了。

在归途中，彤芬带着微笑对孔大器说道："好一个玄武湖之秋！果然不错。我们此来虽然已在深秋，而秋光尚有可观，不虚此行。"孔大器也对她笑笑道："那么你回去要作一篇游记了。你看玄武湖的秋色和那篇文章上所说的可有不同之处吗?"杨彤芬道："没有什么不同，不过诗人写出来的文章当然格外出色。"宋爱新在旁说道："我觉得湖中别的是没有什么可玩，只有划船是最快乐的事。"唯有胡思却没精打采的，一声儿也不响。

这天的晚餐是在峨眉酒家吃的，当然由宋爱新还钞。晚餐后，大家因为时候还早，便在街上散步了一会儿，方才回转旅馆。胡思多喝了一些酒，就在房间里和宋爱新说些嵌骨子的话。

宋爱新虽觉得有些不快，但因见胡思已有些醉意，也就不去理会他，孔大器却是肚里明白，只做默默地暗笑，幸亏杨彤芬已回到她自己的房里，去换衣服便休息了。

次日他们又去游玩清凉山、莫愁湖等诸名胜。在南京游了数天，差不多把名胜诸地，十游八九。晚上杨彤芬对三人说道："这几天天气很好，首都之游可以告一段落。倘然诸位游兴尚浓，我们不妨再到镇江去畅游两天，听说那边的名胜也很多的。"杨彤芬说了这话，孔大器和宋爱新都很赞成。孔大器先说道："京口的金焦二山，也是天下名胜，我们不可不乘便一游的。沪上学校里我虽有教课，但此次出游，我早已请了一位朋友代庖，因我知道游屐所至，不免要延长数天的。"宋爱新道："我也没有什么问题，校中多缺两天课也不妨，因这个学期我的学分早已不足，准备牺牲的了。"说罢，对杨彤芬笑笑。唯有胡思却坐在一边，吸着雪茄，低头无语。杨彤芬忍不住向他问道："那么密司脱胡怎么样？你在上海可有要紧的事情吗？"胡思摇摇头道："也没有。"杨彤芬道："很好，我们决定到镇江一游。"

到了明天，他们要离开南京到镇江去了，一齐坐早车前往。安乐酒店的旅费都由杨彤芬付讫，虽然宋爱新、胡思等都抢着要还钞，可是杨彤芬一定不要他们拿出来，她说此次首都之游是我邀诸位同来的，别的地方我不和你们客气，这里的一个东道主，无论如何总要让给我的。宋爱新等总听她这样说，也就不再客气了。他们都知道这位小姐是好胜心重的，不可冒犯了她。

镇江一名京口，历史上号称铁瓮城。凭山临江，形势雄壮。六朝时候立国江东，都把京口为屏蔽的。现在又是江苏的盛会，地方也很热闹。他们到了镇江，定下了旅馆，马上出去游玩。先到竹林寺游览，参拜烈士赵声之墓，瞻仰遗像，然后攀登金山。这也是佛门圣地，远望浮屠临空，金光灿耀。他们先到江天寺，一殿殿地进去游览。有一座玉鉴堂，中间供着苏东坡的玉带，做镇山之用的。相传是从东坡方外交佛印那里得来的。那玉带宝藏在巨奁里，光泽逾恒。孔大器对着这玉带，又发动他思古的幽情。可是胡思等都不在意。他们又到留云亭上去盘桓。亭中一块巨石上刻着清朝乾隆皇帝御书的"江天一览"四字。他们在亭下四面散开来走。胡思因为着急，跑到树林中去小解。等到他回转来时候，亭边已不见杨彤芬等众人。他不由一怔，暗想他们准是去游法海洞了，连忙赶向那边。却见宋爱新在那边小洞里洗濯他的司的克。胡思连忙问道："密司脱宋，你和密司杨一起走的吗？她在哪里？"宋爱新答道："不，我没有瞧见她，也正在寻她呢。我以为密司杨和孔先生一同走的，莫不是到山后去了？"胡思听了他的话，不假思索，马上跑到后面去，见那边有一座新建的大彻堂，气象则新，茜蒨一色，琳宫琅宇，宏大华丽。他连忙走进去，穿过了韦陀殿，跑到了观澜堂。那边游客不多，没有杨彤芬的倩影，却见孔大器一个人独立在石阶高处，向山下俯瞰，没有瞧见他。胡思忙跑过去说道："孔先生，你一个人在这里吗？"孔大器一见胡思，便点点头道："正是，密司脱胡来了很好。密司杨在哪里？"胡思听了这话，方知彤芬并没有和孔大器同行。他忙答道："我正为瞧不见密司杨而找到这里来的，怎么也不在啊？"孔大器道："咦！我方才似乎瞧见她和宋爱新转到亭子背后去，我以为他们到这里来的，谁知自己扑了一个空，正在等候你们呢。"胡思听了这句话，也不回答，立刻回身跑出去。孔大器顿时也弄得莫名其妙起来。

胡思到哪里去呢？他匆匆地循着原路，又跑到法海洞。那地方很是阴凉，胡思悄悄地走进洞中去。却见宋爱新和杨彤芬正立在那里讲话。胡思咳了一声嗽，大声说道："原来你们在这里啊！"杨彤芬淡淡地说道："密司脱胡，你到哪里去寻我的？"胡思冷笑一声道："我上了密司脱宋的当，白跑了许多路，密司果然在法海洞了。"宋爱新听了，脸上不由一红，忙说道："密司脱胡，请你原谅，这个并不是给你上当，我以为密司杨是和孔先生同行的，谁知她独在这里？我也刚才寻找到呢。你不信时请问密司杨吧。"杨彤芬笑笑道："游山走失了路是常有的事，没有什么关系。孔先生在哪里？"胡思道："他在彻堂上。"杨彤芬道："好，我们到那边去会他吧。"胡思也不好意思再在杨彤芬面前驳诘，只得跟着他们一同到大彻堂去，但是心里总觉得有些不快。他们到暮薄时，一齐回转旅馆，便在旅馆里用晚餐。餐后，杨彤芬要到外边去走走，宋爱新和孔大器当然赞成，独有胡思却说有些头痛，要在房间里休息了。杨彤芬自然也不去勉强他。他们三个人就一同到外边去溜达了一会儿，杨彤芬又买了许多食物，然后回转旅馆来，房中不见了胡思。孔大器道："咦！胡先生不是自己说要在这里休息休息，怎么不见呢？"宋爱新眼快，早瞧见桌上有一个信封。走过去一看，见上面写着"杨彤芬女士惠启"，旁边又写着一个"胡"字。他就对杨彤芬说道："密司脱胡有一封书信给你的。"杨彤芬立刻走过去拿起这信，拆开来，抽出一张信笺，看了一遍便回头对二人说道："胡思去了！"

第二十一章　你摄得最好了

　　杨彤芬说了这句话，宋爱新很惊讶地问道："他到哪里去了？难道回上海吗？"杨彤芬把这信递与二人观看，宋爱新接到手中，和孔大器一同读着道：

　　彤芬女士玉鉴：
　　　　此次追随左右，共游首都，快何如之！镇江名胜甚多，本欲相伴女士盘桓数日，但忽忆及明日上海交易所中尚有要事，须待仆亲自定夺者，故不得已即乘夜车先行回沪。所以不面告者，因恐女士坚留耳。幸女士尚有孔宋二先生相陪伴，但不嫌寂寞也，不情之处，一俟女士返沪后，即常亲蹑尊府，负荆请罪耳。匆此即请。
　　　　刻安。

　　　　　　　　　　　　　　　　　胡思拜上

　　宋爱新和孔大器读完了这封信，明知胡思假托有事，先回上海去了。宋爱新心里当然也明白胡思不欢之故，但是胡思去了以后，与自己无涉，最好孔大器也走了，让自己陪着杨彤芬清游，方才称心如意。孔大器也约略窥透胡思的意思，深怪胡思太负气了。杨彤芬却淡淡地说道："他既然不高兴在此游玩，让他先回去也好。不管他这话是真的是假的，我们三个人仍旧可以畅游

286

的。今天游了金山，明天我们再要去游北固山和焦山哩。"宋爱新点点头道："很好，我总是追随到底的。"孔大器却默然微笑了一下。

明天杨彤芬和宋爱新、孔大器二人一清早就出去，坐了车子从省府路向北，行过了鼓楼岗，出了北门，约有一里多路，就到了北固山。这山三面临江，石壁也有数十丈高，好如一头卧龙，盘踞在江上，形势险固。山上有甘露寺，相传是三国时蜀主刘备入赘东吴的遗址。他们拾级而登，走到寺门，见长廊迤逦，廊的一头有石刻盈丈，上面大书"第一江山"四字。寺中又有梁武帝所制的铁镬、李卫公手植的柏树，都是古迹，足供玩赏。绝顶有多景楼，是山上登览的最佳处了。俯瞰着前面的大江，风帆沙涛，烟云浩渺，而焦山的山形浮沉天半，瓜洲草木约略相望，大家都喝一声彩，他们就在楼上瀹茗小坐，且拿出带来的干粮，如蛋糕、饼干、鸡肉饺等食物来充饥。在山上宋爱新和孔大器各摄了数影。

他们游罢北固，日已过午，下山沿江西行，走了二三里，到得江边，雇了船驶至焦山去，那焦山雄踞江中，原名谯山，汉朝有位处士焦先，隐居在山中，所以易名焦山。山中胜迹很多，如财善石、铜鼓石、三诏洞、观音崖、瘗鹤岩、青玉坞、定慧寺、御碑亭等，都是足迹可至的。三人一处处地都去游览，走得疲乏了，就在山的东麓海云庵里品茗小坐。一座小阁，临空构筑，临着大江，栏影帘波，和潮音树籁相通款曲，风景非常壮丽。宋爱新凭栏歌着苏学士的"大江东去"，胸襟如有浩气吞吐。孔大器正襟危坐，诵着明朝王世贞的一首律诗道：

春风鼓柁大江行，烟树中流鹭岭明。西望山川雄割据，东来天地定纵横。鹤巢应识华亭路，龙卧殊深处士情。我欲醉眠江石上，好令双耳洗涛声。

287

杨肜芬侧着身子，坐在栏边。她对二人说道："你们都是好才学，诵起诗来，我却惭愧没有这种闲情逸致。平仄声是素来不研究的，及不上你们。"孔大器带笑说道："我们不过拾人牙慧罢了，自己也作不出什么好诗。其实诗歌莫名其妙于天籁，你是聪明人，一定有很好的思想，倘然作起诗来，比我们好得多了。"杨肜芬道："白话诗我也会胡乱作两首，还记得在校中有一次我还作起外国诗来呢。"孔大器点点头说道："欧美的诗人也都有很好的作品，如莎士比亚、郎番洛、摆伦等，他们所作的诗我都欢喜读。"说罢，他就打着英语，唱起摆伦的诗来，有几首歌咏希腊的战事。他对杨肜芬说道："我所以喜欢摆伦的诗，是爱他侠情美意，兼而有之，真是可歌可泣的。"杨肜芬笑笑道："很好，隔一天我来请孔先生把摆伦的诗教我读呢。"宋爱新站在旁边，自己觉得英文程度远不及孔大器，所以不敢班门弄斧，免得贻笑大方，但是心里却又有一些酸溜溜的醋意起来了。

　　这一天他们游到薄暮，方才回来。又到外面菜馆里去用晚餐，然后回转旅馆。金、焦二山既已游毕，他们也不再留恋于此了，他们决定明天就坐早车返沪。

　　宋爱新回到了上海，觉得这一次的出游兴致甚好，处处地方都见得杨肜芬待自己的感情特别好一些，虽然是追随肜芬身边的共有三人，无怪胡思大有吃醋之意了。像胡思这种手段，只好对付寻常女子，至于杨肜芬却是无动于心的。她对你不发脾气已是幸事，谁敢向她发脾气？胡思可谓弄巧成拙，反而失去肜芬的宠心了。我不妨乘隙而进，看杨肜芬到底待我怎样。因此宋爱新的一颗心对于杨肜芬非常活跃，怀抱着一团热望，但是同时他又放不下那个糖果店里的活磁石，所以他抽了一个空又跑到玲玲这边来。

　　玲玲见了宋爱新，瞧他出游了数天，面孔黑了一些，便问他南京之游快乐吗。宋爱新不好说出老实话来，只含糊答应着，把自己从南京买来的板鸭、花生米、豆腐干，以及镇江的酱菜，分赠与玲玲。玲玲自然欢喜。这天恰巧玲玲的母亲出外去，不在店里，宋爱新便向玲玲问起那童老头儿的事来。玲玲说道："自从你去后这几天，那老头儿仍旧常常来喝咖啡，只昨天没有来。他怂恿我母亲，要叫我到补习学校里去念书。这个虽是好事情，然而我因为既是那老头儿的主张，已拒绝不从。我母亲对于我也很不快，我却顾不得了。我总是听了你的话，抱定宗旨，不去理会他，只希望你明白我的心，不要……"玲玲说到这里，顿了一顿。宋爱新道："你放心，我决不会辜负你的。这样很好，像我对你所说的见怪不怪，其怪自灭。隔了些时，那老头儿若见你态度坚决，诱惑不动，终究要使他失望，废然而去，那就是你的奋斗成功了。"玲玲把她的美妙的秋波向宋爱新一盼道："成功吗？恐怕还不算吧。"宋爱新笑笑道："至于我和你的事那就容易了，只要没有岔儿。"玲玲道："我就是怪这个，你若是真心爱我的，我希望你对于你的家庭一方面也快快努力去进行。你只叫他人奋斗，为什么自己不肯用些力求出来呢？"宋爱新道："我何尝不肯用力气？你不知道上次我母亲拿着一张异性的小照，要和我提起亲事，也被我毅然决然一口回绝的。再隔些时，我总给你好消息听便了。"玲玲道："你若能够如此，这是最好的事了。俗语说得好，路遥知马力，日久见人心，我总是等待着你的。"这天，宋爱新和玲玲情切切意绵绵地讲了许多话方才别去。

又是一个星期六的下午，宋爱新已把在南京、镇江两地代杨彤芬摄的照片冲晒出来，拍得张张都清晰，背景也好。他心里十分欢喜，把一套留在自己身边藏在一个小信封里，以便没事做拿出来把玩，作羹墙之对。还有一套也把来放在一个粉红色的信封里，预备带给杨彤芬的。他一心要见杨彤芬的面，所以也不打电话给她，恐怕彤芬有事，反要被她挡驾。他遂坐了公共汽车，到杨家去，访问彤芬。恰逢彤芬刚在十分钟前从外边回来，在她的会客室已有胖李等候着她了。宋爱新走进去，彤芬正和胖李面对面谈话。杨彤芬见宋爱新前来，她就代他和胖李介绍。宋爱新因为胖李先生在，遂坐在一边让他们二人讲话。胖李此来是受了本埠某电台主持的重托，邀杨彤芬去播音，因为有许多名伶和票友做平剧大会串。杨彤芬前在大舞台演义务戏时，名震申江，所以必要她去一唱，方有光荣的。杨彤芬起初拒绝，后来胖李来和她再三说了，方才勉强允诺。胖李得到了杨彤芬的允诺，自己觉得面子很大，心中暗暗欢喜，又和彤芬约定了时间。彤芬便代宋爱新和胖李介绍，略坐一刻，胖李不知宋爱新和彤芬要讲什么话，自己不便多耽搁，只得起身告辞。杨彤芬也不留他，送出室外，说了一声再会，胖李很不自然地走了。

　　彤芬回到客室里，和宋爱新面对面地坐下，说道："一个人最好没有什么技能，像我会哼了几声平剧，便又许多麻烦，不但有人要约我出去客串，现在又有电台里要请我去播音。我早已回绝他们，谁料他们心不死，又去请了胖李来相嬲。我为着胖李的关系，只得答应了。"宋爱新道："密司多才多艺，自然人家要仰仗你的声誉。像我不学无术也没有人来请教我呢。到那天我必要开了收音机，专心聆听密司的清音。"彤芬笑了一笑，又向宋爱新问道："我们在南京镇江摄的小影，他们都拿来了，不知道你的摄得如何？"宋爱新道："他们都拿来了吗？成绩好不好？我一定及不上他们的。"彤芬道："他们摄得都不佳妙，胡思更比孔先生摄得不好。不知道密司脱宋所摄的怎样？你今天可带来吗？"宋爱新连忙说道："带来的，但我也摄得不好，恐怕未必能够合得上密司的法眼吧。"他一边说，一边从衣袋里摸出那一套照片，双手奉上。彤芬接过，一张张地观看，玉颜上早露出笑容。对宋爱新点点头说道："密司脱宋，你摄得最好了！这是你送给我的吗？多谢多谢。"宋爱新听杨彤芬赞美他，又向他致谢，心中真是说不出的快活，就说道："承蒙密司这样奖许，使我愧不敢当。底片留在我处，密司倘然再要时，我再可以去添印的。"彤芬道："很好，我若再要时，必和你说。我因为你摄影的技术很是佳妙，下星期日想和你到兆丰花园去一游，要请你代我多摄几张小影，预备一齐寄到我父亲那边去，给他看看的。不知道你可有工夫?"宋爱新听彤芬又约他游兆丰花园，这真是自己求之不得的事，又点点头说道："好极了！多蒙密司不弃，约我出游。莫说我本来有工夫的，就是有了其他的要事，我也一定要丢开了，而追随密司游屐的。我可以多购几卷软片，当精心致力代密司多摄几张玉影。"杨彤芬遂和宋爱新约好星期日下午一时，宋爱新到杨家来，和她同去。二人又谈了一会儿话，看看时候已经三点钟了，杨彤芬对宋爱新说道："我要想到南京路永安公司去买一些东西，还要去办一份寿礼，预备送给徐老太的，明天我和家母要到徐家去吃寿酒呢。密司脱宋可一同陪我到公司里去走走?"宋爱新点点头道："可以可以。"于是杨彤芬又到楼上去更了装，吩咐汽车夫把汽车开出去，和宋爱新一同坐着。此时宋爱新有女同车，快活何如之了！

　　到得下一个星期日，宋爱新在家里提早吃午饭，上下修饰一新，带了小快镜，赶到杨家去。他们出门时仍旧绕道而行，不要走过甜蜜蜜糖果店，防给玲玲瞧见，因为他昨天已见过玲玲，对她撒了一个谎，说自己明天校里开交谊会，他必要去的，所以不能到玲玲店里来了。又谁知他并没有到什么学校，而是陪着杨彤芬小姐去游园摄影的呢？

第二十二章　心田里燃起一团妒火

在两株合抱不拢的参天老树之下，浅草地上，坐着一双青年男女，面前放着水瓶食物和照相镜等东西，前面正是一方清池，池水澄澈，映着蔚蓝色的天，对面却有数株红枫，开得锦霞烂漫，倒映在水里，所以在那边的池水又觉得红红相映成锦。游人三三两两在池畔走过，遥望着他们，宛如一对情侣，在那里喁喁情话。他们也不留心对面走过的人呢。二人是谁？当然是宋爱新和杨彤芬了！他是坐了彤芬的汽车一同来的。先在各处林木泉石的幽美处，代杨彤芬摄了不少小影，立的，坐的，卧的，或正面，或侧面，或反面，或居高临下，或居下仰上，各种样式都有，有几张是宋爱新特别选定了最好的背景，叫杨彤芬出以奇姿逸态，他自以为摄得很好，和画家所谓的神来之笔一般无二。他们摄定了影，当然觉得有些疲乏，就拣着这地方并坐在茂树下，把带来的东西拿出来，且吃且谈。宋爱新见今天彤芬非常有兴，对他美目时盼，有说有笑，表示极亲热的样子，就是不可多得的优遇。他心里如何快活？好像全身经过电熨，百骸舒适，也对着彤芬曲尽其欢。谁知这时候在树的侧面却有一个人立在那边静悄悄地向他偷视，口里虽然不说话，眼睛里却像冒出火来一样，心田里燃起一团妒火！

此人究竟是谁呢？却就是甜蜜蜜糖果店里的活磁石唐玲玲！宋爱新就是她心上认为未来的夫婿，自己将来要嫁给他的，想想到在这里竟会无巧不巧的，遇见他和杨彤芬小姐坐在一块儿情话依依，如何不妒火中烧呢？

原来这天玲玲知道宋爱新要到他校里开会，满拟不出外的了，坐在店里记记账，点点钞票，也很够忙的了，谁知道她的表哥和表嫂从松江来沪拜望她们。她表哥姓林名彬，是玲玲父亲的姊姊所生的，以前也在中学里毕业，现在松江开设一家小书店。这次到上海来，一则探望亲戚，二则要采办些书籍文具回去。带了他的夫人同来，因为好久没有到舅家来了，所以带了许多礼物来探望。玲玲的母亲见甥儿甥媳到来，自然欢迎。留他们在店里吃饭，彼此细话家常。林彬所送的礼物都是松江土产，当然也不用客气。玲玲的母亲叫玲玲拿去放好，玲玲见礼物中间有几黄篮枫泾的丁蹄，很是著名的，以前听宋爱新说他很喜欢吃这东西，所以心里预备留下两篮，送给宋爱新吃。只是他今天不会来了，隔了夜又不好吃，怎样可以送与他吃呢？心里不免有些踌躇了。玲玲的母亲要叫玲玲陪林彬夫妇出去看一场电影，略尽地主之谊。可是林彬却要游兆丰花园，所以玲玲陪他们同来一游了。

林彬夫妇到了园中，四面观览，如入山阴道上，应接不暇。玲玲虽然陪他们走着玩，可是总觉得没有自己和宋爱新同游的快乐了。一路走到池塘边，林彬正陪着他的夫人指指点点，夸赞园林风景之美。玲玲落在后边，很静默地不说什么。一眼瞧见了池塘对面绿树下坐着一男一女。起先她也并不注意，后来走得近了，顿时使她大大地一怔。宋爱新在昨天不是亲口对自己说过要到学校里去聚会吗，怎么他今天陪了漂亮的女人在园子里俊游呢？而且宋爱新陪的不是别人，偏偏就是那个杨彤芬小姐！可知他们自从那番撞车以后，就相识而结成朋友。瞧他们的情景非常亲密，已非普通的友侣可比了。那么宋爱新明明对她说谎，瞒着她而和杨彤芬小姐到这里来逍遥快乐。这个人不太应该了。玲玲眼睛对宋爱新和杨彤芬望着，心里的思潮涌上来，气得她玉容变

293

色。自己以前抱着的一团美满的理想，今天突然之间好似受了当头一棒，冰消瓦解，全身的血液一会儿冷得好像要凝结起来了，因为她是失望到极点；一会儿却又沸滚起来，因为她一边对宋爱新怀恨，一边对杨彤芬妒忌，恨不得立刻跑过去向宋爱新大兴问罪之师呢。林彬走了一段路，回头不见玲玲，仔细观察，却见玲玲呆若木鸡地立在池边，动也不动。他连忙和他的夫人走回去，想呼玲玲同行。他夫人一见玲玲面色灰白，疑心玲玲或许有什么不适意，便问道："妹妹怎么样？你莫非有些不适吗？快去那里坐了歇歇吧。"林彬也不胜惊异。玲玲怎好把自己心里的事老实告诉他们听呢？只摇着头回答说："没有什么。"她真像哑子吃黄连，有苦说不出来。

此时宋爱新偶然抬起头来，一眼瞧见面前池塘的对岸，立着一个少女，正向自己紧瞧。他细细一看，正是玲玲！口里不觉说了一声"咦！"自己心里却慌了，不晓得他应该怎样做才好。他正在快乐的时候，万万料不到玲玲也会蹑踪而来的，叫自己如何去和玲玲说呢！杨彤芬见宋爱新这般模样，不由狐疑，也跟着向对面一望。她和玲玲见过两次的，自然也认识她，便很大方地对宋爱新笑笑说道："密司脱宋，你的朋友来了，你快快去招呼她吧。"宋爱新听彤芬这样说，心里越发慌了。因为他若去招呼玲玲，那么玲玲一定不肯说了三言两语就走的，杨彤芬心里必要不快活。倘然自己不去招呼玲玲，那么玲玲一定要怨恨自己不但说谎言瞒她，而且翻脸若不相识，还算什么朋友？他在这个时候，真是非常为难。若拿玲玲和杨彤芬比较，一个是池塘小草，一个是琼圃仙葩，倘然杨彤芬能爱上自己的说话，那自然宁可牺牲了那块活磁石，而不愿失去黄金美人的。杨彤芬家里可称富如陶朱，贵通王侯。自己若然能够一朝雀屏中选，那么不但能和珠香玉笑的丽人同赋关雎之好逑，而又可拥有百万黄金，不知几生修到，愿作鸳鸯不羡仙了。所以他硬着头皮，还要想只当没有看见玲玲一般，反向彤芬问道："密司杨可再要到别地方去走走吗？"宋爱新说这句话，他的意思是要想避开玲玲的视线，可是杨彤芬却淡淡地说道："密司脱宋，你可瞧见你的朋友吗？为什么不去招呼她呢？累她望穿秋水了。"宋爱新以前在医院里的时候，早已告诉过杨彤芬说玲玲是他的表妹，所以他今天更难开口了，硬着头皮，对彤芬说道："她是我的表妹，并不是朋友，不过今天她和别人家来游园，他们有他们的伴侣，不必去惊动他们了。"彤芬笑笑道："既然是表妹，更应该前去招呼一声了。"宋爱新被杨彤芬接一连二地说着，顿时觉得进退狼狈了。

　　幸而立在池对面的玲玲忽然走开去了，宋爱新暗暗叫一声惭愧。大概玲玲见了杨彤芬在一边，所以也不来招呼，否则自己更将难以应付呢。原来玲玲本想绕道走过池塘来的，既而一想有杨彤芬在那边，自己也不好和宋爱新说什么话。况且表兄表嫂又都在一块儿，给他们知道了，岂不要闹笑话吗？所以忍住了心头的妒火和醋意，对她表嫂说道："我忽然觉得有些肚子痛，头里也不清楚，别的却还好。"一边说，一边再向池塘对面望了一望，回身走去。林彬夫妇听玲玲这样说，真的以为玲玲有了不适，便不敢在兆丰花园里逗留，立刻一同走出园林，坐了车子回去。林彬夫妇只觉得未能尽兴，然而玲玲的心里却充满着怨妒恚愤，说不出的苦痛和失望，是她有生以来第一次遇见的最不快乐的日子。

　　宋爱新陪着杨彤芬，仍旧说说笑笑。虽然在他的良心上，也觉得有些对不起玲玲，但是在他的眼前有了杨彤芬，他也顾不得一切了。只要杨彤芬心里欢喜，什么都可以牺牲。真像鱼与熊掌不可得兼，还是舍鱼而取熊掌了。二人直玩到暮色苍茫，方才离开这兆丰花园。宋爱新仍坐了彤芬的车子跟她回去。但是当他们汽车走得不多路的时候，忽见前面马路上停着一辆机器脚踏车，有一个少年正弯着腰在那里修理机件，正是胡思。车子近身时，胡思抬头瞧见了汽车。他一看见颜色，知道是彤芬坐的了，连忙立起身来。一瞧车舱里彤芬旁边还坐着一个宋爱新，他不由一怔，连忙又向彤芬把手招招，但是汽车已驶过了十余家门面。彤芬吩咐汽车夫将汽车停住。胡思追赶上来，彤芬把车门开了，大家点头招呼后，彤芬先开口问道："密司脱胡，你到哪里去？可是你的机器脚踏车坏了吗？"胡思道："是的，方才我到府上去拜访，要想邀你出去吃西菜，因为霞飞路新开的好莱坞西菜馆，我也有股份在内，开幕才得两三天，聘用的大菜司务不乏名手，今晚想请密司去试试口味如何。不料密司出去了。我问司阍的可知你在哪儿，他说在兆丰花园，所以我立即赶来。不料车至中途，忽然抛锚，幸亏损坏的地方小，我自己尚能修理。现在快要修理好了，不料密司又回来了。"胡思说到这里，杨彤芬对他带笑说道："谢谢密司脱胡的雅意，今日我游了半天的园，身子觉得有些疲倦，所以我要回去休息了。对不起，改天再和你出去吃吧。谢谢。"胡思见杨彤芬向他谢绝，他心里便有些不快活，因为他知道宋爱新陪彤芬去游兆丰花园的，还一同坐着车子回去，可知他们二人的感情浓厚了。安知不是杨彤芬和宋爱新回到她家里去吃饭呢？所以他气得说不出话来。杨彤芬见他不响，又向他点点头说道："密司脱胡，对不起得很，请你修好了车子，早些回府去吧，改日我再来约你。"说了这话，吩咐汽车夫开着车子去了。

胡思呆呆地立着，见彤芬的汽车霎时已没入了暮色中，他不由向着前面扬起的车尘说了一声"呸！"恨恨地回到他自己机器脚踏车抛锚的所在，弯下身子，继续把损坏的机器修好了。他也不高兴再到兆丰花园去，也不愿再到杨彤芬家去做讨厌的人儿，他只得到别地方去寻找色情的刺激。但他心里却非常妒恨那宋爱新。前次铁瓮城畔自己不别而行，也是为了姓宋的。想不到自己理想中的黄金美人，却被那姓宋的小子曲意献媚地夺到他的怀抱里，岂不令自己气死？所以他跨上机器脚踏车时，嘴里还咕着一声道："我早晚必要给他们颜色看，让他们暂时去快乐吧。"

　　杨彤芬到得家里，宋爱新跟着她下车，一起走到会客室里去坐定。彤芬伸了一个懒腰，对宋爱新说道："今天我们游得很畅快，但是想不到胡思也会来的。幸而他来的时候已不早，途中他的车子又坏了机件，所以他不能在园中和我们一起游。胡思这个人，我对他感情本来还好，然而不知怎样的，自从南京之游，他半途独自离去以后，我对他的情感便淡薄了不少，觉得此人不可与亲了。"宋爱新听彤芬这样说，正合他的心意，自然暗暗欢喜，便说道："胡思的脾气特别得很，又像个纨绔子弟，无怪密司不喜和他亲近。一个人态度总要大方。"杨彤芬笑笑道："不错，老实说，你们男子和女子交接的时候最要留心。倘然女子要你亲近的时候，你不知道她的意思而不会迎合她，那么就不能得到女子的欢喜，而要笑你是个傻子了。反转来说，若然一个男子当女子不愿意和他接近的时候，他偏偏不知趣，硬要献媚与她，结果却是徒然取得女子的憎厌，而骂他是个寿头了。这样真像初写黄庭，恰到好处一般，千万不可以过火，也不可忽略。"宋爱新听了杨彤芬的话，不由笑笑道："密司说得不错，像我这个人不知道态度大方不大方？可能够使女子不憎厌？请密司不吝指教。"杨彤芬微微笑道："密司脱宋，你在我目光中看来，倒也可以得到九十分的。还有孔先生也不错。"宋爱新起初听杨彤芬说他有九十分，不由一喜，后来又听她说孔大器也不错，却又不禁一怔。二人正在讲话时，小婢又来请彤芬听电话了，彤芬懒懒地立起身来说道："哪一个又有电话来了？今晚我很觉疲倦，无论如何不再出去应酬了。"宋爱新听彤芬这样说，他自己便要做个知趣的人儿，马上跟着立起来说道："密司请在府上歇息吧，我也要告辞了。等我把所摄的照片印好后，再来送给密司看吧。"杨彤芬也不留他了，说了一声谢谢，和宋爱新一同走出室去，又彼此说了一声再会，宋爱新走到外边去，杨彤芬便去接电话了。

这电话是一个姓王的票友打给她的，要约她出去听某名伶的全本《玉堂春》。可是彤芬今晚真的懒于出去了，立刻婉言谢绝，挂断了电话后，就到楼上去更衣，又到她母亲房里去坐谈一刻，然后回到自己房里脱去了革履，横在床上小憩一会儿。可是一会儿却见小婢又来通报道："孔先生来了。"彤芬听了，皱皱眉头说道："今天是星期日，不上课的，他为什么跑来呢？"小婢又说道："我也对他说小姐在楼上，他说有事要见，叫我来请你的。"彤芬听了小婢如此说，只得坐起身来，换了一双平底的纹皮鞋，走下楼去款待孔大器了。

第二十三章　独乐乐不如与人乐乐

彤芬走到会客室里时，只见孔大器立在室中，等候伊到来。圆桌上放着一个方方的纸盒和一只黄篮，两个长颈瓶。伊就带笑上前和孔大器各道晚安后，便问道："孔先生此刻前来，可有什么事情？我方才游了兆丰花园，回家得不久呢。"一边说，一边请孔大器在伊对面坐下。孔大器说道："你去游过兆丰花园的吗？很好，我今晚当然不是来授课的，却有一些时鲜的食物和一件小小礼品，谨赠予密司的。"孔大器说到这里，指着桌上的东西说道："这两个瓶里是杜制的松花蕈油，黄篮里是一对野鸭，这是一个苏州的朋友今天到上海来而送给我的。我因为前天和你讲起《滕王阁序》中'落霞与孤鹜齐飞，秋水共长天一色'两句时，曾对你附带讲起苏州太湖边的野鸭是一种特产，其味甚佳，而蕈油也是应时的一种特产。密司别的东西吃得多了，我不敢胡乱赠送，这两样东西在上海大概是难得吃的，所以分了一半给密司尝尝味道。"杨彤芬听了，连连立起来谢谢道："多谢孔先生的美意，这两样东西都是我喜欢吃的，而家母尤爱蕈油，可以说口福大佳。"孔大器又跟着向桌上的方盒说道："这里面是一件衣料，乃是一个友人从法国留学回来赠送给我的，是一种色泽鲜艳的绸，我也叫不出什么名字，一共两件。据那朋友说是法国巴黎地方最新流行的一种，这货物在上海还没有到呢。所以我留下一件给我的妹妹，一件把来谨赠予密司，不知道中意不中意，请你必要咽收的。"彤芬又谢了两声，遂陪着孔大器闲话一切，看看已到晚餐时候了，孔大器每天在这里吃晚餐的，今天不好意思再赖在这里了，于是告辞而去。杨彤芬亲自送到大门口，又向他谢了两声，可知彤芬的心里很是愉快了。

孔大器回到家里，他的母亲和妹妹正等他回来吃晚饭。孔太太问他道："东西送去了吗？"孔大器点点头道："送去了，我知道像这样的东西方才能够使杨小姐快活的，所以平常时候我也不送什么。"他妹妹大昭听了，却冷笑了一声。孔太太便叫娘姨开饭，三个人坐着吃晚饭，菜肴中多了一盆蕈油和一碗野鸭。孔太太把野鸭的碗移到孔大器面前，说道："我知道你喜欢吃这东西的，难得有人送了三只，我也舍不得送给他人。你说要送给杨小姐，自然由你去送，不过你只好少吃一些了。"孔大器道："够了够了，独乐乐不如与人乐乐，还是送给人家吃的好。"大昭忍不住在旁说道："哥哥不要这样说。你为什么不送给别的朋友而要送给你的女弟子呢？况且你教授的男女学生很多，为什么只有杨小姐有资格吃你的野鸭和蕈油呢？"大昭所以说这些话，也因为伊想把蕈油送朋友的，不料被哥哥抢了去，自然格外不高兴了。孔大器听了他妹妹的说话，又笑了一笑道："妹妹不是这样讲的。我的学生子当然多得很，我岂能尽人而送？自然要拣最接近的人送。我到杨家去教书，杨小姐常常请我吃东西，礼尚往来，古有明训，难道我不可以送一些东西给伊吃的吗？妹妹，你何所见之小也？"说罢，就把筷子去夹了一大块的野鸭送到口里大嚼。大昭偏不服气，也夹了一块鸭肉，且吃且嚼道："送东西当然是一件平常的事，不过我觉得哥哥对于杨小姐似乎另有……"大昭说到这里，却又笑了一笑，不说下去。孔大器道："另有什么？妹妹，你老实说来。"此时孔太太也微笑道："昭儿不要取笑你的哥哥，常言道男大须婚，女大须嫁，这本来是应有的事。你哥哥年纪大了，我也朝夕盼望着此事呢。"孔太太说了这话，向她儿子的脸上望了几下，笑嘻嘻地表示着很急切的样子。

孔大器啃着一只野鸭腿，心里正在转念。此刻杨彤芬一定也在伊家里用晚膳了，当伊吃着野鸭和蕈油的鲜味，要不要感觉到我的美意呢？伊就可知道我对于伊的诚心诚意了。因此他对他母亲的说话好像听而不闻地并不理会。大昭却又在一旁开口道："母亲，你不知道哥哥的心理呢。我是估料他对于那位杨家的女弟子，好似着了魔似的，大有野心呢。"孔大器却听到这话，不觉哈哈笑道："什么野心不野心？妹妹，你这话似乎不甚好听。"大昭笑笑道："虽然不好听，却是合乎事实的。你凭良心说，你不是有心爱上了杨彤芬小姐吗？前次陪伊到南京、镇江等处去游山玩水，摄了许多小影，我瞧见你冲晒好了，一张一张地拿在手里把玩，又在背后题了诗句，这岂不是一往情深吗？现在又把衣料食物送伊去，求伊的欢心，这是显而易见的事。说你有野心也不为过。"孔大器摇头道："你也不能武断的。这都是酬酢间常有之事，何足为奇？譬如你认识了一些男同学或是男教师，我就好说你同人家有爱情吗？"大昭脸上一红，又说道："不是这么讲的。你和那位杨小姐确乎很有些意思，否则舅舅代你做媒，那陈小姐又是才貌双全的，你为什么一味延宕，始终没有回音呢？现在人家等得心焦，已由舅舅将陈小姐的照片收回去了。母亲也知道你爱上了杨小姐了。是不是，哥哥？你在自己人面前又何必否认呢？"孔大器听了大昭的话，微笑着不响，添了一碗饭，只是吃饭。孔太太又向大器说道："那位杨家小姐听说是大富大贵人家的女儿，我家虽然门第还算不低微，也只可说是个小康之家，哪里配得上杨家呢。"孔大器笑笑道："母亲，你们年纪老的人总是脱不了那种封建思想，须知现在的新青年男女只要彼此情投意合，有了爱情，就可结成夫妇，门第不门第，有钱不有钱，是没有什么多大问题的。"孔太太道："我不信。我若要教你去娶一个豆腐店里的女儿做妻子，你也肯听我的说话吗？"孔大器已将第二碗饭吃毕，放下碗箸，哈哈笑道："豆腐店里的女儿，糖果店里的女儿，这本来没有问题的，只要我和对方情投意合，便得了。但是你教我去娶时，这个却又不然了。我若然和对方没有爱情，岂可以随随便便地听人处置，以自误一生幸福呢？所以舅舅代我做媒的那位陈小姐，我并不是反对什么，只因为我和陈小姐一些儿没有情感，怎可结为伉俪？只得辜负舅舅的美意了。"孔太太也已吃完晚餐，便又问道："那么你和杨小姐是有了爱情了？"孔大器笑笑，既不承认，也不否认，孔太太当然也知道伊爱子的心了。

三人吃毕晚饭，大家又坐在一块儿闲谈。大昭又说杨彤芬小姐容貌果然美丽，但她的学问也不见得怎样好，不及陈小姐，况且在家里娇养成性，挥金如土，生活方面近乎奢侈，做她的丈夫也不是容易对付的。大器听他妹妹的说话，似乎总是不赞成杨彤芬，所以他在母亲面前不得不急急辩白。遂又说道："这也是妹妹的一种理想。妹妹没有和杨小姐交际过，自然不明白伊的为人究竟如何。我是常常和伊接触的，当然比妹妹知道得详细一点儿。据我的观察，杨小姐虽是富家闺秀，却也并非骄奢淫逸之人。不过居移气，养移体，自和寻常人家的女子有些气概不同。若是和伊做了夫妇，彼此有了爱情，也没有什么难对付的了。这个何必蕙葸过虑呢？"大昭笑道："哥哥自以为比我知道得详细吗？此刻也由得你说。"孔太太道："我虽没有见过杨小姐，但是在照片上已窥见娇容，生得还不错。倘然杨小姐真心和你喜悦，那也是最好的事。因为我也知道你留学了外国，有了新思想，像我们年纪老的人说出来的话，你也不中听的，我只希望你早早娶个贤美的妻子，有了家室以后，我就可以有希望抱孙儿。再把你妹妹好好地嫁了出去，那么我老人家的心也就完了。"孔大器微笑道："老人家总是转老人家的念头，其实这事情不比攻书上学，不容你老人家心急的。到了相当的时候你自然有媳妇有女婿，何

302

必要代我们焦虑呢?"孔太太道:"这就是做父母的心了。你父亲早已故世,我不得不希望把你们的事早早干完,便可使我心头大大的宽松了。"孔大器笑笑道:"人在世间活一天就有一天的事,哪里会做得完呢?"孔太太道:"我认为若然能够这样办去,就可以说我的事已完了,其余的我也管不得许多。"孔大器又回头向大昭笑笑说道:"那么也请妹妹动动脑筋吧。"大昭脸上一红,说道:"啐!我的事不要你管。"孔大器笑道:"那么我的事你为什么偏喜管呢?"大昭说道:"很好,我们大家都不要管谁,你去和杨小姐亲密吧。"说毕,立起身来,去开了收音机听音乐,孔大器也走回他自己房里去看书了。

明天,孔大器到校授课,他只是希望天色快黑。到了傍晚时候,他就带了书,坐车到杨家去。恰巧杨彤芬自外边回家才不久,就到楼上憩息室来受课。孔大器今晚见了杨彤芬,觉得更是可人,他讲了一回书,休息休息,就要吃晚饭了,杨彤芬忽然对孔大器说道:"我有一件事自己转了许多念头,要想尝试尝试,只不知可以做吗?孔先生,你是我的老师,你应该指导我。"孔大器不晓得杨彤芬有什么事要尝试,立刻抚摸他自己的下颔问道:"密司,你有什么事要做?自古成功在尝试,只要你有勇气,有毅力,什么事都可以尝试,请你告诉我听,也许我可以相助你解决。"杨彤芬正要讲时,小婢早跑来说道:"小姐,李先生有电话来了。"彤芬马上立起身来,向孔大器说声对不起,于是伊就走出去听电话了。孔大器独自坐着,心里只在估料杨彤芬说的要办的事,究竟是哪一种?既然伊诚意向我请教,我当然要代伊谋划的。等了一刻,听得彤芬的革履声走回室来,他恨不得马上知晓,所以一等彤芬坐下,他就说道:"密司,你究竟要尝试什么事?快快告诉我听吧。"于是彤芬又笑了一笑,把她自己要办的事讲出来给孔大器听。

第二十四章　双泪落君前

孔大器不知杨彤芬有什么事要请教他，所以当杨彤芬说的时候，壹志凝神，倾耳静听。彤芬道："前天父亲汇给我一万块钱，叫我随意买些东西吃。我想我本来要吃什么就有什么，想不出别的好东西去买来吃。所以捐了三千块钱给慈善机关，尚有七千块钱一时没有用处，我又想外国文坛上有什么诺贝尔文学奖金，我们中国为什么没有呢？我要把这七千块钱去奖给著作的人，定名为彤芬奖金。倘然成绩好时，我可以要求父亲每年给我这一笔钱，好使我每年举行一次。孔先生，你说我能够办得吗？"孔大器听了杨彤芬这样说，心里暗想原来是这样一件大事，谅你小小女子在文学上也没有什么声名和根底，竟要效法诺贝尔奖金，岂不令人齿冷？但是他不好向彤芬明言，只得说道："你的意思是很好的，但是在中国尚属创举，恐怕你行了出来，要被一般妒忌的人妄起诽讥的。"彤芬道："倘然办得，这个也不要管他了。待我先来试一下子，好在办法我已拟得一些了。"孔大器道："你已拟好了办法吗？请你再告诉我听吧。"彤芬道："我想请人出三个题目，一个是关于文学上的心得，一个是诗词，一个是小说题目，任人选择了，合作分作都可。应征的人凡是中学以上的学生或在外边报纸上投稿的人，都可以做的。先在新闻报上登出广告，期限一个月，等到截止后，把许多作品再请文坛前辈去批评，选出三种之间得第一名的，就可分得彤芬奖金了。"孔大器笑道："这不过是一种征文悬赏，还谈不到什么诺贝尔奖金……"他说到这里他自己觉得出言太直率了一些，恐怕要使彤芬不快活。所以他就改变话锋，又说道："以前太史公的《史记》上说的，'卑之无甚高论，令今可施行也'，像这样从浅近的先入手，也还不失提倡文学之旨。在此道丧文敝之秋，中国的文坛本也黯然得可怜了，哪里及得到外国的文坛呢？"杨彤芬道："孔先生，我决定要做了，请你帮助我。"孔大器道："我如有可以尽力之处，当然是要在旁协力相助，义不容辞的。但我对于密司的办法尚以为未能尽善尽美，而有两点小小贡献，要请你采择。"杨彤芬笑了一笑道："孔先生说得太客气了，我专诚请你指教的。"孔大器道："我以为此次应征奖金的人也须有个范围，不可漫无限制，否则应征的人太多了，要请批评的人去细阅许多佳作，也是一件困难的事。我们在学言学，不如此次将奖金专归于学界吧。凡是现在大中学生都可应征，但必须有学校的图章加盖在文卷上，方能合格，这样也可说密司嘉惠于学子。等到以后再来一次专属于文人的。那么有了标准，有了范围，应征的人也好办了。还有那奖金原定七千元之额，似乎宣布时其数欠整，不如由密司自己加出三千元，合成一万元，比较完整得多了。"杨彤芬听了孔大器的话，点点头道："孔先生说得不错，我准照你的说话来办；但要请孔先生代我去征集几个文坛上有名的人来做赞助人，将来就要托他们评阅文卷的。费了他们的精神，以后我自当补谢。"孔大器本要代彤芬做些事报效报效，好博得美人的欢心，所以一口答应道："密司如此热心，我自当效劳，襄成此举的。"谈到这里，下人来请吃晚饭了，于是他们俩走出室去。

自从这天以后，孔大器便忙着代彤芬举办彤芬奖金，差不多彤芬只出了一张嘴，一切的事孔大器去包办的。不多几天，果然在上海的新闻纸上登出彤芬奖金举行征文比赛的广告来了。这个广告登出以后，自然轰动了整个上海的学生界。凡是国学程度较好的，大家都想去应征，以可得到彤芬奖金为莫大之光荣。有些知道彤芬的为人的，更是想入非非，起了一种侥幸心。这些都是新式的张君瑞，幻想着粉红色的梦。至于社会人士各个眼光不同，自有他们各人的批评，有毁的，有誉的，甚至也有人在外散播一种下意识的空气，说是这位杨彤芬小姐借着这个奖金征文，玉尺量才，暗中却还是要择一个才学饱满的风流夫婿，自然更有许多人相信的。

当宋爱新见到了这广告，兴奋得异常。他也认为彤芬借此要做择婿之举。自己是个大学生，也有此项资格，可以去应征的，当然不愿意放弃权利。倘然自己能够获到第一名，那么也可以使杨彤芬震惊他的文才，更愿意和他亲近，而从友谊上再进一步，也是意中事。所以他决定要去应征，预备三种都要加入。可是自己的国学还未能优美，要想在许多人里得冠军，太觉渺茫了。想来想去，被他想出一条妙计，就是要去请一位文学家代他来捉刀。好在这本是自由寄去的，并非面试，当然可以舞弊了。这个主意自己认为打得不错。可是一看赞助人里面高高地列着孔大器的名字，他心里却又不免一怔，暗想倘然孔大器有权评阅和选定先后的说话，那么凭自己怎样写得好，他绝不会让我得冠军的。我前次和他游玩南京、镇江，在言语行动里面已看得出他对于自己很有几分妒意。他常常摆出老师的架子来，我因瞧彤芬面上让他三分，不和他一般计较。我看他虽然是做了彤芬的老师，而对于彤芬未尝不有点儿意思啊。宋爱新想到这里，他几乎不欲去竞争彤芬奖金了。但转念一想，这也不能太顾虑的，我姑且去试它一试吧。于是他就走到一位张诗人家里去要拜求他临时捉刀，许以重酬。张诗人勉强答应，且对宋爱新说笑话道："你若然获得了彤芬奖金，我要分一半的。"宋爱新道："当然，当然，我是只求名不求利，只要有冠军的希望，那奖金完全送给你也未尝不可，只要请你代我精心结撰便是了。"他遂辞别了张诗人，走向玲玲店里来。他自从前天和杨彤芬游兆丰花园，无意中被玲玲撞见了，识破自己的秘密，他深恐玲玲见责，一连有好几天没面目再到甜蜜蜜来会晤玲玲。今天他硬着头皮走来了。

那天玲玲和林彬夫妇回去，装着不适，回到家里，马上就到房里去睡，店中的账务也不顾了。林彬夫妇告诉了玲玲的母亲，伊真的以为伊女儿有了什么毛病，十分发急，走到玲玲床前一看，果见玲玲的面色很不好看，便向玲玲详细询问。玲玲也不能把心里的话告诉伊母亲，只好闷在肚子里，一句话也不说。经伊母亲再三地相问，伊叹口气说道："母亲，你不要急，我没有什么病，我是一个人觉得疲软罢了。你们不要烦扰我，让我独自静静地睡，自然会恢复的。"玲玲的母亲听玲玲这样说，也没有别的方法，只好依了玲玲的说话，让玲玲去休睡，伊自到外边去陪伴伊的甥儿甥媳。

玲玲睡在床上，眼睛望着天花板，说也奇怪，那天花板上竟会像映演电影一般，现出清水一泓，绿影浓罩，宋爱新和杨彤芬并坐在草地上，喁喁而谈，形迹亲密，好似伉俪一般，其实这是一种幻觉，只有玲玲的眼睛里见到这异象。若从别人看去，那么仍是一尘不染的天花板。玲玲再也想不到宋爱新出了医院，竟和杨彤芬小姐结识了新交。照今天自己亲眼目睹的情景，可知宋爱新和杨彤芬交谊已是很好的了。大概他们常常在一起的，只是宋爱新平时隐瞒着不告诉自己罢了。那么自己不是被宋爱新玩弄着吗？他既然和杨彤芬如此交好，在他的心坎里还会有我这个人吗？素闻杨彤芬是富豪之女，家里财产多得不计其数，是个贵族化的小姐。若把我去和伊比较，当然不可同日而语了。宋爱新有了这位黄金美人为情侣，他当然要视我如尘土，如草芥，不会留恋在他的脑海里。只见新人笑，不闻旧人哭，我今日真有这个光景了。唉！路遥知马力，日久见人心。宋爱新平日在我面前花言巧语，口口声声说爱我，还要教我怎样去对付那个童老头儿，谁

307

知他完全是虚伪，带着胡调性质来玩弄我罢了。若不是今天鬼使神差，被我在花园中窥破了他们的秘密，恐怕我还是被他蒙在了鼓中呢。想不到他竟然是这样的薄幸，和外边的一般滑头少年无异，这真应了阿姨的话了。从今天起，自己的希望竟是完了。玲玲这样想着，自己的身体好像在高山大峰上的乐园里跌了一个筋斗，飘飘荡荡地堕到万丈深渊里去，心中的苦痛真是不可言宣，眼眶里的眼泪竟像泉水般地涌出来。虽然用手帕子去掩住，可是枕头边已湿了一大堆，眼皮都红肿了，这实在是伊一个重大的打击，叫初入情场的玲玲怎样能够受得住呢？

晚上玲玲的母亲又来看玲玲，恐怕给伊的母亲疑心，所以朝里床而睡，把自己心中事隐瞒过去。这天林彬夫妇就住在玲玲店里。林彬因为表妹陪他们出去游园，忽然卧床小病，自己觉得很有些抱歉，和他的夫人在晚餐后也到床前来探问。玲玲却说不要紧，林彬夫妇也不知道玲玲心中的心事，但觉得有些奇怪而已。次日林彬夫妇起身后，见玲玲仍睡在床上，没有起来。他们哪里知道玲玲这晚竟完全失眠，转了许多念头，心中满储着悲哀和妒恨，神经举得有些刺痛，头脑昏沉，真的十分疲倦了，索性睡着不起来。林彬夫妇也顾不得，他们要紧到外边去购物，赶去他们要做的事。玲玲的母亲心中也很觉奇怪，到林彬夫妇出去后，便走到玲玲床边，向她询问。玲玲恐怕自己说出来，反要给她母亲笑她，而且又要和她晓晓地提起童老头儿的事了，所以隐痛含愁，始终缄默。伊觉得芸芸众生，没有一个人可以安慰她的。自己不晓得怎样解决这个问题，且等宋爱新来了，看他怎样说。可是宋爱新竟好像丑媳妇怕见公婆面，一连好几天不来，明明是情虚。他不来时，玲玲当然也奈何他不得。林彬夫妇事毕，回松江去了。丁蹄到底也没有留给宋爱新吃，把来转送给他人了。玲玲虽然勉强起身，料理店务，可是伊的玉颜因此而有些憔悴，精神也很萎靡，坐到店中，没有像平日的活泼善笑了。

这天宋爱新踏进店门时，一个伙计照例喊一声："宋先生来了。"宋爱新一眼瞧去，早见玲玲在柜台里写账。他就走到后面店堂中，择一个雅座坐下。店伙计送上一杯咖啡茶，平常时候宋爱新刚才坐定，玲玲早像小鸟一般地扑到座上来了。可是这天宋爱新坐了十分钟，却仍不见玲玲走来，而玲玲的母亲恰巧有事出外去了，不在店里。宋爱新冷清清地坐着，心中不免怀着鬼胎。他喝了一口咖啡，立起来向外面柜台里探望，只见玲玲仍旧坐着算账。店中的买客也到得很多，自然也很忙劳。宋爱新不敢喊人去催唤，勉强在座上守候。又隔了五分钟，方见玲玲懒懒地走来，在她的脸上一丝笑容也没有。宋爱新连忙把手招招道："玲玲，快来坐着谈谈，我们好多天不见了，你身子好吗？"玲玲走到宋爱新的座前，立停娇躯，把手宋爱新一指道："你好你好！"说着话，在她的眼眶里已有无数泪珠簌簌地落到衣襟上来，真是一腔心酸事，双泪落君前！

第二十五章　我和杨小姐交友是偶然的

　　玲玲虽然这个样子，而宋爱新却装得很镇定，对她说道："玲玲，你有什么委屈呢？"玲玲把一块紫色的手帕揩着眼泪说道："你今天还要假痴假呆？你自己摸着良心问问看，我怎样对你，你又怎样对我？原来你一向戴着假面具来哄骗我，使我上了你的当。那天你在兆丰花园里游得快活吗？谁伴着你在一起的？有了她，自然你也想不到我这个人了。我自己知道的，当然人家比我好，又美又富，你有了新的朋友，自然将我看作草芥而变了你的心肠。况且你不应该在我面前说谎言。这一切的一切，请你自己再想想，能够对得起我吗？"玲玲说着话，气得玉颜变色，声音异常颤动。宋爱新自己知道他和彤芬出游的一回事，在玲玲面前是赖不掉的了，天下竟有这种巧事，大家偏会相见，只得硬着头皮说道："玲玲，你别要误会。那天我本来是要到学校里去聚会的，但是走在路上，忽然遇到了杨小姐的汽车。她刚从一家店里买了东西出来，和我遇见以后，她遂要我陪她到兆丰花园去一游，我再三推辞不脱，被她强逼着乘车同去，这是出于不得已的。偏偏被你遇见，就起了你的疑心了。这个我要请你原谅我的。我同杨小姐虽然也是朋友，但是普通的、平常的，非你我的朋友可比。我的心里仍旧只有你一个人，决不看你如草芥而变了我的心肠。你方才的话说得太厉害了，几乎使我担当不起。玲玲，这一切的一切，我请你原谅了吧，不要把它当作一回事。我仍旧和你很好的，你何苦这个样子呢？自己的身体千万要尊重。"

宋爱新说了，把双手撑住了他的下颐，仰着头瞧着玲玲的愁眉泪眼，表面上露出很诚恳的样子，然而今天玲玲竟不相信他的说话了，只是把她的蟠首摇着。宋爱新又一摆手，请玲玲同坐。玲玲勉强侧着身体坐下。

宋爱新又问道："玲玲，你可相信我的话吗？这是小事情，请你千万不要耿耿于怀。"玲玲冷笑道："还要说小事情吗？你说它小，我却认为大哩。最使我痛心的，你的朋友却是个杨小姐。而那个杨小姐我是知道你怎样和她认识的，那件事深深地记在我的脑海里。若不是我和你坐着自由车出游，而被她的汽车撞伤了你的腿部，你也不会进医院，也不会和她交友了。这可知道我和你的交友是在你和她相识之前，你又对着我十分亲热，要我拒绝童老头儿而努力奋斗。我以为你终是一条心地对我了。至于我，当然是只有一条心对你，所以我一切的事都告诉你听的。谁知你竟背着我和杨小姐相交。瞧你们的情形，比较你和我还要亲热，你想这岂非大大刺痛了我嫩弱的心？这可知你以前对于我一切的一切，都是虚伪，还要叫我奋斗什么呢？真是使我灰心极了！你无论如何对我怎样解释，我总是难以相信的，非你立刻和杨小姐断绝友谊不能使我心里得到安慰的。"玲玲说了这句话，把脚在地板上一蹬，表示她的决心，宋爱新听玲玲这样说法，知道这事不易办了。玲玲倘然要叫自己和杨彤芬绝交，这明明是不可能的事。况自己对杨彤芬有莫大的希望，正在渐入佳境之时，岂能因玲玲一言而抛弃自己美满的梦呢？所以他仰望承麾，一时回答不出话来。

这时候玲玲的母亲从外边回来了。她瞧见宋爱新和自己女儿坐在一起，她连忙走过去，笑嘻嘻地说道："宋少爷，你有好几天不到我们这里来了。我家玲玲在这几天不知道为了什么老是噘着嘴，皱着眉，满脸的忧郁，我竟没法儿使她快活，难得你来了。我知道你是能够安慰她的，她应该转忧为喜了。"宋爱新连连点头，还没有话回答时，玲玲的母亲一眼瞧见玲玲脸上没有揩去的泪珠，又不觉惊异道："怎么宋少爷来了，你仍旧不快活吗？唉！你究竟有什么心事？不妨告诉我知道，不要闷在肚子里，反要闷坏身体的啊。"玲玲听她的母亲这样一问，她眼眶含着的泪珠又滚出来了。宋爱新只得说道："我知道的，我当好好儿地安慰她，这是一时偶然，不多几天玲玲就会快活的。"玲玲的母亲说道："能够这样那是最好了，宋少爷，谢谢你了。"她一边说，一边走到房中去安放她买来的东西了。

这里二人静默了一会儿，宋爱新又对玲玲说道："我多认识了一个杨小姐，你就这样怨恨吗？玲玲，你为什么这样地不能原谅我呢？"玲玲叹口气回答道："我的话已说完了，你自己做了对不起我的事，还要说什么我不能原谅你吗？无论如何，你总是不应该背着我去杨小姐交友，而把谎言来哄我。如你要爱杨小姐时，那我也只有怪自己生长蓬门，不及人家的富有，也怪我的一双眼太不识人，若你尚不忍丢掉我的，那么请你此后永远和杨小姐绝交，在我面前立下一个誓，否则我就要说一句顶撞的话，你也不必再到我这里来了，徒然刺痛我的心。"玲玲说这几句话，大有斩钉截铁的样子。但是宋爱新怎能立刻听从她的说话呢？露出一脸尴尬的神情，想了一想，然后说道："玲玲，你要辨得清楚，我和杨小姐交友是偶然的，也不过是普通的友谊。至于我和你却不然了。请你放心，我决不辜负你的。你不必将这事放在心上。换一句笑话说说，假如有一天你和别的男子偶然出外时，我也岂可以武断地说你和别的男子有了爱情而要叫你立刻去和他绝交呢？"玲玲道："不是这么讲。事实胜于雄辩，那天你总是和杨小姐很亲爱的，就依你的说话，假如我和别一个男子在那里喁喁情话，你又怎样不要怀疑而起妒呢？你不必再在我面前花言巧语，快些再拿事实来证明吧。我虽是小家女，然而也不是情愿受男子们的玩弄的。"宋爱新听玲玲说来说去仍是这两句话，自己若不答应她和彤芬绝交，她绝不能甘休的，只得违背了良心，又说道："很好，我准听你的话，以后不去和杨彤芬周旋，待事实

312

来代我证明吧。请你休要放在心上。"

玲玲听宋爱新虽说肯依从自己的要求，可是他没有发誓，还不能相信他，安知他非要表面上和我敷衍，而实际上却口是心非呢。自己和他尚没有正式订婚，所以自己没有权，也没有时间去监视他的行动，任凭他怎样吧。也就把一手支着香颐，皱皱眉头说道："你说要待事实来证明，很好，我就静观其后。若是你真心对我的，你当然肯听我的话，否则我没有千里眼顺风耳的本领，不能跟在你身边的。况且你心里的念头我也瞧不出的。"宋爱新勉强一笑道："玲玲，我这颗心可惜不能够挖出来给你看看呢，你看了以后包你可以放心了。"玲玲点点头道："你说得不错，除非真的给我看了你的心，方才使我可以明白呢。我恨科学家的本领还嫌不够，他们发明的爱克司光虽能照人体内的肺腑，而只见其外形，不见其内心，最好要发明一种照心的光，能把人家心中的思念都照出来，倘然那人良心好的，发现一种颜色，良心坏的又发现一种颜色，可以一照便知，不差毫厘，也使人家不能再说昧心的话。"宋爱新笑笑道："玲玲，现在的科学家恐怕尚没有这个本领，能发明这种照心术，倘然真能成功，那么天下将没有一个坏人，一切虚伪欺诈都可打倒了。法官审问罪人，也不必使用别种方法，只要把这种光一照，罪人的心是善是恶一切都可明白了。古时书上也有什么照妖镜的传说，又说温峤燃犀烛怪，可惜这都是神话寓言罢了。我最好有这种光，请你照一照我的心，便可使你不疑了。"玲玲道："你知道没有的，所以尽管这样大胆地说了。"宋爱新笑笑，又说了许多话去安慰她。看看天色已晚，宋爱新方才告别而去。玲玲也没有送出店门，态度比以前落寞了一些。

宋爱新从玲玲那边回家后，吃过晚餐，他一个人独坐在他的小室中，低着头想想，方才玲玲的愁怨之态以及对自己说的话，玲玲确乎是一心一意地对我，我不该在她面前撒谎。而那天去和杨彤芬畅游兆丰花园，偏偏给她瞧见了，她的心里如何不气恼？

女人家的心肠十九是狭隘的，这件事叫她怎能容受得下呢？况且她又知道杨彤芬身世的，定会使她不寒而栗，我真是对不起她了。讲到爱情方面，玲玲已钟情于我，但等我一言，绝无其他问题；至于杨彤芬呢，虽然近来她对于我亲近得多了，可是像她的地位，我还是高不可攀，伊人的芳心还在不可知呢。论事的难易，论情的先后，我还是和玲玲结合的好。宋爱新想到这里，又觉得玲玲可爱了。他始终徘徊在二人中间，但是到底也不容他有所犹豫而徘徊了。

　　一天他在学校里得到杨彤芬的一个电话，叫他放了学马上前去，宋爱新好似得到了御旨纶音一般，待到散课后，他立即雇了一辆汽车，坐到彤芬家中去。见面之后，原来彤芬要和他去赴音乐会，他自然格外高兴了，便要请彤芬出去用晚餐。起初彤芬不欲出去，要留宋爱新在家里，吃了晚饭，一同前往。后经宋爱新再三相请，她就答应了，便到楼上去更换一身新装，和宋爱新坐着自己家里的汽车出外，先到新亚酒楼去用西菜。宋爱新陪着彤芬大献殷勤，且盛誉彤芬举行彤芬奖金提倡文学的美德，说他自己也愿意应征，自己尝试自己，只不知自己的学问可能够得到。杨彤芬笑笑道："密司脱宋的高才一定得到名列前茅的，到时我当庆贺。"宋爱新道："不被密司嗤笑已是侥幸了，何敢妄想冠军?"他们且吃且谈，等到西菜吃毕，宋爱新抢着把钞票还去，又陪彤芬去听音乐，这个晚上在乐音悠扬中，二人各自有无限欢愉。宋爱新回转家里，到了睡乡里耳边还听着钧天妙乐，兀自做着甜美的梦，但梦中的伊人乃是杨彤芬而不是玲玲。

　　一月以后，彤芬奖金的征文期早告截止，孔大器等众顾问评阅各种课卷，很是忙劳。彤芬却依旧以邀以游，若无其事一般。而宋爱新却伸长了脖子，盼望在报上可以早早揭晓，让自己可以得到冠军，在彤芬面前显一点儿颜色，而得到美人的青睐。等到揭晓时，小说和文艺的榜上都没有他的大名，而诗词一栏宋爱新的大名竟得荣列冠军。宋爱新知道了，非常兴奋，以为三者之中占得一项锦标也可以使彤芬佩服他的诗才了。所以他马上跑到彤芬那边去，杨彤芬接见后，对他说道："恭喜恭喜，你作的诗非常佳妙，竟得名列第一，使我不胜佩服。这是一个大学教授鉴定的，孔先生本要列你第三名，那教授坚决地说你的诗大有白传遗风，余子碌碌，不能望其项背，一定要给你第一名。孔先生和他辩论了良久，方才决定的。你果然作得不错，我却一向没有知道你擅于此道啊。"宋爱新听了这话，暗叫一声惭愧，自己平日对于平上去入四声也辨不清楚，这一次都是沾了张诗人的光，请张诗人捉刀，方才得到了第一名，这也不过是一种欺人的伎俩，说破了是一文钱也不值的。只得说道："恐怕密司不知道，我以前曾从一位大诗家研究诗词，所以还谙吟咏。这次得到冠军，也是侥幸得很。"彤芬喜道："原来如此，否则一般大学生哪里作得出这样绝妙好诗呢？隔一天我们要开一个茶话会，请你也要出席，以便将奖金奉赠呢。"宋爱新笑笑道："我只要密司心里奖许我就是了，怎敢当这奖金？"彤芬道："这当然也要你接受的，我既已登报征文怎会不发奖？你中了第一名，受之无愧，何必客气呢？"宋爱新点点头，他心里很是得意。这天他在彤芬家里伴着彤芬清谈，直到天晚方才别去。

到了彤芬奖金发奖之日，凡在三项之中得到冠军和亚军的，预先几天都接到杨彤芬小姐的柬邀，约定于星期日下午四时驾临某饭店一叙；备有茶点，由杨彤芬亲自招待。当然那些顾问先生也要到的了。宋爱新预先接到请柬，心里不胜欢喜，无异古人金榜及第时的快乐，一到那天，宋爱新上午在理发店里修过发，约近四时，他在家里对镜修饰，换上了新的西装，披上大衣，踏了一双新式的革履，步出家门，绕道走过了甜蜜蜜。最近他的足迹没有发现在那店里，因为他觉得自己对不起玲玲，实在愧见她的玉颜，且怕玲玲向他谴责，所以还不如避面不见的好，自己也可以一心一意专向杨彤芬求爱了。

宋爱新走至饭店中，见杨彤芬已先在。今天她更换了新妆，又华贵，又美丽，在那里款接来宾。宋爱新看了，更觉彤芬的可爱，玲玲益发不如她了。其时座已有几位顾问先生坐在那里高谈阔论，抽着雪茄烟，神气十分傲岸。杨彤芬招待宋爱新到一个座位上去坐，这就是彤芬特地预备下三位冠军坐的，背后挨下去三个座位，便是亚军。面前都有红纸条书着的标记，正中一张桌子上安放着奖金和奖品，四围供着花篮，好像人家做喜事一般。宋爱新坐定后，杨彤芬也无暇和他多谈，又去招待他人了。几位顾问先生对宋爱新瞧了一眼，也不对他说什么。宋爱新只是游目而观。隔了一刻，来的人更多了，接着有报馆记者也来旁听，而孔大器先生就在这时候昂然而入。

孔大器今天也上下修饰得非常整洁，神采奕奕。早有几位顾问都向他点头招呼。而宋爱新不敢怠慢，也立起身来向他叫一声孔先生。孔大器对宋爱新看了一眼，只微微点了一下头，坐到他的顾问席上去，和顾问等讲话了。当杨彤芬翩然掠过他的身后时，孔大器回转头去，唤一声彤芬。彤芬立即回身立定，靠到孔大器椅子背上去。孔大器低声对她说了几句话，又向她笑笑，彤芬也点点头，方才走去。宋爱新瞧在眼里，不觉在他的心底透起一股酸溜溜的醋意来。

一会儿，来宾都已到齐，就要开始赠送奖金了。先由杨彤芬当众说了几句缘起和谢谢顾问诸来宾的话，次由孔大器站起来，做一简短的演说，无非称扬和歌颂之词，说得彤芬奖金之举非常有意思，有价值。宋爱新听在耳朵里，明知这是孔大器在阿谀他的女弟子，一句句真觉得有些肉麻。孔大器演说毕，便要赠送奖金了。彤芬先拿着一个个粉色的信封，在信封里当然藏着银行支票，一万元的支配就是作文艺评论的得三千元，作诗词的得三千元，而作小说的得四千元，由杨彤芬亲自送到各人的座上。各人当然立起来，双手接受，鞠躬道谢，尤其是宋爱新，更向彤芬诚意致敬。他一看坐在他自己左首的正是得文艺评论第一名的谢君，坐在右首的是得小说冠军的王君，这两位王谢子弟，虽然学问优异，可是其貌皆不甚扬，缺少风流模样。宋爱新立在中间，要让他鹤立鸡群了。因此他左顾右盼，自觉得意。杨彤芬送过奖金后，每人再送一银盾，上面都刻着四个字，以为纪念。宋爱新得着的乃是"压倒元白"四个隶书，他喜欢得了不得。彤芬又赠送录取第二名的每人油画一帧，配着精美的镜框，各人也接受了。于是大家坐着，吃吃茶点，谈谈文艺。宋爱新旁边的王谢二君便和宋爱新交谈。他们向他请教诗词源流，宋爱新恐怕纸老虎要戳穿，不敢多开口，只说缓日当约君畅谈，敷衍过去。茶点既毕，大家散席，一个个告辞而去，彤芬便走过来和宋爱新立着闲谈数语。孔大器也走到这边来，他傍着彤芬对彤芬说道："今天你要不要读摆伦的诗？还有密尔敦的作品，我也可以介绍。中国诗凭你什么元微之白乐天，我却以为及不上欧美各国的大诗家。"宋爱新听孔大器说这几句话，明知孔大器是有意说给他听的，自己虽然很不服气，要想和他辩论数语，可是因为自己对于诗学也是门外汉，只得忍气藏拙了。彤芬却微微笑着。宋爱新本想跟彤芬一起走，却因孔大器在侧，不肯启齿。孔大器也因宋爱新在面前，自己不便和彤芬多说话。二人你讨厌我，我猜忌你，心中各有些不爽快。杨彤芬却对二人说道："今天有劳孔先生，而密司脱宋此次竟得诗词的冠军，难能可贵，改一天我再陪你们畅游，今晚我因要跟家母到亲戚家去吃晚饭，所以恕不奉陪了。"彤芬说毕，二人只得各说一声密司请便。于是杨彤芬付去了茶点等费，便同孔、宋二人走出那家饭店。她家里的汽车早停在对面等候，彤芬又向二人说了一声再会，她就坐上汽车去了。宋爱新便和孔大器点点头，他揣着奖金，向张诗人家里走去，要谢谢那位捉刀人了。

第二十六章　炙痛了他的心

　　在一个狭小的客堂楼上，沿窗有一张书桌，桌上堆满着书籍、纸张和笔砚等类，杂乱无章，留出一些空隙，却放着一盆盐炒豆和一包牛肉，还有一杯高粱，坐着一个年近五旬的文人，在那里举杯独酌，这一位就是张诗人了。他的形容很是枯槁，两颊瘦削，穿着一件半新旧的棉袍子，一边喝酒，一边口里却有吟哦之声。朝里有一张大床，还有一口玻璃橱，陈设雅俗参半。因为在书桌对面虽然挂着一幅山水立轴，而一边却又挂着一小口碧纱的碗橱。还有女人用的东西也和书架杂在一起，室中几无回旋余地。这位张诗人却坐卧其中，偃仰啸歌，自得其乐。一会儿房门外走进一个中年妇人来，手里挽着一个八九岁的女孩子，拿着几包花生和一包纸烟，把纸烟丢到张诗人桌上，说道："你每天要喝老酒的，又要吸纸烟，自己却赚不到几个钱，幸亏潆儿在外经商，寄些钱来贴补家用，你却一天到晚的还要作什么劳什子的诗呢？请问你东和一首，西咏一首，这一首一首的诗能够得到多少钱呢？"妇人说到这里，张诗人放下酒杯，冷笑一声道："作诗本来不是要卖钱的。"一边说，一边抽了一根纸烟卷，划上自来火，竟抽起烟来。妇人道："若不要卖钱，你作它则甚？难道你想像李太白那样传世吗？哼哼！"妇人说了，和那女孩子坐在旁边一张小桌子上吃花生米了。正在这时，房门外一阵革履声，宋爱新走了进来。一见张诗人，便喜滋滋地说道："张先生，你在喝酒

318

吗?"又向那妇人叫一声张师母。妇人连忙立起身来敬茶。张诗人一摆手请宋爱新在他对面一张缺了扶手栏的椅子上坐下,笑嘻嘻地说道:"爱新,恭喜恭喜,你居然得到第一名了。"宋爱新道:"说也惭愧,这还是靠着张先生的力量,否则我哪里作得出这种好诗呢?今天我已领到了奖金三千元,特地亲自送来,敬赠与张先生,不负前言,请你哂收。"说着话,便从他西装袋里摸出一个粉色信封,双手奉与张诗人,且说道,"这里面是一张银行的即期支票,张先生明天劳烦自己去一取吧。"张诗人一边接过信封,一边说道:"你真是个言而有信的君子,但我怎好完全接受你的,不如和你对半分了吧。"宋爱新摇摇手道:"我早已说过全数敬赠的,请勿再客气。好在我已有了一个银盾,留作纪念哩。"张诗人道:"你果然要全数赐给我吗?那我也不客气了,谢谢。"说到这里,他又举起这一个粉红色信封,回头对妇人说道,"你瞧吧!这儿是三千块钱的支票,若不是我会哼几首诗时,哪里会到我手中来的?可知道诗词虽然不能卖钱用,而有时也大有价值的了。"妇人笑了一笑,却不说什么。张诗人又对宋爱新说道:"今晚你就在我家里喝一会儿酒,我和你谈谈可好吗?我不多添什么菜,只去聚丰园喊一只炒什锦和一只黄焖鸡便得了。你不喝高粱时,我可以叫内人去沽上等的花雕的。"宋爱新把手摇摇道:"多谢张先生的美意,我不会喝酒,况且晚上还有一些小事情,改日再来叨扰你吧。"说毕,立起身来,辞别了张诗人,又向张师母点点头,说声再会。很快地走出室去,在楼梯上还听到张诗人哈哈的笑声呢。

宋爱新自从得到彤芬奖金后,他就在彤芬面前一味吹牛,博彤芬的欢心,对于玲玲渐渐地情感淡薄了。因为他的足迹既然少去,自然他的心也没有以前那样地关怀玲玲了。况且他现在又已决定在鱼与熊掌二者之中,要舍鱼而取熊掌了。少年人爱情的游移,于此可见一斑。至于玲玲怎样的怨恚和失望,他也顾不得了。

一天是个星期日，天气很冷，因为昨宵起了一夜的西北风，吹得人行道上的法国梧桐树枝秃叶落，失去了昔日的美姿。宋爱新踏着地上的落叶，一个头缩在大衣长领里面，匆匆地向前走。午后的阳光已见薄弱，时时有云把它掩藏住，减少了地上的暖气而增加了寒冷。可是一般富室的家里早都燃起火炉来，不觉什么寒冷。宋爱新是访晤杨彤芬去的，当他走至杨家时，在彤芬的会客室里早已有一个客人了。那人正是胡思。他自彤芬和宋爱新形迹渐密以后，他心里妒忌非常，想起以前的南京之游，想起兆丰花园途中杨彤芬和宋爱新并坐汽车以遨以游的情景，自己要请彤芬吃大菜，也被彤芬谢绝，真令人怄气，恨不得把宋爱新一手枪打死。可是他心里虽然有些怨恨彤芬，而一缕痴情依然不绝，所以仍要到杨家来向彤芬献媚。而彤芬对于胡思真的有些讨厌了，不免露出冷淡之状。这天胡思特地买了一件灰背大衣的皮统子送给杨彤芬，请她去到店里定做大衣。谁知杨彤芬是个黄金美人，一切贵重衣饰，家中应有尽有，单就灰背大衣而言，箱子里已有三四件了。现在胡思送这一件来，在她眼中看了，又有什么稀罕？她陪着胡思在会客室里坐着，心神有些不属。胡思却想了许多说话和她絮聒，又想单独约她到杭州去一游。杨彤芬却说天气已冷，湖上风景大减，不如明春往游，胡思也不好勉强，又要约她出去观剧，彤芬也懒懒地没有答应。这时候宋爱新来了，在彤芬当然是欢迎他的，而胡思却又一怔。宋爱新踏进会客室，见了胡思在座，也是一呆，忙向彤芬叫应，又向胡思点点头，勉强带笑说道："胡先生也在这里吗？"胡思答道："正是。"彤芬便请宋爱新上坐。宋爱新起初在外边很觉严寒，一入室中，炉火熊熊，却又暖和如春，连忙将外面的大衣脱下，挂到衣架上去，颈里的围巾也取了下来。彤芬等下人献过香茗后，便和宋爱新讲话。又当着胡思的面赞美宋爱新的诗怎样作得好，且说他的摄影技术也擅长，上次去游兆丰花园，也是为了请他摄影之故。宋爱新承彤芬称誉，自然喜上眉梢。然而胡思听着，一句句好如有利刃刺在他的心头，牙痒痒得恨不得立刻将宋爱新斥骂一番，说姓宋的小子区区小技，何足道哉，但恐逢彤芬之怒，到底不好意思出之于口，十分气闷地坐在一边，听宋爱新和彤芬有说有笑地讲话。隔了一会儿，胡思自己觉得没趣。他心里暗想宋爱新来了好久，究竟他和彤芬可有什么事，怎样还不走呢。胡思这般想，宋爱新心里也在估料。桌子上放着一件灰背皮料，大概是胡思送与彤芬的。可是胡思来了好久，怎样还不走呢？可笑他们二人都具着一样的心肠，你希望我先走，我也希望你先走，结果二人相持在彤芬的会客室中谁也不肯先走。这样却使彤芬为难起来了。

彤芬在前一个星期日和宋爱新见面时，谈得高兴，宋爱新曾要求在这个星期日下午五点钟，到大光明戏院去看新映的电影名片《情网》，彤芬也答应的。所以宋爱新十分高兴，今天他先到大光明去买好了两张楼厅的戏券，然后赶来的。他当着胡思的面不好说出来，恐怕胡思也要跟去，反而不美。而杨彤芬也因胡思在侧，不便向宋爱新提起这事。但是时间过得很快，一会儿已是四点半了，胡思还没有走，她又难下逐客之令，心中正在踌躇。恰巧胡思搭讪着问道："密司今天要不要出外去？"彤芬恐防他要纠缠，马上回答道："五点钟适有他约，所以我就要出去了。对不起得很，改日再伴二位畅游吧。"宋爱新明知这是彤芬的托词，她说的五点钟有他约，便是和他看电影了，遂假装可惜的样子说道："这真是不巧了！那么我们只得告别。"胡思听了，也只好照样说。彤芬笑笑，又说一声对不起。此时胡思只得立起身来，宋爱新也跟着站起，胡思先到衣架上去取下他的皮大衣，披在身上。宋爱新虽然也去拿了他的大衣，可是仍不舍得披上身去，却挽在他的臂弯里，要让胡思先走。胡思也欲让宋爱新先走，因此两人你等着我，我等着你，竟站在门边不动了。彤芬瞧着他们这

321

个样子，不觉又好气又好笑，忍不住对胡思说道："密司脱胡，请你先走一步吧，我还有一句话要问宋呢。"胡思听了彤芬这话，自然不能不先走，便撑不住冷笑一声道："既然如此，你们尽可随意谈谈，我先告辞了，我别处事情也正忙着哩。"他说了，便对彤芬点点头，说声再会，大踏步走出客室去，对宋爱新却一眼也不去瞧视，悻悻地走出去了。

杨彤芬当然知道胡思已感觉到不爽快了，但她也不去管他，勉强送至门口，又说一声再会。叽咯叽咯地走回会客室来，带笑向宋爱新说道："你瞧胡思这个人不很讨厌吗？还要来送我什么东西。请你略坐一刻，待我到楼上去换了一件衣服，便可同你出去了。"宋爱新也带笑说道："密司请便。"彤芬遂带了那件灰背皮统子，走到里面楼上房间里去了。宋爱新因胡思已走，彤芬肯和他去看电影，这是显而易见彤芬大有垂青于他之意了。他就坐着等候，不到一刻钟时候，听得门外革履，连忙立起来。只见杨彤芬翩然而入，身上换了一件夹金缎的衬绒旗袍。纤细的腰肢，姿态佳绝。臂上挽着一件灰背大衣，色泽光滑。对宋爱新说道："我们去吧，我已叫汽车夫在外边伺候了。"宋爱新答应一声，便将自己的大衣披在身上，戴上呢帽，伴着彤芬走出客室，看彤芬要穿大衣的样子，忙凑上前去代她将灰背大衣张开了，穿上身去，然后并肩走到大门口，见杨家的汽车已靠着等候。汽车夫见小姐来了，立刻开了车门，让二人上车。彤芬一摆手向汽车夫说一声大光明，汽车立刻飞驶而去，此时宋爱新又觉得其乐陶陶了。

但当杨彤芬的汽车驶出忆定盘转嘴角时，那边横马路上大树背后正有一个少年，好似一头猎狗般在那里探头窥望。一见杨彤芬的汽车开过了，他又像得到了目标立即跑到树后，拖出他所驾驶的机器脚踏车，耸身坐上，拨动轮机，立刻扑扑扑地开出去，摇摇地跟在汽车后面，只隔数十步之遥。车厢里的杨彤芬和宋爱

322

新自然一些儿也没有觉得。及至汽车开到大光明戏院前，汽车夫将车靠着人行道停住。杨彤芬就和宋爱新走下汽车，很快地走进大光明戏院大门去了。那少年的机器脚踏车也已远远停下，但他没有走下，坐在车上，张大着双目，瞧杨彤芬宋爱新双双步入。戏院门口，人头拥挤，自然二人也没有防到有人在背后侦察他们的行动。等到二人没入人丛中时，那少年仰天长叹一声，又低下头自言自语道："我若是个大丈夫，一定不让他们二人成功！彤芬是我心爱之人，求之多时，终不可得，今日反被这小子占了去，叫我这口气如何咽得下呢？我定要闹得他们不能成功，同归于尽，方才给他们知道我的厉害呢！"那少年是谁呢？正是宋爱新的情敌胡思。他离开杨家时，早料到杨彤芬是要和宋爱新出游了。他要窥探一个究竟，遂暗暗伏在忆定盘路的转角上等候。果然不出他的所料，杨彤芬和宋爱新坐着汽车过去了，所以他立即驾了机器脚踏车跟在后面。及至他们俩走入了大光明戏院，便知彤芬是和宋爱新进去看电影了，心中的妒火与怒火同时燃烧着，炙痛了他的心。本待也去买了票，跟上他们进去，责问彤芬何以说谎。既而一想，彤芬是自己的什么人？我姓胡，她是杨家的小姐。我和她不过是个朋友的关系。她和别人看电影，又非犯法之事，自己怎能去干涉她呢？况且彤芬的脾气素来不肯受人家半点儿委屈的，我岂能折服她呢！不要自取其辱了。但是若然忍在心头，只当没有知道这一回事，却又心有不甘。因自己待彤芬可说是一片诚心，以前她也会和自己周旋在灯红酒绿之间，自从她认识了姓宋的小子以后，态度就大变了。在我说起来，这不是镜花水月吗？自己以前对于不论什么人，总是很容易对付的，难道区区一个宋爱新就对付不来吗？我倒要慢慢儿想个妙计去摆布他们一下呢。胡思这样想，上下嘴唇紧咬住，又对大光明戏院门口恨恨地看了一眼，然后拨转车头向西边疾驶去了。

第二十七章　却不料乐极生悲

　　宋爱新方做着红色的梦，向黄金美人杨彤芬追求，早把以前脑膜上留着的玲玲，渐渐淡忘了她的倩影。恰近耶稣圣诞节来了，他想放了假，预备和彤芬一游。可是有一天他接到了一封无头怪函，在函中的语乃是警告宋爱新不得再和杨彤芬女士相交亲密。如若不听警告，当以手枪对待，决不轻恕云云。宋爱新接到这封信，大为惊奇，暗想自己在外面一向并没有什么冤家，断没有人借端威胁。况自己并非大富大贵人家的子弟，更不会有人向他敲诈。那么这封怪书函从何而来呢？杨彤芬是大家闺秀，并不是电影明星或坤伶舞女之类，自己和她交友也是一种很正当的交际，有谁可以来干涉呢？恐怕一般匪类也决不至于转上我的念头吧。那么细细研究起来，这封信稳是有些酸性作用的。自己和彤芬交友，知道的人也不多。玲玲是第一个知道我和彤芬的关系。我与彤芬交友亲密，当然对于她是十分妒恨的。她最不情愿我去和彤芬亲近，然而玲玲的胆子很小，决不会想出这个主意来，除非有了歹人去教唆她。在男子一方面想起来，也只有孔大器和胡思两个人知之较详。但瞧孔大器究竟是个学者，身为大学教授，智识最高阶级，怎会施展出这种卑鄙恶劣的手段来呢？那么只有胡思了！胡思虽然是富家子弟，而其人纨绔的习气很深，而且听说他很喜欢结交一些帮里的弟兄，自以为有孟尝之风，在外面常常招摇。莫不是他妒忌我和杨彤芬交友而写这封书来恐吓我，不许我再去和彤芬亲近，以致阻挠了他的热望。若拿他以前镇江负气独返的事来质证，也许是此人做的了。谁知道大丈夫威武不能屈？我和杨彤芬的交友，这是天赋我的自由权，难得彤芬不弃，加以青眼，我安肯辜负美人的好意呢？此事即使我的母亲要干涉，我也不肯听从的，何况胡思呢？胡思自己是个笨伯，得不到彤芬的垂青，也只好怪他自己，干我甚事？谁教他没有本领！虽然信上说要请我吃枪子，但是枪弹可吃，爱情不可牺牲。我还是秉着我的一贯作风，要向彤芬追求，不达目的不止，虽有恐吓也是无效的，我还是只当看不见罢了。在这大都市里，他也是有身家的人，断不至真的以手枪相向的。即假使他真的要寻着我，那么我为杨彤芬而牺牲亦所不惜。他决定主意不去管他此信是不是胡思所发，自己总是抱不理会态度是了。但对于自己家中的母妹也不去告诉她们，恐怕她们知道了，反要代自己担心受惊。而彤芬面前也预备不去说明，免得她有别的误会。宋爱新这样打算着，满拟见怪不怪，其怪自灭，让这事自然而然地消灭，最为上策，谁又知天不从人愿呢？

这天是圣诞之夜，上海市面备见热闹，宋爱新买了一些礼物，又到彤芬家里来拜访。他知道彤芬爱吃奶油蛋糕，所以他预先向一家糖果店定制一大方精美的蛋糕，配以华丽的玻璃锦盒，赠送给彤芬。见面以后，彤芬忽然向他问道："密司脱宋，你将和唐玲玲结婚吗？是否有这一回事？"宋爱新骤闻此语，不由大吃一惊，几乎答不出话来。因为自己和玲玲相交的事，杨彤芬绝不会知道的。以前彤芬虽和玲玲在医院里见面过，自己曾对她说玲玲是我的表妹，怎么彤芬会知道玲玲姓唐呢？连忙强笑了一下说道："密司从哪里听来这种无稽之谈？唐玲玲是什么样的人？我完全不知道。我在外面的女朋友只有密司一人，此心可质天日，请密司万勿深信。"杨彤芬笑笑道："你的婚姻大事，当然我也不能顾问，与我毫不相干。但因前天有一封无头信写给我，说

325

你是个儇薄少年，专在外面诱惑青年妇女，近方恋爱一个糖果店里的女儿，姓唐名玲玲，年内即将成婚，有地址，有店名，说得似乎很是确实，而且恐我不信，要教我去探听。这真是很奇怪了！那个写信与我的人究竟是怀的什么意思？为什么要把你和唐玲玲结婚的消息故意告诉我呢？"杨彤芬说了这话，冷笑一声，脸上似乎有些不欢之色。

宋爱新不由脸上一红道："冤枉冤枉！我真的没有这一回事！那人怎会凭空捏造，毁坏我的名誉！当然那店是有的，人也是有的，但与我毫没关系。我自己若不轻视自己，怎肯和那种无智识的店女结婚呢？那个写信的人一定对我有些嫌隙，所以有心来破坏我们的友谊，说坏我的人格。密司是个聪明人，当然不至于轻信的吧。"宋爱新说了这话，紧瞧着彤芬的玉颜，不自觉地露出万分局蹐的样子。

彤芬点点头道："那种人的伎俩当然是鬼鬼祟祟，别有用心，我也决不至于完全相信他的。不过我不能不对你说一声罢了。既然如此，我们也不必去理会他，不过暂时我不能知道是哪一个施的鬼蜮伎俩呢。"宋爱新道："正是，世上真有这种兴风作浪、造事生非的人的。"他一边说，一边心中暗想，写这封信的人当然和寄恐吓书给我的是一个人了。他对于我竟恨恶得这样，双管齐下，存心破坏，这倒不可不防的啊。然而他仍不敢把自己接到恐吓书的事去告诉彤芬，恐怕要引起彤芬的注意，而使芳心不安。幸亏彤芬问过后，却不重视此事。经宋爱新剖白过了，依然谈笑晏晏，不在她的心上了。宋爱新暗叫一声惭愧，勉强镇定心神，和杨彤芬说说笑笑。今晚因彤芬已有他约，不便和他出去。但彤芬和他约定在元旦日二人结伴到嘉兴去游烟雨楼，宋爱新自然一口答应。宋爱新在彤芬处谈了一点多钟，因胖李等来了，他方才告别而去。

这天晚上宋爱新在卧榻上辗转思维，想起了那两封无头怪函，料定是一个人做的。那个人不但写恐吓书给自己，而且又下书与彤芬，诬言自己将和玲玲结婚。虽然这是假造的消息，然而我和玲玲的交好，那人又怎样知道得很详细？若不是我在彤芬面前坚决地否认，彤芬岂非很容易引起疑云吗？他人是不会做这种事的，可知是胡思施行的诡计阴谋了。只不知胡思怎样知道我曾和玲玲交好的，他从哪里探听出来的呢？只有他的党徒最多，容易刺探人家的秘密。说不定他为要处心积虑，在彤芬前破坏我，所以设法探听我已往的形迹。虽然我和玲玲交好，却也没有什么婚约。他竟借此为攻击之具，做进一步的造谣了，这有什么用呢？彤芬也不会相信，足见他心劳日拙而已。又想倘然这是胡思做的，万一他见我得信之后若无其事，仍和彤芬往来，那么他将怎样呢？他若不肯默尔而息的，势必再要做进一步的制止，不知道再有什么戏法变出来呢？宋爱新想到这里，却有些惴惴然。但是一闭眼睛，彤芬的倩影站在他的眼前，彤芬家里豪富的景象早已使他浮浅的心歆动羡慕，虽有人家要来破坏自己的美梦，他又怎肯中道停止呢？所以他决不再有顾虑，把自己的命运听之于天，而挺着身体去和恶魔奋斗了。

元旦日的一清早，他带了照相镜，坐了自由车，赶到杨家去，同做嘉兴之行。杨彤芬已睹妆而待。他们二人便一同坐了杨家的汽车，赶到梵王渡车站去上车。这是他们取的捷径，不用到北站了。这天宋爱新伴着彤芬到得嘉兴，便坐船到烟雨楼去遨游。水云乡里又代彤芬摄了几张很得意的照片，到薄暮时他们就坐杭沪慢车返沪，仍到梵王渡车站下车。彤芬去的时候，吩咐汽车夫奎生在天晚时仍到这里来接的。他们到站之时，因为车行稍迟，已是黄昏九时了，二人早在车上吃过晚餐，要紧回家去，一同坐上汽车。杨彤芬向奎生说一声回家去，汽车便驶出车站，向马路上行去。但是汽车刚开到兆丰花园时，路旁黑暗中忽然跳出三个身穿黑衣的汉子，拦住去路，这又是杨彤芬和宋爱新所不及料的了！

　　汽车夫奎生刹住车机，正待询问。从车头灯光下瞧见三个人的手里倒有两个人持着手枪，对准着他们，像要一触即发的样子，不禁诧异惊愕地呆住了，还以为有强盗拦劫呢。杨彤芬和宋爱新见了这般景状，也当是强徒路劫，合该自己晦气，要失去财了。彤芬十分伶俐，早暗暗捋下她手指上戴的一枚价值二万余元的钻戒，藏在车座下。手指上还有一枚宝石戒，以及腕上手表、皮夹中金钱，甚至身上的灰背大衣，都预备一起送给强盗了。宋爱新虽欲抵抗，也是无能为力。奎生硬着头皮，向他们三个人问道："你们是做什么的？我们从火车站来，要紧回家去，车中并没有什么违禁品，你们不要认错了。"三人中间有一个大汉喝道："我们不会认错的，你们是杨家的汽车吗？你快走下车来，让我们来检查一下。"奎生不得已只得跳下汽车。早有一人举枪拟着他，不许行动。其他两人跳上汽车。一个人把手中电筒向二人一照，便向他同伴说道："不错，姓宋的也在这里，很好，我们走吧。"彤芬还以为他们要动手行劫，所以她和宋爱新都举起了手，让他检查。谁知一个人举着手枪，坐在他们对面监视着。一个人早到开车的所在，一屁股坐在奎生所坐之处，竟然发动轮机，掉转车身开去了。临走的当儿，那开车的强盗还对马路上监视汽车夫的一盗说道："我们去了，你可监视着他，不到约定的时间不要放他走。"杨彤芬和宋爱新听了，方才大吃一惊，知道强盗的目的还不是行劫，竟实行绑票手段了。那么此事没有起初理想上的简单，而危险性很多了。二人因此而面面相觑，作声不得。

　　汽车在黑暗里飞驶了许多路程，二人也不知强盗要把他们绑到什么地方去，已被强盗监视着，完全失去自由，忧心忡忡，如坐针毡。又隔了十分钟光景，两旁所见黑魆魆的已近田野，汽车方才慢慢儿地停住。两个强盗举着手枪，喝令二人下车。二人只得听命，走下车来。见自己站立的地方乃是水滨，茫然大水，朔风吹着河边杈丫的老树，发出吼叫的声音来，又凄凉又恐怖。宋爱新忍不住开口说道："我们与你们无冤无仇，把汽车开到这里做什么呢？你们如要钱，我们身上所有的，你们不妨拿去便了。"一个强盗摇摇头，冷笑一声道："姓宋的，你此刻不必开口，这事情恐怕没有这样简单的吧。我们将汽车开到这地方来，自然要送你们到一个去处的。"说罢，把手向河边一指，口里呼哨了一声，早听那边也有人口里嘘嘘地还答。原来正有一艘小船泊在那边。两个强徒遂押着宋爱新和彤芬一步步走到河边，赶他们上船。二人不得已将身子钻进船舱。一个强徒早跟着进舱，仍把手枪对着二人监视不懈。船上也有一个黑衣人，像是他们的同党，对他们说道："很好，你们果然得手吗？蔡二哥呢？"一人回答道："他要看住汽车夫，没有跟我们同行。我们快快走吧，不要等他，他自会来的。"于是回头吩咐舟子开船。这小船便在黑夜里向前开行，河水淙淙被风吹得很急，在船底击打着，声音很是清楚。彤芬瞧着船中一盏如豆的孤灯，芳心止不住卜卜地跳跃。自己一向无忧无虑，尽情欢乐，却不料乐极生悲，今天忽然会遇见绑票匪徒把自己和宋爱新一起绑架了去，惊风骇浪，突然而起。现在一舟漂泊，不知开到哪里去，越想越觉害怕，几乎要哭出来了。宋爱新当然也是不胜惊骇，莫名焦急，听着风声和水声，心中难过得很。在此时这一双青年男女恍如对泣的楚囚，不知这茫茫前途能不能转危为安，逢险化夷呢？

第二十八章　总是猜不出一个所以然来

　　东面的水平线上渐渐现出白色来，船舱里的灯也熄了，船仍是向前行驶。一会儿红日一轮也从地面升起，一群群的乌鸦也都离了它们的鸟巢，飞向野田里去，对面也有帆船瞧见了。杨彤芬和宋爱新既已陷入盗匪的魔掌，无可遁避，但不知他们到了什么地方，究竟盗党要把他们架到哪里去呢？尚是一个谜。小舟驶了多时，早转入一个弯弯曲曲的小浜里去，穿过一条小石桥，河身渐狭，停在一株大树之下。一个盗党早立起身来，从旁取过两小块黑布，是他们预先备好的，对二人说道："对不起，你们的眼睛暂时要扎没一下，然后好上岸。"宋爱新和杨彤芬无奈，也只得让他们摆布。等到盗党把二人的双目扎没后，二人就模模糊糊地被他们牵引上岸；不管东西南北，七高八低的只是向前走。宋爱新一边走，一边估料盗匪要把他们拘禁在一个隐僻的地方，然后写信到他们家里去催赎了，杨彤芬也是这样想。约莫走了不到一里路，听得村犬狂吠，知道已到了乡间，后来被人推着走进一所屋子里去，又听有乡人的声音，大概已到了匪窟中了。

　　杨彤芬自觉被人推至一间室中，吩咐她坐定后，代她解去了眼睛上束缚的布。她定了一定神，方才睁开双目，向四下察看。阳光照在她对面的四扇明瓦窗上，室中甚为光亮，桌椅等布置完全是乡下人家，但也很整洁。靠里还有一张雕花大床，叠着很干净的布被。站在她面前的一个人就是押她上船的强盗，日里瞧得很清楚，身子很长，目架黑眼镜，形态并不凶悍。对她微笑说道："杨小姐，有屈你在此住二天吧。请你放心，我们决不伤害你一根汗毛的。你要什么只管对伺候你的人说便了。"杨彤芬不见宋爱新的影子，心中十分惦念，忍不住向那人问道："那个和我一起的宋先生在哪里？怎么不见他呢？"那人笑嘻嘻地答道："杨小姐，你问姓宋的吗？此人另在一处地方，男女不同室，我们不能使他和你住在一起的啊。请你好好儿地耐心在此，不要乱走，将来自会送你回府的。"彤芬听了那人的说话，以为他们至多要些钱罢了，不论十万二十万，家里人要赎我出来，决定可以听从他们的，也是自己命宫里应该受些魔蝎呢。她低着头想时，那人早已走出室去，把房门反扣上了，加上一重锁，这样杨彤芬无异身入樊笼了。

杨彤芬在这室中被盗匪幽闭着，不得越雷池一步，饮食坐卧都在里面，一连过了数天，杳无动静。每天朝晚三餐都有人送进室中来给她吃，菜肴虽尚不恶，然而哪里有家中的珍鲜。况且在这乡村里，牛乳、白脱油、咖啡等以及其他消闲食品都没的吃，只是每天早晨有两只鲜鸡蛋，这也可说是隽品了。她一个人坐了吃，吃了睡，好生无聊。宋爱新又不知幽囚在哪里，不得会面，不明白他是吉是凶，大概也像自己一样吧。她心中默默地思虑着。但有一点也使她不明白的，就是盗匪既然绑了他们前来，应该早些来教她写书到家中去索价取赎，以便达到目的。为什么不动不变的，竟没有一个人来询问自己，进行这种步骤呢？难道那些盗匪别有奇计妙策去向我们两家索取款项的吗？这个却是一个闷葫芦，无从知晓了，自然更觉得十分气闷。听听窗外的鸟声，处境十分静寂，和上海的生活大不相同，这真令人徒唤奈何了！

安居上海的杨太太，在那天日里有几个女戚前来和她同在楼上打牌，直到晚餐后始散。她知道她的女儿和一个姓宋的朋友游嘉兴去的，但是到了此刻也应该回来了，便叫侍儿下楼去询问。

司阍的回答说，天暮时汽车夫奎生曾开了汽车，到梵王渡车站去迎接小姐回家的，此时不归，莫非火车脱班。杨太太听说，也只好耐心静候女儿回家，好在平常日子彤芬时时出外惯的，不用顾虑。自己坐在沙发里，开了收音机，听听戏曲，抽着纸烟卷，消遣她的时光。可是守到十二点钟还不见彤芬回来，汽车夫也不见影踪，心里不免有些狐疑，暗想自己女儿绝没有独自住在外边而不告诉家里的。前番和孔先生等游南京，事前也曾声明过。今天她游嘉兴，对我说当晚即归的，怎会到这时还不回沪，难道火车真的脱班吗？于是她就打了一个电话到火车站去询问，知道今天火车照常通行，并无脱班停开等事，彤芬要坐的五点钟一班快车早已安抵上海了。那么为什么还不归来呢？绝不会和姓宋的住在嘉兴之理。因为上次南京之游是四个人同行的，现在只有姓宋的一人，这个嫌疑自己女儿也知道该避的啊。又有汽车夫奎生不见回来，难道他仍守在火车站吗？便吩咐一个下人赶快雇了汽车到梵王渡车站去一询究竟。下人去后，杨太太一颗心终难安宁，闭了收音机，闷闷地坐在房中。左右的女佣见了主人这个样子，她们也都不定心，不知如何去安慰她们的女主人。有一个杨家的远房的女戚，常住在杨家相帮杨太太照料家务，因为年纪尚轻，大家都称她四少奶。她闻得杨太太为了爱女不归而发急，所以走来安慰安慰。杨太太叫她猜猜是什么缘故，然而四少奶究竟不是神仙，可以能未卜先知，叫她怎说得出呢？

隔了一刻，那个下人已回来了，据他的报告，车站上情形如常，杭嘉来的客车没有一班误点的。汽车夫奎生不在那边，因为他四处内外都去找到，不见自己家里的汽车和奎生的人影。奎生既然来接小姐的，那么他开的汽车一定要靠在车站大门对过的，为什么清清的空空的不见自己的汽车呢？问问旁人，自然也不知晓。杨太太听了，更是忧闷。奎生和汽车也到哪里去了呢？奎生开的汽车既然不在站上守候，明明是他已接了彤芬回来了，莫非彤芬又和姓宋的再到别地方去游玩了，那么自己的女儿真太不知检点，可说流连忘返了。到了此时，杨太太深悔平日太纵容女儿在外交际，以致女儿胆大如此。倘然有了意外的事情，将来被丈夫知道了，岂不要大大怪怨自己吗？杨太太心里又悔又急，又焦躁不宁，总是猜不出一个所以然来。

半夜过去了，杨彤芬不见回来，直到东方发白，依然不见彤芬的影儿，汽车夫也不见回家。真是奇哉怪哉，这主仆二人和姓宋的究竟到了哪里去呢？杨太太真的发了急，连忙差下人四处探寻，直至中午时候，仍不得一些儿端绪。恰巧宋爱新的家里也有人来杨家探问了。因为宋爱新的母亲不见儿子回家，也有些奇怪，知道是和杨小姐去游嘉兴的，和她女儿一商量后，便差人来杨府探听。杨太太以实而告，言下大有责怪宋爱新牵引彤芬之意。宋家的下人不敢说什么，自回家中去复命了。

杨太太彷徨焦急，终是得不到一个主意，便叫下人去请一个表戚蒋三老爷前来计议。蒋三老爷听得消息，立刻跑来。他是一个年逾四旬、精明强干的人，在金融界任事，杨太太凡有什么难解决的事，必请他来代为处理，都能迎刃而解的。杨太太等他坐定后，便将女儿的事详细告诉他听，要求他代为找寻女儿回家。蒋三老爷听说汽车没有回来，便觉这事有些奇突。莫非遇见了绑匪，这须要等汽车夫回来方可知道。遂和杨太太一说，要去报告巡捕房，以便四处侦缉。起初杨太太还疑心或许宋爱新想法诱骗彤芬，现在给蒋三老爷这样一说，她心里也就以为她女儿和姓宋的一齐遭绑架了。她本不愿意将这事情去报告捕房，以免张扬出去，也许于女儿的名誉有关，反而不美。若然真的是被绑，那么非报不可了。遂把这件事托给蒋三老爷去办。蒋三老爷安慰了杨太太几句话，就出去分头按办了。

下午有几个朋友来访彤芬的，都被司阍的回报说小姐不在家，一个个失望而去，这是杨太太吩咐如此说的。谁知孔大器也来了。他听了司阍的说话，不肯相信，坚问小姐到哪里去了。司阍的被他盘问得紧，不免情形有异。孔大器更滋疑窦，一定要问个水落石出，坚持自己必须入内，不肯退去。司阍的知道孔大器是小姐请来的老师，不敢得罪，没奈何只得去到太太那里请示。杨太太听说是孔大器，一向有些知道这位老师是少年老成，诲人不倦的。既然他定要问明缘故，不如请他来，和他商量商量吧。于是吩咐司阍的请孔先生到楼下客室相见。她自己又换了一件衣服，下楼去，走到客室中，见孔大器立在那边。他见了杨太太，马上一鞠躬说道："老太太，今天我是来访问彤芬，和她谈谈的。彤芬可在府上？若不在府，她到了哪里去了？老太太能不能恕我的孟浪而告诉我一声？"杨太太遂请孔大器坐下，皱着双眉，把彤芬失踪的详情一一告诉他听，且问他有何良策，不吝指教。孔大器不防杨家出这个乱子的，听了杨太太所说的话，不由惊骇得面色也变了，连呼"怎的怎的？"又说道："这是要宋爱新负责的，其中他也不免有些嫌疑。"杨太太听孔大器这样说，便问道："我和姓宋的面长面短都不认识，不知其人好歹，孔先生可知道吗？"孔大器答道："以前南京之游，宋爱新也是其中一分子，所以我和他认识。觉得此人性情有些浮滑，彤芬和他交友，将来难免要上他的当，只是我不便在彤芬面前直说罢了。听说宋家住在同孚路大中里，老太太可曾派人到他家里去诣问吗？"杨太太道："方才他家有人来过了，姓宋的母亲也因儿子不归，特来探问的。"孔大器道："宋爱新的母亲自然不知道儿子的事情。这件事情最好要从宋爱新方面去探求，或者可以找到一些线索。"杨太太道："我家里的人都不认识他家的，我想此事拜托了孔先生吧。我只求彤芬早早安然回来，没有什么岔儿，便是我杨家的万幸了。"大器此时也情愿答应，所以连说遵命。恰巧杨家又有别的亲戚来探望，大器便告辞了。

孔大器的妹妹大昭正坐在家中和她的母亲讲话，忽见她哥哥匆匆地跑回家，慌张张把帽子向旁边椅子上一丢，急急地嚷道："不好了！不好了！"大昭忙问何事，孔大器揩着他额上的汗（这时候天气正冷，他会跑得出汗，可知他内心的发急了），大声说道："杨彤芬小姐失踪！"大昭不由惊奇道："咦！杨小姐怎会无端失踪，到底是什么一回事？"孔大器便将这事告诉出来。他母亲和大昭一齐惶惑。大昭道："莫非有人绑他们去的吗？"孔大器摇摇头道："不会的，我料是那个姓宋的小子用了什么诡计阴谋，把杨彤芬藏匿在什么地方，而要想逞他的野心呢。"大昭道："那么汽车夫何以同时失踪？"大器道："当然被人家扣留起来，不许他出来泄露消息了。此刻我没有工夫和你们多谈，我还要出去探听消息，因为杨太太托我的。"孔大器说了这，拿起皮帽子，立刻又走了出去。他母亲见了孔大器这般情景，不由叹口气。大昭却在一边冷笑道："现在好教哥醒醒了！"

次日杨彤芬宋爱新二人仍然杳无消息，而上海各小报上都有一段文字登载出来，有的标题"黄金美人失踪记"，有的标题"木易女士失踪之谜"，有的标题"二十世纪的卓文君"，有的标题"狡童诱骗闺秀之阴谋"，当然都是记载杨彤芬的事，大意是说杨彤芬喜欢交际，交友不慎；宋爱新是浮蜂浪蝶，专以诱惑妇女为能事，既垂涎彤芬之色，又觊觎彤芬家中富有，一味谄媚，博女性之欢，不惜出此卑劣之手段，诱骗彤芬做淫奔之举。这个消息不胫而走，轰动了全沪，立刻就有人编了小热昏的曲调唱起来。

杨太太自然也有人报信给她的，她又羞又愤，又气又急，只得又和蒋三老爷商量。可是这时候杨家所坐的汽车已有人发现在沪南小河边，已被捕房里取了回来，一对汽车号码，正是杨家的，这样更可知彤芬和宋爱新确已从嘉兴回沪，大约在途中被盗匪绑去的了。但是小报上却又如此登载着，岂非奇之又奇呢？大家正在楼下客室里聚议。杨太太的双眉皱得更是紧了，眼眶里还隐隐含着泪痕。忽见孔大器手里挟了一大卷小报从外面忽忽地跑进来见杨太太。他气哄哄地说道："老太太，我的说话可料得不错吗？姓宋的小子良心真坏，大胆妄为，敢把令爱诱走，无异绑架。大概令爱一时迷惑，必要后悔的。现在不知被他藏匿何所，赶快要去找她回来，使珠还合浦才好。"蒋三老爷见孔大器这么说，不知他是个什么人。经杨太太代他介绍后，方知是杨彤芬的老师。遂开口说道："孔先生料想的虽然也是一种很大的嫌疑，但是我以为宋爱新既然要诱骗彤芬小姐他去，何以又回到上海来！连车子骗去而又将汽车留在水滨呢？天下没有这种蠢人的啊！汽车的出现，是个破绽，便可知十有八九是绑案了。所憾的，汽车夫尚无消息。"孔大器道："那么许多小报上记载的难道是子虚乌有吗？谚云，空穴来风，必非无因，否则这些记事从何而来呢？"孔大器说时，把他带来的许多小报一齐拿出来。

蒋三老爷摸着颔下的短髭，慢慢儿地说道："孔先生请你想想，那些小报上所刊的文字是谁作的？作者从哪里得来的消息？更有这消息是不是真确？这些都值得研究的。那些小报竟不负责任地刊出来，败坏人家的名誉，对于彤芬小姐和姓宋的都很不利。我为了此事，也要彻查一个究竟，其中恐还有别的问题吧。我们不要以耳为目，受人家的播弄。"孔大器听了蒋三老爷的话，不由默然。杨太太也在一边说道："可恨那撰稿的人居心毁坏我家的名誉。倘然彤芬能够平安回来，我一定要托律师去函声明，要求更正的。"孔大器道："我总是疑心那个姓宋的小子做的，哪里会有什么绑匪？我很代彤芬可惜！富家闺秀，交际名花，会被那狂童诱惑去的，言之痛心。"孔大器直着双眼说，双手握着拳头，几乎要大拍桌子。杨太太也羞得两颊通红起来。孔大器又说道："我探听了好多处，虽然没有什么苗头，却知道宋爱新对于彤芬确有野心的。哼哼！此人我是早已看破的了。彤芬彤芬，一失足成千古恨，再回头已有百年身！你是聪明女子，如何聪明反被聪明误呢?"杨太太听孔大器大发牢骚,使她实在觉得有些吃不消。蒋三老爷暗想此人真有些像上海人所说的十三点了,现在事情尚未完全明白,他怎可如此说? 也不顾人家担受得起。所以他又对孔大器说道:"孔先生,我们只要切实地去侦探,空发感慨是没用的,因为真相尚未大白呢。"孔大器点点头道:"不错,但我的料想不会错的。人同此心,心同此理,虽不中不远矣! 假使是绑案,那么那绑匪为什么还不写信前来索价取赎呢?"蒋三老爷被孔大器说了这句话,倒也不免一怔,只得说道:"也许就要有信来的。总之我们在此刻只好做种种的悬测罢了。"孔大器忽然立起身来又向杨太太说道:"老太太,你托我去寻找彤芬,我很惭愧的,尚没有把她找到。假使我找到了,我必要来报喜信。还有一个要求,就是请老太太将来千万不要把彤芬许配于他人。……"孔大器说到这里,顿了一顿,眼睛向蒋三老爷望了一下,又说道,"再会吧,我去寻找彤芬了。上天下地,我必要把那个女弟子找到。见了宋爱新,我准把他一枪打死。"又冷笑了一声,大踏步走出去了。蒋三老爷口里咕了一声十三点,又对杨太太说道:"此人是不是有些疯狂的?"杨太太道:"我不知道。但听彤芬说孔先生是留学生,中西学问都很好的。"蒋三老爷摇摇头道:"我看此人像有些神经病呢,以后不要见他,免得麻烦。"二人正说着话,只见一个下人跑进来说道:"汽车夫奎生回来了!"杨太太和蒋三老爷听了这个消息,不由一喜,便吩咐快叫奎生进来问话。

第二十九章　这封信是别有作用的

　　蒋三老爷立刻喝了一口茶，对杨太太说道："奎生回来，此事有了线索，好办得多哩。"说着话，奎生已从外面走进，见他容貌憔悴得多，嘴边髭须很长，身上衣服甚是肮脏，没有几天的事，已狼狈得如此模样，那么彤芬所受的痛苦不言可知了。杨太太这样想着，心中不免凄然。奎生见了杨太太，叫应了，垂手立在一边。杨太太忍不住先开口说道："奎生，究竟是怎么一回事？你在那天不是开了汽车去迎接小姐回家的吗？怎么一去不返，小姐和你都不见踪影，而那辆汽车却发现在小河边呢？那个宋先生又在哪里？是不是被盗匪绑去的？还是另有他故？你快快如实说，让我们好去找小姐回来。"奎生道："老太太，那天晚上小姐吩咐我开汽车到梵王渡车站去接她的。七点钟时我把汽车驶至那里，载了小姐和宋先生回来。不料刚到兆丰花园附近，道旁忽然跳出三个黑衣人来，将手枪拟准了我们的汽车，喝令停住，又把我赶下汽车。有一个盗党把我监视着，其他两个人走上汽车，把小姐和宋先生开走了。"奎生说到这里，蒋三老爷便咳了一声嗽，对杨太太说道："何如？我的料想果然是不错的。"便问奎生道："那么这几天你在哪里呢？"杨太太也说道："你可知道小姐在什么地方？"奎生皱着双眉说道："我哪里知道呢？那晚小姐的汽车开去后，我被那盗党监视着，驱我走了不少路；本要把我放走的，后来他遇见了一个同党，叫他把我扣住，不放我回去。于是

338

那盗党将一块布把我的眼睛扎没了，拖着我七高八低地走了一大段路，赶我到一间乡村的小屋里去。解去了我眼上的布，把我幽禁在屋子里，不许我出外，一句话也不和我说，每天只给我吃两顿粗饭。我被禁在那里，也不知小姐和宋先生在何处，心中非常沉闷，时时想乘机逃走。无奈室外有几个男子对我很严密地监视，不容我脱身。我不明白他们的目的，既然要绑小姐，为什么连我汽车夫也要幽禁起来呢？我也知道太太在家里一定非常发急，所以昨夜我没有睡，决心想逃出虎穴。听听隔壁鼾声正浓，匪党都入睡梦，我就大胆在墙上扳开了一块砖头，然后慢慢儿偷偷地挖成了一个壁洞，足以容身，被我钻了出来，黑夜里不管路高路低，拼命飞跑，也不知是什么地方，恐防匪党要在后面追来，所以一刻也不敢停留。直至天明，我逃到了一个地方，仔细认辨，见是漕河泾，心中方才松了大半。坐在一顶小石桥上休息了一会儿，又向乡人讨了一些茶喝，身边还剩有几块钱，又走到一家小铺子里去吃了一碗面，方才一步步走回来的。”奎生说毕，蒋三老爷又问道：“你可见过绑匪没有？可知他们的姓名？是哪一路的？”奎生答道：“三老爷，倘然我能完全知道了，便可报告巡捕房了。无奈他们一句话也不肯透露，无从去得线索。我只希望小姐逢凶化吉才好。”奎生说完了他的话，仍垂着双手站在一边，静静地听候杨太太和蒋三老爷发话。

蒋三老爷便对杨太太说道：“现在奎生回来，可以断定绝不是宋爱新诱骗彤芬了。那个孔先生真是有神经病的，太出于武断哩。而那些小报上所登载的消息，完全是无稽谰言，也许有人妒恨宋爱新，或和彤芬有嫌隙，所以乘机出此，中伤二人。”杨太太道：“那人真是可恶！我若知道了，决不宽恕。”蒋三老爷吸着雪茄烟，徐徐说道：“待到此事有了水落石出的一日，便可登报纠正的，实则实，虚则虚，断不容奸人把一手掩尽天下耳目。”杨太太道：“是啊，彤芬虽然喜欢和人交友，我知道她的，也决不至于受人诱骗，做出不名誉的事来，败坏门风。那位孔先生不知怎的偏偏这样说法。"于是杨太太就叫奎生退出去休息。蒋三老爷也要带着奎生到巡捕房去交代，要求警务当局速速想法去缉捕绑匪，营救彤芬出险。

次日杨太太接到了一封信，就是绑匪写来的，拆开一看，又和自己的理想有异。原来这封信并不是绑匪出买价勒赎，乃是另一个途径的。信上写明杨彤芬小姐被宋爱新串同党羽，把她绑至乡间，要强迫彤芬和他结婚。但彤芬识破奸谋，断然拒绝，现方在相持之中。彤芬再不应允时，恐怕宋爱新就要下毒手了。写信的人是第三者，声明为侠义而欲援助彤芬出险。倘然杨太太肯许五十万元的报酬，那么他们可以将彤芬小姐安然送归，否则前途一定凶多吉少，莫怪言之不预。末后又说限杨太太于三日内回音，在第三日早晨七点钟派人到漕河泾河旁一株大柳树下接洽，手里挟圆篮一只，以为标志，自有人来招呼云云。杨太太把这封信读了两遍，又觉得大感不解了。又看信末署名是"第三者"三个字，心里暗想这真是扑朔迷离，令人不明的。难道彤芬的被绑，果是宋爱新故意设下的罗网吗？那自称第三者的发信人又是谁呢？连忙打电话把蒋三老爷请来商量。一等蒋三老爷到来，杨太太就请他坐在客室中，自己把这封信交给他看。蒋三老爷看过了这封信，摸着颔下短髭说道："这事情有些复杂了！"再看信上邮局的印戳是本埠昨天发的，他就对杨太太说道："这封书有些蹊跷，即使宋爱新有意于彤芬，要求和她成婚姻之好，总有种种方法，以便达到他的目的，何至于出之于绑架而自蹈刑网之嫌呢？天下断没有这种卑鄙恶劣的人，以后还有面目出来见人吗？所以据我看来，这封信是别有作用的。那个第三者既然自称侠义心肠，见义勇为，那么也应该把彤芬小姐救出之后，送回家中，我们自然也会重重酬谢，何必先要索酬？也许是有人要想从中骗取我们的金钱，故诈言如此而已。"杨太太道："照你的说话，这封信完全是捏造的了。"蒋三老爷又摸着他的短髭，出神地思索。

　　正在这时，孔大器先生又来拜见杨太太了。他见了杨太太，便说道："我已托了许多朋友四处去探听宋爱新的消息，而我自己也到宋爱新家去过两次。宋爱新的母亲和妹妹一些儿也不知道宋爱新干的事，她们尚不相信小报上所刊的消息，当然她们也不会相信的。"孔大器说到这里，冷笑了一声，又说道，"昨天晚上，我在太平洋酒店里遇见一个姓胡的朋友，他也是令爱的友人，同他谈起这事，他也说十之八九是宋爱新做的。此事不久终有个水落石出。他很代令爱可惜，说宋爱新是个天下第一歹人呢。这可见得人同此心了。现在最要紧的是要想法捉拿宋爱新到官问罪，这小子太没有王法了！太没有道德了！即使你们肯饶恕他，我姓孔的也决不能放过他的，因为他绑架我的女弟子。彤芬是天仙化身的人，他又是怎样的人？若然彤芬失身于他，岂非一朵鲜花插在牛粪上，天下可痛之事还有胜过于此吗？"孔大器只顾乱说，两只眼睛左右乱视。杨太太的脸上又红起来了。他又一眼瞧见蒋三老爷手中拿着的一封信，便走过去问道："蒋先生，这是谁的信？莫非彤芬那里有消息吗？"杨太太便接口说道："这封信是刚才寄来的，彤芬虽有了一些下落，但不知真假如何，是不是人家有意来诱我们上当。孔先生你要一读这封信吗？"蒋三老爷本来有些讨厌孔大器，不大高兴去理睬他。听了杨太太的话，便把这信向孔大器面前一丢。孔大器接过去一看，又嚷起来道："果然是宋爱新劫夺彤芬去的。既然有第三者出来接洽，他们知道二人的下落，肯把彤芬救出，那么杨太太，我要劝你就自认晦气，牺牲些钱财，把令爱救回来吧。好在府上本是富贵之家，钱财是傥来之物，去了再会来的，阿堵物卑不足道，人是最珍贵的，是不是？"杨太太点点头道："倘然那发信的第三者真能够把我女儿救出来，我自然也肯为了女儿而舍弃金钱的，但恐中计罢了。"孔大器道："我想不会的。老太太如有需要用我之处，

341

我自当效力。不瞒你说，自从彤芬失踪以后，我每天睡眠不着，茶饭无心，好像我的灵魂也失去了。老太太，你快把彤芬赎回来吧，金钱有什么稀罕！"杨太太道："很好，待我们商量以后再告诉你。"孔大器道："那么我明天再来听信息。"说罢告辞去了。

蒋三老爷等孔大器走后，便对杨太太说道："彤芬的事你交给我办，我自会和捕房里要员商量较好的对策，只要摸得线索，此事就容易办的。请你放心，不要多忧多虑，旁人的闲话也不要妄听。"杨太太说道："多谢多谢。你这样地代我出力，使我非常感谢的，事后我当重重致谢。现在这件事只好暂且按住，不能告诉我的丈夫知道。他若闻知这事，便要天翻地覆地闹得很大很大。但愿彤芬早早平安回家便好了。"蒋三老爷说道："大概这案情不久就要破案的，我去了。"他说完这话，立即告辞。临走的时候，他又叮嘱杨太太说，那个孔大器若然再来时，你不要再去见他，因恐此人泄露消息，反为不美，有神经病的人还是少和他兜搭的好。杨太太一口答应。

次日杨太太坐在楼上，忽然下人又来报告说，孔先生来了。杨太太听了蒋三老爷之言，决定不去见他。遂命下人下楼去回报说，自己出去了，不在家中。孔大器碰了壁，只得独自回转家中，坐在椅子里只是叹气，自言自语道："杨太太岂有此理！我抱着一片热心，要援救她的女儿，今天特地跑去探听消息，谁知她出去了，不来见我。而我这几天跑东跑西的全是为了彤芬。其实彤芬已落在宋爱新手里，有了好多天，恐怕难全白璧了，唉！彤芬彤芬，我平日对你的深情，你可知道吗？为什么偏去和宋爱新交友而受他的诱惑，遭他的掠夺呢？彤芬彤芬，我为你可惜。我若能够把她救出来时，也许她要感激我而肯归到我的怀抱里来了。不过我还是摸不到线索，否则虽有龙潭虎穴，我也甘愿去蹈的。"他这样喃喃地自语。他的妹妹大昭却在房中背地里匿笑。而他的母亲实在忍不住了，走到他的身边对他说道："这几天你为了杨小姐的事，茶饭俱废，寝食不安，似乎太不值得了。杨小姐不过是你的女弟子，又不是你亲生的妹妹。她失了踪，给人家绑去，杨家是个富室，有财有势，自会想法解救的，何用你一个人为了这事而如此发急呢？你姓孔，你有你的事情，不要太辛苦了，如痴如醉地焦灼不宁。将来杨小姐回家之后，也不见得会怎样感谢你的。况且杨小姐似乎是个浪漫女子吧，交了许多男朋友，她若不是和姓宋的去游嘉兴，怎会被人家绑架而去呢？这种女子虽有黄金，也不足恋恋的。我瞧你形容也瘦了一些……"孔大器的母亲话尚未毕，孔大器怎听得进这些话呢？早把双手掩住他自己的耳朵说道："母亲不要讲吧，我不愿意听这个。母亲不知儿子的心，最好请你不要管这事。彤芬一天不出来，我就一天不会安宁的。"他说到这里，忽想得了一个主意，突然跳起身来说道："好，我再去见杨太太，待我乔装了自去和那第三者接洽，定要探听出一个真实消息来的。"孔大器的母亲又问道："你说什么话？第三者又是谁？"孔大器掉首不答，匆匆地又跑出去了。

杨太太正和蒋三老爷在客室中密谈他们要办的事，杨太太听蒋三老爷说得头头是道，不由暗暗宽慰不少。这时候下人忽又来报孔先生来见，杨太太连忙向下人摇摇手道："你快去吩咐司阍的不要放此人进来，因为他已像有神经病的了，你可说我卧病不见。"下人答应一声，立刻回身出去。那时孔大器正立在杨家铁门之外，司阍人站在门里。孔大器对司阍人大声说道："我是这里出出进进的熟人，方才也来过的，又是你家小姐的老师，你为什么不放我进去呢？"司阍人早已得到杨太太的吩咐，所以大着胆子毅然拒绝，冷冷地说道："此刻一概不准放外人进去，好在已有人去通报了。若是太太肯放你进去，我就开门，否则只好对不起了。"孔大器没奈何瞪圆双目，守候在门外。只见那下人跑回来了，立在门边，提高了嗓子，对孔大器说道："我家太太有病不见，请你回府吧。"孔大器立刻板着面孔道："放屁放屁！我方才见过你家太太的面，怎么一刻儿有病起来呢？无论如何，我必要一见的，你们快快开我进去。"司阍人道："不开了，你没有听清楚吗？太太有病不见客，你要进来作甚？还是到别地方去吧。"孔大器跳跳脚骂道："狗奴才，你们为什么不开门？可恶可恶！吃我一拳。"他说罢，握起拳头要去打两人，可是隔着铁门，怎能打得着呢？此时孔大器在外面大跳大骂，有类疯人。司阍人和下人都不去睬他，自顾反扶着双手闲闲地走开去。孔大器越骂越狂了，直着双眼又说道："你们不开门吗？狗奴才待我去找了彤芬回来，看你们到底开不开！哦！你们不要欺负我是个文人，我去借一尊炮来把你们这座屋子都轰毁，方出我心头之气。好在我至爱的女弟子也不在这屋子里了。"孔大器在外边跳骂之时，里面蒋三老爷也已听得外面的吵闹声，他对杨太太说道："那孔大器越闹越不像了，不要被他声张出去，对于我们进行的事要蒙受不利的影响，我不得不下一记辣手段了。"蒋三老爷说时，将手摸着他的短髭，很像表示决心的样子。杨太太却一声儿也不响。

　　这天孔大器回到家中，口里不管三七二十一地乱骂乱嚷，说杨太太不是人，自己女儿被人家绑了去，不知道发急去找回来，人家忠心帮她的忙，她却拒而不见，真是狗咬吕洞宾，不识好人心。我若然有一支手枪，一定要跑到杨家去，击死那些有眼无珠的狗奴才。这样地骂不绝声，他母亲去劝他也无效，忽而狂喊，忽而大笑。大昭暗中对她的母亲说道："瞧哥哥这种情景，恐怕杨小姐再不珠还时，连累他要发疯了。"孔大器的母亲十分忧虑，奈何他不得。到晚餐时，他们三人虽然坐在一桌子吃，而孔大器吃一口饭骂一声人，和以前温文的态度大变了，大昭也没得话说。孔大器吃了一碗饭，忽然把饭碗哗啷啷地砸在地上，恨恨地说道："彤芬不归，我不吃饭。明天我一定先到漕河泾去守候那个人，定要跟他去一见彤芬，把她救回来，看杨太太要不要再见

344

我。"他母亲见他把饭碗都砸碎了，连忙苦口解劝，但是孔大器仍不肯歇。

临睡的时候，孔大器在床前绕了许多圈子，骂了几声，又仰首狂笑数声，然后上床安寝。但他哪里睡得着呢？仍是喃喃地咒诅不绝。孔大器的母亲在间壁房里听着，也是睡眠不安，想不到杨家出了事，反而害了孔家，真是从哪里说起啊？约莫到二点钟的时候，孔太太略有些疲倦，闭着眼睛，似睡非睡地将入华胥，突然听得楼下大门敲得一片声响，有人操着北方的声音喝道："快快开门！"孔太太以为强盗来了，吓得牙齿发抖，不敢声张。大昭醒了，听那叫嚣的声音简直可怕，连忙穿衣起身。同时孔大器也已闻声惊起。他也直着喉咙大声向楼下问道："你们是谁？从哪里来的？"又听有人答道："我们是巡捕房里来的。你们是孔家吗？快快开门，否则我们要打进来了。"大昭连忙走出来，开了楼窗问道："你们不要弄错了人家，我们都是奉公守法的。你们到此做什么呢？"又有人说道："快快开门，见了面你们自会知道。"孔大器马上跑下去开门，又开亮了电灯，门外早拥进几个武装巡捕和便衣侦探来。见了孔大器，就把手枪拟着他，问道："你可是孔大器吗？"孔大器道："正是。"一个包探便道："请你到行里走一遭。"孔大器道："我没有犯罪，你们不要误会。"包探道："去去去，我们没有工夫和你多辩。"说着话，不由孔大器分辩，这一伙人竟押了孔大器到捕房去了。孔太太和大昭都急得面如土色，不知道孔大器犯了何罪而遭这无妄之灾。

第三十章　此人是小姐的朋友

　　杨彤芬锢闭在匪窟中，已有许多日子了。她专待盗党来和她开谈判，牺牲些金钱，保得太平无事，安然回家，于愿已足。平常日子自己颐指气使，享福惯的，现在无异天天在受苦难。坐在室中，幽禁如囚，一筹莫展，更不知道宋爱新关闭在哪里，一些儿消息也没有，这样守到几时去呢？岂不令人大大闷损？她正在狐疑忧虑的当儿，有一晚睡到五更时分，恍恍惚惚地听得呼唤之声，见宋爱新从门外走了进来。不由惊喜参半，连忙从床上起身和宋爱新相见，问他怎样到此的。宋爱新笑嘻嘻地握着她的玉手说道："我来救你出去的，你快跟我逃吧，有话慢慢儿再告诉你听。"彤芬自然不胜欢喜，低声问道："你怎样把我救出去呢？"宋爱新道："请你伏在我的背上，我把你驼了走，河边有船等着呢。"杨彤芬听了，不免有些踌躇，想自己是一个女子，怎可伏在男子的背上？将来如何向人解释。但是宋爱新紧催道："现在不能避什么嫌疑了，请密司快快伏在我的背上吧。"宋爱新一边说，一边将身子蹲下，又说道："事不宜迟，速走为妙。"彤芬此时也只得照了宋爱新的话，将身子伏在宋爱新背上，两手向他颈上一钩。宋爱新也反转双手，将彤芬的两股托住立起身来，便向房门外一蹿。不料刚才走出门外，对面忽来两个盗党，将他们拦住，厉声喝道："唉！你们胆敢逃走吗？快快止步。"明晃晃的刺刀已碰着宋爱新的胸口，宋爱新只得放下彤芬。这时候彤芬又是何等的懊恨啊！不防那盗党向宋爱新骂了一声，一刀直刺入宋爱新的胸膛，登时白刀子进，红刀子出，宋爱新已倒在血泊里。彤芬不由大骇，失声而呼，张开眼来，乃是一梦。窗前星月尚有余光，一颗心在腔子里跳动得异常厉害。侥幸尚是幻梦，若是换了真的，又将如何呢？既而想想这也是一个噩梦，恐怕是不祥之兆。自己拘囚在此，夜长梦多，前途总是很危险呢。彤芬这样地想着梦境，便睡不着了，勾起了一斛愁绪。忽听远远地有村狗的吠声，起初也不在意，接着又听一阵紧张的脚步声已到门前，有人窃窃地私语着。彤芬醒着，听得清楚，心里不觉有些虚怯，不知是怎么一回事。继续凝神而听，立刻就听得有人叩扉，声音很急，村狗追吠而至。外边本睡着两个盗党是看守彤芬的，还有两个乡人，一夫一妇，是代他们煮饭的。此时也都从睡梦中惊起，却不肯去开门，似乎很是慌乱。又听豁剌剌一声，门已破了，足声杂沓而进，一阵洋铐的声音，似乎是来拿人的。彤芬慌得不知所云，跟着自己的房门又已打破了，雪亮的电筒射到她的面门上来，不由匿在被窝中，喊声啊呀。

这伙人拥进房中，便有一个雄壮的声音问道："床上的可是杨小姐吗？"又有一个人走到床前，把电筒向她照了一照，大声说道："正是我家的小姐，被我们寻得了。"彤芬听得声音很熟，回头仔细一看，电光中认得此人矮矮的身材，穿着皮袍子，正是自己家里的健仆荣生。好不奇怪，立刻喊出来道："荣生，你怎样来的？"荣生连忙说道："小姐不要惊慌，我们是来救小姐出险的。"彤芬听荣生这样说，心中一宽，马上坐起身来说道："你怎么知道我在此地呢？"荣生尚没有回答，内中一个穿制服的军警，相貌很是雄伟，手里拿着盒子炮，对彤芬笑嘻嘻地说道："杨小姐请你起来吧，我们正有话要问你哩。"彤芬答应了一声，却不披衣。那人会意似的便指挥众人一齐退出，让荣生掌上一盏灯来，彤芬这才披衣起身。天气很冷，幸亏身上衣服都有绒织物，而那件灰背大衣也没有给他们拿去，遂披在身上。听得外面众人讲话的声音，她就走了出来。

暗淡的灯光下，她瞧见那两个监视自己的盗党和乡人都反剪着双手，垂头丧气地站在屋隅。那个长身的军警又向彤芬道："他们可曾虐待过杨小姐吗？这里是泗泾地方，我们是上海特派到这里捕绑匪的，现在一切都已探听明白了。"彤芬摇摇头道："没有虐待，他们不过将我幽禁在这里，不让我自由。你们此刻来救我的吗？我很感谢。但是还有一位宋先生和我一同被绑的，却不知他又被禁闭在哪一处，最好也请你们问明白了，前去救出来。"那军警点点头道："不劳杨小姐费心，我们早已办得很周密。你和那位宋先生被禁的所在早都问明。我来救杨小姐时，另有一批人去救宋先生了。那地方离此不远，大概他们就会来的。恭喜杨小姐，没有受什么伤害。"杨彤芬又带笑谢了一声。

这时门外又有人声足声拥进一伙人来，都是便衣侦探和军警。那个长身的军警先向他们开口问道："你们到那地方去可找到宋先生吗？"有一个身穿便衣手握手枪的胖子，走过来，摇头说道："黄，我们去得迟了。"那姓黄的带着诧异之色又问道："怎么说去得迟了？难道他们早得了信都跑走吗？"胖子说道："这也不是的，人是捉到了两个。"一边说，一边把手向门外一指。彤芬隐隐瞧见似乎有人被缚着立在门前，她心中很为宋爱新发急，自己又不便问。听胖子又说下去道："那个姓宋的不见影踪。据盗党招的口供说，不幸得很，前天晚上，姓宋的忽然私下挖开了窗户，跳到外面去图逃。看守的盗党听得声音，黑夜追去时，恐防姓宋的兔脱，发了一枪，竟击中姓宋的要害，立刻倒地而死，无法救治。因此已将姓宋的草草棺殓，暂厝在一个荒庙里，所以方才我说去得迟了。"姓黄的跌足叹道："糟糕！糟糕！怎么出了这个乱子？"杨彤芬在旁听得清楚，知道宋爱新不幸已被害了。自己和他虽然没有密切的关系，可是交友以来，已有相

348

当的情感。此次同游嘉兴，半途被绑，可说共患难的了。谁知自己方庆得救，而突然闻此凶音，怎不令自己心伤呢？她一阵心酸，几乎落下泪来。当着众人不便说什么话，只是面上露出惨淡之容。他们又互相报告了一番，东方已是发白了。于是这一行人拥护着杨彤芬小姐，带了擒获的盗犯，立即动身。又将这屋子封闭了，然后一同到河边去坐了汽油船，回归上海。

杨彤芬脱险回家时，心中一则以喜，一则以戚。可是她的母亲却欢喜得了不得。当彤芬来到楼上的时候，杨太太见了爱女，立刻搂抱着她，不住地淌眼泪，不知道要说什么话才好，只说彤芬好孩子，你苦了！这时蒋三老爷等众亲戚都坐在一边，彤芬和他们一一握手，谢谢他们的关怀。而众人也一一用话安慰彤芬。坐定后，杨太太对她说道："我自从你和宋爱新被绑后，日夜不安。无法可想，可怜急得我什么似的。幸亏三老爷来代我筹划一切，方才能够破案，而把你救出来。你要谢谢你三叔的。"彤芬听了她母亲的话，一改她昔日骄矜的态度，立起身来，向蒋三老爷谢了一声，说道："你们怎样知道我在那边而来援救我出险的呢？因为匪党完全没有和我谈话过，我好像闭在闷葫芦中呢。其间的经过请三叔叔告诉我听吧。"她说着话双手交叉在胸，显出很恳挚的样子。

蒋三老爷摸着他自己颔下的短髭，笑了一笑，很得意地告诉彤芬说，自从彤芬被绑以后，杨太太非常忧急惊慌，请他来商量。起初如何发现汽车，而小报上又如何谣传怪谲的消息。杨彤芬听到这里，不由两颊微红，笑了一笑道："这种离奇的消息从何而来？世上安有这个道理？我非弱者，怎肯由人这样摆布？母亲你会相信那些谣传吗？"杨太太道："我当然也不会相信的。但是人言凿凿，使我也不能不有些怀疑了。"彤芬仰着脸说道："这一定是有人在那里散放流言，有意毁谤我罢了。"

彤芬说了这话，蒋三老爷点点头说道："彤芬小姐，你说得对啦。那人蓄意要毁坏你的名誉，所以在各小报上散播流言，哪知他弄巧成拙，自己露出破绽，反因这个上起了我的猜疑，而抽寻出线索来了。"彤芬惊异道："这个！……如何……?"蒋三老爷遂又告诉她说怎样奎生逃回来，又怎样有人寄书信前来，要这里派人去接洽，自己怎样和巡捕房商量，又怎样差使便衣侦探乔装打扮了到漕河泾去埋伏了人，把匪党方面前来接洽的人擒住，回至捕房，严刑拷打之后，匪党方才一一实供说出这案的缘由和主使的人犯。蒋三老爷说到这里，彤芬问道："那么主使的人是谁呢？难道他和我是冤家吗?"蒋三老爷笑了一声道："此人是小姐的朋友！"大家跟着都笑起来了。

第三十一章　那一个疯子先生

　　朋友会绑架自己人的吗？这朋友太觉得狼心狗肺了！所以杨彤芬听了蒋三老爷的说话，大为骇疑，马上问道："奇了！此人是谁呢？我在外边并没有什么冤家啊。"蒋三老爷道："此人就是胡思，是不是彤芬小姐的朋友？"彤芬说道："啊呀！是胡思来绑我去的吗？他为什么干这种犯法的行为、卑劣的手段呢？"蒋三老爷微笑道："这个要问他自己的了。他非但绑架你，而且在小报上登载侮辱毁损你消息的人也是胡思，大概他对于你和姓宋的都有仇恨，所以悍然出此，这是被我调查明白，且向那擒获的匪党询问出来的，所以我们很迅速地把你救了回来。但是那姓宋的已不幸死了，他的家人一定非常哀痛呢，这都是胡思害人。此人的胆子真大，手段真辣了！至于胡思这样地干，据我的猜测，当然带些粉红色的色彩吧。"蒋三老爷说了这话，又拈髭一笑。彤芬把足一顿道："我真想不到胡思会这样大胆妄为的，早知道他如此阴险恶毒，我不去和他交友了。最近我也觉得此人不可与亲，所以和他疏远一些。而宋爱新常常到我处来谈谈，元旦那天遂和宋爱新去游嘉兴，这是极平常的事，谁知道弄到这个地步呢？现在宋爱新已不幸而牺牲了性命，我真觉得有些对不起他的。我虽不杀伯仁，伯仁由我而死，可以援用古人这两句成语了。但是胡思可曾捉住，须要严重地治他的罪，以儆将来。"蒋三老爷叹口气道："便宜了那厮，竟被他漏网了。"彤芬道："哎哟，此人怎能被他逃脱的呢？"说时握着拳头，连连在她的大腿上捶了几下。杨太太在旁边也说这是一件最大的憾事。

蒋三老爷又说道："我们捉住了那个派来接洽的匪党，询得详细口供之后，立即出发大批探捕到胡思家中去搜捕。不料他机警得很，早已闻风远扬。我们不敢怠慢，就办妥种种手续，会同当地军警到泗泾来救你出险的。现在匪党已擒获七人，都是受的胡思的嗾使，做他个人的鹰犬。虽是从犯，当然也要治罪的。一面已登报缉拿胡思，但求能够把他擒住，这是最好的事。听说胡思的老子胡庸因为儿子干了这件事，也非常发急，正在各处奔走，代他儿子减轻罪名呢。"杨彤芬听了，咬紧牙齿说道："像胡思这种人，一定不能让他幸免法网的。他父子俩虽然神通广大，饶有恶势力，但我家也非没有相当势力的人，断不容他逍遥刑网之外，否则宋爱新死在九泉，也不瞑目了。希望三叔相助我到底。"蒋三老爷忙说道："自然我要格外出力。彤芬小姐，你且耐性待着，恶人必要恶报。"彤芬又道："现在我和宋爱新的事既已大白，那么以前小报上所登的谰言，我们应当去函声明，要求改正，以免淆人观听。"蒋三老爷点点头说道："不错，好在此事今天报上有些新闻刊出来了。我们为自身计，自然应该一一去函辩正，而且再要在申新两大报上登出一个启事，说明出事始末，可以一洗前日种种浮言，而保全彤芬小姐的令誉，这样可好吗？"彤芬道："很好，此事我又要拜托三叔代我去办了。"蒋三老爷道："你放心，我包和你办好。"杨太太笑笑道："三老爷足智多能，此番我家出事，全赖你帮忙调度。小女出险后，还要不断地麻烦你，我真不知要怎样报谢呢！"蒋三老爷捋髭说道："彼此是亲戚，理当相助的，请不要客气，有事只顾吩咐便了。"

彤芬此时忽然好似想起了一件事，立起身来问道："我家的汽车已收回吗？"杨太太道："这也靠了你三叔的力量，已收回来了。"彤芬不说什么，立刻走下楼去了。大家莫名其妙，不知彤

352

芬为着何事。一会儿彤芬已走回楼头，手里高高举起一枚晶亮的钻戒，笑嘻嘻地对众人说道："那天我在汽车里被匪党拦住时，我以为路逢盗劫，遂把我手上的钻戒很快地勒下，藏在车垫缝中，却不料他们绑我而去的。现在我记得了，遂去寻找一下，却喜没有被他人发现而取去呢。"杨太太笑道："这是你的运气。"大家都说运气运气，珠还合浦，应该恭喜的。

正在这时候，忽见一个下人匆匆地跑上楼来禀告道："那个疯子先生今天又来了！说是要见小姐的，我不敢照常拒绝，再来小姐前告知一声。"杨太太尚没开口，彤芬早先说道："哪一位疯子先生？"杨太太道："就是孔大器先生啊！"彤芬道："孔先生怎会发疯的？"杨太太遂把孔大器先后来缠扰不清的事告诉彤芬听。蒋三老爷也说道："起初我疑孔先生或与此案多少有些关系，后来知道他正有些神经病，遂请你母亲不要理会他。谁知他已瞧见了匪党寄来的信函，他扬言要自己去和匪党接洽。是我恐怕他在外乱说八道，泄露了我们的机密，成事不足，偾事有余，所以不得不略下辣手，请巡捕房派人去暂时把他拘留，以免妨碍我们的行事。可是自从他被捕房里传去以后，他家中人发急万分，四处托人设法营救。他究竟是无罪的，我们只得采取延宕的手段，挨至匪党接洽人被捕后，便把他释放回去了。谁知他的神经病发得更厉害，天天要到这里来胡闹，所以常把铁门关着，不放他进来。此刻大约他已知悉彤芬小姐已脱险归来，所以又要来见你了。"彤芬道："孔先生也可怜！那么我要不要去见他呢？"蒋三老爷又说道："彤芬小姐，你去见这疯子作甚？他现在不能做你的先生了，况且他已失去做先生的资格。"杨彤芬道："为什么呢？"于是蒋三老爷又把孔大器也咬定和宋爱新双奔的事告诉彤芬，且说道："这种人本有些歇斯底里症的，现在正大发其疯，你去见他时，不是自找麻烦吗？你刚才从匪窟归来，我劝你还是休养些精神的好。你如见了他，一定要懊悔。"此时彤芬正听蒋三老爷的话，给他这样一说，自然也不高兴去见孔大器了，便对下人一挥手说道："你去说小姐不在家好了，不要放这疯子进来。"杨太太也吩咐下人不要开门，最好把孔大器驱逐回去。

此时的孔大器已改变了模样，虽然仍是穿着西装，可是衣冠不整，神情疯狂，人家一望而知，他是疯人了。他站在铁门之外，直着眼睛，向门里张望，口里叽咕着说道："彤芬回来了，恭喜恭喜。"他一心等候那通报的下人来开他进去。他认得那个司阍人带着揶揄之色站在门里，恨不得扑上去打他三拳，踢他两脚。等到那下人跑来回答说小姐不在家时，他立刻破口大骂道："呸！你家小姐不是刚从匪窟中脱险回来吗？怎么又说不在家呢？明明是回避我不见罢了。你快去对她说我是她的先生，自从她被绑后，我终日在外奔波，尽心极力地代她设法，可算对她一片热心了。她应该感谢我的，况且此刻宋爱新已死了，你家小姐不必再恋他了，为什么不见我呢？都是你们这些狗奴才在里面作梗，你家小姐绝不会如此无情的。"孔大器唠唠叨叨地说，门里面杨家下人只不理会他。孔大器又高声大骂，一定要叫杨彤芬出来会他。直骂到口渴唇敝，门里的人索性走得无影无踪。他又恨恨地对着杨家的铁门咒诅道："你们不要倚仗有铁门，待我去司令部里借一尊大炮来，把你这门轰掉了，看彤芬见我不见我。"他说罢，愤愤地走去了。

这次孔大器果然走到警备司令衙门前去要见司令，借取大炮，守门的哨卒见他这个样子，知是疯人，便把枪柄向他扬着，驱他回去。他这才回转家门，竟在家里大骂杨家的下人，又大骂杨彤芬小姐无情。一会儿又放声大哭，要去投黄浦。他母亲因儿子这次为了杨彤芬不但耗损许多精神，且又被拘在捕房，受了许多苦楚，而人又变成了神经病的模样，所以心中非常忧急，咒诅杨家女子害人不浅，自己又遏阻不住儿子的疯狂行为。孔大器的妹妹大昭也很代她哥哥焦虑，怎知道这天孔大器回家后，疯狂的行为越不像样了。见人就骂，也不管母亲和妹妹，又把家里的东西抓了乱掷。他母亲和妹妹禁止不住，只得喊了强有力的人来，将孔大器暂时缚了手脚，闭在房里。然而孔大器仍是杨彤芬长杨彤芬短啼哭无常，吵闹不已。他母亲深恐放了他出来，他要赶出去胡乱行事，肇生祸殃，不放又觉不好。和亲戚们商议之下，只得把孔大器送往疯人院中及早医治。从此可怜那位大文学家竟在疯人院里度他的生活，这是谁害他的呢？

孔大器被送往疯人院，杨彤芬虽微有所闻，然而她经过这一次身受的重创，一变昔日的态度，杜门不出，静坐忏悔，不愿意再和人家做无谓的交际，而深深地为着宋爱新而悲哀。只在宋爱新的灵柩运到上海，宋家在上海公墓举行告窆礼的时候，她独自到宋爱新墓上去拜祭了一回。而孔大器的事她也不愿与闻，独善其身，洗却豪华生活，重新做起一个人来了。然而世事的变幻，还没有穷尽呢。

第三十二章　你是新生的芳树

　　孔大器在疯人院里度过了三年的光阴，起初时候喜怒不时，歌哭无常，自己也浑忘了自己。他母亲只有这一个儿子，栽培到他留学回来，好不容易，前途有非常的希望寄托在他的身上。一旦变成了疯人，一世的人岂不是完了吗？自然异常发急，每天前去院中探望，且把孔大器得病的来由告诉医生。幸亏院中有一位达克透，是专门研究神经病的。他是西国人经验宏富，学术湛深，可怜孔大器是个留学生，是个大学教授，智识界中的高尚分子，所以一心一意地想尽方法，务要把孔大器的病医好，使他恢复平时的状态。果然人定可以胜天，疯病也非不治之症，过了一年，孔大器的病渐渐好转，清醒了许多。那位达克透仍教他住在院里，继续代他医疗。过了三年，孔大器的神经病已完全除去，大彻大悟，明白以前的入迷，错乱了神经，因此他的一颗心好似明镜止水一般，又清明，又安静，不再去想念他的女弟子杨彤芬了。

　　但是这时候的杨彤芬却又遭了非常的祸变，偶然传闻到孔大器的耳朵里，总不免饶有感慨。原来杨彤芬的父亲年来在粤省跟着某要人大走红运，炙手可热，招权揽势，擅作威福，这个上得罪了不少人。而突如其来的政变，不啻给他一下致命伤。某要人被他部下逼迫，只得出洋一走了事。而彤芬的父亲走得慢一些，在香港地方出境时，被他的政敌扣留，下在狱中，将他的财产全部充公。这个消息传到上海，彤芬母女好似得到了一个晴天霹

356

雳，且谣言纷纷，说政府将要彻底查办，沪寓也要抄封。彤芬母女恐怕受累，只得未雨绸缪，在事先秘密走到乡间去隐藏了。宦海风云，尤其变幻无常，赵孟之所贵，赵孟能贱之，这样看来，傥来的富贵又安足恃呢？而这时候的彤芬，朋从星散，更有谁来伺候她，慰藉她呢？昔日的黄金美人，现在也沦为平民化了。孔大器在小报上看到这段消息，而在大报上也早见到政变的事，已料彤芬的父亲在南国必将首先蒙受不利呢。但是彤芬到了哪里去呢？他偶然经过忆定盘路彤芬住宅之前，见那铁门真的紧闭着，大有人面桃花之感。唉！铁门铁门！你真的也有一日永永会关闭起来吗？回首前尘，不胜怅触。

孔大器的神经病虽已痊愈，然而他的身体却比以前软弱得多了，这年初春他又患着肝疾，又到大生医院去诊治，在医院里养病。伺候在他身边的恰巧是一个年轻貌美的女看护。那女看护的容貌真是生得如天仙化人，但是两道蛾眉有时也会紧蹙着，像有心事蕴藏着不可告人。头上戴着白帽子，身上穿了白衣服，洁净得没有一点儿纤尘细埃。孔大器留心瞧着她，只觉得这位女看护如同琪花瑶草，令人油然而生爱心。自己虽然以前受过很重的创痕，对着异性惴惴又戒心，而对于这位白衣天使每次走到他病榻前来给他吃药或是量寒热表时，他总是觉得在她的身上似乎有一种吸力，把自己吸住，使自己的眼睛不得不向她的苗条娇躯观看，连平常有的遏制力也失了效。若是别的女看护来时就不是这个样子，他自己也莫名其所以然来。

一天他在病榻上偃息着，入院以来已有很多的日子，病里光阴更觉无聊。自己虽觉好一些，而医生却要他更多地休养。他方拿着一本外国的杂志闲览着，而这位可人意儿的白衣天使又来了。她是来代孔大器量着热度的，带着微微的笑容，伸出纤手，把寒热表送入孔大器口里。她立在床前，低了头，看她自己皓腕上的手表。孔大器的一双眼睛却紧瞧着她的俏面庞，越看越爱。若不是口里含着寒热表时，他差不多要高诵《洛神赋》了。等到她从孔大器口中取出寒热表来一看时，向孔大器笑笑道："恭喜孔先生，今天一分寒热也没有了，已恢复了常态。这几天我也知道你的病大好哩。"孔大器道："谢谢你，病人听得病好自然也欢喜的，只是辛苦你了。"她又说道："这是我辈应尽之责，孔先生不必客气。"她一边说，一边早已握了铅笔，代他记录好。又一看旁边的杂志，遂说道："孔先生，我知道你是一位大学教授，学问很好的，只恨像我这种不学无术之辈，没福气向你讨教呢。"孔大器忙道："你说哪里话？我瞧你一定很聪慧的。你要和我研究学问时，我如有所得，很愿意相助你。"她的妙目向他一睐道："孔先生，谢谢你，我在落班的时候一定要到孔先生处来补习些英文，因我觉得我的英文程度实在太浅咧。"孔大器道："很好，我在此间本来太闲了，教你读书也足够消遣。我的时光，不论什么时候，你尽管来好了。"那位白衣天使又谢了一声，才叽咯叽咯地走出室去。

这一遭以后，那位白衣天使果然落了班，就到孔大器病房里来讨教，做临时的女弟子。有时在清晨，有时在黄昏，好在孔大器长日无事，有此灵心慧质的女弟子伴他岑寂，也是十分欢迎的。而且这位女弟子比较杨彤芬不同了。杨彤芬以前处处露出骄矜之气，华贵之态，每自以为了不得，而做教师的反而要去迁就她，博她的欢心。但是这位女弟子却对于老师非常恭敬，非常肯听说话，如驯羊恋乳，如小鸟依人。程度虽然尚浅，而很能好学，因此孔大器十分出力地教授她。他万万料不到会在医院里收到这一位女弟子的。

孔大器一天一天在医院里休养，医生不教他出去，而他也不想出去。虽然自知病已愈好，然而自己知道一出了医院，那位女弟子也不能再见面再教授了。所以他赖在医院里，情愿多出些医药之费。

日子一多，孔大器不但教她的书，有时和她谈谈，当然要问起她的家况。起先只知道她姓唐名新芳，学习看护刚才毕业。因为看护长赏识她玲珑便慧，所以大施青眼于她，叫她服侍头等病房的病人，但她自己终因学问欠缺，所以在服务之暇，依然要补习她的不足而求进步。孔大器问她家里的情形，她却闪烁其词，不肯直告。孔大器也有些料得到她是个身世可怜的人，因此更是怜爱她。

孔大器虽在情场里受过大创，而他自从和唐新芳认识以后，他的一颗心好似古井重波，又活动起来了。他爱唐新芳，渐渐地唐新芳对于这位孔老师不知不觉也有了情愫。这是在言语行动之间都可看出来的。她虽然极力掩饰，仍旧在不知不觉间流露而出，深深地感动了孔大器的心，几乎使他忍耐不住。

孔大器的母亲和妹妹有时到医院里探望他时，见那位白衣天使唐新芳也在一边，和他们很熟，一同谈谈。孔太太见了她也很欢喜，大昭和她亦彼此很觉投合。孔太太便乘机向他儿子问问这位唐新芳女护士的家世。孔大器也说不出所以然来，孔太太却在她儿子面前极口夸赞唐新芳的聪明婉和。孔大器也有些料得到她老人家的心思，所以对他的母亲笑笑。

有一个晚上，唐新芳在孔大器的病房里读英文。孔大器见她进步很快，自然格外欢喜，对她说道："我得到你这一位女弟子很喜欢，可惜我早晚要离开这医院了，以后势难再和你相聚，因此我大为踌躇，很舍不得离开你，不知你的心里又怎么样？"唐新芳低垂粉颈，默然无语。孔大器情不自禁地握着她的手，竟向她乞婚，且说："密司唐，请你鉴察我的热忱而应许我的请求，我决不有负密司的。"孔大器是冒昧出此的，话已说了出来，很急切地等候玉人的一诺。

可是唐新芳的螓首始终抬不起来，良久良久，一句话也没有回答。孔大器当然不免有些失望，但仍耐着性，小心翼翼地继续说道："密司唐，我自知是很冒昧的，恐怕唐突了你，请你原谅。我怀着一颗热烈的心献给你，只不知你的心里如何？以为我这个人尚是真实吗？请你快快答复我吧。即使你不能够允许的，也请你说一声，好使我死心，但我终是希望你能够允许我的。"孔大器说到这里，一只握住她的手越加紧持起来。

两行清泪从唐新芳的脸上淌下，她轻轻地对孔大器说道："谢谢孔先生的美意，但我不配给你称密司，败花残柳，不足侍奉君子的，请你原谅。"她说了这几句话，依然低着头抬不起来。这样竟使孔大器变作了丈二和尚，摸不着头脑，忙问为什么为什么。

白衣天使唐新芳究竟是个何许人？为什么她对孔大器这样说？原来她就是甜蜜蜜糖果店里唐玲玲！宋爱新生前一度热恋的情侣！

玲玲自从被宋爱新捐弃以后，心里气恼非常，深悔自己上了宋爱新的当。谁料宋爱新虚情假意，弃旧怜新，跟杨彤芬去结交。最可痛心的，就是瞒了她而和彤芬出游，做种种亲密的交际，在自己面前竟赖得一干二净，这种人太会欺骗人了。最可恶的，自从经她责问以后，竟避而不见面，弃之若遗。所以玲玲对于宋爱新非常灰心。后来杨彤芬和宋爱新失踪的事，以及被绑的消息传到她的耳朵里，她心里很觉得宋爱新这人太无赖了，及至彤芬出险宋爱新死于非命的新闻传播出来后，她虽然可惜宋爱新枉死，一无价值，但也觉心里出了一口气。假使宋爱新不抛弃自己，不去恋上杨彤芬，那么何至于逢到这样悲惨的结果呢？岂非他还是自己害了自己吗？

经过这事以后，玲玲的心理又是一变。她的母亲知道自己女儿的爱侣已为人牺牲，又看到女儿消极的态度，于是她仍不忘于那个童家老头儿身上了。而童翁仍旧天天来店里喝咖啡，伺候玲玲的欢心。那姜家阿姨又得到玲玲母亲暗中的关照，遂去告诉了童翁，积极进行她的拉拢手段。童翁又不惜牺牲金钱，博取玲玲母女的同意。姜家阿姨在玲玲面前几次三番施其巧舌，到底说动了玲玲的心。于是在黄金条件之下，玲玲竟做了童翁的小星。而她的母亲得到了一万元的聘礼，以为他年养老之资。女儿既嫁富室，自己也无意再开糖果店了，便将甜蜜蜜盘给他人营业，自己迁到松江去住。

玲玲自为童翁娇妾，不到一个月，她心里又大大地懊悔。因为童家是个大家庭，童翁的子女很多，有几个年纪长大的儿子，不把她看在眼里。尤其是长子，常常加以轻蔑之词。虽然告诉了老头儿，也是无用。而童翁在这年冬里又生了一场大病，大家都怪恨玲玲，背后说种种不中听的蜚语。玲玲业已失身，噬脐无及，常常背着人偷弹珠泪，虽有锦衣玉食，精神上却大为于邑。还有使她惴惧的，就是童翁的第三子是个佻达少年，每乘他父亲出外之时，对着玲玲用游词挑逗，野心勃勃，玲玲常要防备他的。因此她不得不为自己的将来打算，而要求童翁让她去到护士学校里去学习看护。童翁一口答应，遂送她至大生医院附设的护士班学习。玲玲既学习看护，悉心研究，学术大进，考试时辄列第一。所以师长都爱重她，让她跳了一年，很快地毕业，便留在大生医院里做看护。

玲玲的深谋远虑，果然一些儿也没有错误，因为当她学习看护一年后，童翁突患脑出血症，救治无效，撒手人世。临终时虽许分一部分财产给玲玲，可是给长子把持住，不肯交代，反而冷嘲热讽，肆意虐待，使她种种地方十分难堪。玲玲既有孤燕之痛，又遭此恶劣的待遇，心中惨痛已极，她的母亲特地来沪探望，要接她回松江去小住。然而她为了护士班的功课，不肯中辍，仍旧留在童家，一面过婺妇生活，一面继续她的学业。

严重的逼迫又加到她的身上，就是童翁的长子不断地压迫她，使她不能安居。而三子却向她调戏，甚至有一次半夜三更来敲她的房门，她严词拒绝后，遂住在大生医院里，为避祸之计。不料三子因为衔恨于她，遂和长子串通一气，做种种诬蔑之词，有意和玲玲捣乱。玲玲是个弱女子，自然敌不过他们。起初只好不睬不理，但是后来童翁的长子公然请了律师，要不承认玲玲的身份。玲玲气愤不过，也请律师和他们交涉。结果由童翁的长子出了一万元的生活费，而与童家脱离了关系。

这是玲玲以前遭逢的事。她做了女护士，自怨自艾，一心服务，哪里料到此刻蓦地里遇见了孔大器，而又牵起了一缕情丝，内心重热起来了。她既被孔大器逼紧着问，只得完全老实告诉出来，请孔大器再不要称她密司，而说自己恐不配复为人妇，请孔大器原谅她。

玲玲诉说的当儿，带着酸楚的声音，真如巫峡猿啼。孔大器听着，他非但不轻视她，反而充满着怜惜之情。连连点头，表示对她同情。又叫她的芳名说道："新芳新芳！你自以为残花败柳，不堪再为人配偶吗？然而你该知道这是你的肉体问题，对于你的灵魂，你的人格，一些儿没有关系。我爱你，我重你。以前种种譬如昨日死，以后种种譬如今日生。你是新生的芳树，依旧放着鲜艳之花。我和你建立新家庭。我姓孔的决非宋爱新第二，你放心吧，我不会骗你的。我敢在你面前宣誓，谓予不信，有如曒日！"孔大器说完了，便把他自己的手帕去拂拭玲玲的泪痕。电灯影里只见墙壁上两个人影渐渐接拢来，做了一个甜吻。

一星期后孔大器出院了，他将自己的愿望告诉了他的母亲和妹妹，二人也都赞成。隔了一个月，唐新芳也辞职了，院里人还不明白她为什么要辞职，而挽留不住呢。

落花时节，群莺乱飞，上海报纸上刊登着孔大器和唐新芳结婚的启事。一个是疯人复活，一个是寡鹄重新。两人换了两个新生命，建设了一所新家庭，总算是弥补各人的缺憾，情天中变幻出来的新福音。至于那个杨彤芬也变了又一情态。或有人说她在乡间嫁与一个开农场的农科学生，夫妇俩过着田园生活；或有人说她赴海外求学去了。但是在上海始终没有人再见她的情影，而胡思也流浪在外，不知所终。宋爱新长眠地下，却是此恨绵绵哩！

图书在版编目(CIP)数据

艳媚奇遇记·春宵梦 / 顾明道著. — 北京：中国文史
出版社，2018.5

(民国通俗小说典藏文库·顾明道卷)

ISBN 978 - 7 - 5034 - 9990 - 6

Ⅰ. ①艳… Ⅱ. ①顾… Ⅲ. ①长篇小说 - 小说集 - 中
国 - 现代 Ⅳ. ①I246.5

中国版本图书馆 CIP 数据核字(2018)第 009975 号

点　　校：秦艳君
责任编辑：薛媛媛

出版发行：**中国文史出版社**

网　　址：http://www.chinawenshi.net

社　　址：北京市西城区太平桥大街 23 号　邮编：100811

电　　话：010 - 66173572　66168268　66192736（发行部）

传　　真：010 - 66192703

印　　装：廊坊市海涛印刷有限公司

经　　销：全国新华书店

开　　本：720×1020　1/16

印　　张：24　　　　字数：288 千字

版　　次：2018 年 5 月第 1 版

印　　次：2018 年 5 月第 1 次印刷

定　　价：71.80 元